光影歧路

罗伯特·乔丹（Robert Jordan）著
李镭 译

CROSSROADS OF TWILIGHT

上

中国出版集团
东方出版中心

图书在版编目（CIP）数据

光影歧路 /（美）乔丹（Jordan，R.）著；李镭译. —上海：东方出版中心，2014.7（2021.10重印）

（时光之轮. 10）

ISBN 978-7-5473-0557-7

Ⅰ. ①光… Ⅱ. ①乔…②李… Ⅲ. ①长篇小说－美国－现代 Ⅳ. ①I712.45

中国版本图书馆CIP数据核字（2012）第310946号

责任编辑　胡曦露（937710259@qq.com）
封面设计　布谷工作室　高　蕾
版式设计　一步设计
地图绘制　苗　伸

光影歧路

作　　者　罗伯特 · 乔丹（Robert Jordan）
译　　者　李　镭

出版发行　东方出版中心
地　　址　上海市仙霞路345号
邮政编码　200336
电　　话　021-62417400
印 刷 者　山东韵杰文化科技有限公司

开　　本　710mm × 1020mm 1/16
印　　张　36.25
字　　数　600千字
版　　次　2013年1月第1版
印　　次　2021年10月第3次印刷
定　　价　60.00元（上、下册）

各界赞誉

甫一出版即登上纽约时报畅销排行榜冠军。《时光之轮》系列不仅在销售成绩上获得肯定,作者罗伯特·乔丹恢弘的笔触更让全球二千万读者为之疯狂。

《时光之轮》被誉为“正统奇幻”及“剑与魔法”的最佳典范,该系列每一部都是一段独特的冒险,又相互交织成宏大的故事情节,作者通过巧妙的构思,将带你进入一个完全不同的史诗世界。

“《时光之轮》……在英语世界,极少有其他的奇幻传说能与它相提并论,能超越它的就更是微乎其微了。”

——芝加哥太阳报

“宏大的、令人敬畏的、丰富多彩的故事情节,让人不由得想起托尔金的作品。”

——出版人周刊

“罗伯特·乔丹开始统治由托尔金一手开创的世界。”

——纽约时报

“《时光之轮》系列是唯一一部我致以崇高敬意的作品,与之相比,几乎每一部我读过的其他奇幻作品都黯然失色……这个系列有可能会成为有史以来最伟大的奇幻著作,时间将会说明一切。”

——Abby Goldsmith(评论家)

“罗伯特·乔丹写下了关于光明和黑暗的鲜明形象,有时又有孩子气的惊奇,这里面虽然有着淡淡的托尔金风味,但他也创造了鲜明的自我写作风格。”

——Pittsburgh Press

“《时光之轮》兼具文字的优美和情节的丰富,其中包含着格林兄弟的天真与魅力;赫胥黎的《勇敢新世界》的社会道德精神。这一切,再加上有血有肉的人物、隐秘晦涩的譬喻、趣味性的调剂、生动优美的自然风景,还有那种关于永恒的迷人感觉。作者借助一种语言创造了一个文学世界和这个世界可能具有的一切真实性。”

——布鲁斯特·米尔顿·罗伯森,默特尔海滩太阳报

“全方位感觉的史实。”

——星期日时报

“一场幻梦般的景象。”

——SFX(英国著名大型幻想综合网站)

“那些读奇幻的人可以欣喜若狂了,这是真正的艺术!”

——John Lee(奇幻作家)

the Wheel of Time
艾戴沙
达刚河
班达艾班
阿拉多
亚库姆河
卡达
托门首
法美镇
阿摩斯平原
爱瑞斯洋
安达纳河
塔拉朋
坦其克
艾摩拉
阴影海岸
劲风岬
索马金
细岛

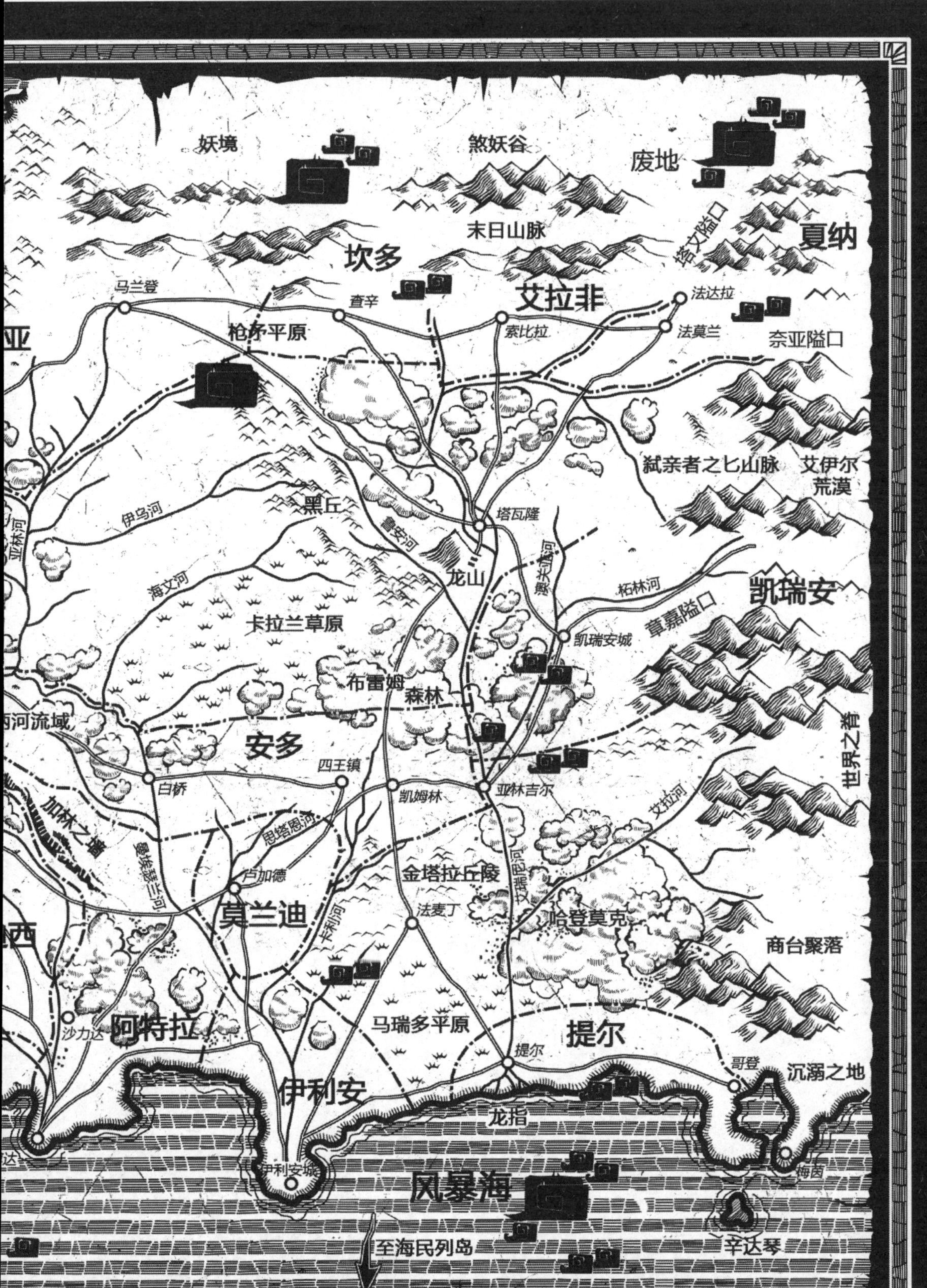

妖境
煞妖谷
废地
末日山脉
塔文隘口
夏纳
坎多
马兰登
查辛
艾拉非
法达拉
法莫兰
索比拉
奈亚隘口
枪矛平原
弑亲者之匕山脉
艾伊尔
荒漠
伊乌河
亚林河
黑丘
鲁安河
塔瓦隆
龙山
海文河
澳夫河
柘林河
凯瑞安
卡拉兰草原
凯瑞安城
章嘉隘口
布雷姆
森林
安多
四王镇
白桥
凯姆林
亚林吉尔
世界之脊
加林之墙
思塔恩河
艾拉河
曼埃瑟兰河
芦加德
金塔拉丘陵
艾瑞尼河
莫兰迪
法麦丁
卡利河
哈登莫克
商台聚落
沙力达
阿特拉
马瑞多平原
提尔
提尔
哥登
沉溺之地
伊利安
龙指
伊利安城
梅茵
凤暴海
至海民列岛
辛达琴

目录

时光之轮10：光影歧路（上）

主要人物表

暗帝：邪恶之源，创世时被封印在煞妖谷，现欲重回世界，逐步削弱封印。

兰德·亚瑟：来自两河流域伊蒙村的牧羊人，现在被宣称是转生真龙。

麦特·考索恩：来自两河流域伊蒙村，兰德好友，目前带领红手队军队。

佩林·艾巴亚：来自两河流域伊蒙村，兰德好友，一名时轴，能与狼沟通。

艾雯·艾威尔：来自两河流域伊蒙村，目前被沙力达两仪师推举为新玉座。

奈妮薇·爱米拉：来自两河流域伊蒙村，已成为两仪师，擅长医疗。

伊兰·传坎：摩格丝女王的女儿，已成为两仪师，擅长制作法器。

柏姬泰：应瓦力尔号角召唤而来的传说中的英雄，后意外成为伊兰的护法。

明：一名拥有判读人类周遭灵光能力的少女，目前跟在兰德身边。

艾玲达：塔戴得艾伊尔苦漠氏族的枪姬众，目前正与伊兰一起待在安多。

菲儿：沙戴亚元帅达弗朗·巴歇尔之女，嫁给了佩林，现为沙度俘虏。

史汪·桑辰：前任玉座，后遭废黜与静断，现管理流亡两仪师的情报网。

莉安：前蓝宗两仪师兼撰史者，遭废黜与静断，现管理流亡两仪师情报网。

爱莉达：白塔新任玉座，曾任摩格丝的顾问，拥有不稳定的预知能力。

奥瓦琳：白塔新任撰史者，现在已知是一名黑宗两仪师。

凯苏安·梅莱丁：在世最年长的两仪师，属绿宗，在两仪师中拥有传奇地位。

盖温：摩格丝女王的儿子，伊兰的哥哥，现带领青年军，为白塔效力。

摩格丝：安多女王，出逃后化名为麦玎，现为沙度俘虏。

加雷斯·布伦：被摩格丝女王驱逐的大将，现为流亡的两仪师统领军队。

马瑞姆·泰姆：一名伪龙，目前帮兰德训练殉道使，被称为米海峨。

洛根：一名被驯御的有导引能力的伪龙，被奈妮薇治愈后，现成为殉道使。

汤姆·梅里林：走唱人，曾是摩格丝的宫廷吟游诗人，现跟随麦特。

泽凌·散达：提尔人，一名捕贼人，现跟随麦特。

罗亚尔：一名来自商台聚落的巨森灵，喜欢读书，酷爱树林。

塞班·巴尔沃：曾是圣光之子最高指挥官培卓·南奥的秘书，现效力佩林。

贝丽兰：梅茵之主，拥有绝美容貌和强悍意志，也是很有手腕的统治者。

戴维德·汉隆：一名暗黑之友，更名为督伊林·麦拉尔，现效力于伊兰。

大事记

时间之初

创世主创世：

同一瞬间，暗帝撒丹被封印在煞妖谷，他是所有邪恶的源泉。他许诺谁若帮助他获得自由，他将给予曾服侍他的人难以想象的力量和财富，以及永生。

此时，在这个世界上，还有极少数能够操控至上力的人，他们可以利用至上力施行常人仅能够想象的巨大能力和奇迹，这些人被称作两仪师。他们成立了自己的组织，分为男性两仪师和女性两仪师。

两仪师中有些人因为追求永生和力量，成为暗帝撒丹的崇拜者，试图将暗帝从牢狱中拯救出来，他们和暗帝的其他追随者被称为暗黑之友。

传说纪元时期（起始时间不详，结束于世界崩毁之后）

大约三千年甚至更久以前，暗影战争爆发：

这是暗黑之友为拯救暗帝撒丹而发动的，又称作至上力之战。暗黑之友中最强大的十三个叫做背弃者。

同时，暗帝创造出兽魔人——一种人类跟野兽混血的扭曲种族，它们和暗黑之友一起进攻人类。

就在暗黑之友几乎快要成功时，男性两仪师路斯・瑟林・特拉蒙带领一百位男性两仪师（百盟团，传说纪元中力量最强大的战士），到煞妖谷重新封印了暗帝和那些背弃者，并制造了七片心灵之石，放置在暗帝囚禁之处的七处焦点上，一旦毁坏了这些心灵之石，暗帝就能被重新释放。

暗影战争结束之后，疯狂之年代开始：

在暗影战争中，当暗帝被路斯・瑟林・特拉蒙等男性两仪师封印时，他也发出了还击，用邪恶污染了真源男性的那一半，使得所有从真源获取力量的男性引导者都变得疯狂。

被称为“真龙”的两仪师路斯・瑟林就找出了他所有的亲属，一个不留地全部杀死了，因此他得到了“弑亲者”的称呼。他最后毁灭了自己，但根据真龙预言，真龙将会在人类最危急的时刻转生，以拯救人类，不过转生真龙将会再度造成世界的崩毁。这段时间就被称为疯狂之年代，其确实长度无人知晓，但据信几乎延续了将近一百年，直至最后一名男性两仪师死亡。

疯狂之年代结束时，世界崩毁：

在疯狂之年代中，男性两仪师因为陷入疯狂而开始了毁灭世界的举动，这个世界的许多疆域因此而不宜人居，幸存者如同风中的沙砾一般四散飘零。这段大毁灭的经过被以“世界崩毁”之名记载于故事、历史和传说中。

世界崩毁之后，传说纪元结束。

灭后纪元时期(元年不详，大约是世界崩毁之后数百年，结束于兽魔人战争之后)

灭纪 300 年左右，十国联盟形成：

这是在世界崩毁、国家再度形成后所组成的联盟，他们的目的是摧毁暗帝。

灭纪 335—336 年，出现伪龙罗林·灭暗者。

灭纪 1000—1300 年左右，兽魔人战争期间：

这是持续了超过 300 年的一连串战争，在这段时间里，兽魔人的军队在全世界到处肆虐，他们的领袖是魔达奥，也是暗帝创造的生物。最后，大多数兽魔人都被消灭或者赶回妖境中。

在这漫长的战争中，有许多国家被彻底破坏，甚至还有些国家的疆域完全变得不宜人居。十国联盟也在兽魔人战争中被破坏，曼埃瑟兰就是在这场战争中灭亡的。

这段时间的历史都毁于战火，剩下的只有断简残篇。

灭纪 1300—1308 年，出现伪龙尤瑞安·石弓。

自由纪元时期(始自兽魔人大战之后，至百年战争结束)

自由纪 351 年，出现伪龙达维安。

自由纪 939—943 年，第二次龙之战争：

这是一场对抗伪龙桂尔·亚玛拉桑的战争。在这场战争中，一位名叫亚图的年轻国王有着非常突出的表现，即后来的亚图·鹰翼。

自由纪943—994年，亚图·鹰翼统治时期：

这名传奇君王的帝国包括了世界之脊西方的全部疆域，甚至远达艾伊尔荒漠以外的一些区域。他还于自由纪992年派出大军横渡爱瑞斯洋，期冀完成世界与民族的统一。但在他过世之后，这些远征军的联系就全都断绝了，而因为他的过世造成的权力虚悬，则直接引起了随后的百年战争。

自由纪994—1117年，百年战争：

这一连串战争的起源都是由于亚图·鹰翼的去世所造成的权力结构转移和变动所致。它们造成了巨大的破坏，爱瑞斯洋和艾伊尔荒漠之间的土地大都荒废，从暴风海到妖境之间的人群几乎全都被牵扯进去，历史纪录几乎全部被毁灭。亚图·鹰翼的帝国也在战争中分崩离析，之后，近代各国才陆续建立。

百年战争期间，圣光之子组织建立：

其目的是对抗日益猖獗的暗黑之友，它在随后的战争期间演化成一个完全的军事组织，痛恨两仪师，并且将所有支持或是与两仪师友好的人们视作暗黑之友。

新纪元时期(百年战争后直至目前)

新纪976—978年，艾伊尔战争：

新纪972年，安多王女提格兰的兄弟路克消失于妖境之后，提格兰随即也跟着失踪，这一意外引发了安多的继承之争，从而间接导致了艾伊尔战争。凯瑞安的国王雷芒死于这场战争中。

新纪997年，出现伪龙洛根。

新纪998年，出现伪龙马瑞姆·泰姆。

新纪998年，真龙现世：

在两河流域的小乡村伊蒙村，三名年轻人——兰德、麦特和佩林——遭到黑骑士和兽魔人的追杀，开始了对抗暗帝、拯救世界的旅程。转生真龙原来就是牧羊人兰德，他和他的朋友们，又会遭遇怎样的传奇历险呢？

前情提要

时光之轮旋转不息，岁月来去如风，世代更替只留下回忆。在第三纪元，一个仿佛没有尽头的冬季，遥远两河一个叫做伊蒙村的地方，三个本过着平凡生活的乡下少年，兰德、麦特和佩林，被传说中黑暗的生物隐妖、兽魔人追捕，在两仪师沐瑞的引领与帮助下逃离家乡。在时光之轮的因缘中，他们是可以改变并拯救世界的时轴。

一番冒险后，他们来到妖境，在绿巨人的帮助下找到了“世界之眼”。身为转生真龙的兰德更是在“世界之眼”旁与暗帝展开了战斗。兰德等人从“世界之眼”带回了传说中可以让历代死去的英雄重生，成为世界主宰的瓦力尔号角，可是不久，号角即被暗黑之友帕登偷走，争夺号角之战因此拉开帷幕。

最终，麦特在法美镇吹响了瓦力尔号角，历代逝去的英雄们瞬间重生，佩林竖起了真龙旗，他们向着霄辰军队冲锋而去。此后，夏纳的战士目睹了兰德与暗帝在天空的战斗，聚集在了真龙旗下。在流散的真龙预言中，取得“禁忌之剑”凯兰铎，提尔之岩陷落，都是真龙转生的迹象。因缘的线索在提尔之岩编织交汇，兰德成为了提尔的统治者。此时，在能号令天下的两仪师聚集的白塔中却发生了变故。红宗两仪师爱莉达策动政变，静断了当时的玉座史汪·桑辰和撰史者莉安，一部分两仪师被迫出走沙力达，白塔由此分裂。

兰德带领众人前往三绝之地，寻求时光之轮中的因缘变化，在进入鲁迪恩的中心时，他双臂上出现了龙形印迹，这也是艾伊尔人传说中随黎明而来之人的徽记。随后在冷岩堡，兰德得到了艾伊尔部族首领们的承认。佩林则潜回家乡，抵抗圣光之子与兽魔人对两河的入侵，最后成为了两河的领主。

凯瑞安城前，兰德与未归顺他的艾伊尔人库莱丁展开决战，轻敌的库莱丁最终被麦特杀死。进入凯瑞安城的兰德迅速平衡了提尔人和凯瑞安人的地位，赢得了他们的遵从。为保护兰德，沐瑞舍身将弃光魔使兰飞儿推入从鲁迪恩带来的门型特法器，两人消失在未知的世界中。以为伊兰之母摩格丝已死的兰德，率领艾伊尔人从通道来到安多王宫，遭到了弃光魔使雷威辛的伏击，困境中兰德使出了禁忌的招数——烈火，将雷威辛彻底消灭，抹去了他在因缘中的轨迹。

伪龙马瑞姆·泰姆为兰德建立起一支叫能够导引的男性队伍，人们称其为殉道使。奈妮薇在对被禁锢的伪龙洛根的治疗、研究中发现，静断其实是切断了火之力与魂之力的桥梁。她因此治愈了史汪与莉安。告别艾伊尔智者，艾雯冒险肉身进入梦之境特·雅兰·瑞奥德，急速赶到沙力达，随即被推选为新玉座，奈妮薇与伊兰被艾雯提升为两仪师。分裂的白塔分别开始了对转生真龙的怀柔与博弈，结果，兰德不慎被白塔派来的十三名两仪师屏障劫持。

佩林发现兰德失踪后，立即率领众人尾随营救，当他们就要赶上押送兰德的两仪师时，瑟瓦娜率领下的沙度人出现，混战开始了。此时兰德终于挣脱了束缚，在古代两仪师的旗帜下，在场的塔瓦隆和沙力达的两仪师都被迫向转生真龙兰德宣誓效忠。兰德和佩林率领两河人、梅茵人、凯瑞安人、艾伊尔人联军以及两仪师和殉道使，大败沙度人，回到了凯瑞安。

玉座艾雯决定率领沙力达的两仪师前往塔瓦隆。在她的要求下，麦特护卫奈妮薇与伊兰前往艾博达，并终于在艾博达找到了能够操控天气的碗形特法器。同时，海民承认了兰德是真珧预言中的克拉莫。兰德被帕登·范用煞达罗苟斯红宝石匕首割伤，生死一线之际，殉道使达莫用神奇的手法将匕首伤痕与圆形疤痕旧伤从兰德身上隔离，让伤口中的两种黑暗互相战斗。沙马奥交给瑟瓦娜一根能够控制两仪师的短杖，又驱使沙度部族通过通道前往世界各地战斗。兰德苏醒后，意识到沙马奥的异动，率领沙戴亚军队前往伊利安，又只身追击沙马奥来到煞达罗苟斯，用烈火将其消灭。征服伊利安的兰德被加冕为王，获得世界之王的称号，而他头上的伊利安月桂王冠从此被叫做“剑之王冠”。

坎多女王艾森勒与同为边境国的艾拉非国王培塔·奈齐曼、夏纳国王埃沙·托吉特和沙戴亚女王泰诺比·卡扎笛会面，他们以鲜血和大地立下古老的誓言，结盟向南进军去找兰德。在寻风手凯伊瑞主导下，十二个能导引的两仪师、家人和寻风手连接，通过风之碗特法器导正大气，随后伊兰等人回到安多，决心取回狮子王座。

佩林到达海丹，偶遇了化名麦玎的摩格丝一行人，并将她们收为仆从，同时海丹女王雅莲德亲自来到佩林的营地，向他宣誓效忠，以寻求庇护对抗先知与霄辰人。艾雯引用战争律法，对爱莉达宣战，表示于一个月后进攻塔瓦隆，借此步步强化权威。兰德无法正确掌控凯兰铎，与霄辰人两败俱伤，深受挫败。就在佩林找到先知马希玛，准备带他去见兰德时，菲儿、雅莲德和麦玎被忽然出现的沙度艾伊尔人俘获。

随着风之碗效果呈现，寒冬降临大地，霄辰人侵略的步伐步步逼近，三个时轴引领着因缘的轨迹，将世界继续推向末日之战的漩涡中。希安妮与佩维拉终于确定绿宗两仪师塔琳妮便是潜伏在白塔的黑宗之一，这反令她们游移不决，各怀心思。回到安多的伊兰经过智者主持的仪式与艾玲达结为首姐妹，然而她并未取得足够多的大家族支持，在权力的争斗中艰难自持。被黑塔所俘的托维恩等人并未屈服，她们伺机刺探情报，并各自谋划着未来。

佩林得知菲儿等人被艾伊尔人俘虏的消息无比震惊，马希玛违背约定带着大队信徒来到营地，为救菲儿，佩林被迫接受马希玛的帮助。瑟瓦娜发现雅莲德与菲儿的身份后，把她们收为自己的奉义徒，随即遭到智者和两仪师的威逼利诱，智者赛莱维监视瑟瓦娜，两仪师盖琳娜则想要盗取沙马奥交给瑟瓦娜的誓言之杖。

因掩护奈妮薇与伊兰，麦特滞留在被霄辰人攻占的艾博达。在被古蓝袭击生死攸关之时，麦特被一个叫做诺奥·卡灵的老人意外救下。尽管麦特一直试图逃离艾博达，却苦于与女王泰琳的特殊关系，被看管甚严。一次泰琳与霄辰人巡视全国为麦特的逃离提供了机会，却因麦特承诺带走沦为罪奴的两仪师莒丝琳以及其他两仪师，还有泽凌的情人，让计划变得异常艰难。无计可施之际，麦特得到了霄辰碧绿将军艾格宁帮助，开始了凶险迭出的逃亡。尽管泰琳赶回阻止，却终于忍痛放麦特离去，就在计划即将成功之际，麦特发现预言中自己的妻子"九月之女"竟是身居高位的霄辰女大君——图昂。

兰德与明隐秘地穿行于各国，他首先易容来到凯姆林，将一对可以制成男女雕像，可以接触"珂丹卡"的特法器交给奈妮薇保管，而“珂丹卡”是史上最强大的超法器。之后，兰德向伊兰、艾玲达与明吐露爱意，被这三个与他生命牵绊的女人共同约缚，从此心念相通。接着兰德带着奈妮薇追击逃亡的黑塔叛徒来到法麦丁，凯苏安借着埃拉娜对兰德的约缚率领部分两仪师，以及作为亚桑米亚尔诸船长特命大使的海民波涛长哈琳妮等人跟踪而来。法麦丁有一个可以屏障真源的特法器，任何人进入法麦丁都将无法导引。兰德承诺接受凯苏安成为资政，表示愿意接受训导。之后兰德因与帕登·范激斗被拘禁，凯苏安借助一个可以储存阴极力名为“井”的特法器，导引阴极力迫使法麦丁的资政们释放兰德。

经历了一次失败的行刺后，伊兰终于同意甄选护卫，又开始排查王宫中的奸细。特·雅兰·瑞奥德中，艾雯表示将同意两仪师退休，退休的两仪师会被除去三誓成为家人，以此牢固建立家人和白塔的联系，将家人纳入白塔管理。为了夺回狮子王座，伊兰穿过编织信道，在布雷姆森林会见了边境国的四位国王，并与他们达成协议，企图借助他们大军过境的威势，取得安多各大家族支持。可是就在伊兰回到王宫不久，一支神秘军逼近凯姆林，伊兰仓促应战。

原来兰德受到自己身上两处伤口中，不同黑暗力量相互压制的启发，试图用煞达罗苟斯的邪恶中和暗帝对阳极力的污染。他与奈妮薇共同使用超法器“珂丹卡”，导引编织着真源中无比强大的阴阳两种至上力，这力量如耀眼火炬将弃光魔使们吸引而来，面对危机凯苏安率众御敌。混战中，宣誓效忠兰德实则却是黑宗两仪师的爱萨·潘弗，使用凯兰泽的力量，将伪装成殉道使柯朗的奥森加消灭。兰德终于完成导引，煞达罗苟斯所在的地方变成一片巨大的深坑，阳极力的污染也已净化，可是可以启动“珂丹卡”的女性雕像化为碎片，人们纷纷传说，幻影时代结束了。

菲儿下落如何？佩林能否成功救出菲儿？麦特和图昂的对弈，孰能胜出？艾雯和爱莉达，是战还是和？请看时光之轮第10卷：光影歧路。

这终将实现，在黑暗猎手驰骋纵横的日子里，当右手踌躇、左手迷茫的时候，人类将来到光影歧路。一切过往、一切当前、一切未来都将被放置在利剑的尖锋上。当它们摇摇欲坠的时刻，暗影之风却在急速增强。

——摘自《真龙预言》；据信由杰恩·卡灵翻译，
译者亦被称为杰恩·远步者，译文完成于他失踪之前。

序　言

因缘的闪烁

罗代尔·伊图拉德不喜欢等待。但他很清楚，等待是一名士兵生涯中最重要的一部分，等待下一场战斗，等待敌人的行动和错误。他看着这片冬日里的森林，自己也如同一棵树般纹丝不动。太阳已经升到了半空，却没有丝毫暖意。他的呼吸化成一团团白烟，又在他修剪整齐的胡子和兜帽的黑狐皮镶边上留下了一层白霜。他的胸甲仿佛吸收了周围的寒气，并让寒冷渗进他的外衣、羊毛衫、丝绸衬衫和亚麻内衣。就连飞镖的马鞍都是那么冰冷，仿佛这匹白色骟马是用冰冻的牛奶雕成的。他很庆幸自己将头盔挂在马鞍上，如果他戴着那顶头盔，脑袋大概会被冻僵了。

阿拉多曼的这个冬天来得很迟，非常迟。似乎是要对此进行报复一样，这个冬天极为寒冷。炎热的夏天不正常地一直延续到秋季，紧接着不到一个月，这里仿佛就变成寒冬的心脏。经过漫长而干旱的炎夏，仍然挂在树枝上的零星树叶还没来得及改变颜色，就已经被冻在树上，在上午的阳光中，这些冰封的叶片闪烁着一种奇异的翠绿色。在他身边，大约二十多名扈兵的坐骑偶尔会在齐膝深的积雪中跺一下蹄子，它们已经赶了很长的路，不管天气是好是坏，它们还有更远的路要走。黑云在北方的天空中翻腾，有眼睛的人都看得出来，气温将在日落后急速下降。在那之前，他们必须找到一处庇护所。

“比去年冬天还好一点，是不是，长官?”加朗姆说道，这个高大的年轻军官似乎总能看出伊图拉德的心思。他刻意压低声音以防别人听到：“即使如此，我想现在还是会有人想着能喝上一杯热酒。当然，有这种念头的人并不多，他们都是非常节制的人。我相信他们喝的是茶，而且是冷茶。如果用桦树枝抽他们几下，他们就会脱光衣服，用雪来洗澡。”

“现在他们还是要把衣服穿好。”伊图拉德冷冷地说，“不过他们今晚也许能喝到一些冷茶，如果他们运气够好的话。”他这句话引起一阵笑声，但笑声立刻又消失了，他挑选这些人时非常谨慎，这些人知道何时不该发出声音。

伊图拉德自己也想来一杯冒着热气的香料酒，甚至一杯茶也行，但商人们已经有很长一段时间不曾运茶叶来阿拉多曼了。那些外国商人现在甚至很少会越过沙戴亚的边界。当外面的讯息传到他耳朵里时，都已经陈旧得好像上个月的面包了。不过这并不重要。如果白塔真的分裂了，如果能够导引的男人真的被召唤至凯姆林……好吧，在阿拉多曼恢复统一之前，这个世界即使没有罗代尔·伊图拉德也能继续撑下去。此时此刻，阿拉多曼要比发疯的男人更加重要。

他再一次回顾自己发出去的命令，那些命令由他部下速度最快的骑兵，递送出去给每一位忠于国王的贵族。这些贵族因为彼此的恶感和古老的血仇而四分五裂，但他们至少还有一份共同的忠诚心。“狼”的命令会让他们立刻召集军队赶赴前线。只要“狼”还拥有国王的信任，他们甚至能服从他的命令，躲藏在寒冷的深山中，耐心等待。当然，他们会为此感到愤懑不平，甚至有些人会咒骂他的名字，但他们会服从他。他们知道，“狼”能够在战争中取胜，无论那场战争的规模有多么大。私底下，他们称他为“小狼”，他并不在乎他们以此来影射他的身材，只要他们能够在他规定的时间内赶到他所指定的地点，他就不会很在乎那种事。用不了多久，他们就会策马疾奔，去安排一个可能连续几个月都不会被触发的陷阱。他对这个计划并没有很大的把握。计划愈复杂，失败的可能性就愈大。而这个计划一层套着一层，结构简直复杂得可怕。但如果他不能让诱饵发挥效果，或者有人无视他的命令，接见了国王的信使，一切都将毁于一旦。不过，他们全都知道他这么做的原因，即使是最顽固的人也会认同他的决定，而且绝不会高声谈论这件事。自从他收到亚撒拉姆国王最后的命令，他就如同一个骑在暴风上的幽灵，迅速而隐秘地安排一切。他的袖里收着一张折叠整齐的纸，被塞进钢背手套的白色蕾丝袖口紧紧裹着，使纸张不致掉落。他们还有最后一个拯救阿拉多曼的机会，非常渺茫的机会，但他甚至有可能利用这个机会拯救亚撒拉姆，让商人集议会不至于安排另一个人来取代他的位置。二十多年来，亚撒拉姆一直是位贤明的统治者，愿光明保佑他恢复往日的睿智。

一阵响亮的碎裂声从南边传来，伊图拉德立刻握住长剑的剑柄。随着一阵细碎的皮革和金属摩擦声，其他人也都准备抽出武器。随后是一阵寂静，整片森林如同一座冰冻的坟墓，一根细枝被积雪压断，发出一声轻响。过了一会儿，伊图拉德放松握剑的手，但他没有放松紧绷的神经。自从北方传来转生真龙出现在法美镇上空的传闻，他的神经不曾放松过。也许那个男人真的是转生真龙，但无论事实如何，那些传闻已经让阿拉多曼陷入熊熊烈火之中。

伊图拉德相信自己能熄灭这场大火，但前提是他需要能更自由地采取一切行动。他这么想并非过于自负。在一场战斗、一场战役，或者是一场战争中，他知道自己能做什么，但自从集议会为了国王的安全，将他秘密送出班达艾班，国王似乎就把自己当成是亚图・鹰翼转生，数十份有着他签章的战斗指令接连不断地从集议会为他安排的藏身之地送出来。她们不会告诉任何人国王到底在哪里，就连伊图拉德也不例外。伊图拉德已经和不少集议会里的女人碰过面，她们全都目光冰冷，对于一切可能涉及国王的话题都竭力回避。伊图拉德几乎要相信她们也不知道亚撒拉姆在什么地方，但这当然是个荒谬的想法。集议会一直都不眨眼地盯着国王。伊图拉德以往总认为商人家族对国事介入过多，此刻他却希望那些家族能够干涉一下集议会的所作所为，但那些家族竟陷入彻底的沉默，这实在是个谜。过去，任何破坏商业贸易的阿拉多曼国王都不可能在王位上坐很久。

伊图拉德忠于自己的誓言，况且亚撒拉姆是他的朋友，但现在国王发出的命令只是在引起更多的混乱，而它们又不能被弃之不顾。亚撒拉姆是国王，他却命令伊图拉德全速向北进军，去攻打真龙信众。亚撒拉姆从秘密间谍那儿得到情报，说那里正有大批真龙信众聚集。十天之后，伊图拉德还没找到真龙信众，新的命令却又要他向南全速进军，去进攻另一群并不存在的真龙信众。他收到命令，要集中他的部队守卫班达艾班，然后又收到新的命令，要让自己的部队分别朝三个方向发动攻击，去占领据他所知早已被真龙信众放弃的地方，却要绕过真正驻扎着真龙信众的区域。而这个分散部队的命令很可能为他带来毁灭性的打击。更糟糕的是，亚撒拉姆的命令还经常被直接送到那些应该会支持伊图拉德的大贵族手上。玛奇尔、提卡奥和拉赫曼分别被派往不同的地方。在黑夜中，他们的军队依国王规定的路线前进，却突然相遇而把对方误认为敌人而发生战斗。这种灾难性的冲突已经发生了四次，而真龙信众的队伍却不断壮大，并且有愈来愈强的信心。伊图拉德仍然持续取得胜利，包括索兰哲、麦西恩、索玛奥湖和坎德尔玛等地。卡达的领主们已经明白，不能将他们的矿石和铸炉卖给阿拉多曼的敌人，但亚撒拉姆的命令总是让伊图拉德的努力变得毫无意义。

但伊图拉德接到的最后这份命令是不一样的。为了阻止他收到这份命令，图瓦女士被一名灰人给杀害。伊图拉德不知道为何暗影会害怕这份命令，但这让他明白，自己的行动必须加快，绝不能等亚撒拉姆发出新的命令了。这个命令造成许多可能性，也让他竭尽全力考虑过他能看到的每一种可能性的结局。而一切美好的结局都要从今天开始。无论成功的机会多么渺茫，都没理由不抓紧它。

雪鸫尖锐的叫声从远处传来，接着第二声，第三声。伊图拉德将手掌按在唇边，重复了三次雪鸫的叫声，片刻之后，一匹毛发蓬乱的白斑骟马从树林里走出来，骑在背上的人披着一件有黑色条纹的白斗篷。如果这一人一马静立在积雪的树林中，没有任何动作，他们很难被分辨出来。这名士兵身材粗壮，腰间只有一把短剑，不过他背着弓匣，马鞍上还拴着箭囊。

“看样子，他们全都来了，长官。”士兵的声音就像方才的鸟叫声一样沙哑。这时他已经来到伊图拉德身边，并掀起兜帽。这个名叫汤杰的士兵年轻时，一定有人试图想吊死他，虽然这场劫难的原因已经被掩埋在岁月中，存留下来的只剩他短须下的一道铁灰色伤疤。他的右侧眼窝上盖着一块黑眼罩，这是他年轻时留下的另一道伤痕，不管他是否只有一只眼睛，他可是伊图拉德所知道的最优秀的侦察兵。“至少其中绝大多数已经来了。他们安排了两重哨兵围住那栋别墅，在一里外就能看到那些哨兵，而无论从哪个方向都不可能靠近那栋别墅而不被他们察觉。根据足迹分析，他们带来的部属并没有你推测的那么多，那并不是一支大规模的部队。”他冷冷地说，“但即便如此，他们的人数还是比你带来的要多出不少。”

伊图拉德点点头。他已经向他们送出白丝带，那些将要与他会面的人也接受了。三天前，他们以光明的名义立下誓约，他们不会彼此刀剑相向，让鲜血流于他们面前，否则他们的灵魂和救赎的希望都将随之毁灭。但不管怎样，白丝带并未在这场战争中得到验证，而且现在有些人开始对救赎产生了奇怪的想法，比如说那些自称真龙信众的人。伊图拉德总是被别人称为赌徒，但他从不赌博，胜利的关键在于知道自己可以冒什么样的风险，而且有时候，还要知道自己必须冒什么险。

他从靴鞫中抽出一只油绸布包裹，将它交给汤杰，“如果我在两天内没有赶到科隆滩，就把这个交给我妻子。”

那名斥候将小包裹收进斗篷里，然后用手碰了一下额头，就把马头拉向西方。在战斗爆发之前，他也曾为伊图拉德保管过这个包裹。光明在上，愿苔馨这次也不会有机会打开这个包裹。她早就告诉过他，如果得知他的死讯，绝对不要以为能把她一个人撇下。

“加朗姆，”伊图拉德说，“让我们去看看欧萨娜女士的狩猎别墅中都有些什么。”他催赶着飞镖向前走去，其他人紧随身后。

太阳升到了天顶，又缓缓下沉，北方的黑云逐渐逼近，寒风更加刺骨。除了马蹄踩碎积雪的声音，周遭一片寂静，森林里似乎没有其他人。伊图拉德一直没看到汤杰所说的那些哨兵。这名斥候从一里外看到的东西和常人有着很大的差异。当然，他们一定在等着他，并监视他是否带来了一支军队。不管有没有白丝带，他们之中肯定有不少人很希望见到一枝羽箭刺穿伊图拉德的身体。那些领主也许会代替部下接受白丝带的誓约，但他们的部下也都会坚守誓约吗？有时候你不得不碰碰运气。

下午过了一半的时候，欧萨娜所谓的狩猎别墅出现在树林之间，那是一大片白色的高塔和细瘦的带尖圆顶。这片建筑就算和班达艾班的宫殿相比，也没有丝毫逊色。毕竟欧萨娜的狩猎对象实际上是男人和权力。虽然她还很年轻，但她的战利品已经相当丰厚了。这里举办的“狩猎活动”往往会让首都的许多人挑起眉弓。但现在，那座别墅却显得凋零孤寂，破碎的窗户如同牙齿参差不齐的大嘴。从外面看不出里面有任何灯光或动静，不过别墅周围开阔，地上的积雪上遍布着马蹄印，纹饰华丽的箍铜大门敞开着。伊图拉德催马驰向门内，丝毫没有减慢速度，身后则是他的部下们。马蹄敲击在石板路面上，地上的雪都已经被踩踏成烂泥。

没有仆人出来迎接，这在伊图拉德的预料中。欧萨娜在那些撼动阿拉多曼的灾难刚刚出现时就失踪了，而现在，那些灾难已经变得如此巨大，即使是阿拉多曼整个国家与之相比，也好像老鼠面对獒犬一样。她的仆人们在事发后都迅速前往她的其他领地，并将那些地方据为己有。在这些日子里，失去主人的奴仆或者被饿死，或者变成了强盗和真龙信众。伊图拉德在广场边上宽阔的大理石台阶前下了马，将飞镖的缰绳交给一名部下。加朗姆命令其他人去为自己和马匹找一个临时的避难所，在那里静候命令。那些骑兵扫视着包围这片广场的大理石阳台和宽窗，小心翼翼地移动着，仿佛认为随时都有可能飞出一支弩箭刺穿他们的脊背。即便天气寒冷，且马厩的门虚掩着，但他们还是分散到广场的各个角落和马匹紧靠在一起，警戒着面前的每一个方向。如果最坏的事情发生，也许他们之中还能有一些人逃出去。

伊图拉德摘下手套，将它们塞进腰带。在和加朗姆一同走上台阶的时候，他又检查了一下身上的绶带，冻结的积雪被他的靴子踩碎。他克制住环顾周围的冲动，只是注视着正前方。他一定要表现出极度的自信，就好像没有任何事能够超出他的预料。自信是取得胜利的钥匙，而如果相信自己是有自信的，那么信心有时就真的不会离开你。在楼梯尽头，加朗姆握住一扇雕花大门的镀金门环，将它拉开。在走进大门之前，伊图拉德碰了碰他的化妆痣，确定它没有错位。他的脸颊有点冻僵了，感觉不到那颗粘在上面的黑天鹅绒星星。他要显示出十足的自信，就如同步入一场舞会。

巨大的前厅像室外一样寒冷，让他们的呼吸变成一股股白烟。这里显得有些昏暗，地面上用彩砖拼接出猎人和动物的图案，有些地方的彩砖都碎裂了，仿佛曾经有沉重的东西从上面拖过去，或者是直接砸在那上头。除了一个倾倒的基座以外，大厅里空无一物，本应该立在基座上的小雕像或大花瓶当然也不见了，那些逃跑的仆人们没有偷走的东西也早已被强盗劫走了。有一个人正在这里等待他们，和上次见面时相比，伊图拉德发现他的头发已经完全变成了白色，面孔也显得更加憔悴了。他的胸甲上带着凹痕，耳垂上也只剩下一个小金环，但他的绶带依旧完美无瑕。在他左眼旁闪闪发光的红色弯月，丝毫不比任何宫廷装饰逊色。

“以光明的名义，欢迎你携白丝带而来，伊图拉德阁下。”他微一鞠躬，庄重地说道。

“以光明的名义，我携白丝带而来，希姆隆阁下。”伊图拉德一边说，一边向他回礼。希姆隆曾经是亚撒拉姆最信任的资政之一，但他现在已经是真龙信众的一员，而且在他们的集议会中拥有很高的地位。“我的助手是加朗姆·尼舒尔，如同随我来的所有人一样，他的荣誉系于伊图拉德家族。”

在罗代尔之前，伊图拉德家族并不存在，但希姆隆还是单手按住胸口，回应了加朗姆的鞠躬。“荣誉属于荣誉者。可以接受我的引领吗，伊图拉德阁下？”

通往舞厅的大门已经不见了，伊图拉德很难想象强盗怎么会把这种东西也拿走，高大的尖拱形门口足以让十个人并肩通过。在这个没有窗户的椭圆形厅室中，虽然有约五十盏各种形状的油灯在阴影中不停地摇曳，但上方的圆顶依旧是一团漆黑。宽大的厅室里，两队人分别沿两侧的彩绘墙壁站立。如果说他们因为白丝带而摘掉了头盔，那至少有两百人以上仍然披挂着甲胄，而且没有任何一个人取下他们的佩剑。这两队人之中，一队的核心是几名像希姆隆一样的大贵族——拉加比、维克达、安卡尔，他们身边都簇拥着低阶贵族和向他们宣誓效忠的普通人。另外这一队中还有一些三三两两聚在一起的人，这些小团体中有一些根本看不到贵族的影子。真龙信众有集议会，但并没有唯一的领袖，所有来到这里的真龙信众都有自己的队伍，他们之中有的背后跟随着几十个人，也有几个能让成千上万的人对他们惟命是从。这些人显然并不因为出现在这里而感到高兴，他们之中不时有一两个人会瞪一眼聚集在舞厅另一侧的五六十名塔拉朋人，那些塔拉朋人也会毫不示弱地回瞪他们。不管他们是否信仰转生真龙，他们肯定都没忘却阿拉多曼人和塔拉朋人之间的仇恨。看到这些外国人，伊图拉德几乎露出了微笑，今天只要能有二十个塔拉朋人出现在这里，他就会喜出望外了。

“罗代尔·伊图拉德大人携白丝带而来。”希姆隆的声音在灯影中回荡，“心中存有暴力的人，都将被火焰烧灼心脏和灵魂。”见面仪式自此结束。

“为什么伊图拉德阁下愿意拿出白丝带？”维克达问道。他的一只手紧握住长剑柄，另一只手在身侧紧握成拳。他的个头不高，但还是比伊图拉德来得高，并且傲慢得如同坐在王位上的君主。曾几何时，女人总是谈论他的俊美，而现在，一道倾斜的黑色伤疤覆盖了他的右眼窝。他的化妆痣是个黑色箭头，正指向那道从他的脸颊一直延伸到额头上的宽阔疤痕。“他打算加入我们吗？还是要我们投降？谁都知道狼胆大且狡猾，他的胆子很大吗？”他身边的人群中响起一阵嘈杂的喧嚣声，半是嘲笑，半是怒吼。

伊图拉德将双手握在背后，阻止自己去抚摸左侧耳垂的红宝石，所有人都知道，这表示他发怒了，所以有时候他会故意这样做。但他现在需要保持平静，即使这个家伙要在他耳边大吼大叫，他依然要保持平静。愤怒会导致决斗，他现在进行的决斗只需要镇定。有时候，言辞是比利剑更加致命的武器。

“这里的每一个人都知道，我们在南方又有了一个新的敌人。”他用波澜不惊的声音说道，“霄辰人吞掉了塔拉朋。”他的目光扫过那些塔拉朋人，与他们冰冷的目光逐一相对。他从来都看不懂塔拉朋人的面孔，那种荒谬的胡子就好像用毛发编成的獠牙，比沙戴亚人的胡子更难看！还有那些无聊的面纱，让那些塔拉朋人看起来就好像戴上了一副面具。这里昏暗的灯光对他并没有多少帮助，但他曾经见过他们在战场上的表现，他需要他们。“他们涌入阿摩斯平原，并继续向北，他们的下一个目标相当明确，就是阿拉多曼。最后恐怕他们想要的是整个世界。”

“如果这些霄辰人向我们进攻，伊图拉德阁下想要知道我们将支持谁吗？”维克达问。

“我完全相信，你会为阿拉多曼而战，维克达阁下。”伊图拉德不愠不火地说。维克达的脸刷地变成紫色，咒骂似乎已经来到他的齿间，他的部属全都握住了剑柄。

“有许多流民都在传说，平原上也出现了艾伊尔人。”希姆隆立刻插话道，仿佛他害怕维克达会扯断白丝带。维克达的部下不会真的拔剑出鞘，除非他们的主人这样做，或是主人命令他们这么做。“我得到的情报表明，那些艾伊尔人为转生真龙而战，一定是他派他们到这里来的，也许他们会帮助我们。没有人能击败艾伊尔人的军队，就连亚图·鹰翼也不行。你还记得雪中之血吧，伊图拉德阁下，当时我们都还年轻，无论历史怎么说，我相信你也明白，我们并没有在那场战争中得胜，而且我不相信霄辰人的军队比我们当时更多。我已经听说，霄辰人正在向南移动，逐渐远离国界，我怀疑再过不久，我就会得到他们从阿摩斯平原撤退的报告。”他在战场上并不是一名很糟糕的指挥官，但他永远只能看到局势最表面的部分。

伊图拉德露出微笑。从南方来的讯息总是比从其他方向传来的更快。他一直都在担心，关于艾伊尔人的讯息必须得由他说出来，这可能会让这些人认为他想欺骗他们。实际上，就连他也不是很确信艾伊尔人竟然会出现在阿摩斯平原这个讯息。但他并没有表明，如果艾伊尔人真的是要来帮助真龙信众，那么他们应该出现的地方是阿拉多曼，而不是阿摩斯平原。“我也向那些流民询问过，他们说那里只有许多艾伊尔人的小部队，而不是一支军队。艾伊尔人也许会让霄辰人放慢脚步，但不会让他们回头，霄辰人的飞兽已经开始在边界这一侧侦查，这不代表他们会撤退。”

伊图拉德以相当夸张的手势从袖里抽出那张纸，将它高高举起，让所有人都能看到上面蓝绿色的剑与手蜡封。他有一段时间已经养成用烧热的刀刃将王室蜡封完整剥开的习惯，熟练此法让怀疑者看不出他曾事先看过信件内容，在亚撒拉姆频发命令之际，对王室档案抱持怀疑态度的人愈来愈多了。“我得到亚撒拉姆国王的命令，要召集尽可能多的部队，对霄辰人发动最为迅猛的攻击。”他深吸一口气。他已经掷出了骰子，除非骰子停在他所需要的点数上，否则亚撒拉姆有可能会把他送上断头台。“所以我提出休战协议。我以国王之名发誓，只要霄辰人还对阿拉多曼有威胁，我就绝对不会对你们发动进攻。但我的要求是，你们全都要立下同样的誓言，并跟随我同霄辰人战斗，直到将他们击退为止。”

回应他的是一阵惊愕中的寂静。粗脖子的拉加比呆立在原地，维克达咬着嘴唇，就像个受惊吓的女孩。

希姆隆喃喃说道：“伊图拉德阁下，他们能够被击退吗？我见识过他们……他们将系着锁链的两仪师带到了阿摩斯平原。你也看见过。”人们移动着脚步，让大厅中回响起靴子摩擦地板的声音，许多面孔因为愤怒而变得灰暗。男人不喜欢在敌人面前显得软弱无助。但他们在霄辰人面前已经吃了够多的苦头，包括伊图拉德和希姆隆在内，他们全都知道等在阿摩斯平原的是怎样的敌人。

“他们可以被击败，希姆隆阁下。”伊图拉德回答道，“即使他们有那些……稍微不同寻常的东西。”脚下的地面砰然爆裂、骑兵胯下的坐骑有如暗影生物般的怪兽……这实在是很不同寻常，但他必须显示出绝对的信心。不管怎样，如果你知道敌人能做些什么，你就能够去想办法对付。在霄辰人出现前的漫长岁月里，战争一直在持续爆发，黑暗和暴风雨会削弱霄辰人的优势，善于观测天气的人应该能预见暴风雨的到来。“明智的人在咬到骨头之前就会停下来，而霄辰人已经把肉啃得差不多了，我现在要扔给他们一根坚硬的骨头。我已经有了计划，让他们在咬到满嘴的肉之前先在骨头上咬碎牙齿。我已经立下了誓约，你们呢？”

伊图拉德感觉自己很难保持住平稳的呼吸，这里的每个人似乎都在心中估量他的话。“狼”有了计划，霄辰人则拥有戴着锁链的两仪师、飞行怪兽和其他恐怖的东西，但“狼”有了计划。谁会胜出？霄辰人，还是“狼”？

“如果真有人能击败他们，”希姆隆终于开口了，“那就是你，伊图拉德阁下，我接受你的誓言。”

“我也在此立誓！”拉加比喊道，“我们要把他们赶回海里去！”他的脾气和脖子都很像一头公牛。

让伊图拉德惊讶的是，维克达以同样的热情表示了赞同。然后是爆发性的一阵阵吼声，阿拉多曼人愿意以国王的名义立誓，并肩击退霄辰人，他们之中甚至有人喊着愿意追随“狼”直杀到末日深渊。这让伊图拉德很满意，但这并不是他来这里的主要目的。

“如果你请求我们为阿拉多曼而战，”一个声音压过所有的喊声，“那就请求我们吧！”那些高喊着立下誓言的人转而开始恼恨地低声咒骂。

伊图拉德用平静的表情掩饰住自己的喜悦，然后转身看着说话的人。那个站在大厅另一侧的塔拉朋人身材瘦削，尖尖的鼻子将面纱顶起，仿佛一顶帐篷，他的目光犀利而又凶狠。一些塔拉朋人皱起眉，仿佛并不乐见他开口说话，看样子，他们就像阿拉多曼人一样，并没有统一的领袖。伊图拉德一直希望得到背后那些人刚刚立下的誓言，但这并不是他计划中必须的目标，塔拉朋人才是，至少，他们要比那些阿拉多曼人重要一百倍。他朝那个说话的塔拉朋人礼貌地鞠了个躬。

“我将让你们为塔拉朋而战，阁下。那些流民说，艾伊尔人已经在平原上造成相当程度的混乱。请告诉我，如果你们的一支小队，也许是一到两百人穿过混乱的平原，进入塔拉朋；如果他们在盔甲上图绘彩色斑纹，就像那些为霄辰人而战的士兵一样，那么他们能够做些什么呢?"

那些塔拉朋人僵硬的面孔绷得更紧了，现在轮到他们开始低声咒骂。南方已经传来很多讯息，说一个国王和一个帕那克被霄辰人安插在塔拉朋王座上，而且那两个家伙已经向爱瑞斯洋另一边的某个女皇宣誓效忠了。他们不喜欢去考虑已经有多少同胞正在为那个女皇卖命。现在阿摩斯平原上的大多数"霄辰人"实际上都是塔拉朋人。

"一小队人马有什么用?"那个瘦削的男人轻蔑地说道。

"用处不大，"伊图拉德答道，"但如果有五十支这样的小队呢? 如果是一百支呢?"情报说明了这些塔拉朋人能够召集到这么多人。"如果他们在塔拉朋各处同时发动攻击呢? 我将召集尽可能多的部下，穿戴塔拉朋人的盔甲和他们一同作战。我也将参加这次战斗，这样你们可以相信，我并不是要把你们当作牺牲品。"

他身后的阿拉多曼人开始高声表示反对。让他吃惊的是，维克达是其中声音最大的，这实在让伊图拉德有点难以置信。"狼"的计划会有效，但他们想要"狼"亲自来率领他们。大多数塔拉朋人也开始相互争论起来，他们怀疑这么多人同时穿越平原，即使分散成小队，也不可能不被发现；他们也怀疑这些小队到底能在塔拉朋发挥多大作用；还有些塔拉朋人根本不愿意穿上有霄辰人纹饰的盔甲。塔拉朋人就像沙戴亚人一样喜欢激烈地争吵，但那个尖鼻子男人始终一言不发，不眨眼地看着伊图拉德，最后，他微一点头。伊图拉德很难看清他那大胡子底下的表情，但他觉得那个人是在微笑。

伊图拉德的肩膀终于放松下来。如果这家伙不是他们的领袖，那他就不可能在同伴依然争吵不休时点头同意。他相信，其他塔拉朋人也会跟随他，他们会和他一起驰向南方，进入霄辰人的心脏地区，狠狠抽他们一记耳光。塔拉朋人当然会留在塔拉朋，继续为他们的祖国而战。他不能期待更多了。到时候将只有他率领的几千人能够穿过阿摩斯平原，返回北方。愿光明照耀他，让这些塔拉朋人愤怒起来。

他对那个塔拉朋人同样报以微笑。如果运气好，愤怒的将军们将看不到他会把他们引向何处。而如果他们看到了……好吧，他还有备用计划。

艾阿蒙·瓦达用斗篷紧裹住身体，走过林间的雪地。凛冽的寒风让那些被积雪压低的树枝发出一阵阵叹息，却反而让这片昏暗的丛林显得更加寂静。薄雾渗透进他的厚羊毛斗篷，让他感觉到彻骨的寒冷。散布在他周身的营地显得太安静了。虽然活动身体能够产生一点热量，但除非迫不得已，士兵们宁可一动不动地挤在一起。

他停下脚步，一股突然出现的臭味让他皱起了鼻子，令人窒息的感觉就好像周围有二十处爬满蛆虫的粪堆。他并没有窒息，只是皱了皱眉。这座营地缺乏他喜欢的那种精确的秩序，帐篷散乱地搭建在树枝繁茂的地方，马匹也随意拴在树枝上，完全没有排成队列。纪律散漫必然导致脏污横溢，在没有监督的情况下，懒惰的士兵会只用几锹浮土盖住马粪，会在距离营地很近的地方挖坑当作厕所。允许这种事情发生的军官都不该再成为军官，他们首先应该去学会如何使用铁锹。

瓦达在营地中搜寻这股气味的来源，突然间，臭味消失了，风向没有改变，但闻不到恶臭了。他只惊讶了一瞬间，便继续向前走去，同时以更加严厉的眼神望向身边的营地。臭气绝不会无缘无故地出现。他会找出所有忽视纪律的人，让他们明白，现在纪律必须严格约束，比任何时候都要严格。

在一片开阔地的边缘，他再次停下脚步。空旷地上的积雪并不像周围营地中那样凌乱不堪，上面完全看不到脚印。他隐身在树丛中，仰视天空，被风吹卷的灰云挡住了正午的太阳。一道影子闪过，他立刻屏住呼吸，但他很快就发现，那只是一只鸟，一些褐色的小鸟为了躲避鹰的捕猎而隐身在低处的树枝间。他发出一阵苦涩的笑声，那些被光明诅咒的霄辰人用了不到一个月就吞掉了阿玛多和圣光城堡，但他学到了新的东西。聪明人知道学习，而傻瓜……

埃尔隆就是个傻瓜，他被岁月打磨得闪闪发亮的英雄传说，和赢得真正权柄的欲望冲昏了头。他拒绝去看摆在眼前的事实，结果就是埃尔隆的劫难日，瓦达听说那场灾难被称为结朗梅之战。屈指可数的几个阿玛迪西亚贵族从那场战斗中逃出来，他们在瓦达的面前狼狈不堪，却仍然迂腐地美化着那场战斗。他有些想知道，当埃尔隆看到那些被霄辰人驯服的女巫撕裂他井然有序的队伍时，会给那场战斗取一个怎样华丽的名字。他完全可以在脑海中重现当时的场面：大地崩裂，涌出一股股烈焰的喷泉。他曾经在自己的梦中见到过这种景象。不管怎样，埃尔隆已经死了，在逃跑时被砍翻，头颅被挂在塔拉朋人的长矛上，这倒是个适合傻瓜的死法。而他现在已经聚集了超过九千名圣光之子。在这样的时代里，一个眼光明亮的人能够获取很多东西。

在空旷地另一边的小树林里有一栋孤零零的小屋子，那以前应该是烧炭人的房子。屋子石砌墙壁的缝隙里长满了枯黄的蒿草，茅草屋顶也有些地方看上去仿佛要塌陷的样子，几扇窄窗上早已空无一物，暂时用黑色的毯子盖着。不管怎么看,这都只是一座被抛弃已久的废屋。两名高大的卫兵站在勉强挡住门口的木门前,他们斗篷上的黄金太阳后面都绣着一根猩红色的牧羊人弯头手杖。他们全都缩着肩膀,双臂抱在胸前,不停地跺着脚,好让脚趾不至于冻僵。如果瓦达是敌人,他们根本来不及拔剑防御。裁判团顶多只能在屋里要要威风。

看到艾阿蒙·瓦达走过来,他们的面孔变得如石雕般僵硬,直到瓦达走到屋前,他们连一个最马虎的军礼都没有。裁判者不会对任何衣服上没有猩红牧羊杖的人敬礼,即使那个人是圣光之子的最高领袖指挥官。一名裁判者张张嘴,仿佛是要查问瓦达来此的目的,但瓦达径直从他们身边走过,推开那扇粗木门板。至少他们没有想要阻止他,当然,如果他们这么做,他会把他们全部杀掉。

当瓦达走进房间时,埃桑瓦从凹凸不平的桌面上抬起头,桌上摊放着一本他正在阅读的小书。他的一只瘦骨嶙峋的手握着一杯冒出袅袅白汽的杯子,杯中散发出一股香料酒的气味。他屁股下的梯形靠背椅是房里除了桌子以外唯一的家具。如果不是有人用生皮绳将它加固过,也许它已经散架了。瓦达紧闭嘴唇,压抑住冷笑的冲动,圣光之手的至高裁判者总是要待在真正的屋顶下面,而不能只是一顶帐篷,即使这只是一个亟待修葺的茅草屋顶。当其他人已经有一个星期没尝过酒味的时候,他仍然必须喝热酒。房里的石砌壁炉中燃烧着一小团火焰,让室内的温度比外面高了一点。但自从劫难日之后,瓦达甚至禁止部下生火煮饭,以免炊烟暴露他们的位置。虽然大多数圣光之子已经对裁判者抱持蔑视的态度,但他们依然对埃桑瓦保持一种奇怪的敬意,仿佛至高裁判者的灰发和殉教者般的憔悴面孔对所有圣光之子具有某种吸引力。当瓦达第一次察觉到这点时,着实吃了一惊,只是他还不知道埃桑瓦自己是否清楚这件事。不管怎样,现在这里聚集了相当数量的裁判者,足以为瓦达制造麻烦。瓦达可以对付这些麻烦,但他现在不想节外生枝。

"差不多是时候了,"他一边说,一边将身后的门关上,"你准备好了吗?"

埃桑瓦没起身,也没去拿叠放在身旁桌面上的白斗篷,他的白斗篷上没有太阳,只有猩红色的弯头拐杖。他将手掌按在书页上,完全遮住了上面的文字,那本书似乎是曼提拉的《光明之路》。至高裁判者现在会看这本书,让瓦达觉得有些奇怪,这本书应该是圣光之子初级成员的读物,那些不识字的新兵在立下誓言后,首先就会被教导阅读曼提拉的典籍。这时,埃桑瓦说道:"吾子,我得到报告,一支安多人的军队出现在莫兰迪,也许他们已经深入莫兰迪腹地。"

"莫兰迪距离这里还很远。"听瓦达的语气,他仿佛没意识到他们又在对这个问题进行老调重弹的争论。实际上，埃桑瓦似乎也总是忘记自己已经在对此事的争论中输掉了。如果报告属实，安多人到底在莫兰迪干什么？现在有太多谎言和幻想都披上了重要情报的外衣。安多，这个名字一直回旋在瓦达的脑海中。摩格丝可能死了，可能成为霄辰人的奴隶，霄辰人根本不会在意他们自己以外的爵位头衔。对瓦达来说，重要的也不是这个女人，而是他对于安多的计划已经完全失败了。加拉艾崔德本来是一个用来撬动安多王国的有力杠杆，但现在，他只不过是一名普通的年轻军官而已。不幸的是，他在普通士兵中太受欢迎了，优秀的军官从来不该受到士兵的欢迎。但瓦达是个注重现实的人，过去的都过去了，新的计划已经取代了安多在他心中的位置。

"我们应该向东移动，穿过阿特拉就会靠近莫兰迪。吾子，我们应该穿过阿特拉北部，霄辰人现在应该还在艾博达附近。"

瓦达在壁炉前伸出双手，享受炉火的温暖，叹了口气。霄辰人已经散布到塔拉朋和阿玛迪西亚各处，如同迅速传播的瘟疫，为什么埃桑瓦以为他们只会满足于待在阿特拉南部？"你忘记阿特拉的那些女巫了吗？难道我还要提醒你，她们也有一支军队？或者你在期待她们已经进入了莫兰迪？"他相信关于那些女巫正在向莫兰迪进军的报告，但他还是提高了声音。"也许你听说的那支所谓的安多军队，其实就是女巫的队伍！别忘了，她们已经将凯姆林、伊利安，还有东部的一半都献给了兰德·亚瑟！你真的相信那些女巫分裂了？真的相信？"他缓缓地深吸一口气，竭力让自己镇定下来，从东方传来的每一个讯息都要比前一个更糟糕。一阵冷风从烟囱里灌进来，将大团的火星吹进房间。他咒骂着，后退一步，该死的农舍！就连烟囱都有毛病！

埃桑瓦用力合起面前的小书，双手呈祈祷状，但他深陷的双眼如同两块喷吐火舌的红炭。"我相信那些女巫一定会灭亡！这就是我相信的！"

"我很想知道那些霄辰人是如何驯服她们的。"如果有足够数量被驯服的女巫，他就能把兰德赶出安多、伊利安和每一个被暗影占据的角落。他会比鹰翼做得更好！

"一定要消灭她们。"埃桑瓦坚定地说着。

"连同我们一起消灭吗？"瓦达问。

一阵敲门声传来，埃桑瓦一声召唤，一名守在门外的卫兵打开屋门，站直身体，将手臂按在胸口上，向埃桑瓦行礼，并以充满敬意的口吻说："至高裁判者，涂膏人议会团到了。"

瓦达等待着。现在十名还活着的指挥官都已经骑马等在门外，随时可以出发，在这种情况下，这个老傻瓜还要坚持下去吗？结束的事情已经结束了，但要做的事情还有许多。

终于，埃桑瓦开了口："如果这样能够毁灭白塔，那我便满足了。现在，我会参与这次行动。"

瓦达露出一个冷冷的微笑，"那么我也满足了，我们将共同确保那些女巫的失败。"他当然会确保她们的失败。"我建议你备好马匹，我们在日落前还有很长的路要走。"而埃桑瓦是否会和他一同完成这个任务，那就是另一回事了。

嘉布勒与托薇恩一起，跟随洛根骑马在冬日的林地间前行。她现在的心情很不错。只要她们没有落后太远，洛根总是允许她和托薇恩以各自觉得合适的步伐跟随在他身后，让她们在表面上能保有自己的隐私。除非必要，这两名两仪师很少会相互交谈，即使在真正只有她们两人的时候也是如此。她们绝对不是朋友，实际上，每当洛根带领她们进行这种户外散步时，嘉布勒总是希望托薇恩会要求留在室内。如果能真正一个人独处一会儿，她肯定会更高兴。

她用戴着绿手套的手抓紧缰绳，另一只手拉住镶缀狐狸皮衬里的斗篷，她让自己稍微感受一下寒冷，这样能神清气爽些。雪并不深，清晨的冷风却很凛冽，深灰色的云团预示着很快又要有雪花落下来了。在天空高处有一只翅膀又长又大的鸟在飞翔，也许那是一只鹰，嘉布勒对鸟类了解不深。植物和矿藏总是会安静地待在原地，任你进行研究，书本和手卷也是如此，只不过在翻阅古籍时要小心，以免损坏它们。而高空中的鸟类对她来说一直都是难以辨认的，但一头翱翔的鹰很适合现在她周围的风景。

他们的四周是一望无际的林地，稀疏的乔木间点缀着一个个密集的小灌木丛，高大如塔的橡树、松树和冷杉的树冠下面很少能看到其他草木，只有一些褐色的干硬藤蔓缠绕在大石块和低矮的灰色岩壁上，等待着遥遥无期的春天。嘉布勒小心地将这个寒冷而空旷的地方里每一个细节记在脑海中，如同进行训练的初阶生。

现在这里能看到的人影只有她的两名同伴。嘉布勒几乎能想象自己所在之处并不是黑塔，而是世界上另外某个地方。现在这个恐怖的名字总是盘旋在她的脑子里，它像白塔一样真实——数百个男人在巨石砌就的军营中接受训练，而围绕这座军营的村镇正在迅速发展。嘉布勒已经在这里生活了两个星期，却还没能走遍黑塔的每一处。这座小镇现在的面积已经达到方圆数里，一道黑色的石墙环绕着它的边缘。在这片树林中，她几乎能将这一切全部忘记。

但只是几乎而已。洛根·埃布尔拉的情绪与感觉就盘踞在她的心神深处，挥之不去，这是一种持续不变的、受到制约的警惕，如同绷紧的肌肉。洛根就像一头捕猎中的狼或狮子，总是不停地环视四周，仿佛随时有可能遭受攻击。

嘉布勒从没有过护法，对褐宗两仪师来说，护法实在是一种没必要的装饰品，她所需要的只是一名受雇的仆人。所以，让她感到奇异的不仅是她位于约缚错误的一端，更是约缚本身。可怕的是，这个约缚强迫她服从，并堵死了她提出要求的途径。实际上，这与护法的约缚并不完全一样。姐妹们不会强迫她们的护法服从，至少不常这样。许多世纪以来，姐妹们也不会违反男人的意愿强制对他们进行约缚。不过，这对嘉布勒来说依旧是个有趣的研究课题。她现在正努力想要解释自己的感觉。有时候，她几乎能感受到洛根的思想，而在其他时候，洛根的思维对她来说却仿佛一道没有任何照明的矿洞隧道。她相信，就算自己的脖子被架在断头台上，她也还是会继续思考这个课题，这是一种非常真实的感觉。同样的，他也能感觉到她。

一些殉道使或许已经相信被俘的两仪师向他们屈服了，但只有傻瓜才会以为 51 名被俘虏、被强迫进行约缚的姐妹会全部屈服。洛根就不是傻瓜，而且，他知道她们的任务是来摧毁黑塔的。但如果他怀疑她们仍旧在图谋消灭掉数百个能够导引的男人……光明啊，现在她们只能俯首帖耳地接受黑塔的一切命令！她们对黑塔已经无能为力。她不明白，为什么黑塔要留下她们，而不是干净利落地将她们除掉，以防万一。毕竟，她们不可能放弃这个任务，因为这就意味着世界的毁灭。

洛根在马鞍上转过身，他是个肩膀宽阔的健壮男子，上身穿着一件漆黑的外衣，只有衣领上的银色剑徽和金红色龙徽为他增添了一些纯黑以外的颜色。他的黑斗篷被甩到身后，看样子，他已经将寒冷挡在了体外，这些男人似乎随时都在和身边的一切进行战斗。他朝嘉布勒笑了笑——这是对她的安慰吗？嘉布勒眨眨眼。她是否让太多的焦虑滑入了约缚之中？控制自己的情绪，仅仅表现出正确的反应，这实在是一场微妙异常的舞蹈，几乎就像是给予披巾的测试——无论外界出现怎样的干扰，每一根丝线的编织都不允许点滴错误。但这测试却在不断地重复，再重复。

洛根将注意力转向托薇恩，嘉布勒轻吁了一口气。只是一个微笑而已，一种示好，洛根对她们总是如此友善亲切，如果他不是洛根，也许他真的会很惹人喜爱。

托薇恩也对洛根露出笑容。嘉布勒克制住自己的情绪，才没有惊叹地摇起头，托薇恩已经不是第一次这样让她吃惊了。嘉布勒将兜帽向前拉了拉，似乎是要挡住迎面而来的冷风，她的眼睛从兜帽下沿向外窥看，悄悄地审视着这名红宗姐妹。

根据嘉布勒对托薇恩的了解，这名红宗姐妹一定是把她的恨意埋进了墓穴，不过这个墓穴并不深。托薇恩像她遇到过的每一名红宗一样，对能够导引的男人有着切齿痛恨。而且，在洛根宣布红宗两仪师将他树立为伪龙之后，每一名红宗姐妹都对他鄙视到了极点，即使现在洛根不再对此有任何言论，伤害却已经造成。在被俘的姐妹中，不止一个人认为红宗这次是跳进了自己设下的陷阱，但托薇恩只是对洛根显示出做作的笑容。嘉布勒有些困惑地咬住下唇。确实，黛森德和勒麦曾经命令过每个被俘的姐妹，都要和约缚她们的殉道使建立起积极的关系——在她们能够采取有效行动之前，必须先麻痹这些男人的心神，但托薇恩从来都不认真遵守黛森德和勒麦的任何命令，她厌恶屈居于她们之下，如果勒麦不是红宗，她甚至可能明确地反抗她的领导，尽管她也承认这种领导有其必要性。在托薇恩率领她们成为殉道使的俘虏后，就再没有人承认她的权威了，托薇恩也痛恨这点。但此时此刻，她正在向洛根绽放笑容。

而位于约缚另一端的洛根又该如何相信她的笑容会是真的？嘉布勒也曾遇到过这个问题，却从未能解开它。洛根太了解托薇恩了，实际上，只需要了解托薇恩的宗派也就足够了。但当他看着那名红宗姐妹时，嘉布勒感觉不到丝毫怀疑，就如同他看着自己一样。洛根不可能不怀疑，这个男人谁也不信任，而且相较于两仪师，他似乎更不信任殉道使。当然，这对嘉布勒来说同样难以置信。

他不是傻瓜，嘉布勒提醒自己，那他为何要这么做？托薇恩又为何要这样？她到底在谋划什么？

托薇恩突然带着那种温暖的笑容看了她一眼，仿佛她刚刚听到嘉布勒把心里的问题大声说出来一样。她喃喃说道：“有你在身边，”白色雾气从她嘴里一缕缕喷出来，“他几乎意识不到我的存在。你让他成为了你的俘虏，姐妹。”

托薇恩的话让嘉布勒吃了一惊，她的脸颊不禁泛起红晕。在此之前，托薇恩一直没和她说过话，这名红宗姐妹当然不会赞同嘉布勒与洛根的关系，甚至可以说她痛恨嘉布勒这样做。但这样做能有效地接近洛根，探察他的计划、他的弱点。洛根是殉道使，而嘉布勒在洛根出生之前很久就已经是两仪师了。对于男人，她并非完全无知的。当洛根意识到她要和他做什么的时候，着实大惊失色，这倒是让嘉布勒怀疑洛根对女人实际上是完全无知的。但她比洛根更愚蠢，和这个阿拉多曼人的游戏中隐藏着许多惊讶和困难，更糟糕的是，还有一个她不能告诉任何人的陷阱，一件她非常害怕托薇恩知道的事情，至少某些程度上如此。不过，现在所有跟随过托薇恩的姐妹一定都已经知道这件事了，她相信有几名姐妹一定也亲身经历过。没有人主动提起，当然也没有人想提。洛根能够遮蔽他们的约缚，但遮蔽的方法很粗糙，无论他将情绪掩饰得多好，她还是可以探寻出一些蛛丝马迹。而当他们分享同一个枕头时，他这层遮蔽也会悄然滑开。只是，用最保守的话说，这样做的结果也是破坏性的。这里面没有平静、镇定，没有冷静的研究，更没有什么逻辑与理智。

嘉布勒急忙再一次让雪地丛林的场景充满脑海，并努力将它固定在意识里。树木、石块，还有平滑洁白的积雪，平滑、冰冷的雪。

洛根没有回头看她，也没有任何明显的表示，但约缚告诉她，洛根知道了她暂时的失控。这个男人简直就是个装腔作势和志得意满的典范！而她只能拼命压抑住满腔的愤懑，这正是他乐于见到的。烧死他吧！他一定知道自己给了她怎样的感觉。任由自己的怒火激荡沸腾只会更增添他的兴致，而他甚至不会隐藏这种感觉！

托薇恩的脸上露出一抹满意的微笑，嘉布勒注意到了，但她并没有多少时间来思考这一点。

他们原本打算在这片树林中独自度过这个早晨，但又有一个骑马的人出现在树丛间。那个人穿着黑色外衣，没披斗篷，一见到他们，立刻调转马头朝他们而来。虽然在雪地上行走有些困难，但他还是用力踢着马腹，催赶坐骑向他们跑来。洛根勒住缰绳，静静地等待着。嘉布勒让马停在洛根身边，挺直身子。约缚中传来的感觉发生了变化，洛根就如同一匹时刻等待跃起的狼，她觉得他的手应该是按在剑柄上，而不是安闲地放在鞍头上。

策马而来的人几乎像洛根一样高，波浪般的金发披散在宽阔的肩上。他脸上带着一丝动人的微笑，嘉布勒觉得这个人知道他脸上的笑容有多么吸引人。他很漂亮，而且自负，这点洛根比不上他，生命已经将洛根的面孔锤炼得坚硬如钢、棱角分明，这个年轻人的脸庞则依旧光滑润泽，剑徽和龙徽装饰在他的衣领上。他用一双亮蓝色的眼睛审视着洛根身旁的两名两仪师。“你和她们都睡过了，洛根？”他的声音深沉而浑厚，“这个丰满的看着我的目光很冷，另外这个就温暖多了。”

托薇恩气恼地吸了一口气。嘉布勒咬紧牙关，她并没有真正刻意隐瞒自己的所作所为——她不是将一切令人羞愧的隐私遮盖得密不透风的凯瑞安人，但这并不表示她会允许这种事被公开拿出来取笑。更糟糕的是，这家伙的语气就好像她们是两个酒馆的妓女！

“不要让我再听到这种话，麦沙勒。”洛根平静地说道。嘉布勒察觉到约缚再次改变了，现在成为了一片寒冰，比周围的积雪更冷，比死寂的坟墓更寒。嘉布勒曾经听过这个名字——埃塔奥·麦沙勒。洛根在说出这个名字时，语气中充满了不信任，比对她和托薇恩更多的不信任，还有浓浓的杀意。这几乎让嘉布勒觉得好笑。她是洛根的囚徒，而洛根为了保全她的名誉，甚至会不惜使用暴力？她压抑着笑意，将这个情报深藏起来。任何情报都是有用的。

这个年轻人仿佛根本没意识到洛根话中的威胁意味，他的微笑没有丝毫改变。“米海峨说，你可以走了，只要你想。真不知道你为什么想去招募新兵。”

“必须有人做这件事。”洛根的声音中没有任何情绪。

嘉布勒和托薇恩交换了一个困惑的眼神。为什么洛根想去征兵？她们见到过不少招兵之后返回的殉道使，他们全都因为长时间使用神行术而显得疲惫不堪，而且总是满身泥污，愤恨不已。为转生真龙做事的男人通常都不会受到多么热烈的欢迎，而普通人如果知道他们在执行怎样的任务，那他们能够得到的待遇只会更差。而且，为什么她和托薇恩现在才知道这件事？嘉布勒本来还坚定地相信当他们同枕共眠时，他会把所有秘密都告诉她。

麦沙勒耸耸肩，“有足够的献心士和士兵会完成这个工作。当然，你监督了那么长时间的训练，大概也觉得无聊了。教导傻瓜在树林里捉迷藏、攀爬悬崖，就好像他们不会导引一个火星，这显然没有什么乐趣可言，就算是一个鸟不拉屎的小村子，可能还更有意思一些。”他的微笑变成冷笑，带着轻蔑，而且一点也不动人了。“也许如果你向米海峨提出请求，他会让你加入他的宫廷，那时你就不会觉得无聊了。”

洛根的表情没有丝毫变化，但嘉布勒感觉到一股锐利如箭的愤怒穿过了约缚。她听说过马瑞姆·泰姆和他的侍从班底，但这里所有的两仪师都知道，洛根和他的亲随不信任马瑞姆和所有接受马瑞姆教导的人，马瑞姆也明显不信任洛根。

不幸的是，姐妹们对于马瑞姆教导的课程所知十分有限，没有人和马瑞姆身边的人进行约缚。有些姐妹认为马瑞姆和洛根之间的不信任，是因为他们都曾经自称为转生真龙，甚至他们可能已经在导引中逐渐陷入疯狂。嘉布勒迄今为止也无法在洛根身上找到任何疯狂的迹象。她一直很努力寻找这种迹象，就如同寻找洛根导引的迹象。如果当洛根疯狂时，她仍然和他约缚在一起，这种疯狂有可能会传给她。同时，她也一定要查清楚导致殉道使分裂的原因是什么。

麦沙勒发觉洛根只是一动不动地盯着他，脸上的笑容便退去了。“去逛你的小村子吧。”他转过马头，猛踢了一下马腹。当坐骑向前冲去的时候，他又回过头来喊了一句：“荣耀在等着我们之中的一些人去争取，洛根。”

“也许用不了多久，他就再不会因为他的真龙而自豪了。”洛根看着急速离去的殉道使，喃喃地说道，“他实在是不懂如何管住舌头。”嘉布勒不认为他的这番话是对她和托薇恩说的，但，他这样说又是什么意思？为什么他会突然开始担忧了？他将这种情绪掩饰得非常好，尤其是考虑到他们之间还有约缚连结，但他的确是在担忧。光明啊，有时候，知道一个男人的脑子里在想什么，实在会让她感到更加困惑！

洛根突然将目光转向她和托薇恩，仔细地端详着她们，一根关注的丝线滑过约缚。是在关注她们，还是在关心她们？但这真是个奇怪的念头。

过了一会儿，他才说道："恐怕我们的散步只能结束了，我还要去做准备。"

洛根没有纵马疾驰，但他在返回受训新兵的村庄时，速度的确快了许多。他一定是在关心着什么，嘉布勒能感觉到他在努力思考。约缚中充满了杂音，他一定只是凭着直觉驾驭坐骑。

没等他们走出多远，托薇恩催马靠近嘉布勒，在马鞍上倾过身子，竭力盯着嘉布勒的眼睛，同时又不时飞快地瞥洛根一眼，似乎是害怕洛根会突然回过头来，发现她们在交谈，她似乎从没注意过约缚告诉她什么。只是现在她这种两头兼顾的状态，让她变得好像马鞍上一个摇摇晃晃的木偶，随时都有可能跌落下来。

"我们必须跟他一起走，"红宗姐妹悄声说道，"无论要付出什么代价，你必须做到这件事。"嘉布勒挑起一侧眉弓。托薇恩总算还会为这种事脸红，但她丝毫没有退让的意思。"我们不能被这样丢下。"她急促地喘息着，"那个男人来到这里，却没有放弃他的野心。无论他有多么令人厌恶的计划，如果我们不在他身边，就无法对他采取任何行动。"

"我能看到近在眼前的事情。"嘉布勒严厉地说。看到托薇恩点点头，没有再说什么，她才松了一口气。现在嘉布勒必须用全部精力控制从自己心中涌起的恐惧。托薇恩难道从没想过她会从约缚中感觉到什么？在与洛根的联系中，有一样东西是从不曾消失的，那就是决心，现在他的决心如同钢刃般冷硬而锋利。这一次，嘉布勒觉得她明白洛根的意思，而这让她感觉到嘴唇发干。她不知道洛根的敌人是谁，但她相信，洛根·埃布尔拉正在冲向战场。

尤缇芮沿着白塔宽阔的螺旋形走廊缓步向下走去，心中却仿佛一只饥饿的猫一般躁动不安，她听不清从身旁走过的姐妹都在说些什么。这是一个昏暗的早晨，第一缕阳光刚刚照亮天空，就被大雪遮去绝大部分。白塔的中间高度地带就像冬日里的边境国一样寒冷，或者实际上没那么冷，毕竟她已经有许多年没到过那么远的北方了。记忆总是会将事实夸大或缩小，所以固定在纸面上的纪录才会如此重要，但总有些事情，没有人敢将它们写在纸上。不过这里的确是很冷，无论古代的建筑师们拥有怎样的智慧和技巧，位于白塔底部中心处的巨大炉膛却永远无法将热量送到这个高度。一阵阵冷风吹得镀金立灯中的火苗不住地摇曳，就连挂在白色墙壁上的厚重壁毯也不时会被冷风吹起，让绣在壁毯上的春日花草丛林和珍禽异兽仿佛也在随之颤动，夹在这些自然风景之间的是一幅幅白塔从未对外公布过的胜利。尤缇芮自己的房间和她温暖的壁炉，肯定要比这里舒服得多。

来自外部世界的讯息一直在搅乱她的精神，让她难以维持必需的镇静。最让人困扰的是，每一条讯息都无法得到证实，阿特拉和阿拉多曼的眼线送来的报告如同一团乱麻，刚开始从塔拉朋流出的几条讯息则相当骇人。从妖境到安多到阿玛迪西亚到艾伊尔荒漠，到处都有边境国君主出现的讯息，唯一可以确认的事实就是，这些边境国君主全都放弃了他们应尽的职责——守卫边境国。艾伊尔人同样到处都是，看样子，他们已经脱离兰德的控制，也许兰德从来都不能真正控制他们。最新从莫兰迪传来的讯息让尤缇芮又想咬牙，又想痛哭。而凯瑞安，太阳王宫中聚满了姐妹，不管她们是否来自叛逆阵营，她们肯定都已经忘记了忠诚。柯尔伦和她的使团在离开那座城市后就一直没有讯息，从时间推断，她们早该返回塔瓦隆了。仿佛这还不够，兰德本人也像个破掉的肥皂泡一样消失得无影无踪。难道他摧毁了半座太阳王宫的讯息是真的？光明啊，那个男人还不能疯！还是爱莉达不智的“保护”吓得他躲了起来？他到底在害怕什么？尤缇芮只知道自己怕他，他让白塔评议会剩余的成员胆战心惊，无论她们如何掩饰这一点。

唯一能够确认的是，所有这些与一场真正的暴风雨相比，都无足轻重。知道这一点并不能帮助尤缇芮的心情稍微放松一点。玫瑰花刺也能杀死人，但当匕首的锋刃就抵在肋骨上时，为身陷玫瑰花丛中而担心就显得没那么重要了。

“在最近十年里，她每次离开白塔都是为了私人原因，所以没有相关记录可查。”她身旁的同伴低声说道，“想要了解她什么时候离开白塔，同时又保持……不被注意，实在很困难。”梅丹妮用象牙发梳将赤金色的头发拢在脑后，她身材高挑，却有着一对过度丰满的乳房，让她看上去总是有一种不平衡的感觉，绣着银色花纹的紧身胸衣，让她胸部显得更加突出。而她俯身到尤缇芮的耳边说话的姿势，强化了那种不平衡感。她的披肩缠在手腕上，长长的灰色流苏一直拖到地板。

“直起身来，”尤缇芮低声呵斥着，“我的耳朵没有被堵住。”

梅丹妮急忙挺直身子，双颊浮现淡淡的红晕。她将披肩拉高一些，回头朝她的护法利奥宁瞥了一眼。后者谨慎地和两名两仪师保持了一段距离，她们能够听到那个男人黑色发辫上银铃微弱的撞击声，但除非她们刻意提高声音，否则利奥宁肯定听不到她们在说什么。他只知道他的两仪师想让他知道的事情，这对于任何一名称职的护法来说就已经足够了。如果让他知道太多，也许会导致不必要的问题，但现在她们的确不必用耳语来交谈。看到别人窃窃私语的人，总想知道那对话中，到底隐藏着怎样的秘密。

相较于外面的世界，梅丹妮并没有给尤缇芮带来更多的气恼，即使她知道梅丹妮是一只披着天鹅羽毛的乌鸦，一个装作忠诚的叛逆的确令人厌恶。但赛尔琳和佩维拉已经说服尤缇芮，现在还不该将梅丹妮和她的"乌鸦姐妹们"交付给白塔的律法，她们的翅膀已经被夹住，成为可供利用的工具，这甚至让尤缇芮感到高兴。当她们最终接受审判时，她们也可以因此而得到一定程度的宽恕。当然，当捆缚住梅丹妮双翼的誓言被公诸于众，尤缇芮希望自己也能得到宽恕。不管她们是否叛逆，尤缇芮知道自己对她们所做的事，在白塔律法中等同于谋杀和背叛。迫使别人用誓言之杖立下对自己效忠的誓言，这几乎和心灵压制没有差别，即使白塔律法中没有详细说明，这样做也是绝对禁止的。为了能把黄蜂从墙角熏出来，有时不得不把墙壁熏黑，而黑宗就是带着毒刺的黄蜂。法律的制定都是有道理的，没有法律，就没有一切，但现在尤缇芮更关心的是，该如何在熏出黄蜂的同时保住自己的性命。如果成了一具尸体，就不必担心将受到怎样的处罚。

她略一挥手，示意梅丹妮继续说下去。还没等梅丹妮开口，三名褐宗两仪师从另一条走廊转过来，出现在她们面前，像绿宗一样炫耀着她们的披肩。尤缇芮认识玛瑞斯·索恩希尔和多芮丝·梅萨诺斯，对于长期驻留白塔的其他宗派成员，宗派守护者至少应该能叫出她们的名字，不过也仅此而已。勉强来说，她们的表情可以算是温和与专注。艾琳·沃瑞刚刚得到披肩，见到尤缇芮的时候，她仍然应该行屈膝礼。但这三名褐宗姐妹丝毫没有行礼的意思，反而直盯着尤缇芮和梅丹妮，仿佛三只猫盯着两条陌生的狗，或者是狗盯着陌生的猫。她们的目光里也完全没有温和可言。

"我能否问一点关于艾拉非法律的事情，守护者？"梅丹妮问道。听她的语气，就好像她们两个一直都在谈论这方面的问题。

尤缇芮点点头。梅丹妮开始引述一些关于在河流和湖泊中钓鱼权的不同规定。一个相当无聊的话题。一名地方官员也许会请两仪师旁听关于钓鱼权的案子，但两仪师所关心的只有牵涉到实权人物，或者与王座有关的案件。

三名褐宗姐妹身后只跟着一名护法，尤缇芮不记得他是玛瑞斯还是多芮丝的护法。这个身材魁伟，有张刚硬圆脸，黑发在头顶结成发髻的男人瞥了利奥宁和他背后的剑一眼，脸上露出怀疑的神情——这种情绪肯定来自于他的姐妹。两名资深的褐宗姐妹同时高昂起丰满的下巴，沿着有些坡度的螺旋形走廊大步走过尤缇芮身边，那个干瘦的褐宗新人带着不安的神情快步跟在她们身后。她们的护法走在最后，全身都散发出身处敌境的意味。

现在，白塔每一个角落都充斥着敌意，不同宗派之间本来就隔着隐形的墙壁，但这些墙壁原只是用于遮挡宗派自己的秘密，而现在，它们都变成了拥有壕沟和碉楼的高大壁垒。在它们之外，更有着一道道无法逾越的鸿沟。姐妹们都不会单独留在自己宗派的区域，甚至只是去图书馆或饭厅，她们也要带上自己的护法，并且一直戴着披肩，仿佛都担心别人会认错她们所属的宗派。尤缇芮也戴着她最好的披肩——上面布满了金银线的刺绣，长长的丝绸流苏一直垂到她的脚踝。她知道，在那三名褐宗眼里，她一定也在炫耀自己的披肩。最近她曾经考虑过，也许十二年没有护法已经是足够长的一段时间了。但当她开始思考这个想法的源头时，很快就察觉到这是多么可怕的想法，任何姐妹都不该在白塔内部需要护法。

尤缇芮又一次想到，她们需要有人做不同宗派之间的调停人，这个想法已经不止一次重重地撞击着她的神经。如果不尽早建立起这个体系，叛逆就会肆无忌惮地闯进白塔的大门，就好像大胆的盗贼将她的家洗劫一空，但家人们却还在为到底是谁拿了苏米奶奶的锡镴杯而吵个不休。要解开现在的一团乱麻，尤缇芮能找到的惟一一根线头，就是让梅丹妮和她的朋友们公开承认她们被叛逆派到白塔，散播红宗一手将洛根扶植成伪龙的谣言。她们竟然还在坚持这个谣言是真的！它会是真的吗？佩维拉肯定不知道这件事。尤缇芮很难想象，红宗的宗派守护者，特别是佩维拉，竟然会被她的宗派如此愚弄。但不管怎样，现在几乎已经没有人会再关心这种事情了。而且，如果让她们自首，尤缇芮在白塔中确认不属于黑宗的十四个女人中，就会有十个立刻被拘押受审，而剩下的四个也难免会因为自己的违法行为受到制裁。在即将到来的风暴把这一切都掀翻之前，她还不打算自乱阵脚。

她打了个哆嗦，这与走廊中的寒风没有任何关系。如果这些秘密有一丝半点的泄露，那么她和其他所有知情者都会在这场风暴结束前死掉。她们会死在床上，因为各种意外；或者她们会彻底消失，表面上是离开白塔，但永远不会再回来，她对此毫不怀疑。这些秘密会重新深埋入地下，即使是一支装备着铁铲的军队也无法把它们挖出来。就连谣言也会得到完美的修饰，这种事情曾经发生过。这个世界和大部分姐妹都相信泰姆拉·奥班亚是在床上去世的，她以前也相信这一点。她们必须竭尽全力将黑宗连根拔起，并紧紧地握在手心，只有这样，她们才敢冒险将这个秘密公诸于众。

当褐宗姐妹距离她们足够远之后，梅丹妮开始继续她的报告。但没等她们走出多远，一只毛茸茸的大手突然从一幅挂毯后面伸出来，那幅挂毯上绣着栖息在沉溺之地、毛色鲜艳的鸟雀。随着它被掀起，一股冷风吹进了走廊，从挂毯后的房间里走出一个身穿褐色工作服、身材魁梧的男人。他的另一只手拖着一辆手推车，车里堆满了劈好的山胡桃木柴。另一个穿着粗布外衣的男人在车子的另一边推着车。他们的胸前并没有白火图案，所以他们只是普通的劳工。

看到两位两仪师，那两个男人急忙放下挂毯，拼命地让推车靠在墙边，同时还努力向她们鞠躬，结果差点让柴堆塌落下来，他们急忙伸出手把摇摇欲坠的柴堆扶住。毫无疑问，他们没想到会在这里遇到两仪师。尤缇芮总是很同情那些从仆人坡道把水和木柴运到白塔各处的工人们，但她在经过他们身边的时候，还是表现出一副双眉紧皱的样子。

走路时的交谈是不会被偷听的，所以，公共区的走廊是和梅丹妮进行秘密会谈的适当地点，这比在她们的私人寓所里要好得多。任何防止偷听的结界都只会向所有人宣布，灰宗区正有人进行密谈，甚至连密谈者的身份也都暴露无遗。现在白塔中只有大约两百个姐妹，而且每个姐妹都尽量留在自己的私人空间内。白塔变得空空荡荡，公共区更是如此。

她没有忽视走廊里那些身穿制服的仆人。他们要不停地检查灯芯和灯油，或者是完成其他各种日常杂役。还有那些穿着普通工装的工人，他们的肩上往往扛着柳条筐和其他各种东西。这些人在每天早晨出现得最多，他们要为白塔一整天的运转做好准备。不过他们在见到两仪师时总是快速地鞠躬或行屈膝礼，为两仪师让出道路，没有机会偷听到她们的谈话。白塔的仆人们知道要谨守本分，特别是现在，任何偷听两仪师交谈的人都会被立刻踢出白塔，这让所有仆人对两仪师都敬而远之。

但尤缇芮没想到的是，不少姐妹显然抱着和她同样的想法，无论在什么时候，或者天气怎样寒冷，她总是能遇到三三两两在公共区“散步”的姐妹。红宗姐妹总是紧盯着所有经过她们身边的非红宗姐妹，绿宗和黄宗姐妹彼此傲慢相对，褐宗则竭尽全力要同时压倒她们。尤缇芮只见到很少几名白宗姐妹，她们里面只有一人没带护法，她们全都努力维持一副讲求逻辑的冷静表情，却又难以掩饰心中的忐忑不安。尤缇芮有时刚刚等到一批姐妹走远，就又看到另一群姐妹出现在对面。所以在她和梅丹妮密谈时，梅丹妮几乎要用一半的时间和她讨论各种无聊的法律观点。

最糟糕的是，她们还遇到了另外两名灰宗姐妹。那两名灰宗姐妹看到她们之后，立刻露出宽慰的笑容，并且打算和她们同行。尤缇芮只能摇头表示拒绝，这让尤缇芮感到异常沮丧，所有看到她这个动作的人都知道，她和梅丹妮正在讨论某个特别私密的问题。光明在上，希望黑宗没有注意到这一幕。但现在有太多的姐妹在窥探其他宗派的动静，尽管有三誓的约束，但她们在传播讯息时还是会加入自己的推测进行扭曲。爱莉达在用强硬的手段控制所有宗派，被认为有异常举动的姐妹往往会被迫进行苦修，而最好的判罚结果也只是你可以装作苦修是你自己主动要进行的。尤缇芮已经接受过一次苦修，她不想再浪费几天时间去擦地板了，她根本不知道还有多少问题正等着她去解决。如果不想进行苦修，她也可以选择去见初阶生师尊希维纳，虽然这可以节省时间，但绝对不是一件好受的事情！爱莉达开始召唤希维纳对她自己进行惩戒之后，仿佛变得更加严厉了，她似乎还以为这些惩戒都是私密的，但整座白塔已经因此而充满了流言蜚语。

尤缇芮虽然不愿承认，但所有这些的确让她时刻关心自己会以怎样的眼神去看从身边经过的姐妹们。看她们的时间太长，她们会怀疑你在刺探她们；立刻转过头去，你又显得心怀鬼胎。尽管如此，当她看见两名黄宗姐妹的时候，还是禁不住多看了她们一眼，那两名姐妹迈着平稳的步伐，就好像两位正走在自己王宫中的女王。

在她们身后远处，跟随着一名身材矮壮、皮肤黝黑的护法，因为其中一名黄宗姐妹亚图安·拉瑞赛特没有护法，所以他一定是普里陶·耐拜珍的护法。这名黄宗姐妹有一双绿色的眼睛，但鼻子并不像一般沙戴亚人那样又挺又尖。尤缇芮对普里陶知之甚少，不过既然看到她和亚图安在进行密谈，她就应该对这名姐妹进行更深入的了解。今天，亚图安穿着高领灰色横纹长裙，披着黄色的丝绸流苏披肩，让这个塔拉朋女人更加惹人注目。细长的黑色发辫一直垂到她的腰际，上面缀着光亮的小珠子，她的五官相当完美，却看不到什么美丽的光彩，和其他黄宗姐妹相比，她甚至可以说相当谦逊，但她正是梅丹妮暗中监视的目标。除非在强大的结界后面，否则她们甚至不敢说出她的名字。亚图安是塔琳妮所知的三名黑宗两仪师之一，这是因为黑宗的组织形式——三名姐妹彼此认识，组成一个核心，核心中的每一个人认识另一名其他两个人不认识的黑宗姐妹。亚图安就是塔琳妮单独认识的“那一个”，所以尤缇芮有可能通过她再找到另两名黑宗。

就在两名黄宗姐妹即将绕过走廊转角时，亚图安朝螺旋走廊上方瞥了一眼，她的目光只是扫过尤缇芮，却足以让尤缇芮的心脏跳到喉咙口。尤缇芮没有放慢脚步，同时也努力保持面容的平静，并在走到转角前冒险回瞥了一眼。

亚图安和普里陶已经向走廊的外环走去，跟在她们身后的护法甚至没有回头看一眼。普里陶正在摇头。亚图安在说些什么？尤缇芮只能听到那名矮壮护法靴跟落在地板上的轻微敲击声。亚图安只不过瞥了一眼，这不会有什么关系。尤缇芮加快脚步，当她确信她们肯定看不到她的时候，才终于长吁了一口气。直到此时，她才发现自己一直屏住呼吸。梅丹妮也在低声喘息着，肩膀松弛了下去。

奇怪，我们怎么会这样。尤缇芮一边想，一边挺起肩膀。

当她们得知塔琳妮是暗黑之友时，塔琳妮已经是一名被屏障的囚徒了。但她仍然让我们感到恐惧。尤缇芮不得不承认。实际上，她们让她招认的手段首先就让她们自己害怕，当她们获知事实以后，更是觉得如鲠在喉。现在塔琳妮受到的管束比梅丹妮更加严苛，虽然她表面上可以自由行动，但时刻都受到监视。该如何囚禁一位宗派守护者，却不让别人察觉，这点就连赛尔琳也不知道。不过塔琳妮已经迫不及待地招供出她所知道的一切，甚至是她猜想的一切，只为了能活下来，她当然也别无选择。现在她已经不足为惧了，至于剩下的那些人……

佩维拉曾经坚持认为塔琳妮对盖琳娜的指控是错误的，当她终于相信那名红宗姐妹的确属于黑宗时，她发了整整一天的火。从那以后，她就一直说要亲手掐死盖琳娜。当提麦勒被指认出来的时候，尤缇芮也感到一种遍及全身的寒意。如果白塔中有暗黑之友，灰宗自然难逃怀疑，不过提麦勒很可能向她们提供了更多线索。尤缇芮冷静地回忆起在提麦勒离开白塔的时候，有三个姐妹在白塔内遭到谋杀，而和提麦勒同时离开白塔的还有另外一些两仪师。但盖琳娜、提麦勒和所有那些被怀疑的人都已经不在白塔了，而能够确认属于黑宗的也只有盖琳娜和提麦勒。

亚图安毫无疑问是黑宗的，她可以在白塔中随意行动，完全不受到三誓的约束。多欣正在想办法安排对她的审问，虽然她是亚图安所属宗派的守护者，但她们必须将这件事做得密不透风。在那之前，她们只能看着她的一举一动，就像身边有一条红蝰蛇，你不知道什么时候会撞到她，更不知道她什么时候会亮出毒牙。她们是在一座遍布红蝰蛇的洞窟里，现在只发现了其中一条。

尤缇芮突然发觉自己所处的拱形大走廊里已经看不见其他人，她回头瞥了一眼，只看到利奥宁跟在身后。除了他们三个，整座白塔似乎再没有别人。除了立灯中跳跃的火焰，她眼前再没有任何活动的东西，周围的空间只有寂静。

梅丹妮微微打了一个寒颤。“请原谅，守护者，看见她的时候，我走神了。我说到哪里了？哦，是了，我知道赛勒丝丁和安哈丽正在努力探察她在黄宗的密友。”赛勒丝丁和安哈丽同属黄宗，也是梅丹妮的同伙。除了红宗和蓝宗以外，叛逆在每个宗派中各选出两名姐妹，让她们返回白塔，这被证明是一个非常有效的策略。“但恐怕这样不会有什么用，亚图安的朋友很多，至少在……宗派之间的关系变成现在这样之前是如此。”她的声音中流露出一丝满足感，无论她表现得多么谦恭，尽管她立下了服从她们的誓言，她仍然是个叛逆。“调查所有那些人是很困难的，甚至也许是不可能的。”

“暂时不要去想她了。”尤缇芮努力阻止自己探头环视周围的冲动。一幅绣着白色大花朵的挂毯抖动了几下，尤缇芮闭上嘴，直到她确认那只是一阵冷风，而不是另一个从仆人坡道里走出来的仆人，那些仆人总是神出鬼没的，而她的新话题则像亚图安一样危险。“昨天晚上，我想起你曾经和爱莉达一起当过初阶生，而且你们那时是亲密的朋友，你应该重拾你们之间的友谊。”

“那已经是许多年以前的事情了。”梅丹妮僵硬地答道，她用披肩将肩膀裹紧，仿佛突然感到寒冷一般。“爱莉达在成为见习生之后就彻底和我绝交了，她担心如果我在她执教时听讲，会被别人投诉她偏袒我。”

“还好你并没有受到偏袒。”尤缇芮冷冷地说。爱莉达一直是出了名的严苛，她还没去安多时，就曾经以极为严格的态度去对待那些她所偏爱的学生，让姐妹们不得不多次介入，以缓和她们之间发生的冲突。奇怪的是，史汪·桑辰也曾经是她所喜爱的学生之一，不过史汪从来都不曾因为无法达到她的要求，而需要别的姐妹来解救。这些都是让人好奇而伤感的回忆。“即使是这样，你还是需要竭尽全力恢复你们的友谊。”

她们又沿着走廊走出二十几步，梅丹妮不停地张嘴又闭嘴，调整她的披肩，抽动肩膀，就像要甩掉一直粘在身上的马蝇。她不停地向每一个方向望去，却总是刻意避开尤缇芮。这个不懂自我控制的女人怎么可能成为灰宗两仪师？“有几次，撰史者……奥瓦琳总是把我赶走，她说玉座很忙，要接见许多人，还需要休息，她总是有各种各样的理由。我想，爱莉达应该也不会打算恢复一段被她丢弃了超过三十年的友谊。”

看来那些叛逆也没忘记这段友谊，她们又打算如何利用这件事呢？很可能是让她从爱莉达那里套取情报。尤缇芮知道自己必须查清楚梅丹妮如何将得到的情报传递出去，不管怎样，叛逆提供了工具，尤缇芮就应该利用它。“奥瓦琳不会再妨碍你了。她昨天离开了白塔，或许是前天就走了，没人清楚。但侍女们说，她随身带着换洗衣物，所以她至少应该有几天不会回来。”

“她在这种天气要去哪里？”梅丹妮皱起眉，“昨天早晨开始就下起了大雪，就算是前天，坏天气的预兆也已经很明显了。”

尤缇芮停下脚步，用双手将梅丹妮拉到自己面前，不容置疑地说："梅丹妮，你惟一要关心的就是她已经走了。"但奥瓦琳到底去了哪里？"你和爱莉达之间已经没有阻碍，你要利用这个机会。你要注意观察，到底是谁在偷看爱莉达的文件。当然，同时也不要让别人发现你。"塔琳妮说黑宗在玉座的每一道政令被宣布前，就已经知道其中的内容，为了做到这一点，她们必须将她们的人安插在爱莉达身边。当然，奥瓦琳会提前看到爱莉达签署的每一份文件，而且她比尤缇芮记忆中的任何一名撰史者都更有权势，所以她的过去也被调查过了。"你也要盯紧奥瓦琳，要竭尽全力，不过爱莉达的文件是最重要的。"

梅丹妮叹息一声，不情愿地点点头。她也许不得不服从尤缇芮的命令，但她很清楚，如果奥瓦琳真的是暗黑之友，她要面对怎样的危险。而且，无论赛尔琳和佩维拉怎样坚持，爱莉达依旧有可能是暗黑之友。一个暗黑之友玉座，这个念头几乎要让人的心脏停止跳动。

"尤缇芮！"一个女人的声音从后方的走廊里传来。

白塔评议会中的宗派守护者在听到自己的名字时，不会像受惊的山羊惊慌失措，但这种说法和尤缇芮现在的情况并不相符。幸好她扶住了梅丹妮，才没有摔倒在地上，但她们两个还是踉跄得好像喝醉的农夫在跳收割舞。

尤缇芮站稳身体，拉好披肩，当她看清楚是谁跑过来，眉头反而皱得更紧了。按照她们的指示，如果希安妮没有和像尤缇芮这样知道黑宗存在的宗派守护者在一起，她就必须留在自己的房间附近，并在周围聚集尽量多的白宗姐妹。但现在她的身边只有博耐勒·格班——一个矮壮的塔拉朋女人，也是梅丹妮的同伙。利奥宁退到一旁，手指按住胸口，郑重地向希安妮鞠了个躬。梅丹妮和博耐勒愚蠢地交换了一个微笑，她们是朋友，但她们在情感流露之前还是应该先注意一下周围的情况。

尤缇芮丝毫没有微笑的心情。"来呼吸新鲜空气吗，希安妮？"她厉声说道，"等我告诉赛尔琳的时候，她会不高兴的。我也很不高兴，希安妮。"

梅丹妮的喉咙里发出一点声音。博耐勒的头甩动了一下，让脑后细辫子上的碎珠发出一连串的撞击声。她们两人同时望向一幅挂毯，那上面绣着令人感到羞辱的芮安诺女王。虽然她们的表情平静若素，但她们显然完全不想待在这里，她们大概认为宗派守护者是平等的。换做是平时，至少表面上的确如此。利奥宁应该无法听到她们的交谈，但他能感觉到梅丹妮的心情。他又向远处退了一步，同时警戒地观察走廊两端，他是个好人，而且很聪明。

希安妮至少还会表现出窘迫的样子，她下意识地伸手去抚弄在下摆和胸衣上装饰着雪花刺绣的长裙，但她的双手又立刻紧紧抓住了披肩，倔强地皱起眉。

从进入白塔的第一天开始，希安妮就是一个意志坚定的人。她来自卢加德，是一名家具匠人的女儿，她说服父亲为她和母亲提供前来白塔的旅费，这笔旅费勉强够两个人逆流而上到达白塔和一个人返回卢加德。她有坚强的心智，而且总是充满自信，也经常像其他褐宗两仪师一样对身边的世界视而不见，标准的白宗总是满脑子逻辑，却做不出任何决断。这时她说道："我不需要躲着黑宗，尤缇芮。"

尤缇芮打了个哆嗦。愚蠢的家伙，竟然在这种公开场所提到黑宗。现在还没有其他人进入这段走廊，但一次疏忽会带来更多疏忽。如果有需要，希安妮尽可以固执己见，但至少她应该明白她身在哪里，现在是什么时机，就连一头蠢鹅也能明白这些。她开口想要提醒希安妮，这会是一次严厉的提醒，但希安妮根本没有给她插话的机会。

"赛尔琳允许我来找你。"希安妮抿了抿嘴唇，两颊绽出红晕。她感到羞愧，也许是因为她向赛尔琳请求许可，也许是因为她不得不这样做。当然，她有理由痛恨自己现在的处境，但不接受这点只能表现出她的幼稚。"我需要和你单独谈谈，尤缇芮，关于那个次要的问题。"

片刻间，尤缇芮只感到困惑，她看了梅丹妮和博耐勒一眼，知道她们也不明白希安妮的意思。她们可以装出不感兴趣的样子，但不可能捂住自己的耳朵。次要的问题？希安妮到底在说什么？除非……难道她所说的是当初让尤缇芮参加猎捕黑宗行动中的那件事？与在姐妹中寻找暗黑之友相比，宗派首脑秘密会谈的事情就显得不那么重要了。

"好吧，希安妮。"尤缇芮的语气比她自己想象中更加平静，"梅丹妮，带利奥宁到走廊拐弯处，直到你们的视线刚好能见到希安妮和我，一定要严密监视所有走过来的人。博耐勒，你到走廊另一端的拐弯去。"没等尤缇芮讲完，他们都已经开始行动了。等到三个人走出她们说话声音传播的范围，尤缇芮将注意力重新转回希安妮身上，"什么事？"

令尤缇芮感到惊讶的是，阴极力的光晕突然出现在这位白宗守护者周身。她在她们周围编织出一个防止被窃听的结界，现在如果有人看到这个编织，就会知道她们在进行密谈。但愿希安妮要说的事情确实重要到值得冒这个险。

"以符合逻辑的方式思考一下这个问题。"希安妮的声音保持着平静，但她的双手仍然紧紧抓住披肩。她站得很直，虽然只比普通人高了一点，但她还是能俯视尤缇芮。"从爱莉达来找我至今已经有一个多月，快两个月了，而你发现我和佩维拉也有将近两个星期。如果黑宗知道我的情况，我现在就已经死了，不必等到你、多欣和赛尔琳遇到我和佩维拉，我们就已经死了。所以，她们还不知道我们在干什么。我承认心中感到恐惧，但我现在已经能控制住自己了，你们没理由再把我当作初阶生那样对待。”她的平静中掺杂着一点激动，“我不是没脑子的家伙。”

“你必须和赛尔琳谈谈。”尤缇芮说。赛尔琳从一开始就负责主持她们这次的行动。她作为褐宗守护者已经有四十年，很懂得该如何发号施令，除非迫不得已，尤缇芮并不打算违抗她。在眼前这种情况下，宗派守护者也很难说会有什么特权了，尤缇芮不打算接下这个烫手山芋。如果希安妮能说服赛尔琳，佩维拉和多欣应该也不会有异议，尤缇芮当然不打算去干预。“那么，你所说的‘次要的问题’是什么？是指宗派首脑聚会的事情吗？”

希安妮脸上露出一副骡子般的表情，尤缇芮仿佛看到她的耳朵竖了起来。然后，希安妮重重叹了口气。“你们的宗派首脑是否推选了安黛亚进入评议会？我是说，她是否采取了比正常状况下更加直接的行动？”

“是的。”尤缇芮小心地回答道。所有人都相信，安黛亚总有一天会进入评议会，但那应该是在四十或五十年以后，而瑟兰嘉现在只差给她涂膏了。如果依照传统，宗派守护者的人选应该在宗派内部进行讨论和推选，在确定出两到三个候选人之后，进行一次秘密投票。但这是宗派的秘密，就像瑟兰嘉的名字和职位对外人来说也是秘密。

“我就知道。”希安妮兴奋地点点头，她以前从没过这样的表情，“赛尔琳说，裘莱恩也是直接被挑选出来的，这显然也不是她们的常规办法。多欣说苏安娜也是这样进入评议会的，不过她对此没敢说太多。我想，黄宗的首脑应该就是苏安娜本人。不管怎样，她已经四十年没有进入过评议会，你也知道，在这么多年以后重新进入评议会，这绝对不寻常。白宗的菲兰恩在不到十年以前才离开评议会，同样没有人会这么快返回评议会。最不寻常的是，塔琳妮说绿宗本应该是在姐妹们推举出候选人之后，由她们的将军选择一个，但安罗娜未经宗派内提名就选择了琳纳。”

尤缇芮努力让自己保持面容的平静，她的努力差点就失败了。所有人都在猜测其他宗派的首脑到底是谁，否则就不会有人注意到那次秘密会谈了。但明白说出这些名字仍然是莽撞而无礼的。除了宗派守护者外，任何这样做的人都会被判处进行苦修。当然，她和希安妮都知道安罗娜。为了能求得宽恕，塔琳妮没等她们讯问就说出所有绿宗的秘密。除了塔琳妮自己之外，所有知道此事的人都认为这是一件很麻烦的事。至少这解释了当安罗娜被处以鞭刑时，为什么全体绿宗都会怒不可遏。尽管绿宗自诩为战斗宗派，但“将军”对于两仪师来说还是个荒谬的头衔，至少“主管”这称号能说明瑟兰嘉的工作职责。

在走廊尽头，梅丹妮和她的护法似乎正在低声交谈，并不时抬头向转角那头的走廊看上一眼。对面，博耐勒也站在走廊拐弯处，不时地转过头，一边注意着尤缇芮和希安妮，一边监视着走廊远处的动静。她的身子晃来晃去，任何走过来的人都会注意到她不自然的动作。但在这段日子里，任何单独离开所属宗派区域的姐妹都是在找麻烦，她一定也明白这一点。她们必须尽快结束这段谈话了。

尤缇芮举起一根手指，“有五个宗派在她们的守护者加入叛逆之后，都选出了新的守护者。”希安妮点点头。尤缇芮举起第二根手指，“这些宗派都选择了……不合逻辑的守护者。”希安妮再次点头。尤缇芮举起第三根手指，“褐宗选出了两个新守护者，但你没有提到舍万，那么，她有什么……”尤缇芮冷笑一下，“……奇怪的地方吗？”

“不，根据赛尔琳的说法，舍万很可能是她决定离休时的继任者，但……”

“希安妮，如果你真的是在暗示宗派首脑们在合谋确定该由谁进入评议会，首先，我从没听说过比这更疯狂的事情。其次，如果你真是这样以为的，为什么她们要选择五个不合逻辑的和一个合逻辑的？”

“是的，我正是这样想的，既然你们把我软禁起来，我才有足够时间思考现在的状况。裘莱恩、琳纳和安黛亚给了我提示，菲兰恩让我决定要查清楚这件事。”安黛亚、裘莱恩和琳纳给了希安妮怎样的提示？哦，当然，琳纳和安黛亚的年纪也像裘莱恩一样，都还不足以让她们进入评议会。不谈论年龄的传统很容易让人习惯不去考虑年龄问题。

“两个也许是巧合，”希安妮继续说道，“即使是三个也不好说有什么特别的意义。但如果是五个，她们背后一定有某种因缘。除了蓝宗以外，褐宗是惟一有两名守护者加入叛逆的，也许这才是她们选出一个合逻辑的守护者，一个不合逻辑的守护者的原因。但不管怎样，这其中一定存在着特殊的因缘，尤缇芮。无论它是否符合理性，我知道我们最好在叛逆到来之前解决它。我现在觉得仿佛有人将手按在我的肩膀上，但当我回头望，却什么也看不到。”

只要想到宗派首脑们竟然会共谋方略，尤缇芮就感到一阵紧张。*如果真是如此，尤缇芮想，那么宗派守护者们串通密谋也就不是什么难以想象的事情了，而我也在这场密谋之中。*按照传统，宗派以外的人不该知道宗派首脑是谁，但宗派首脑们已经打破了一切传统。“如果这其中真的有什么疑团，”她疲倦地说，“你有很长时间能够解开它。无论叛逆在散播怎样的讯息，她们在春天以前都不可能离开莫兰迪，然后她们还要用几个月的时间才能逆流而上到达塔瓦隆。她们首先需要担心的是，如何将那种规模的军队维持到那时候。”尤缇芮相信她们有这个能耐，但那支军队顶多也就只能维持到那个时候了。“回你的房间去吧，不要让别人看到我们在这里张开结界，仔细去思考你的谜团吧。”她伸手揽住希安妮的袖子，语气中不乏柔和。“你必须暂时容忍我们这样对你，因为我们要确保你的安全。”

希安妮虽然是宗派守护者，但现在她脸上的表情只能被形容为闷闷不乐。“我会再和赛尔琳谈一谈。”她虽然这样说，但她周身的阴极力光晕还是消失了。

尤缇芮看着希安妮走到博耐勒身边，两个人一同走远，看上去就像两只在狼群出没的草原上行走的羔羊。尤缇芮也感觉到心情一阵沉重。叛逆在夏季之前不可能到来，这其实是一件很可惜的事。到那时，宗派们会被迫重新团结在一起，至少那样，姐妹们就不必在白塔中也要战战兢兢了。*现在这还只是痴心妄想*，她伤心地想。

尤缇芮控制住自己的情绪，然后走到梅丹妮和利奥宁面前。她还需要去调查黑宗，至少她知道该如何去解决这个难题。

盖温猛地在黑暗中睁开眼睛，又一阵寒潮涌进这座干草顶的谷仓，这座牛舍有着厚实的石头墙壁，能够将大部分冷风挡在外面，但盖温依旧感觉不到丝毫暖意。下面传来低微的说话声，声音中听不到任何兴奋的情绪。他抬起按在身旁佩剑的手，将手套又拉紧了一点。像其他青年军一样，他睡觉时会把所有衣服穿在身上。也许现在应该叫醒身边的一些人，让他们去轮岗。但盖温已经完全醒了，而且他相信自己已经没有任何睡意。最近他总是被各种黑色的梦境困扰着，那个他所爱慕的女人不停地出现在他的脑海中，折磨着他，他不知道艾雯在哪里，甚至不知道她是不是还活着，能否原谅他。他站起身，任由那些他用来盖在身上的干草从斗篷上滑落下去，然后扣上了剑带。

当他小心地在睡在干草堆上的人们中间寻找道路的时候，木板楼梯上传来微弱的脚步声，说明有人正朝阁楼上走来。这时，一个模糊的人影出现在阁楼的楼梯口，他就站在那里，等待着盖温。

“盖温大人？”雷加浑厚的声音悄然响起。他已经在塔瓦隆接受了六年训练，但他那种阿拉多曼口音还是丝毫未变。他是盖温的第一副官，是个身材单薄的年轻人，身高才到盖温的肩膀，所以当他说话时，那种深沉浑厚的声音总让人吃上一惊。如果不是发生了异变，雷加应该已经成为护法了。“我还以为必须要叫醒你。一位姐妹刚刚徒步来到这里，她是白塔的信使，想见在这里主事的姐妹。我让托米尔和他的兄弟将她带到村长那里去了，我允许他们两个在做完这件事以后睡觉。”

盖温叹了口气。当他回到塔瓦隆，发现青年军已经从城中被赶出来的时候，就应该回家去，而不是让自己被这里的冬天困住，特别是当他相信爱莉达想要他们全都死掉的时候。他的妹妹伊兰迟早会到达凯姆林，也许她现在已经到了，任何两仪师都会尽力确保安多的王女及时到达凯姆林，登上安多的王座，白塔绝不会错过让一名两仪师成为女王的机会。不过伊兰也可能正在赶往塔瓦隆的路上，或者她就在白塔里。盖温不知道伊兰怎么会和史汪纠缠在一起，以及她们之间的关系到底有多深，伊兰总是不问深浅就往池塘里跳。但爱莉达和白塔评议会一定会对她进行严格的审问，无论她是不是王女或女王。不过盖温相信，她不应为任何罪责负责，毕竟她还只是一名见习生。盖温必须经常这样提醒自己。

现在最新的问题是，一支军队正挡在他和塔瓦隆之间。至少有两万五千名士兵驻扎在艾瑞尼河的这一边。他只能相信西岸也驻扎着一支同样规模的部队。他们的主使者一定是那些被爱莉达称为叛逆的两仪师，除了她们以外，还有谁敢围攻塔瓦隆？那支军队仿佛是凭空出现的，这已经足以让盖温感到脊背发凉了。谣言和警报总是会远远超越军队行进的速度。这支军队却如同幽灵一般，悄无声息地突然出现在塔瓦隆脚下。不管怎样，这支如同石头一般确实存在的军队让他无法进入塔瓦隆，寻找伊兰的下落，也无法策马南行。任何军队都不会放过一个三百人以上的武装集团，叛逆更不会对青年军有什么善意。即使盖温单独行动，冬天也会拖慢他的脚步。就算他等到春天再出发，他赶到凯姆林的时候也不会比现在出发更晚。目前，他也不可能走水路离开，围城军队会阻断河道交通，他也被彻底困在这里了。

而现在，一名两仪师深夜来访，这当然只会让情况变得更复杂。

“让我们去看看她带来了什么讯息。”盖温低声说着，示意雷加在他前面走下楼梯去。

二十四匹马，堆在一起的马鞍和米琳太太的二十几头乳牛几乎占满了下层牛舍的所有空间。盖温和雷加通过牲畜之间的缝隙挤到大门口，这些熟睡中的牲口是牛舍中惟一的热源。两名看守马匹的哨兵静静地站在阴影里，但盖温能感觉到他们正看着自己和雷加走入外面冰冷的黑夜中。等到天亮的时候他们大概就会知道信使到来的事情，这当然也会让他们产生许多猜疑。

天空相当清澈，已经缺了一半的月亮还能洒下相当明亮的光芒，多廉村被雪地的反光照亮了。他们两个拉紧斗篷，踩着及膝深的积雪走过寂静无声的村子。他们脚下的道路本来连接着塔瓦隆和一座城市，但那座城市在几百年以前就消失了。现在，在塔瓦隆这个方向上的居民点只剩下多廉村，没有人会在冬天跑到这里来，一直以来，多廉村唯一的存在价值就是为白塔供应奶酪。这个小村子里只有十五栋有石板屋顶的房子，大雪一直堆到这些灰石房屋一楼的窗子下面。每栋房子后面都有牛舍，现在这些牛舍中全都住满了人和马匹，当然还有乳牛。绝大部分塔瓦隆人都已经忘记了多欣的存在，有谁会去注意奶酪是从哪里来的？所以这里应该是一个不错的藏身之地。但现在，情况发生了改变。

村子里只有一座房屋亮起了灯，伯劳师傅家一楼和二楼的百叶窗缝中都透出了灯光。加隆·伯劳不幸地拥有多廉村最大的房子，更不幸的是，他还是多廉村的村长。必须为两仪师让出自家卧室的村民们都是不幸的，而伯劳师傅已经为此腾出了两间房间。

盖温在石头台阶上踏掉靴子上的雪，用戴着手套的拳头敲了敲村长家厚重的房门。没有人应门。等了一会儿，他拉动门环，带领雷加走了进去。

露着房梁的前厅对一幢农舍来说算是相当高大的，沿墙壁排列的几只橱柜里摆满了锡镴器皿和镀釉陶器，一张漆光长桌周围排列着高背椅子。全部油灯都被点亮了，这在冬天是相当奢侈的，平时在深夜中用于照明的只是几根牛油蜡烛而已。壁炉中的火焰没散发多少亮光和热量，但住在这里的两位姐妹嘉德琳·亚鲁玎和塔娜·弗尔仍然赤足站在这个房间的木板地上，毛皮衬里的斗篷盖在她们只穿着亚麻睡衣的身上。她们正盯着一个瘦小的女人，她穿着黑色横纹骑马裙，斗篷上满是雪融后留下的水渍。她尽量靠近宽大的壁炉，想要在炉火上烤暖自己的双手，却仍然禁不住微微发抖。现在外面的积雪已经一尺深，她要从塔瓦隆赶到这里，至少需要两三天的时间，就连两仪师也不可能在这么长的时间里抵御这种严寒。她一定就是雷加所说的那个两仪师了。两仪师的那种不受岁月侵蚀的光洁无瑕，在她的脸上很难被发现。实际上，与另外两名两仪师相比，她本身就很难被注意到。

村长和他的妻子并不在这个房间里，这让盖温的心又下沉了一些。尽管他已经大致预料到这一点。不管有多晚，那对夫妻还是应该在这里为两仪师服务，准备热饮和食物。除非是嘉德琳和塔娜命令他们离开，以便和刚刚到达的信使进行私密交谈。这也意味着，她们不可能把信使带来的讯息向他透露。他在离开牛舍之前，约略也想到了这一点。

"……船夫说他会留在我们靠岸的地方，直到城市被包围。"当盖温走进房间时，那名小个子女人正以疲惫的语气说话，"但他非常害怕。我猜他现在应该已经在下游数里外了。"感觉到门口吹来的冷风，她转回头，方脸上的疲惫之色似乎消退了一些。"盖温·传坎，我为你带来了玉座的命令。"

“命令?”盖温一边说，一边拉下手套，将它们叠好，塞进剑带里。他认为现在应该做的是向她表明事实。“为什么爱莉达要向我发布命令？为什么我要遵从她？她已经断绝了与我和青年军的一切关系。”雷加面对两仪师们，以恭敬的姿态站立，双手交叠在身后。听到盖温这样说，他飞快地瞥了盖温一眼，无论盖温说什么，他也不会出言反对，但青年军们并不像盖温这样想。没有人知道两仪师们在做什么，除非她们明白地告诉你，青年军则依然全心支持着白塔，服从命运的安排。

“这件事可以再等一等，娜瑞文。”嘉德琳低喝一声，又将斗篷拉紧了一点。她的黑发披散在肩头，发丝缠结在一起，似乎她起床后只是随便梳了几下，而她的神情让盖温想到了一只正在狩猎，或者察觉到有陷阱存在的山猫。她只用眼角扫了一下盖温和雷加，就再没有注意他们。“我有紧急事务要返回白塔处理，告诉我该如何找到那座无名的小渔村。不管你的船夫是否还在那里，我总能找到人把我渡过河去。”

“还有我。”塔娜插话道。她的下颌紧绷着，蓝色的双眼像矛枪一样锋利。与嘉德琳不同，塔娜浅黄色的长发梳理得光可鉴人，仿佛下楼前曾经有一名侍女为她仔仔细细地打理过。她像嘉德琳一样异常警戒，但有更强的自控能力。“我也有紧急的原因要回白塔，绝不能再耽搁了。”她向盖温点了一下头，然后对雷加也略点点头。她的面孔始终如同大理石雕出来的一样，丝毫没有改变。但对于这两个年轻人，她肯定要比对待嘉德琳友善得多。这两名两仪师虽然属于同一宗派，她们之间的关系却一直都很僵硬，她们是完全不同的两种人，很可能彼此之间没有任何好感。但对于两仪师，任何事情都是难下定论的。

盖温很盼望她们现在就离开这里。塔娜在那支神秘的军队出现后不到一天就骑马赶到多廉村。盖温还不太清楚两仪师的位阶次序，不过塔娜一到这里，就占据了鲁索尼娅·库勒在楼上的房间，揽下了珂瓦拉·巴德尼对已经在多廉村的另外十一名两仪师的指挥权。随后，她就把一切事情都紧握在手里：向其他两仪师查问当前的情况；每天查看青年军，仿佛是要在里面寻找有潜质的护法。盖温有时候觉得她更像是个绿宗两仪师。因为塔娜属于红宗，所以被她查看的青年军们全都是一副战战兢兢的样子。更糟糕的是，塔娜每天都会长时间骑马在外面乱逛，想要找到能带她进入塔瓦隆的人。再这样下去，她迟早会把那支军队的探子带到多廉村来。嘉德琳昨天刚到，因为返回塔瓦隆的道路被封锁而怒气冲冲，立刻夺走了塔娜的指挥权和珂瓦拉的房间。不过她并不像塔娜那样时刻不忘使用自己的权威，她一直尽量避开其他两仪师，拒绝告诉任何人她为什么在杜麦的井消失，后来去了哪里。但她也在调查青年军，就像一个女人在检查她打算使用的一把斧头，同时丝毫没有想过会有多少鲜血因她而泼洒。如果她逼迫盖温为她杀出一条通向塔瓦隆的道路，盖温也丝毫不会感到惊讶，所以他很希望她们离开。但现在，即使她们离开了，他还需要对付娜瑞文和爱莉达的命令。

“那里很难被称为一座村庄，嘉德琳。”那个还在颤抖的两仪师说，“只有三四座肮脏的渔人小屋。在下游方向，从塔瓦隆沿陆路过去大约要一整天，从这里过去还要更远。”她拉起裙摆，让裙摆更贴近炉火。“我们也许能找到办法把讯息送进城去，但你们两个需要留在这里。现在即使是晚上，想让一艘小船渡河而不被发现也是非常困难的，正因为如此，爱莉达才没有派遣五十名或更多的姐妹出城，而只是派了我一个。必须承认，当我知道有姐妹留在如此靠近塔瓦隆的地方，我非常惊讶。依照当前的情况判断，任何不在塔瓦隆的姐妹都一定……”

塔娜猛地抬起一只手，打断了她的话：“爱莉达甚至不知道我在这里。”嘉德琳闭上刚刚张开的嘴。她皱起眉头，扬起下巴，但她还是让另一名红宗两仪师说了下去：“她让你给多廉村的姐妹们带来了什么命令，娜瑞文？”雷加盯着自己脚尖前的地板。他曾经毫无畏惧地冲进战场，但只有傻瓜才愿意待在正在吵架的两仪师身边。

那名矮个子两仪师又摆弄了一阵她的骑马裙，然后以刻板的语气说道：“我收到的命令是管理我在这里找到的姐妹，并尽力而为。”过了一会儿，她叹了口气，不情愿地说：“我们知道，这里的姐妹受珂瓦拉的领导，但肯定……”

这一次是嘉德琳打断了她的话：“我从没受过珂瓦拉的领导，娜瑞文，所以爱莉达给你的命令对我无效。等到天亮，我就会去找那几座渔人小屋。”

“但……”

“够了，娜瑞文，”嘉德琳用冰冷的声音说道，“关于这里的一切事情，你可以和珂瓦拉进行交接。”那位黑发两仪师从眼角瞥了一下和她同宗派的姐妹。“我想，你可以和我同行，塔娜，一艘渔船可以承载两个人。”塔娜微微低下头，她可能是在表达谢意。

她们之间的交谈看来是结束了。两名红宗两仪师拢起斗篷，向房间后面走去。娜瑞文气恼地看着她们的背影，然后将注意力转向盖温，脸上恢复了惯有的冷静面具。

“你有关于我妹妹的讯息吗？”盖温抢在她前面说道，“你知道她在哪里吗？”

这个女人真是累了，她眨眨眼，盖温几乎能看出她正在杜撰一个没有任何实际意义的答案。

正走向内室门口的塔娜停下脚步说道："我最后一次见到伊兰的时候，她正和那些叛逆在一起。"房里所有的目光都转向她。"不过你妹妹不会因此而受到惩罚。"她的声音保持着波澜不惊，"所以你不必为她担心。见习生不能选择服从哪位姐妹，我可以向你保证，按照法律，她不会遭受无法恢复的伤害。"她仿佛完全察觉不到嘉德琳寒冰一般的瞪视和娜瑞文大睁的双眼。

"你早就应该告诉我的。"盖温气愤地说。没有人能对两仪师无礼，至少没有人能有第二次这样做的机会，但盖温已经不在乎了。另外那两名两仪师是吃惊塔娜的回答，还是吃惊塔娜竟然会把这么重要的情报告诉他？

"你所说的'无法恢复的伤害'是什么意思？"

那名黄发两仪师发出一阵笑声："如果她错得太厉害，我很难向你承诺她不会被抽上几鞭子。伊兰是一名见习生，不是两仪师，即使她在姐妹的诱导下迷途过远，这也能保护她免受巨大的伤害。而且，你以前从没问过关于伊兰的事。不过她现在不需要救援，不论你是否有这样的能力，她和两仪师在一起。现在我所知道的都已经告诉你了。再过几个小时就要天亮了，我还要去补一下睡眠，你可以去和娜瑞文谈谈了。"

嘉德琳看着她离开前厅，连睫毛也没动一下，就像一块寒冰，只有眼里还闪烁着狩猎山猫一样的光芒。然后，她飞快地走出房间，斗篷随着她的步伐在背后如同波浪般飘起。

"塔娜是对的。"内室的门一关上，娜瑞文就说道。这名小个子女人也许不像她的两名红宗姐妹那样擅于保持两仪师的镇定与神秘，但她在这方面还是有很强的能力。"伊兰已经紧紧地和白塔联系在一起，不管你怎么说，你也是一样，安多的历史已经让你们无法摆脱白塔。"

"青年军全都和白塔联系在一起，这是我们自己的选择，两仪师娜瑞文。"雷加单膝跪下，庄重地行了个屈膝礼。娜瑞文的目光则始终没有离开盖温。

盖温闭上眼睛，他努力阻止自己用手掌去揉眼睛。青年军已经被绑在白塔上，没有人会忘记他们为白塔而战，成功地阻止一名被篡权的玉座得到援救。不管是对是错，这件事会一直跟着他们进入坟墓。他也是这件事的参与者之一，而且还有着他自己的秘密。在所有那些流血的战斗之后，他却成为那个放走史汪的人。但更重要的是，伊兰已经把他绑在白塔上，还有艾雯。他不知道哪一个结绑得更紧，是他对妹妹的爱，还是他心中的爱。但他知道，伊兰、艾雯和白塔，放弃其中一个就等同放弃全部。只要他还在呼吸，他就无法放弃伊兰和艾雯。

"我答应你，会尽力而为。"盖温疲惫地说，"爱莉达想让我做什么？"

凯姆林上方的天空相当清澈，太阳如同淡金色的圆球般，正逐渐靠近天空的最高处，在白雪覆盖的原野上洒下一片明亮的光毯，但无法让人感觉任何热量。达弗朗·巴歇尔知道，这里的气温比起他的故乡沙戴亚的冬天要暖和多了，不过他还是很高兴能披上这件貂皮衬里的新斗篷。他呼出的气息在胡子上留下许多白霜，比岁月留在他胡子上的白点还要多。他正站在凯姆林以北三里远的一座高地上，周围都是叶片落尽的枯树，地上的积雪深至脚踝。他将一只镶金的长望远镜举到眼前，观察着下方南边大约一里外人群的活动。疾速在他身后不耐烦地用鼻子拱着他的肩膀，但他并不理睬自己的枣红色坐骑。疾速不喜欢站在原地不动，但有时候，静立在原地是有必要的，无论你想要做什么。

在下面稀疏的树林中，一座军营正逐渐成形，它就横跨在通往塔瓦隆的大路上。士兵们不停地从马车上卸下货物、挖掘厕所，用树木枝干搭建起大小不一的棚屋。每一名男女领主都让他们的部下聚集在自己周围。营地的建造很快就要完成了。根据马匹和营帐的数量判断，巴歇尔估计这支部队有五千人，上下误差不会超过一两百人，这是战斗人员的数量。造箭匠、蹄铁匠、武器匠、洗衣工、马车夫和其他辅助人员的数量应该是军人数量的两倍，他们通常都会在军营边缘搭建他们的营地。现在，那些辅助人员多数都在盯着巴歇尔所在的高地，没有任何工作的热情，军营中的士兵们也不时会向这座高地看上一眼，这时旗将和小队长立刻就会催赶他们工作。在营地中骑马巡视的贵族和军官们则从没有向这座高地瞥过一眼。起伏连绵的地形将他们和凯姆林隔开，只有站在高地上的巴歇尔能够看见那座城市有着银白条纹的灰色城墙。凯姆林当然知道这支军队的存在。当他们今天早晨经过的时候，曾经在靠近城墙的地方高举旗帜，吹响喇叭，进行过一次耀武扬威的行军。当然，是在守城军队的弓箭射程以外。

凯姆林厚实高大的城墙环周足有十八里，围攻一座这种规模的城市绝对不是件简单的事情。由密集的砖石房屋、店铺、无窗货仓和长长的市集所组成的下凯姆林环绕在这座大城周围，让情况变得更加复杂。另外七座同样的军营也在凯姆林周围逐渐成形，挡住了每一条通往这座城市的道路和每一扇面积较大的城门。现在这片广袤的丘陵原野上侦骑四出，已经荒废的下凯姆林街市中很可能已经潜伏了许多探子。小队人马和零星的几头牲畜也许还能趁着黑夜溜进城内，但绝不可能再有大批粮食被送进这座在世界上规模数一数二的大型都市了。被饥饿和疾病结束的围城战要比被刀剑和云梯结束的多得多，唯一的问题是，首先被拖垮的是城里的人还是城外的人。

策划这场攻城战的人显然对此进行了周详而精确的考虑，但下方营地中的旗帜又让巴歇尔感到困惑。他的望远镜能看得很远,制作它的是一个名叫陶维尔的凯瑞安人,兰德·亚瑟将它当成礼物送给了巴歇尔,巴歇尔借助它能清楚地看到下方被风吹起的旗帜。他知道相当多的安多贵族家徽。下面的营地中有达维林·阿玛格的橡树与斧头旗帜和戴芮拉·雷恩德的五银星旗帜。还有另外几个支持的小贵族,他们是娜埃安·阿劳恩的支持者。娜埃安·阿劳恩已经宣布自己有权继承安多的狮子王座和玫瑰王冠。但根据巴歇尔得到的报告,杰林·马拉恩的交叉红墙旗、卡丽丝·安克林的双白虎旗和埃朗姆·陶肯德的黄金翼手旗,他们都已经向娜埃安的竞争对手爱伦娜·撒安德宣誓效忠。他们聚在一起,就好像狼和猎狼犬在分享一块肉,当然,他们肯定做了一笔能够让他们双方都满意的交易。

还有两面旗帜,它们的边缘镶着黄金丝穗,至少有其他旗帜的两倍大。因为过于沉重,不时吹过的寒风只能让它们稍有摆动。从表面闪耀的光泽来看,它们应该是用厚重的丝绸制作的。巴歇尔以前清楚地看见过这两面旗帜,那时高举它们的旗手曾经在这片营地南方的一座高地上来回驰骋,这些旗帜也随之高高飘扬。其中一面是安多狮子旗,红底白狮子,就像凯姆林高耸的圆柱状城楼顶端那些旗帜一样,它代表着对安多王座和王冠的所有权。第二面旗帜则代表着那个意欲压倒伊兰·传坎的女人,浅蓝底色上的四个银色月亮,这是马恩家族的旗帜。这么说,这些人全都在支持亚瑞米拉·马恩了?一个月前,如果马恩家族和那个没脑子的奈西恩·卡伦以外的任何人愿意给亚瑞米拉一张过夜的床,她大概都应该为此而感激涕零了。

“他们忽视了我们,”贝奥深沉浑厚的声音在巴歇尔身旁响起,“我能够在日落前将他们击溃,再让他们没有一个能活着看到明天的日出,但他们还是对我们视而不见。”

巴歇尔侧目看了那名艾伊尔人一眼。这个人的身高足足高过他一尺,现在他用黑色的面罩遮住面孔,只露出一双眼睛,巴歇尔希望他这样做只是想在寒冷中为自己的口鼻保暖。贝奥随身带着他的短矛和牛皮盾牌,背上背着弓匣,腰间系着箭囊。但对艾伊尔人来说,是否戴上面罩才是最关键的,只需戴上面罩,艾伊尔人就能在任何时刻展开杀戮。在接近营地,距离他们二十步的地方,另外三十名艾伊尔人正蹲伏在地上,谨慎地握着他们的武器。他们之中有三分之一的人裸露面孔,其他那些戴上面罩的人可能也只是为了御寒。但对于艾伊尔人来说,任何判断都是无法确定的。

巴歇尔迅速考虑了几种交谈方式,最后决定让话题轻松一些,“伊兰·传坎不会喜欢这样,贝奥,如果你忘记了年轻人的思考方式,那我要告诉你,这代表兰德·亚瑟也不会喜欢这样。”

贝奥不屑地哼了一声，“伊兰·传坎所说的一切，麦兰都告诉我了。我们绝不能插手他的事。我们的道理很简单，敌人扑向你的时候，你就要充分利用你所拥有的一切枪矛。难道他们对待战争的方式会和他们进行贵族游戏一样？”

“我们是外人，贝奥，这在安多是很重要的事。”

那名高大的艾伊尔人又哼了一声。

巴歇尔相信自己不需要向贝奥解释这其中牵涉到的政治利害关系。外国人的帮助会让伊兰尽心竭力想要获得的一切成果化为乌有。她的敌人明白这一点，也很清楚伊兰同样明白这一点，所以他们不害怕巴歇尔、贝奥和真龙军团，不管他们拥有多么强大的军力。实际上，虽然围城已经开始，但攻守双方都在竭力避免大规模战斗。这是一场战争，但其中只有虚张声势的战役和微不足道的小规模冲突。除非其中一方犯下严重的错误，否则这种僵局就会持续下去。想要成为最终的胜利者，就必须让自己立于不败之地，或者迫使对方陷入无法自保的境地。贝奥很可能认为这和达斯戴马是同一回事，实际上，巴歇尔也觉得这两者有很多相似之处。沙戴亚和妖境毗邻而立，所以它无法承受为了争夺王座而引发的战争。暴君是可以被容忍的，而愚蠢和贪婪的人很快就会被妖境杀掉。就算是这种规模的内战，也足以让沙戴亚被妖境吞噬。

巴歇尔继续用望远镜观察下方的营地，竭力想要搞清楚像亚瑞米拉·马恩那样的蠢货，到底怎么会得到娜埃安·阿劳恩和爱伦娜·撒安德的支持。她们两个也都是贪婪且有野心的人，并且绝对相信自己有权得到王座。根据巴歇尔对于纠缠不清的安多血统位阶排序的理解，她们两个和狮子王座之间的距离都要比亚瑞米拉更近，她们和亚瑞米拉的关系不是狼和猎狼犬，而是两头饿狼跟随着一只宠物狗。也许伊兰会知道出现这种情况的原因，但她现在甚至连一张没有签名的纸条也不会给他。任何疏失都可能会让别人认为她在和巴歇尔进行密谋，这真的很像是贵族游戏。

“看样子，有人要进行枪矛之舞了。”贝奥说。巴歇尔将他华丽的望远镜向艾伊尔人所指的方向转去。

在围城开始前的几天时间里，人们不断地从凯姆林城中涌出，向乡野间逃去，但还是有人走得太迟了。现在，六辆篷车就停在塔瓦隆大道上刚刚离开下凯姆林的地方，五十名骑兵包围了那些车辆。他们的队伍里竖着一面蓝白色的方形旗帜，当旗子被风吹起的时候，巴歇尔看到上面绣着一头奔跑的熊，或者也许是某种体形壮硕的大狗。一群沮丧的人聚集在车队一侧，用斗篷紧裹着身体，男人们低着头，孩子们拉着女人们的裙摆。一些骑兵已经下了马，正在搜掠那些马车，雪地上散乱地堆放着空箱子和一些衣物。他们很可能在寻找钱币和酒，不过其他所有值钱的东西肯定也都被塞进他们的鞍囊。他们肯定也会掳走拉车的马匹，甚至是那些马车。车辆和马匹对军队来说是非常有用的。这场安多内战中特别的规则，显然不会保护这些在错误时间出现在错误地点的人。这时，凯姆林城门大开，穿红色外衣的枪骑兵从二十尺高的拱门中鱼贯而出，阳光让他们的枪锋、胸铠和头盔熠熠生辉。马蹄的轰鸣声在沿大道排列的空旷市集间回荡。是女王卫兵出动了，他们有足够的人数。巴歇尔将望远镜转回到马车队那里。

熊旗下面的那名军官显然也已经算清了敌我双方的人数差距，五十人当然不可能对抗两百人，为几辆马车丢掉性命不值得。下马的骑兵都跳回马背上，当巴歇尔重新找到他们的时候，他们正没命地向北，也就是朝巴歇尔的方向跑过来，蓝白色的旗帜在疾风中高高飘起。刚才簇拥在路边的人们望着那些逃跑的士兵，巴歇尔几乎能看到他们脸上困惑的神情，不过他们之中有几个人立刻就开始收集散落在雪地中的各色对象，并将它们塞回到马车里。

几分钟之后，女王卫兵在马车周围勒住缰绳，迅速地聚集起马车旁的人，让他们回到马车上去。有几个人试图溜过那些卫兵的拦阻，再去收集一些值钱的物品。一个人挥动手臂，大声抗议着卫兵们的行为。一名头盔上插着白色羽毛，胸甲上斜跨一条红色绶带的军官在马背上伏下身子，狠狠一拳打在抗议者的脸上，那个家伙立刻如同石头一般躺倒在地。在一段短暂的令人窒息的时间之后，还没有爬上马车的人都以最快的速度上了车，只剩下两个人，一个抱头、一个抱脚地把那个倒地不起的人抬了起来，急匆匆地把他也塞进车里。马车队最后一辆车上的一名妇人已经甩起缰绳，开始让马车调头，向城里跑去。

巴歇尔放下望远镜，目光重新转向脚下的营地，然后他重新举起望远镜，仔细观察那里。那里的人们仍然在用铁锹和鹤嘴锄刨土，从马车上卸下木桶和麻袋。贵族和军官策马在营地中走过，监视着劳动的士兵，就像是看管着在草地上安静吃草的牛羊。又过了一会儿，终于有人注意到南边的动静。骑马的人们开始催赶坐骑小步奔跑，并不断地发出命令。接着，那面熊旗出现在营地和凯姆林之间的那座高地上。

巴歇尔将望远镜贴在手臂后面，皱起眉头。这帮人根本没有在那座高地上设置哨兵，以警告他们高地对面发生了什么事，虽然可以确定没有人想要真正打一仗，但这种做法依然愚蠢透顶。如果其他的营地也像他们一样掉以轻心，如果没有人纠正他们的错误，这也许会是个可供利用的疏漏。巴歇尔焦躁地挠了挠胡子，他真想狠狠教训一下这些攻城的家伙。

他向远处瞥了一眼，看到那些马车正在女王卫兵的护送下向塔瓦降门靠近。马车的驭手们拼命催赶着马匹，仿佛追兵的大刀正要砍在他们的脖子上，而那名披绶带的军官高举起佩剑，不停地挥舞着。“今天不会有枪矛之舞了。”巴歇尔说道。

“那么我最好去做些更有意义的事情，而不是在这里看着湿地人挖坑。”贝奥回答，“愿你总是能找到清水和阴凉，达弗朗·巴歇尔。”

“此时此刻，我宁愿穿着一双干燥的靴子，在壁炉前烤火。”巴歇尔不假思索地喃喃说道，但他立刻就后悔了，冒犯一个人很可能会激起他的杀意，更何况艾伊尔人总是那么严肃而又奇怪。

但贝奥只是扬起头，笑了起来。“湿地人总是喜欢把事情彻底颠倒过来，达弗朗·巴歇尔。”他举起右手挥了一下，那些艾伊尔人立刻站起身，他们迈着大步，轻松迅捷地向东方跑去，积雪似乎没有对他们的行动造成任何阻碍。

巴歇尔将望远镜收进挂在疾速鞍头上的皮匣里，跳上马鞍，向西方调转马头。他的随从们在山后坡地等他，跟随其后，策马驱驰中只发出一点皮革摩擦的声音，完全听不到任何金属撞击声。他们的人数比贝奥的艾伊尔人少一些，但他们都是他从泰尔带来的悍勇战士，他曾经率领他们多次杀进妖境。这支队伍中的每个人都有自己的警戒区域——前、后、左、右、天空和地面，他们的视线都在有规律地往返扫动，但巴歇尔还是担心他们这样做只是流于形式。这片森林相当空旷，只有橡树、羽叶木、松树和冷杉的枝杈还留着一些树叶，但白雪覆盖的起伏丘陵足以让上百名骑兵妥善地隐藏在五十步以外。他不认为现在有人会袭击他，但人总是死在自己预料之外的事情上。他下意识地将剑刃从鞘中抽出一点，一个人必须要考虑到意外的事情。

指挥这支小队伍的是塔麦德。就像通常一样，巴歇尔找不到更重要的任务让这名年轻的副官去完成。巴歇尔还在培养他。他思维清晰、眼光长远，完全可以胜任更重要的职位，当然，他必须先活得够久。虽然比贝奥矮了两个巴掌，但他仍然可以算是一名高大的男子。今天，他的脸上写满了不高兴。

“是什么让你感到困扰，塔麦德?”

“那个艾伊尔人是对的，大人。”塔麦德恼怒地用戴着铁手套的手扯着浓密的黑胡子，“那些安多人把口水啐到了我们的脚前。现在，既然他们已经把脸伸到我们面前，我可不喜欢不掴他们一巴掌就这样调头跑开。”毕竟他还年轻。

“也许你认为我们的情况很无聊?”巴歇尔笑着说，“你需要一些刺激吗？泰诺比就在我们北边十五里的地方，如果传闻是可信的，她身边还有坎多的艾森勒、艾拉非的培塔，甚至还有夏纳的艾沙。边境国的全部力量都来找我们了，塔麦德。还在莫兰迪的那些安多人也不想让我们待在安多。如果那支两仪师军队没有将他们砍成碎片，他们可能也会来找我们。两仪师的军队同样迟早会来到这里。我们曾经为转生真龙战斗，任何两仪师都不会忘记这件事。还有霄辰人，塔麦德，你真的认为我们已经摸清了他们的底细？他们会来找我们，不然我们就必须去进攻他们。这场战争是躲不过的，刺激的事情已经爬到了你的胡子上，而你们年轻人总是看不到。”

巴歇尔背后传来一阵低沉的笑声，发出声音的是个像巴歇尔一样的老人。塔麦德也咧了咧嘴，胡子后露出白色的牙齿。他们以前全都参加过战争，只是那些战争从没有像今天这样怪异。巴歇尔抬起头，向树林中环顾了一圈，但他的注意力并不在这上面。

不管怎样，泰诺比确实在为他担心。天知道为什么艾沙他们会一同离开边境国，而且竟然还带来他们能带来的全部士兵，至少传闻是这样说的。但即使是传闻也有完全相反的部分。毫无疑问，他们有足够的理由这样做，同样毫无疑问的是，泰诺比是这一行动的策划者之一。巴歇尔了解她，是他教会泰诺比如何骑马、看着她长大，当她登上王座的时候，也是巴歇尔为她戴上破碎王冠。她是一名优秀的统治者，手腕不会过分强硬，也不会过分软弱，足够聪明，虽然并非足够睿智，勇敢却不愚蠢，但她有时的确是非常冲动，甚至可以说过分鲁莽。巴歇尔相信，这次边境国的共同行动不管有着怎样的计划，泰诺比一定有自己的目的，也许是达弗朗·巴歇尔的人头。如果是这样，既然她已经走了这么远，泰诺比肯定不会甘于接受另一次放逐。对泰诺比来说，一块骨头在她的牙齿里塞得愈久，她就愈要除之而后快。这是一个很简单的问题。她应该在沙戴亚，监视妖境，但这也是巴歇尔自己的责任。现在泰诺比能够以叛国罪指控他，而且是双重背叛，虽然他直到现在仍然认为自己别无选择。叛变，这是一个恐怖的概念，如果泰诺比愿意，便可以轻松地以此对他定罪。不管怎样，巴歇尔希望自己的脑袋还能牢牢地在脖子上待一段时间。这是一个简单而令人痛苦的问题。

巴歇尔的营地比塔瓦隆大道上那座营地更大一些，其中驻扎着他在伊利安与霄辰人作战之后带回来的八千余轻骑兵，不过这也不算是一座规模庞大的营地。战马整齐地沿着拴马线排列，马队两端是蹄铁匠的铸炉，灰色和贝壳白色的大帐篷也同样整齐划一地排列着，只是现在这些帐篷上都多了不少补丁。只要警号一响，这里的每一个人都能够在数到五十以前上马作战，而分布在各个方向的哨兵能够确保敌人不会在这么短的时间里靠近这座营地。辅助人员的营地在南边两百步，即使是他们的帐篷排列也比那些围城士兵的军营更整齐。

军队的辅助人员在某种程度上总会遵循他们所追随部队的行为方式。

看到巴歇尔回来，营地中的人们都退到拴马线之间。他们面色严峻，几乎就像是上马的警号已经吹响，不止一个人的手中握着出鞘的佩剑，也不止一个人在向巴歇尔发出呼喊。而巴歇尔只看到一大群人聚集在营地中心，其中大部分是女人，他立刻感觉到胸中爆发出一阵麻木感。他用脚跟猛地一叩，疾速向前蹿了一大步，开始全力奔驰，他不知道后面的人是否跟了上来，除了热血撞击耳膜的声音，他什么都听不见，除了聚集在他的尖顶帐篷前的人群，他也什么都看不见。那是他和黛拉的帐篷。

他没有在人群前拉紧缰绳，而是直接从马背上跳下来，疾步向帐篷跑去。他听见人们在说话，但并不在意他们在说些什么。人群在他面前分开，让出了通向帐篷的道路，若非如此，他会踩着他们跑过去。

掀开帐帘，巴歇尔定住脚步。这顶帐篷中铺满了地毯，可以容得下二十名士兵睡在里面，现在这里面却挤满了女人，她们都是贵族和军官的妻子，但他很快就找到了自己的妻子。黛拉坐在帐篷中央的一张折叠椅上，巴歇尔体内的麻木感这才逐渐褪去。他知道黛拉总有一天会死去，他们都会死去，但他唯一害怕的就是活在没有她的世界里。这时，他意识到一个人正在帮助黛拉将衣服褪到腰部，另一个人将一块折叠起来的布按在黛拉的左臂上。那块布逐渐变成了红色，鲜血则沿着她的手臂流下来，经过手指，落进地毯上的一只碗里，碗里已经积了不少深红色的血液。

黛拉也看到了巴歇尔，她的眼睛在一张过于苍白的脸上闪烁着光芒。“这都是因为雇佣外人，丈夫。”她气冲冲地说着，右手还握着一把长匕首，不停地向他挥舞。黛拉的身高和一般男性差不多，比他还要高一点。她是个美人，鸦黑色的头发在鬓角处已经有了点点白星。她天生具备一种居高临下的气势，而在她生气的时候，说她是一个专横的暴君也不为过，即使现在，她就连坐直身子也有困难。大多数女人如果在这么多人面前(其中还有她的丈夫)半身赤裸，一定会羞得面红耳赤，但黛拉绝不会如此。“如果不是你一直坚持要跑得像风一样快，我们本来可以带自己家里的人来为我们打理一切的。”

“难道你和仆人吵架了吗，黛拉?”巴歇尔一边说，一边挑起一侧眉弓，“我从没想过你会用刀子对付他们。”几个女人冷冷地瞥了他一眼。并非每个男人和自己的妻子都会像他和黛拉一样聊天。有些人觉得他们很奇怪，因为他们很少朝对方大喊大叫。

黛拉向他皱皱眉，然后哼出一阵短暂又随意的笑声。“让我从开头说起吧，达弗朗，我可以说慢一些，这样你才能听清楚。”她露出浅浅的微笑，向那位用白色亚麻被单为她裹住上半身的女子道了谢，然后才继续说道："我骑马回来，发现两个陌生的男人正在我们的帐篷里找什么东西。很自然地，他们抽出了匕首，我用椅子打倒了其中一个，然后戳伤了另一个。"她向自己被割伤的手臂皱皱眉。"干得不算漂亮，因为他也伤了我。那时札薇恩和另外几个人走了进来，那两个人就从帐篷后面割出一道裂缝，逃走了。"

一些女人严肃地点点头，握住腰间的匕首柄。黛拉的面色变得阴沉。"我让她们去追，但她们坚持要先处理我的伤口。"那些握紧匕首的女人松开手，脸上现出红晕，但没有人表现出半分违抗命令之人所应有的歉意，她们懂得是非对错。黛拉和巴歇尔是她们的君主，不管黛拉如何不在乎自己的伤口，如果那时她们去追贼，黛拉很可能会流血过多至死。"不管怎样，"她继续说道，"我已经下令进行搜查。找到他们不会很困难，他们一个人头顶上有肿包，另一个人还在流血。"她满意地用力点了一下头。

札薇恩是一名健壮的红发女人，是加豪尔的领主，现在她拿起一根穿好线的针。"如果您对缝纫没有兴趣，大人，"她冷冷地说，"我建议，您或许可以离开？"

巴歇尔勉强微点了一下头，黛拉从来都不喜欢让他看见自己缝伤口，他也绝对不喜欢看着她被缝起来。

在帐篷外面，巴歇尔大声宣布他的妻子情况良好，已经得到妥善的照料，大家可以继续去做自己的事了。男人们带着希望黛拉一切平安的心情走开了，但女人们都没有挪动一步。巴歇尔没有再逼她们。如果黛拉不走出来，无论他说什么，她们都会一直站在帐篷前。一个明智的男人会避免一场注定会输的战斗，尤其是一场会输得非常愚蠢的战斗。

塔麦德等在那群人的外面，巴歇尔走过去，他立刻跟到巴歇尔身后。巴歇尔将双手紧背在身后，他曾经预料到会有这样的事情，至少是类似的事情，但他本以为这样的事并不会真正发生，他从没想过黛拉会因此而面临死亡的危险。

"那两个人已经找到了，大人。"塔麦德说，"至少他们符合黛拉女士的描述。"巴歇尔猛转过头，脸上露出浓烈的杀意。那个年轻人急忙又说道："他们死了，大人，就在营地外边，两个人身上各有一处细剑造成的伤口。"他用一根手指戳了戳耳根后面。"干这件事的一定不止一个人，除非他比岩蝮蛇更快。"

巴歇尔点点头。失败的代价往往就是死亡。两个人来偷东西，又有多少人负责让他们闭嘴？他们在多久之后会进行第二次尝试？最关键的是，到底他们的主使者是谁？白塔？弃光魔使？巴歇尔觉得自己已经做出了决定。

他的身边除了塔麦德之外并没有别人，但他还是尽量压低声音，并谨慎地措辞，疏忽的代价同样会是死亡。“你知道去哪里找到昨天来见我的那个人吗？找到他，告诉他，我同意，但要比我们谈过的更多一些。”

轻如绒羽的雪花飘落在凯瑞安城中，让上午的太阳也变得暗淡了一点，失去了那种刺眼的光辉。太阳王宫高窄的窗户上，玻璃框格挡住了外面的寒冷，却能让萨弥苏清楚地看见包裹住这座宫殿被毁部分的鹰架。在那里，破碎的黑色方石上依然瓦砾狼藉，阶梯高塔只剩下半截，在宫中其他高塔的映衬下显得格外突兀，而日升塔已经不复存在了。这座城市中几座传说中的“无尽”高塔，在片片雪花中只能看到朦胧的影子，那些巨大的方形尖塔被同样巨大的扶壁拱卫着。太阳王宫虽然位于这座丘陵城市中最高的一座山丘上，但它的塔楼也远远无法和这些耸入云霄的巨塔相比。无尽高塔同样被鹰架包围着，它们在二十年前的艾伊尔战争中被焚毁，重建工程直到现在还在继续着。如果要它们恢复如先，大概还要再等上二十年。当然，在这种天气里，鹰架上肯定看不到一个工人。萨弥苏发觉自己也在期望眼下的风雪，能够让这个纷乱的世界暂时安静一下。

凯苏安在一个星期以前离开的时候，命令萨弥苏留守凯瑞安。萨弥苏的任务很明确——确保凯瑞安这口大锅不会再次沸腾起来。当然，这似乎是个很简单的任务，只是萨弥苏很少涉足政治纷争。现在凯瑞安只有多布兰·塔波文一个贵族还保留着成规模的军队，而且他在大部分时间里都相当配合。看样子，他也希望能够保持这里的平静，他甚至还接受了“转生真龙代理凯瑞安全权总管”这个愚蠢的任命。那个男孩也在提尔任命了一个“全权总管”，而那个家伙在一个月之前还是率军造反的叛逆！如果兰德在伊利安也是这么干的……这非常有可能，那么这些任命就会给姐妹们带来无穷无尽的麻烦！这个男孩只会给她们制造麻烦！不过迄今为止，多布兰似乎只是在利用这个职位管理凯瑞安城，不动声色地聚集着能够帮助伊兰·传坎取得太阳王座的支持力量。对此，萨弥苏并不想插手，她不在乎谁会登上太阳王座，她根本就不在乎凯瑞安。

窗外的落雪在风中飞旋，如同纯白色的万花筒，看上去是那么……静瑟。她以前曾经珍视过这种静瑟吗？如果有过，她也想不起来了。

真正让这里的人们惶惶不安的，既不是伊兰·传坎统治凯瑞安的可能，也不是多布兰的新头衔，而是那个关于男孩兰德前往塔瓦隆，向爱莉达俯首效命的荒谬绝伦的谣言，但萨弥苏没有采取任何行动压制这个谣言。从贵族到马夫的每一个人都因为这个谣言而噤若寒蝉，这对于维持这里的和平非常有效。与往日的凯瑞安相比，现在就连贵族游戏也仿佛骤然停顿了。从东边几里之外的巨型艾伊尔营地中进入这座城市的艾伊尔人对此应该也有很大的帮助，无论凯瑞安人多么痛恨他们，每个人都知道，他们效忠于转生真龙，没有人会冒险站在和艾伊尔枪矛相对的一边，那是决定性的错误。年轻的兰德的缺席要比他待在这里更有用。从西方传来不少谣言，说艾伊尔人在各处烧杀掠夺。外来的商人们都这么说，所以这里的人们在对待艾伊尔人的时候无不战战兢兢。

实际上，萨弥苏看不出有什么事情会打破凯瑞安现有的平静。城中最常见的暴力事件，就是守门人和城里的人之间的斗殴。凯瑞安城中的居民都把这些吵闹的、衣着鲜亮的守门人看作是像艾伊尔人一样的外来者，只不过和他们打斗要比去对付艾伊尔人安全得多。现在这座城市变得像鸽子笼一样拥挤，只要是能御寒挡风的地方都睡满了人，不过食物供给还算充足，甚至可说是有些过量了，贸易活动比往常的冬天更加活跃。总体说来，萨弥苏应该感到满意了，凯苏安不可能期待她干得更好。不过，凯苏安肯定还是会有更高的要求，那位绿宗姐妹总是如此。

"你在听我说话吗，萨弥苏?"

萨弥苏叹了口气，视线从窗外宁静的景色中移开，并努力不让自己去抚弄她黄色横纹的裙子，结坎达工艺的银铃在她的头发里发出微弱的叮当声，但今天，这种声音并不能让她感到安慰。太阳王宫中的这处寓所从来没有让她感到完全的舒心适意，虽然宽大壁炉中熊熊的火焰让这里温暖如春，隔壁房里的卧床有着质量最好的羽毛床垫和鹅绒枕。她的三个房间全都拥有过分华丽的凯瑞安风格装饰，白色石膏天花板上布满相互连锁的方形框纹，宽阔的墙楣是镀金的，抛光的深褐色木墙板微微映射着灯光。和这些装潢相比，花卉提尔地毯看上去华丽而混乱，反而更加映衬出房里其他地方僵硬的装饰风格。现在，萨弥苏愈来愈觉得这里就像是个笼子。

但真正让萨弥苏感到困扰的还是站在房间正中央，留着齐肩黑色卷发的萨莎勒，现在她双拳抵在腰间，挑战般地扬起下巴，蓝色眼睛上方，双眉紧皱在一起。她当然还戴着巨蛇戒，就在她右手的手指上，但她也还戴着艾伊尔人的项链和手镯，那些硕大的银珠子和象牙雕刻杂乱排列，围绕在她的脖颈，和她身上那件剪裁与质料都属上乘、但没有任何纹饰的褐色羊毛高领长裙相比，越发显得华而不实。那些珠宝不算很粗糙，只是……太过炫耀了，而且根本不是两仪师应该佩戴的首饰类型，这种奇怪的珠宝也许包含着许多讯息，只是萨弥苏还无法把它们发掘出来。那些智者们，尤其是索瑞林在看着萨弥苏时，都像是在看着一个什么都不知道，甚至不知道该问些什么问题的傻瓜，而且她们肯定会拒绝回答萨弥苏的问题。智者们一直都是这样，尤其是索瑞林。萨弥苏不习惯，更不喜欢自己被别人当作傻瓜。

萨弥苏已经不是第一次察觉自己难以正视萨莎勒的眼睛了，无论现在凯瑞安的情况如何理想，只要萨莎勒在这里，萨弥苏就无法感到高兴。最疯狂的是，萨莎勒属于红宗，而她却已经向年轻的兰德宣誓效忠了，两仪师怎么可能向白塔以外的任何人宣誓效忠？光明在上，红宗姐妹怎么可能向能够导引的男人宣誓效忠？也许维林是对的，时轴扭曲了因缘，否则萨弥苏完全无法想象，怎么会有三十名姐妹立下这种誓言，其中甚至还有五名红宗姐妹。

“追随瑞亚丁家族的大部分贵族都已经在支持艾里尔女士了。”萨莎勒的语气比萨弥苏预料的更加有耐心，“他们希望她成为瑞亚丁家族的家督。而艾里尔希望得到白塔的许可，至少是两仪师的应允。”萨弥苏怀疑如果和萨莎勒目光对峙，自己会败下阵来，便走到一张乌木桌旁。桌上的银盘里放着一只雕金银酒壶，隐约散发出香料酒的微弱香气，她给自己倒了一杯温热的酒，然后努力不让自己用全力将酒壶砸回盘子里。最近，她发现自己经常会有意避免去看萨莎勒。她禁不住侧目瞥了萨莎勒一眼，让她感到气馁的是，她还是没办法让自己去正视那个女人。

“告诉她此事不可，萨莎勒，并没有人见证她哥哥真的死了，而反抗转生真龙的事情并不在白塔的考虑之内，更何况那次反叛已经终结了。”最后见到托朗姆·瑞亚丁的那一幕，他跑进了一团诡异的雾气中，那是一种可化为实体、能杀人的迷雾，而且还能对抗至上力。在那一天，暗影来到凯瑞安的城墙外。萨弥苏的声音开始变得紧张，因为她正在用力阻止自己发抖，她不想为自己的失态做无谓的解释。“瑞亚丁家族的大部分力量都已经烟消云散，但那些依旧和托朗姆绑在一起的人会反对艾里尔，甚至不惜动用武力。不管怎样，让大家族内部发生这种剧变无益于维持现在的和平。现在凯瑞安正处于一种不稳定的平衡中，萨莎勒，但这毕竟还是一种平衡，我们绝不能打破它。”她差点就说出如果凯苏安知道她们搞乱了凯瑞安，一定会不高兴的，但这对萨莎勒肯定没有任何意义。

“不管我们做什么，剧变终将到来。”萨莎勒坚定地说。看到萨弥苏真的在听她说话，她才舒展眉头，而她的下巴依然向上高昂着。也许她只是在固执己见，而不是要向萨弥苏挑战，不过这已经没关系了，这个女人不是在争吵，也不是要说服她，只是在陈述自己的观点——这才是让萨弥苏真正感到气恼的地方。“转生真龙是带来动荡与变革的使者，萨弥苏，是预言中的使者。而且，混乱和变化本来就是凯瑞安的常态。难道你真的以为他们已经放弃权力游戏了吗？水面也许是平静的，但鱼儿从没有停止过游泳。”

一个红宗两仪师竟然像街角的那些煽动者一样在鼓吹转生真龙降世！光

明啊！“如果你错了呢？”说出这句话的时候，萨弥苏禁不住狠狠地咬住了牙。愿光明烧了萨莎勒，她竟然还保持着完美的平静。

“艾里尔已经放弃了对太阳王座的继承权，同意支持伊兰·传坎，这正是转生真龙所希望的，而且她也已经准备好向转生真龙立下效忠的誓言。托朗姆率领一支军队对抗兰德·亚瑟。我认为这个改变是值得的。这是一个不容错过的机会，我会这样告诉她。”

萨弥苏头发上的银铃随着她摇头的动作骤然响起，她就快阻止不了自己叹气的冲动了。现在凯瑞安还有十八名向真龙立誓的姐妹。凯苏安带走了一些，又派埃拉娜回来带走了另外一批。包括萨莎勒在内，这十八名姐妹的位阶都要比萨弥苏高。不过因为艾伊尔智者们的关系，那些姐妹现在没办法来和她争夺对凯瑞安的控制权。从原则上来讲，萨弥苏不赞成艾伊尔智者的做法，两仪师不能成为任何人的学徒，这太无礼了！但实际上，这的确让她的工作轻松了许多。智者们每个小时都在盯着那些姐妹，让她们完全没办法做任何事。不幸的是，出于某种萨弥苏无法理解的原因，智者们对萨莎勒和另外两名在杜麦的井受过静断的姐妹有着不同的看法。静断——萨弥苏想到此还是会感到一阵微弱的颤栗，但已经相当微弱了，如果她能搞清楚达莫·弗林是怎样治好这种无法治疗的创伤，她的颤栗一定会更加微弱。至少已经有人能治疗静断了，即使是个男人，一个能导引的男人。光明啊，昨天的噩梦怎么会在今天变成只是一丝不安，她甚至已经开始适应这种变化了。

萨弥苏相信，凯苏安如果知道萨莎勒、伊尔甘和罗耐勒和其他人的不同，那么她在离开前很可能也和智者们共同安排好了这里的一切。对于这个推断，她还是有一些把握的。萨弥苏已经不是第一次被卷进这位传奇绿宗事先设计好的局里了。凯苏安比蓝宗姐妹更善于筹谋方略，诡计遮蔽了诡计，阴谋包裹着阴谋，而更多无法探知的秘密都深深隐藏其中。一些计划在设计时就是为了让它们失败，好帮助其他计划成功，只有凯苏安能够清楚其中的就里。这样的事情没办法让萨弥苏感到宽慰。不管怎样，那三名姐妹现在是可以随意行动的，她们肯定不认为应该遵从凯苏安留下的指示，或者服从接受凯苏安任命、主管这里一切事务的萨弥苏。只有她们向兰德立下的疯狂誓言能够指使和约束她们。

在萨弥苏的人生中，除了她的异能彻底辜负她的那一次，她一直都不知道何谓软弱或无奈。而现在，她非常希望凯苏安能够回来，从她手中接过所有这些问题。只要让几句话传到艾里尔的耳里，就足以让这个贵族熄灭一切成为大领主的念头。但她如果真的要这样做，必须先让萨莎勒放弃自己的计划。无论艾里尔和她那个尽人皆知的秘密是多么愚蠢，如果她知道两仪师之间因为她产生了矛盾，也会立刻逃到她封地的庄园里去，她绝不敢冒险得罪任何一位两仪师。失去艾里尔会让凯苏安感到不安，同时也足以让萨弥苏感到不安，艾里尔关系着凯瑞安贵族们的半数密谋，也是让这些阴谋不至于造成太大麻烦的保障。那个该死的红宗很清楚这一点。一旦萨莎勒向艾里尔表达赞成的意思，能够从艾里尔那里获得第一手情报的人就变成了她，而不是萨弥苏·塔麦高瓦了。

当萨弥苏正觉得自己身陷困境的时候，通往走廊的屋门被打开，走进一个面色苍白的长脸凯瑞安女人。她比房里的两位两仪师都要矮上一巴掌，灰色的头发在颈后挽成一个厚重的发卷，深灰偏黑色的裙子上没有任何装饰。这是太阳王宫目前的仆人制服。仆人在进入房间的时候从不会事先告知，或者提出请求，但谁也不会认为珂盖德·马伦戴芬只是一名普通的仆人，她腰间那只挂满长钥匙的沉重银环明确地宣示着她的权力。无论统治凯瑞安的是谁，统治太阳王宫的肯定是钥匙管理人，她的脸上当然也不会有普通仆人的那种谦卑表情。现在，她走到萨弥苏和萨莎勒的正中间，谨慎地行了个幅度微小的屈膝礼。

萨弥苏开口问她的来意，她面向两位两仪师中间的空气说道："我被要求报告一切不寻常的事情。"当这两位两仪师察觉到她们之间发生了权力斗争的时候，珂盖德可能已经察觉到了这一点，对她而言，这座宫殿不存在任何秘密。"我得知厨房里有一名巨森灵，他还有一个年轻男人作为同伴，他们应该是来这里寻找石匠工作的，只是我从没听说过巨森灵和人类石匠会一同工作。而且，在发生了……那件事之后，当我们向曹福聚落征请石匠的时候，他们已经明确表示，在未来可预见的一段时间里，任何聚落都不会派石匠来我们这里了。"当她说到"那件事"的时候，声音中的停顿几乎难以察觉，脸上的表情更是没有任何改变。但现在宫中的谣言中，有一半将太阳王宫的毁坏算在了兰德头上，另一半则说这些是两仪师干的。有极少部分议论提到了弃光魔使，不过那只是将弃光魔使当作兰德或两仪师的对手。

萨弥苏若有所思地咬住嘴唇，暂时将凯瑞安制造出的那些该死的混乱抛到一旁。凯瑞安人表面上不会排斥两仪师，但在这座城市里，一个简单的"是"或"否"都会引起六种截然不同的谣言，两仪师的三誓也很难让人有任何信任感。而巨森灵……太阳王宫的厨房很少会收留流浪汉，不过这里的厨师们很可能会愿意请巨森灵吃一顿热饭，哪怕只是为了见识一下这些与众不同的生灵。在最近这几年里，巨森灵甚至比往常更加罕见了，偶尔出现在凯瑞安的巨森灵也往往都是以他们最快的步伐匆匆路过，除了睡觉以外，很少会在某个地方停留，他们很少与人类同行，更不要说一同工作了。不过这两名访客似乎勾起萨弥苏脑海中的某件事情，她希望能把思路理清一些，于是她张开嘴，想再问几个问题。

“谢谢你，珂盖德，”萨莎勒带着微笑说道，“你帮了我们很大的忙。不过，你能否先离开一下？”对钥匙管理人无礼的人很快就会发现自己的床单上满是灰尘，饭菜里缺油少盐，夜壶没有人清理，信件被送错地方，还有另外成千上万个小麻烦，足以让她的人生成为一场悲剧，让自己成为陷入泥潭中的一只可怜青蛙。萨莎勒的微笑彻底除掉了她言辞中的所有棱角。珂盖德微一点头，又行了一个那种动作幅度不可能再小的屈膝礼，不过这一次，她行礼的对象显然是萨莎勒。

屋门刚在那名灰发妇人背后关好，萨弥苏就重重地将手中的银杯放在托盘上，溅出的酒液甚至泼到她的手腕上。她转向红宗姐妹。现在，她即将失去对艾里尔的控制，而整座太阳王宫似乎都要从她的指缝中溜走了！让珂盖德对自己所见到的事情保守秘密，可能要比让她肋生双翅、飞上天去更难，而她说出口的一切都会传遍整座宫殿，就连在马厩中铲粪的劳工也会听到，她临走时行的那个屈膝礼已经明确地表达了她的想法。光明啊，萨弥苏恨透了凯瑞安！两仪师之间的位阶尊卑和礼教传统有着强大的力量，但萨弥苏认为萨莎勒的位阶还不足以让她对这样的灾难继续保持沉默。她决定用最强有力的言辞来表达自己的心情，无论这将会让她显得多么粗鲁。

她向萨莎勒皱起眉，忽然注意到这名红宗姐妹脸上的细节，也忽然明白自己为什么会感到如此难以直视她。这不再是一张两仪师不受岁月侵蚀的脸，大多数人都不可能在人群中认出这样的面孔，但对于另外一名两仪师，这种面孔是绝不会被认错的。也许萨莎勒的脸上还有一些光洁无瑕的痕迹，让她显得比实际上更加漂亮一些，但任何人只要看到她的脸，都会认为她只是一名还不到中年的少妇。意识到这一点的时候，萨弥苏不由得全身感到一阵僵硬。

对于被静断的女子，现有的信息可能仅限于一点谣传。她们总是会逃离白塔，竭力躲开其他姐妹，在隐秘的角落中静静死去，通常她们都活不了多久，失去阴极力的痛苦对于绝大多数女人来说都是无法承受的。但这些传闻只是出于姐妹间偶然的闲谈。就萨弥苏所知，已经有很长时间没有人敢真正深入地研究静断了，没有人会公开讨论深藏在每一名姐妹脑海里、最黑暗角落之中的恐惧。只要稍有疏失，这种可怕的命运就可能会落在任何一名姐妹的身上，所以任何人都不想对此有太多了解。对于不想看到的事实，即使是两仪师也会闭上自己的眼睛。但关于静断者的传说从没有在白塔消失过，虽然好像不会有人明白地提到过这件事，而你也忘记到底是从哪里第一次听到过这种事，但它却永远在你的耳边游荡。萨弥苏依稀记得一个传说：被静断的女子如果还活着，就会再次恢复青春。在不久之前，她还觉得这个传说相当滑稽，重新获得导引能力并没有让萨莎勒完全回复到往日的状态，她将再次经历多年的导引，才能重新获得那种代表着两仪师身份的面孔……她真的能重新得到那种面孔吗？萨弥苏并不真的知道。除了她的脸以外，她在其他方面是否也有改变？萨弥苏打了个哆嗦。这甚至比静断本身更让萨弥苏感到害怕，也许正是因为这一点，萨弥苏才迟迟没有对达莫的治疗手段进行任何实质性的研究。

萨莎勒用手指捻弄着脖子上的艾伊尔项链，似乎完全没察觉萨弥苏的困扰和对她的关注。"这也许没什么意义，但还是应该去看一看，只听珂盖德的报告是不够的，如果我们想要弄清楚一件事，必须亲自去看看。"她一说完，就拢起裙摆向屋外走去。现在萨弥苏只能选择跟随她，或者留在这里，这实在让人无法容忍！但她更不可能继续待在这里。

萨莎勒迈着平稳的步伐，穿过走廊中的一道道方拱。萨弥苏的个子并不比萨莎勒矮，但她还是得尽力加快脚步才能跟上这名红宗姐妹。她想要走在萨莎勒前面，但除非她用跑的，否则根本不可能超越萨莎勒。她紧咬着牙，心里生着闷气。两仪师在公开场合争吵绝不仅仅是一个失礼的问题，更糟糕的是，这样的争吵肯定不会有任何成果，只会让她陷入更深的困境。她真想对什么东西狠狠踢上一脚。

整齐排列的立灯散发出明亮的光芒，让这段太阳王宫深处的走廊也亮如白昼，除了零星的挂毯之外，这里看不到什么装饰。那些挂毯上的绣画，无论是猎杀野兽的场面，还是盔甲光鲜的贵族在战场上驰骋，也都是由整齐的线条组成的整齐画面。墙壁上不多的几个龛格里摆放着装饰性的金器和海民瓷器。在一些走廊里，墙楣被做成浮雕的形式，但几乎所有墙楣都没有图绘彩漆。凯瑞安人习惯隐藏自己的财富，即使国王也不例外。男女仆人们穿着黑色的制服，仿佛蚂蚁在所有走廊中川流不息地来来往往。那些现居于太阳王宫中的贵族带来的仆人，在制服的胸前绣着家徽，衣领（有时也包括袖子）被染成代表本家族的颜色。和宫中的仆人相比，他们的衣着就鲜亮多了。有一两名仆人全身的衣服都是本家族的颜色，他们在这里简直就像外国人一样。不管怎样，所有仆人在经过这两位两仪师身边的时候，都是低垂视线，迅速地一鞠躬或者行一个屈膝礼，就立刻走开。太阳王宫需要数之不尽的仆人，而所有这些仆人似乎都在为各种事务而涌进了这几条走廊。

这些走廊里也少不了凯瑞安贵族，他们以符合自己身份的礼仪，向从身旁经过的两位两仪师表达着另一种谨慎的谦恭。在问好时，他们会小心地在假设的平等地位，和实际的势力差别中间寻求一个微妙的平衡，压低声音说话，以免别人听见。现在他们又充分证明了那个古老的谚语——“奇怪的时刻会有奇怪的同伴”。旧日的敌人在面对新的危险时抛弃了曾经的敌对关系，至少暂时是如此。肤色白皙的凯瑞安贵族们的丝绸外衣在前胸部位堆积着一道道彩色横条纹，有一些像士兵一样剃光了前额，并在上面敷上粉。而在两三个这样的凯瑞安人身边，萨弥苏看到了肤色黝黑、身材高挑，穿着色彩鲜艳、有条纹灯笼袖的提尔人。提尔贵妇戴着珍珠软帽，身穿有雪白蕾丝高领的艳色长裙。凯瑞安女贵族将头发挽成精致的塔状发髻，烟灰色的衣领一直顶到下巴，代表本家族色彩的细长条纹，在宽大的黑丝裙摆前面一直延伸下来。而她们竟然手挽着手走在一起。提尔人和凯瑞安人变成了贴心兄弟和知己。

有些结伴而行的朋友看上去更加怪异。一些女人最近开始穿上了异国服装，完全没注意到她们是多么吸引男人的目光，甚至就连仆人们也努力不去看她们，紧身裤和几乎遮不住屁股的外衣对任何女人来说都是不合适的，无论那上面有多么华丽的刺绣、镶缀了多少宝石。宝石项链、手镯和胸针，一簇簇五彩斑斓的羽毛也只是让她们显得更加怪异，那些色彩艳丽的高跟鞋让她们的身子足足高了几寸，也让她们仿佛每走一步都会跌倒在地。

“真不像样！”萨莎勒一边嘟囔着，一边盯着一对如此穿着的女贵族，不高兴地抖了抖裙摆。

“真不像样！”萨弥苏也不由自主地嘟囔了一句，然后她急忙用力闭上嘴，结果两排牙齿撞在一起，咯地响了一声。她需要控制住自己的舌头，她已经习惯了对凯苏安表示赞同，但她绝对不能对萨莎勒有这种表现。

但她还是禁不住回过头，以不赞同的神情瞥了那两个人一眼，但她心中却也对这两个人感到好奇。一年以前，爱兰恩·索连德和费欧妲·安奈利兹如果见到对方，肯定会扑上去掐断彼此的喉咙，或者是命令自己的部下去掐断对方的喉咙。但在那时候，有谁会想到博图姆·赛甘能够与维蓝芒·桑尼戈一同散步，而不是抽出腰间的匕首，杀个你死我活？奇怪的时刻会有奇怪的同伴，毫无疑问，他们还在玩权力游戏，像往常一样透过各种阴谋为自己牟取利益。但他们之间刻于金石上的仇恨现在已经没入水中，至少从表面上是看不出来了。这真是个奇怪的时代。

厨房位于太阳王宫背面，地上部分的最底层。在这里，许多裸露着石砌墙壁和房梁的房间全部围绕着一个没有窗户的长形大房间，这个房间里全都是铸铁火炉和砖砌的烤箱，它们散发出的热量足以让任何人忘记外面的大雪，忘记现在正是严冬时节。平时，身穿黑衣、外罩白色围裙、满脸汗水的厨师和厨师助手们肯定都在为了准备午餐而忙碌不停，在长长的大理石面案上揉面，转动火炉上穿着大块牛羊肉和各种飞禽的烤肉叉。而现在，只有几条小狗还在吐着舌头，四处乱跑，想要咬一口挂在架子上的肉块。一篮篮没有削皮切块的芜菁和胡萝卜堆在一起，各种盛放调料酱的罐子敞开着，从里面散发出香甜或辛辣的气味。一大群女人包围着一张桌子，站在她们外面的是做杂役的男孩女孩，一边用围裙抹着汗，一边从那些女人之间的缝隙向里面窥视。站在房间门口的萨弥苏能够看见那群人中间有一个巨森灵的后脑勺，那个巨森灵显然是坐着的，但他仍然比大多数男人更高，而且身躯极为壮硕。萨弥苏伸手拉住萨莎勒的手臂，让她感到惊讶的是，这名红宗姐妹立刻停住脚步，没有任何反对的意思。

“就这样消失了？没有人知道他在哪里？”巨森灵浑厚的声音仿佛让大地也随之震颤，他的黑发一直垂到高衣领上，头发里冒出两只生满绒毛的尖耳朵。现在那颗头正不住地前后摇晃着，显示出巨森灵内心的不安。

“哦，不要再谈他了，黎德大人。”一个女人的声音响起。萨弥苏能清楚地听出那个女人刻意表达出的颤抖。“他太可怕了，半座宫殿都被他用至上力扯碎了。他只要看你一眼，就能让你的血液冻成冰块，要你的小命，他亲手杀死了数以千计、数以万计的人！哦，我一谈到他就会禁不住地打哆嗦。”

“你真的是不愿意谈到他吗，爱蒂·梅辛？”另一个女人严厉地说，“你直到现在还没有说过别的东西呢。”这个说话的女人身材壮实，在凯瑞安人中算是个高个子，几乎和萨弥苏一样高。在她的头顶上，朴素的白蕾丝帽外面逸出了几缕灰发。她一定是当值的首席厨师。萨弥苏看到那群女人一听到她的话，就立刻飞快地点头表示赞同，并一边逢迎地笑着，一边尖声附和：“哦，您说得没错，贝妲尔太太。”仆人们同样有自己的位阶，其牢不可破的程度完全能与白塔相比。

“这种事情不该成为我们闲聊的内容，黎德大人。”那名壮实的女人继续说道，“这是两仪师的事情，和你我无关。再跟我们说一些关于边境国的事情吧，你真的见到过兽魔人吗？”

“两仪师！”被淹没在桌边女人群中的一个男人嘟囔着，他一定是黎德的同伴。萨弥苏今天早晨在厨房里并没有见到任何穿围裙的男人。“告诉我，你真的相信她们约缚了你所说的那些男人吗？就是那些殉道使。他们成为了两仪师的护法？那个死掉的殉道使呢？你还没有告诉我他是怎么死的。”

“当然是转生真龙把他杀了。”爱蒂插话道，“被两仪师约缚的男人当然就是护法啰。哦，真可怕，他们是殉道使啊，他们能把你变成石头。你看他们一眼，就永远不会忘记他们的样子，他们都有那种闪闪发亮的恐怖眼睛。”

“安静，爱蒂，”贝妲尔太太又训斥了她一句，才转回头说，“也许他们是殉道使，也许不是，安德希尔大人，也许他们受到了约缚，也许没有。我们只能告诉你，他们都是他的人。”每个人都能听出她所说的“他”是谁。爱蒂也许真的认为兰德·亚瑟是可怕的，而这位首席厨师甚至连他的名字都不愿意提起。“他一离开，那些两仪师就突然开始对他们发号施令，而他们也都对两仪师言听计从，当然，任何傻瓜都知道要听两仪师的话。不管怎样，那些人现在已经走了。为什么你对他们如此感兴趣，安德希尔大人？安德希尔——这是个安多名字吗？”

黎德仰头大笑，带着共鸣的笑声充满整个房间，他的耳朵猛烈地抖动着。“哦，我们每到一个地方，就想要知道那里发生的所有事情，贝妲尔太太。你想知道边境国的事？你也许认为这里很冷，但我们在边境国见到过篝火中的树干像烤热的坚果一样爆裂。你在这里看到河面上漂浮着冰块，但我们看见过像澳关雅那样宽阔的河流被冰层封住，商人们驾着满载的马车从上面走过，人们在上面凿出几乎有六尺深的冰洞，才能钓到河水里的鱼。那里的夜空中会出现一片片游动的光芒，明亮得足以让你看不见星星，还会伴随劈啪的响声，还有……”

就连贝妲尔太太也向巨森灵倾过身去，专注地听他说话，但一名被挤在旁边的小厮这时偶然回头，向身后瞥了一眼。当他看到萨弥苏和萨莎勒时，眼睛立刻睁大，眨也不眨地盯着两名两仪师，一只手却伸进人群，拉住了贝妲尔太太的袖子。贝妲尔太太先是不予理睬地甩脱了他的手，当袖子再次被拉住的时候，她怒气冲冲地转过头，但在看到两仪师时，她的表情眨眼间就改变了。

“光明保佑您，两仪师。”她一边说，一边急匆匆地将散乱的头发塞进帽子里，跳起身，行了一个屈膝礼。“请问有什么吩咐？”黎德停住口，耳朵在片刻间变得有些僵硬，但他并没有向门口转头。

“我们想要和两位来访者谈一谈，”萨莎勒一边说，一边走进厨房，“我们不会打扰很久的。”

“当然，两仪师。”无论首席厨师是否对两位两仪师的出现感到惊讶，她并没有将这种表情显露在脸上，她环顾着自己的下属们，拍着丰满的手掌，开始大声吆喝：“爱蒂，那些芜菁可不会自己给自己削皮。谁在做无花果酱？干无花果可是没法捣成酱的！卡西，你该死的涂油勺在哪里？安蒂尔，赶快去拿……”厨师和小厮们都向四面八方跑去。锅勺撞击的声音很快就充满了整个厨房，但每个人都竭力闭紧嘴巴，以免打扰两仪师。每个人都努力不去看两位两仪师，但每个人的注意力显然都在她们的身上。

巨森灵飞快地站起身，他的头顶几乎要碰到天花板下厚重的房梁，他的衣服让萨弥苏想起以前遇到过的巨森灵——一件黑色的长外衣，下摆一直垂到上沿外翻的靴腰上。衣服上的尘垢说明他刚刚经历的旅途是多么艰苦。实际上，巨森灵是一个相当挑剔的种族，并不习惯这种旅行。他只是向两仪师半转过身，鞠了个躬，而且他还用手揉着鼻子，仿佛鼻子在发痒。他的手掌遮住了一部分面孔，不过萨弥苏还是能看出他很年轻。“请原谅，两仪师，”他喃喃地说道，“但我们现在真的要走了。”他俯下身，拿起一只大皮袋和一卷同样巨大的被褥，将绑着行李的宽皮带挂在肩膀上。萨弥苏透过皮袋的轮廓，能看出那里面装了一些长方形的硬东西，他的衣兜里显然也装着同样的长方形物品。“在日落之前，我们还要赶很长的一段路。”他的同伴却还留在座位上，双手按住桌面，那是个浅色头发的年轻男子，看上去已经有一个星期没有刮过胡子，而且从他褐色外衣上的褶皱判断，他已经不止一个晚上和衣而眠了。他警觉地看着两仪师，黑眸仿佛一只被逼进角落的狐狸。

“你们在天黑前能走到哪里？”萨莎勒一直走到年轻的巨森灵面前，和他贴近到需要仰视才能看到他的程度，但她一直保持着优雅的身姿，仿佛他们之间的对话方式本就该是这样。“你们是要去参加那个会议吗？那个在商台聚落举行的会议？黎德……大人，是这样吗？”

巨森灵的尖耳朵猛烈地抽搐了一下，然后就静止不动了，他茶杯大的眼睛眯了起来，几乎显示出像自己同伴一样的警觉，这也让他的长眉梢一直垂到了脸颊上。“我是黎德，商丁之子，科意麦之孙，两仪师。”他有些不情愿地说，“我不是要去参加树桩大会，我甚至还没资格旁听长者们的讨论。”他发出一阵低沉的笑声，但笑声有些勉强，“我们今晚到不了目的地，两仪师，但我们现在多走三里，明天就可以少走三里。我们要出发了。”那个没刮胡子的年轻人站起身，紧张地按住腰间的长剑柄，但他并没有去捡脚边的皮囊和被褥卷，也没有要跟上同伴的意思。正在朝通往街道的门口走去的巨森灵只好回过头对他说：“我们要走了，凯尔玎。”

萨莎勒快步追上巨森灵，挡住他的去路——虽然她要走上三步才相当于巨森灵的一步。“你们在找石匠的工作，黎德大人。”她郑重其事地说道，“但你的手上没有茧，和我看见的石匠并不一样。你最好还是回答我的问题。”

萨弥苏克制住一个得意的微笑，走到红宗姐妹身边。看起来，萨莎勒自以为能把她撇到一边，自行掌握局面了。那这名红宗姐妹可是要吃上一惊了。“请务必再多留一段时间，”她压低声音对巨森灵说，厨房里的噪音应该让人们无法听到他们的交谈，但她还是决定要小心一些，“我刚到太阳王宫的时候，就已经听说一位年轻的巨森灵，是兰德·亚瑟的朋友，他在几个月前离开了凯瑞安，和他结伴而行的是一个名叫凯尔玎的青年男子，对不对，罗亚尔？”巨森灵的耳朵垂了下来。

那个年轻男人咒骂了一句，大概意思是在面对两仪师时就该把嘴紧紧闭上。“我想走就走，两仪师。”他凶狠地说道，但他也压低了声音，目光不停地在两名两仪师之间游走。实际上，厨房中所有人都在他警戒的范围内，他也不希望他们的对话被别人听到。“但在离开之前，我还想得到一些答案，我的……朋友们……到底出了什么事？还有他，他真的疯了吗？”

罗亚尔重重地叹了口气，安慰地向同伴挥了挥大手。“放松，凯尔玎，如果你和两仪师之间发生冲突，兰德是不会高兴的，放松。”凯尔玎却只是将眉头皱得更紧。

萨弥苏突然意识到，她可以把现在的状况处理得更好一些。凯尔玎的眼睛不是一双狐狸的眼睛，而是狼的眼睛。她已经习惯了达莫、佳哈和艾本，他们都已经被约缚、被驯服。梅瑞丝费了很大力气才能够和佳哈相处——这样说也许有些夸大，但这就是梅瑞丝的方式。最重要的是，曾经的恐怖在习惯之后就会变成今天可以炫耀的成就。凯尔玎·曼弗也是殉道使，没有被约缚，没有被驯服，他是否已经拥抱了至上力男性的一半？她几乎要笑出声。鸟儿飞起来了吗？

萨莎勒皱起眉头，用审视的目光盯着这个年轻人，她的两只手过分坚硬地按在裙摆上。萨弥苏很高兴没有在她周身看到阴极力的光晕。殉道使能感觉到女人握持至上力，这也许会刺激他……采取激烈的行动。她和萨莎勒合力当然可以控制住他，但如果他正握持着至上力，她们还有把握吗？当然有，当然！不过，现在不是发生暴力事件的时候。

萨莎勒并没有试图取得谈话的主导权，所以萨弥苏伸出一只手，轻按住凯尔玎的左臂，她觉得被裹在这只袖子里的是一段铁棍。看样子，这名殉道使就像她一样不安。果然是这样吗？光明啊，那三个被驯服的殉道使已经让她忘记殉道使该是什么样子！

“我最后见到他的时候，他的神智应该还像大多数男人一样清醒。”萨弥苏轻声说。她没有对“他”这个字进行过分强调。那些在厨房工作的人并没有走近他们，但的确有几个人已经开始朝这里偷瞥几眼。罗亚尔长吁了一口气，那声音就像一股强风吹过洞穴，但萨弥苏的注意力还是集中在凯尔玎身上。“我不知道他在哪里，但他至少在几天前还活着。”埃拉娜对一切情况都是三缄其口，而且她手里握着凯苏安的字条，所以态度自然相当蛮横。“恐怕费德文·穆尔是死于毒药，但我不知道是谁下的毒。”让她感到惊讶的是，凯尔玎只是摇摇头，脸上露出一丝苦涩，嘟囔了几句关于喝酒之类的话。“至于其他人，他们按照自己的意志成为了护法。”当然，她所指的是男人可以拥有的自由意志，她的罗山曾经很不愿成为护法，直到她决定他应该成为一名护法。就算不是两仪师的女人往往也能让男人按照她的意志做出决定。“他们都认为这是一个更好的选择，比起回到……你们那种情况更加安全。要知道，这座宫殿遭受的损伤就是阳极力造成的。你是否明白操纵这阳极力的是谁？摧毁这座宫殿的战斗，实际的目的正是要杀死那个你惟恐会发疯的人。”

这似乎同样没有让凯尔玎感到吃惊。这些殉道使到底是怎样的男人？难道他们所谓的黑塔本身就是一个杀戮场吗？但他绷紧的手臂终于放松了，突然间，他变成了一个因长途跋涉而困倦不堪，非常需要刮刮胡子的年轻人。“光明啊！”他喘了口气，“我们现在该怎么办，罗亚尔？我们要去哪里？”

“我……不知道。”罗亚尔答道。他的肩膀疲惫地低下去，一双长耳朵也垂了下来。“我……我们必须找到他，凯尔玎，不管怎样，我们现在还不能放弃。我们必须让他知道，我们按照他的要求去做了，我们尽力而为了。”

兰德要求他们去做什么？萨弥苏心中暗自思忖着，如果能有点好运气，她能从这两个人身上套出不少情报。一个疲倦的男人或者巨森灵，感到失落和孤独，这正是取得情报的好机会。

突然间，凯尔玎愣了一下，伸手握住剑柄。萨弥苏只能将一句咒骂咽回肚子里。一名宫中的女仆匆忙地跑进厨房，她的裙摆被一直拉到膝盖上。“多布兰大人被谋杀了！”她大声尖叫着，“我们全都会被杀死在床上！我亲眼看到死人在走路，是老马林金。我母亲总是说，被谋杀的灵魂也会把你杀死！他们……”当她看见两仪师，张大的嘴立刻没办法合拢，就那样两只手抓着裙子，站在原地。厨房里的人似乎也都僵住了，所有人全都从眼角偷瞥着两仪师，看她们两个人会怎么做。

“多布兰！”罗亚尔呻吟着，耳朵紧贴在脑袋上，“不要是他啊！”他显得愤怒且悲伤，他的面孔变得像岩石一样刚硬。萨弥苏以前从没见过巨森灵发怒的样子。

“你叫什么名字？”萨莎勒抢在萨弥苏前面问那名女仆，“你怎么会知道他被谋杀了？你确定他真的死了吗？”

那个女人咽了咽口水，双眼迎向萨莎勒冰冷的目光。“我叫塞尔拉，两仪师。”她一边犹疑地说着，一边弯下膝盖，行了个屈膝礼，这时她才意识到手里还握着裙子，然后她匆忙将裙摆抚平，却只是让自己显得更加狼狈。“塞尔拉·多因纳。他们说……每个人都说多布兰大人被……我是说，他……我是说……”

她又费力地咽了咽口水，“他们全都说他的房里都是血，他的身子下面更是有一大滩血，他们说他的头也被割掉了。”

“仆人们喜欢添油加醋，”萨莎勒冷冷地说，“他们的话不能全信。萨弥苏，你跟我来，如果多布兰受了伤，你也许能救他。罗亚尔、凯尔玎，你们也过来，在我向你们提问之前，你们要一直留在我身边。”

“让你的问题去死吧！”那名年轻的殉道使怒吼着，将行李甩到肩头，“我要走了！”

“不，凯尔玎，”罗亚尔温和地说着，伸出大手按住同伴的肩头，“在确认多布兰的情况之前，我们不能离开。他是兰德的朋友，也是我的朋友，我们不能就这样走掉。而且，我们现在还不知道到底要去哪里。”凯尔玎将目光转向一旁，他的确不知道该去什么地方。

萨弥苏猛地闭上眼，深吸一口气，但这没能让她好受一些。她发现自己跟随萨莎勒走出厨房，再一次竭尽全力跟随着红宗姐妹平稳、迅捷的步伐，实际上，现在她已经是半走半跑了。萨莎勒的脚步比刚才还要快。

她们刚走出厨房，背后立刻传来一阵嘈杂的议论声。那些人肯定是拼命想要从塞尔拉口中挖出更多的东西来，塞尔拉也会绞尽脑汁编造出更多细节去满足她们。十个不同版本的故事很快就会从这间厨房中流传出来，也许最终流传出来的故事数量会和现在厨房里的人数一样多。最糟糕的是，今天在厨房里发生的事情肯定已经有十个不同的版本流传出去，而且每个都会被加上珂盖德的谣言。萨弥苏几乎想不起还有哪一天能像今天这样糟糕，她觉得自己刚从一块冰上爬起来，立刻又在另一块冰上滑倒。凯苏安一定会把她的皮剥下来做成手套！

至少，罗亚尔和凯尔玎也跟在萨莎勒身后，如果能从他们身上取得有价值的情报，萨弥苏也许还能有所作为。她一边在萨莎勒身旁跑着，一边偷偷审视旁边的巨森灵和殉道使。罗亚尔迈着小步，好让自己不至于超过两仪师，紧皱的双眉间流露出深深的忧虑。他应该是在担心多布兰，但也有可能在担心他那个“尽力而为”的神秘任务，萨弥苏决心一定要解开这个谜团。年轻的殉道使轻松地迈着大步，他的脸上是一副不情愿的倔强表情，手指不停地抚弄着剑柄，但他的危险并不在于他腰间的那把武器。他以怀疑的目光盯着萨莎勒的后脑，又用阴沉的眼神与瞥向他的萨弥苏对视了一眼。他很清楚，自己应该闭紧嘴巴，萨弥苏怀疑自己必须找一个强硬的办法把他的嘴撬开，而不是用虚与委蛇的方式去套他的话。

萨莎勒一直没有回过头，当然，她可以听见巨森灵沉重的脚步声，知道那两个人并没有跑掉。她显示出一副正在思考的神情，如果能知道她在想什么，萨弥苏肯定愿意付出很大的代价。萨莎勒的确向兰德·亚瑟发了誓，但这个誓言应该无法阻止她向殉道使动手。她是红宗两仪师，这点并没有随着她的面容一起改变。光明啊，这可能是她将要踩到的最险恶的一块冰！

从厨房到多布兰在满月塔的寓所是一次漫长而辛苦的攀登过程，通常也只有来拜访太阳王宫中高阶贵族的人才会走这条路。但现在，挤在这里的人们让萨弥苏确信，塞尔拉绝不是第一个得知凶信的人。在川流不息的仆人中间，激动的窃窃私语声不绝于耳。一看到两位两仪师，仆人们立刻退到墙边，让出道路。有几个人在看到巨森灵时惊讶地张大了嘴，但更多的人都是逃命一般匆匆地跑开了。萨弥苏看不到一个贵族，毫无疑问，他们都躲在各自的房间里，思考多布兰的死亡会给他们带来什么际遇和危险。无论萨莎勒怎样想，萨弥苏已经不再怀疑多布兰的死亡。如果那个大贵族还活着，他的仆人早就应该出来平息谣言了。

仿佛是要进一步证明这个噩耗，多布兰房间外面的走廊挤满面色灰白的仆人们，他们的袖子从袖口到臂肘是代表塔波文家族的蓝白色图案。有一些仆人在哭泣，另一些人则是满脸失落的样子，他们已经失去脚下的基石。萨莎勒的一句话让他们躲到走廊两侧，但每个人的脚步都显得迟缓而笨拙，那些失神的眼睛在扫过巨森灵的时候，也没有出现任何好奇的光彩。他们全都忘记应有的礼仪和规矩。

多布兰寓所的前厅同样挤满仆人，其中大多数只是呆愣地站在原地。多布兰本人躺在位于这个大房间正中间的一副担架上，他的头仍然连在脖子上，但他的眼睛紧紧地闭着。血液从头顶上一道可怕的伤痕中流出来，覆盖整张面孔，已经完全干掉了。从他张开的嘴里，同样能看到血液流出，干掉，变成黑色。两名满面泪水的仆人正要用一块白布覆盖多布兰的面孔。看到两仪师走进来，他们不约而同地停下动作。多布兰看上去已经没了呼吸，他上衣前襟的彩色横纹从胸口一直延展到膝盖上，但现在这些横纹上也出现几道染血的伤口。在他旁边，黄绿色的提尔迷舞流苏地毯上，有一片比一个躺倒的人面积还要大的黑色血污，任何流了这么多血的人都不可能再活下来了。地上还倒着另外两个人，其中一个双眼盯着天花板，那是一双死人才会有的眼睛；另一个的肋骨中间插着一把象牙柄的匕首，可以肯定的是，匕首的锋刃肯定刺入他的心脏。两个都是白皮肤的矮个子凯瑞安人，穿着太阳王宫仆人的制服。一名塔波文家族的扈从正狠狠地踢着一具尸体。看到两仪师，他犹豫了一下，然后再一次用力踹在那个死人的肋骨上。很显然，此时此刻这里的人已经完全忘记应有的礼仪。

“把那块布拿开。”萨莎勒对多布兰身旁的两名仆人说，“萨弥苏，去看看多布兰大人还有没有希望。”

实际上，萨弥苏已经下意识地向多布兰走去，但这个命令让她踉跄了一下。这显然是个命令！萨弥苏紧咬着牙，一步步走到多布兰身边，谨慎地跪下去，伸手按在多布兰染血的头顶上。她并不介意自己的双手染上血渍，但她还是刻意绕到多布兰身旁没有血污的那一侧。如果丝绸染上血，那除了导引之外没有任何办法能够将其清除干净，将至上力浪费在这种琐碎的事情上会让她产生一种罪恶感。

关于治疗的编织已经成为她的第二本能，所以她不假思索就拥抱真源，开始了解这位凯瑞安大人的身体状况。她惊讶地眨眨眼，直觉在引领她前进，现在，她可以确定，房间里只有两具尸体。多布兰的体内依旧闪烁着极其微弱的生命迹象，而治疗编织的震动很可能会扑灭最后这一点生命的火苗。但现在她知道，治疗编织并非只有她所掌握的一种。

萨弥苏抬起头，寻找那名浅色头发的殉道使，他正俯身在一具尸体旁边，平静地在那个仆人装束的人身上进行搜索，完全无视那些塔波文家族部属惊讶的瞪视。一名女仆突然注意到门口处的罗亚尔，立刻惊讶地瞪圆了眼睛，仿佛巨森灵是突然凭空出现的一样。罗亚尔将双臂抱在胸前，脸上的表情严肃而刚硬，看上去就像是一名保持高度警戒的卫兵。

“凯尔玎，你是否知道达莫·弗林所使用的那种治疗方式？”萨弥苏问，“就是那种使用了全部五行之力的方式？”

凯尔玎停了一下，向萨弥苏皱起眉：“达莫？我不知道你在说什么，我在治疗方面没什么天赋。”他看了多布兰一眼，又说道：“我觉得他已经死了，但我希望你能救他，他也曾经在杜麦的井战斗过。”他弯下腰，继续翻动那个死人的衣袋。

萨弥苏舔舔嘴唇。她所有能做的选择都是不可行的，现在，就连充满身体的阴极力似乎也无法让她感到兴奋了。她只能小心地凝聚起风之力、魂之力和水之力，将它们编织在一起，这是每一名姐妹都掌握的基本编织。在有记录的历史中，还没有人的治疗功能像她这样强大。姐妹们的治疗能力都很有限，有些人只不过能治疗一些瘀伤而已。萨弥苏一个人的治疗能力几乎比得上一个完整的连结能够激发出的治疗力量。绝大多数姐妹都无法控制治疗的强度，大部分姐妹甚至不会去学习这种方法。萨弥苏从一开始就能控制自己的治疗强度，但她没办法像达莫那样只治疗一个创伤，而完全不触及身体的其他状况。她只能对多布兰的整个身体进行治疗，包括他的所有伤口和因为感冒而堵塞的鼻子。透过分析异能，她已经清楚地掌握多布兰体内的每一点变化，她能抹去一个人身上所有的伤口，仿佛那些伤口从没出现过，也能让患者在数日之间逐渐恢复，仿佛是自行休养的效果一样。每种治疗都需要消耗她同样的体力，但对于病人的体力消耗还是有所不同的。总之，被治疗者身体的变化幅度愈小，消耗的体力也就愈少。只是，除了多布兰头上的那道伤口之外，他身上其余的伤口都是致命的。他的肺有四处刺穿，心脏也被割伤了两处。最强的治疗编织会在所有这些伤口愈合之前就把多布兰杀死；而最弱的治疗编织在奏效之前，多布兰就会流血而亡。她只能谨慎地选择一个中等强度的编织，并希望她的选择是对的。

我是有史以来最好的治疗者，她坚定地想。这是凯苏安告诉她的。*我是最优秀的！*她以极微小的程度改变着编织，让它逐渐渗入这具僵硬的躯体。

随着多布兰的一次抖动，一名仆人发出惊讶的喊声。他半坐起身，深陷的双眼猛地睁开，一阵极像是垂死者呻吟的声音从他的喉咙中迸出。他的双眼随之向上翻起，身体从萨弥苏的双手间滑落，重新摔倒在担架上。萨弥苏急忙重新调整编织，再次对他进行分析。她屏住呼吸——多布兰活过来了，但只要她有毫厘之失，他还是会死去，只不过不是死于那些伤口。虽然多布兰的头顶还被血污覆盖着，但萨弥苏还是能看见那道伤口正变成粉红色，并缓缓合拢，变成柔软的伤疤，他身上的伤口一定也在经历着同样的变化。即使多布兰能挺过这一关，他可能还是会有呼吸困难的后遗症，但他的确是活过来了，这是最重要的。只是萨弥苏仍然不知道是谁想要杀死他，以及为什么要这样做。

萨弥苏放开至上力，有些摇晃地站起身，在导引中耗尽体力总是会让她有一种特殊的疲惫感。站在她身旁的一名仆人张大了嘴，愣愣地看着这一切，手中还拿着那块本来要盖在多布兰面孔上的白布。萨弥苏就用那块布擦了擦手。“把他抬到床上去，尽量让他多喝一些温的蜂蜜水，他需要迅速恢复体力。再找一名智妇来……你们这里叫朗读者？是的，一名朗读者，他需要适当的照料。”现在萨弥苏已经没办法再为这名凯瑞安领主做什么了，不过草药也许还能再发挥些作用，至少不会有害。而且，即使是最糟糕的智妇也能确保他喝到足够多、又不至于过量的蜂蜜水。

四名仆人一边拼命地鞠躬，低声说着谢谢，一边将多布兰抬进了寓所的里屋。其他仆人也都匆匆地跟在他们身后，脸上露出一副宽慰的神情，还有几名仆人冲进了走廊，片刻之后，喜悦的呼喊声从外面传来。萨弥苏听到那些人不停地高喊着自己和多布兰的名字，这当然是让她感到满意的一幕，但如果萨莎勒没有微笑着向她赞许地点了一下头，她也许会更高兴。她不需要这个红宗姐妹的赞许！为什么萨莎勒不拍拍她的头，就像鼓励一名表现优秀的初阶生那样？

萨弥苏觉得凯尔玎完全没注意到她的治疗，现在这名殉道使已经完成了对第二具尸体的搜索。他站起身，向罗亚尔走去，仿佛是要让巨森灵看某样东西，而两名两仪师都只能看到他的后背。罗亚尔把那东西接到手中，高举到眼前，那是一张奶油色的信纸，已经揉得褶皱不堪了。他的动作让凯尔玎皱了皱眉，但巨森灵显然没想到要防止两仪师看到这张纸。

"但这没有任何意义，"巨森灵一边阅读，一边皱起眉，喃喃地说道，"一点意义都没有，除非……"他突然闭上嘴，尖耳朵抖动着，带着紧张的神色向浅色头发的殉道使看了一眼。而凯尔玎只是点了一下头。"哦，这太可怕了。"罗亚尔说，"如果还有其他人，凯尔玎，如果他们发现……"看到自己的同伴在用力摇头，他说到一半的话又止住了。

"请让我看看。"萨莎勒说着伸出了手，虽然她的措辞很客气，但这当然不是真正的请求。

凯尔玎试图将那张纸从罗亚尔手中拿回去，但巨森灵平静地将它交给了萨莎勒。红宗两仪师将它看了一遍，然后不带任何表情地把它递给萨弥苏。这是一张相当厚实且光滑的信纸，显然也很昂贵。萨弥苏一边读着纸上的内容，一边压抑着要挑起眼眉的冲动。

根据我的命令，持有此文件之人将从我的寓所取走一些物品，带出太阳王宫。他们知道该取走何物，不要打扰他们在我房间里的工作，将他们所需要的一切交给他们，并对此保持沉默。以转生真龙的名义，因他的不快而痛苦。

多布兰·塔波文

萨弥苏经常见到多布兰的笔迹，所以能认出这正是他的圆形字体。"很显然，有人雇佣了一名非常优秀的赝品专家。"她的话却只得到萨莎勒轻蔑的一瞥。

"这当然不应该是他自己写的，他也不会是被自己的人误伤了。"红宗姐妹的目光转向罗亚尔和殉道使，"他们可能找到了什么？你们在害怕他会找到什么？"凯尔玎同样不带任何表情地和她对视着。

"我只是担心他们在这里的偷窃行动。"罗亚尔回答道，但他毛茸茸的耳朵仍然在剧烈地颤动着，绝大部分巨森灵都不是说谎的好手，至少在他们年轻时是这样。

萨莎勒摇着头，她发丝间的铃铛也随之发出一阵轻响。"你们所知道的肯定非常重要，在把你们知道的一切告诉我之前，你们不能离开。"

“你打算怎样阻止我们呢?”凯尔玎平静的声音只是让他们显得更加危险。他看着萨莎勒,仿佛这个世界上没有任何能够让他担心的事情。他肯定是一头狼,而不是一只狐狸。

“我还以为永远也找不到你们了。”罗莎拉・梅丹诺一边大声说着,一边走进这个静默而充满危险气氛的房间。她依旧戴着手套,披着裘皮衬里的斗篷,只是她已经把兜帽掀到背后,露出黑发和别在上面的雕花象牙发梳,在她斗篷的肩膀部位能看到雪融后留下的水渍。她是一名身材高大的女子,有着艾伊尔人一样被阳光晒成褐色的皮肤。今天她清早时就出去了,想要为她的故乡提尔风味鱼汤找一些香料。她只向罗亚尔和凯尔玎投去短暂的一瞥,甚至没有浪费一点时间问一下多布兰的情况。“一队姐妹已经进了城,萨弥苏,我发了疯一样地鞭打坐骑,才抢在她们前面回到这里,但她们此时应该也已经进入太阳王宫了。和她们同行的还有殉道使,其中一个是洛根!”

凯尔玎大笑了一声。突然间,萨弥苏开始怀疑自己大概已经活不到凯苏安剥她皮的时候了。

第 1 章

离去的时刻

时光之轮旋转不息，岁月来去如风，世代更替只留下回忆；时间流淌，残留的回忆变为传说，传说又慢慢成为神话，而当同一纪元轮回再临时，连神话也早已烟消云散。在某个被称为第三纪元的时代，新的纪元尚未到来，而旧的纪元早已逝去。一阵风在末日丘陵刮起。这阵风并非开始，时光之轮的旋转既无开始，也无结束。但这确实也是一个开始……

风吹过绵延起伏的丘陵，这里到处都是稀疏的树林和葡萄园，还有四季常青的橄榄树林，而整齐排列的葡萄藤在春天之前都只是光秃秃的。寒风吹向西北，越过点缀在丘陵之间的肥沃农场和艾博达大港。这片土地仍然处在冬季休耕期，但农人们已经开始为犁头上油，整理笼头，为即将到来的春耕做准备了。他们并没有在意那一列列沿着夯土大路向东前进的满载马车。坐在车上的人都是一些身穿奇装异服的陌生人，不过他们应该也都是农夫。在那些马车上都挂着艾博达人所熟悉的农具，不过车厢里装着很多用粗布包裹的、有着球根的陌生植物。这些马车的目的地显然是更加遥远的东方，所以它们和这里正在备耕的农人们没有一点关系。霄辰人对于那些不违抗霄辰法令的人不会多加管束，所以兰诺丘陵的农夫们丝毫不觉得自己的生活发生了什么改变。对他们而言，能让他们的庄稼喝饱雨水的才是这里真正的统治者。

风继续向西北吹去，越过蓝绿色的港口水面。在那里，数百艘落锚的大型船只正随着起伏不定的海浪微微摇摆，其中一些船有着宽大的船头和一根根肋骨般的横梁撑起的方形船帆；另一些船则有着尖船头，船身更加细长。工人们正在替那些细长的船只换上和方头大船一样的船帆与索具，但和几天前相比，这座港口中的船只已经少了很多。现在，许多船都在岸边搁浅、倾覆或者被烧成了残骸。被烧黑的龙骨陷在灰色的泥浆中，如同巨兽的骨架。小型船只在大船间穿行，有的在三角帆的牵引下显得微微倾斜，有的靠弦侧的两排长桨推动，仿佛生着许多条腿的水上甲虫，这些船大多是在向依旧完好的舰船运送工人和物资。还有另一些小船和驳船围绕着一些凸出于水面之上的大木杆转来转去。船上的人都带着石头跳入水中，显然是要靠石头的重量让自己下潜得更快一些，好把缆绳系在水下沉船中的各种物品上，让小船上的人能够将它们打捞上来。六个晚上之前，这片水域曾经充斥着死亡的气息，至上力杀死了许多人，船只在黑暗中被银色的闪电和耀眼的火球摧毁。而现在这座忙碌的港口和那时相比，简直平静得如同一潭春水。风在这里带起一片片浪花，然后向西北方跨过埃达河口，进入内陆。

麦特盘腿坐在一块满是黑色苔藓的大石头上，身边是埃达河岸边的芦苇丛。当冷风吹过的时候，他下意识地缩起肩膀，无声地咒骂了一句。这里没有金币，没有女人，没有舞蹈，更没有乐趣，只有各种各样令人难受的东西。简而言之，换作正常时候，他绝对不会待在这种地方。太阳的下缘还贴着地平线，头顶的天空还是岩石般的灰色，厚重的紫色云团从海面上涌来，预示着即将到来的豪雨。没有雪的冬天根本就不像冬天，麦特至今还没有在艾博达看到一片雪花，但冰冷潮湿的海风能够像雪一样让人们感受到彻骨的严寒。六个晚上之前，他在那场暴风中逃出艾博达城，但直到现在，他那阵阵作痛的屁股让他觉得自己仿佛仍然是在马鞍上颠簸着，全身都浸透了湿冷的雨水。一个能自由做出选择的人绝对不会在这样的天气里跑出城市。麦特真希望自己能带上一件斗篷，但他更希望现在自己还能躺在床上。

连绵起伏的丘陵遮住了艾博达，实际上，那座城市只在南边一里远的地方。放眼望去，麦特只能看到一些稀疏的灌木丛，处在这种开阔的环境里，麦特总觉得仿佛有蚂蚁正在他的皮肤上爬行。不过他应该是安全的。他现在只穿着朴素的褐色羊毛外衣，戴着帽子，与他在艾博达城中的日常穿着完全不同。挡住他脖子上疤痕的也不再是那条黑色丝巾，而是一条土褐色的羊毛围巾，几乎和同样颜色的衣领融为一体。如果有人要抓他，就算看到了他，大概也认不出他是谁，除非他们一直来到他面前。虽然如此，麦特还是将帽子又拉低了一点。

“你打算继续留在这里吗？”诺奥身上那件破烂的深蓝色外衣，一定曾经是一件相当不错的衣服，就如同他本人肯定也不是一直如此落魄。现在，这名弯腰驼背、鼻梁断陷的白发老者正蹲在麦特所在的石头下面，用一根竹竿钓着河里的鱼。他大部分牙齿都没了，有时他还会用舌尖舔舔齿间的缺口，仿佛很惊讶地发现那里的牙齿竟然都没有了。“也许你还没注意到，这里很冷。人们总以为艾博达是温暖的地方，但任何地方的冬天都不会温暖。我还知道一些地方，艾博达和那里相比简直就和夏纳一样寒冷，就算是那种地方也还是有冬天的。我的骨头急需烤一烤火，或者至少应该裹上一张毯子，如果没有风，一张毯子就能让男人暖和起来了。除了盯着这条河的下游，你还打算做些什么？”

麦特只是瞥了他一眼。诺奥耸耸肩，继续看着芦苇丛中他那根涂了柏油的浮漂的木头出神。他不时会摩擦一下那双生满节瘤的手，仿佛他那些弯曲的手指尤其怕冷。当然，这都是他的错，这个老傻瓜花了很长时间，用一只篮子从浅水中捞小鱼作为鱼饵。现在那只篮子放在河边，一半没入水中，篮底压了一块光滑的石头。虽然诺奥从没停止过抱怨天气寒冷，但并没有人强迫或请求他继续待在河边。根据诺奥自己的说法，每一个他关爱过的人都早已经去世了，现在他已经不在乎自己还会有什么样的同伴。实际上，他早就绝望了，所以他才会选择与麦特同行，而不是在五天以前就远远地逃离艾博达。一个男人骑上一匹好马，能够在五天时间里跑出很远的一段路。当然，他还需要一个这样做的好理由。现在麦特就经常在想这件事情。

在靠近埃达河对岸的河面上，一艘宽身划艇半隐在一座泥沼小岛后面，它的船桨全都竖了起来。船上有一个人站起身，用一根长钓竿在芦苇丛中拨弄着，另一个人帮助他将被钓竿钩住的东西拖到船上。因为距离太远，麦特觉得他们拖上船的东西像是一只大口袋，但麦特的面孔还是立刻扭曲起来，并将目光再次转向下游。他们还在寻找尸体，而这是应该由他来负责的。无辜者和罪人一同死去，但如果你袖手旁观，那么死的就只有无辜者，或者让无辜者落入等同于死亡的境地，甚至生不如死——这全凭你怎样去看。

麦特满脸都是焦躁和愤懑的表情。该死的，他简直要变成一个哲学家了！责任吸干了一切，而且非要把一个男人榨干成一堆灰烬才会罢休。麦特现在只想坐在暖和干燥的大厅里，听着靡靡之音，痛饮热葡萄酒，当然，还要有一个丰满可爱的女服务生坐在他的膝头，而且这家酒馆一定要远离艾博达，距离非常非常遥远。但他现在所拥有的只是一个无法抛弃的责任和一个他绝对不喜欢的未来。即使他是时轴，对此也绝对没有帮助，因缘的这段编织是早已注定的，但不管怎样，麦特还有他的运气。至少他还活着，还没有被铁链锁在牢房里。经历过不久前的重重劫难，他必须承认自己的运气的确不是一般的好。

麦特从这块大石头上，越过河口的几座泥沼岛屿，能清楚地看到港口中的情况。在那里，强风不断掀起海浪，激起一堆堆白沫，岸边仿佛蒙上了一层薄雾，不过它们挡不住麦特的视线。麦特努力在心中默数着那些船只的数量和残骸的数量，但他总是数错，将某些船只数过两次，结果不得不从头再数。那些再次被俘虏的海民也不断地折磨着他的神经。他已经听到传闻，在港口对面的拉哈德区已经有上百具尸体被挂在绞刑架上，这些绞死者的罪名是"谋杀"和"叛逆"。通常情况下，霄辰人执行死刑的工具是刽子手的斧头和插人头的立柱，王之血脉会在隐秘的地方被勒死，但作为财产的奴隶只能被吊死。

烧了我吧，我只是在尽力而为，麦特气恼地想着。他只能做到这些了，而且对已经做过的事有负罪感是没意义的。没有意义，一点也没有！他必须将精神集中到那些逃出来的人身上。

逃走的亚桑米亚尔一定是夺取了港口中的一些船只。对于这些逃亡者来说，肯定是小型船只更易于攻占和驾驶，但他们的目的是带走尽量多的族人。在拉哈德区有成千上万服苦役的海民囚徒，要带走他们，就必须有足够大的船，这就意味着海民会试图抢夺霄辰巨舰。艾博达港中同样停泊着许多海民的顶级大船，但这些船全都被卸掉了船帆和索具，它们将被换上霄辰人所熟悉的帆具。麦特觉得如果能数清楚港口中还有多少艘大船，他就有可能估算出到底有多少亚桑米亚尔逃出来了。释放那些海民寻风手是正确的，也是他惟一能为她们做的事。但除了那些被吊死的俘虏，还有千百具尸体在过去的五天时间里从港口中被打捞出来，也许只有光明知道还有多少具尸体被潮汐带到了外海。掘墓人从日出一直忙到日落，坟场里总是站满了泣不成声的女人和孩子，当然，也有男人。这些死者中有相当一部分是亚桑米亚尔，他们都被扔到了乱葬坑中，没有人会为他们哭泣。现在麦特只想知道有多少海民逃出来了，这样至少能让他有些安慰。他不能永远只是在想自己杀了多少人。

但计算有多少船逃进风暴海是非常困难的。除了总是数错以外，寻风手和两仪师的不同之处在于她们可以自由地将至上力当作武器使用，尤其是在她们的族人身陷险境时。为了阻止霄辰人的追击，她们一定会竭尽全力制造各种破坏，其中最直接的自然就是烧毁霄辰人的船只。拥有罪奴的霄辰人更是对使用至上力作战得心应手。那时，闪电如同密集的骤雨般倾泻而下，火球不停地从半空中掠过，其中一些足足有战马那样大。整座港口仿佛都燃烧起来，火焰和闪电的暴风使任何照明者的表演都黯然失色。麦特不需转头，就能数出十几处被烧焦的大型龙骨和在浅水中翻覆的方头大船，还有二十几处船身更加纤细的残骸，那些都是海民的风剪子。海民显然不愿意将他们的船留给奴役他们的人。这三十几艘废船还是麦特能看到的，那些沉入海底的船只就更无从计数了。也许一名久历风浪的航海者能够根据伸出海面的桅杆辨别那些沉船到底是霄辰方头船还是海民的风剪子，但麦特肯定不行。

突然间，一个古老的记忆触动了他的神经。麦特仿佛看见战士们正源源不断地登上船舰，准备参加海战。他很清楚多大的船只能够装下多少人，航行多长时间。这并不是他的记忆，而是来自古代费甘希和莫伦纳之间发生的一场战争，但这似乎又是他的记忆。这些突如其来的记忆现在给他带来的惊讶已经小了许多，也许那些人生他真的经历过，甚至他自己的一些记忆渐渐也比这些记忆更加模糊了。麦特记忆中的那些船舰，比艾博达港中停泊的巨舰要小很多，但航海的原则是一样的。

“他们没有足够的船。”麦特喃喃地说道。在坦其克的霄辰人比这里还要多，而他们在这里损失的船只已经足以改变局势了。

“足够的船做什么?”诺奥说，“我从没见过这么多船聚集在一个地方呢。”诺奥说的应该是实话。麦特总是听他说见过多么宏大、多么辉煌的东西，而现在出现在他眼前的东西是多么不值一提。在家乡两河，像诺奥这种人会被称作“用勒钱袋的绳子把眼前的一切都勒小了”。

麦特摇摇头，“他们没有足够的船返回家乡了。”

“我们不必返回家乡，”一个语调缓慢的女性声音在他的背后响起，“我们来到这里就是为了回家。”

在麦特意识到那种稍显模糊的霄辰腔调来自谁之前，他吓得差点跳起来。

艾格宁怒气冲冲的眼睛如同一双蓝色的匕首，不过这双匕首的锋刃所指的并不是麦特，至少麦特觉得不是他。艾格宁身材高挑而且瘦削，有一张刚硬的面孔，虽然长时间生活在海上，但她的皮肤却非常白皙。她身上的绿色长裙颜色鲜艳得完全可以和匠民相比，高竖的衣领和袖子上绣满黄色和白色的小花，一条绣花头巾在她的下巴上紧紧地打了一个结，艾格宁用它来固定顶在头上的假发，黑色的长假发垂过她的双肩，一直披到她的背上。她显然痛恨这条头巾和这身穿着，这顶假发也不是很合适她，她更是恨不得每分钟都要扶一下假发，确认它平稳地戴在自己的头顶上。对她来说，假发远比身上的裙子更重要，甚至“重要”这个词都不足以形容假发和她的关系。

当她把长指甲剪掉的时候，只不过是叹了口气，但当麦特要求她必须剃光头发的时候，她立刻涨红了脸，双眼凸出眼眶，全身几乎痉挛起来。她曾经的发型是倒扣在头顶的碗状齐耳短发，一根齐肩长的粗辫子垂在背后，只有霄辰的低阶王之血脉才会有这样的发型，就算是从没见过霄辰人的人，也不会忘记这种怪异的发型。当时她总算是不情愿地同意了，但看到自己被剃光的样子，她几乎陷入歇斯底里的状态，直到戴上这顶假发。不过，她发疯的原因和一般的女人都不一样。在霄辰人之中，只有王室家族的人才能剃光头发，开始秃发的男人会在发际线明显上移前就戴上假发。艾格宁宁死也不愿让别人以为她在冒充王族成员，无论看到她精光头顶的人会不会有这种想法。这种冒充行为的确会让霄辰人判处她死刑，但麦特不认为她还会害怕死刑，他们早已经把脖子放在霄辰刽子手的斧头下面了。当然，等待艾格宁的应该是密室中的绞索，而等待他的只会是闹市中的绞刑架。

麦特将落进手心的匕首收回到袖子里，从大石头上滑下来。他落地的姿势相当笨拙，甚至差点跌坐在地上，不过他还是勉强掩饰住臀部的刺痛。艾格宁是个贵族，一位船长，虽然麦特暂时还没显露出任何弱点，但她已经不止一次试图将主导权从麦特的手中夺走。是她主动来寻求麦特的援助，但她显然没有按照这种逻辑来认识他们之间的关系。麦特靠在大石头上，双臂抱在胸前，装模作样地踢着一丛枯草，努力克制着自己的痛苦。虽然冷风不断，但剧烈的痛楚已经让他的额头冒出了冷汗，那场暴风雨中的逃亡让他的屁股直到现在也没有恢复过来。

"你了解那些海民的情况吗?"麦特问道。谈论船只缺乏的事情已经没意义了，有太多霄辰殖民者离开了艾博达，进入内陆，以坦其克为出发点进行殖民活动的霄辰人肯定更多。无论他们有多少艘船，世界上已经没有任何力量能够将他们从这片大陆上连根拔除了。

艾格宁又扶了扶假发，带着犹豫的神情，看着自己的短指甲皱了皱眉，然后将双手藏到胳膊下面。"他们的什么情况?"她知道是麦特放走了那些寻风手，但他们一直没谈论过这种事情，她总是尽量避免谈及亚桑米亚尔。虽然他们导致了许多船只沉没，人员伤亡，但这些都无法和释放罪奴相比。这又是一桩会判处死刑的重罪，而且在霄辰人看来，这样的罪行还伴随着巨大的耻辱，就像强奸和奸淫儿童。当然，艾格宁早就干过放走罪奴的事情，她显然认为这在她所犯下的罪行中是最轻的，但她还是在躲避这个话题。她对不少话题都保持沉默。

"你了解那些寻风手的情况吗？我听说她们会被砍断手或脚。"麦特咽下一股酸楚的感觉。他曾经见过死人，也曾经亲手杀过人。愿光明怜悯他，他甚至杀死过一个女人！就连其他那些人最黑暗的记忆也不曾像这件事一样烧灼他，而当那些记忆袭来的时候，他得要用大量的酒精才能解救自己。只是当他想到有人会被砍掉手脚，他的胃就会不由自主地一阵阵痉挛。

艾格宁猛地一甩头，片刻间，麦特觉得她会忽略自己的问题。“我和李娜谈过这方面的问题，所以我可以确信，”她轻蔑地挥了挥手，“有些罪奴主会用这种话去吓唬那些刚戴上罪铐，还不知道听话的罪奴。但已经有六七百年的时间没人这样做过了，至少不会有很多人这样做。必须靠……毁伤……的手段来控制自己财产的人，从一开始就是尚摩西。”她厌恶地撇撇嘴。麦特不知道她厌恶的到底是毁伤还是尚摩西。

“无论是否羞耻，他们都会这样做。”麦特喊道。对霄辰人来说，尚摩西比羞耻更加可怕。但麦特觉得任何会故意砍掉女人手的人，如果还有半点羞耻之心，都应该把自己杀掉。“苏罗丝也属于那些‘不会有很多’的人吗？”

那名霄辰女子气恼地瞪着麦特，双拳抵在腰间，双脚叉开，身子向前倾斜，就好像她正站在甲板上，训斥一个呆头呆脑的水手。“女大君苏罗丝并不拥有这些罪奴，你这个没脑子的农夫！她们是女皇的财产。愿女皇得到永生！苏罗丝就算是砍断自己的手腕，也不会对女皇的罪奴做出这种事情。而且我也从没听说过她虐待属于她自己的罪奴。让我用你能听懂的话再解释一遍，如果你的狗跑掉了，你不会让它变成残废，你会鞭打你的狗，让它懂得这样做是不对的，然后你就会让它回到它的窝里。更何况罪奴是如此……”

“如此宝贵。”麦特冷冷地接上话。他第一次听到有人这样说的时候，就对这种说法感到恶心。

艾格宁没理会他的挖苦，她可能根本就没注意麦特在说些什么。根据麦特的经验，如果女人不想听到某些话，她就会彻底对此充耳不闻，直到你也开始怀疑自己是否说过这些话。“你终于开始明白了。”她拖着悠长的腔调，点了点头，“这一次，你所担心的那些罪奴也许身上连一道鞭痕都不会有。”她用拇指摩挲着被剪短的指甲，目光转到港口中的那些船上，眼里渐渐流露出失落的神情。因为她面孔刚硬的线条，那种失落反而显得更加深刻了。“你肯定无法相信，我为了我的罪奴花了多少钱。”她的声音恢复了平静，“我还要另外为她雇佣罪奴主。当然，我为此投资的每一个金币都是值得的。她的名字叫赛丽萨，她被训练得很好，驯顺且充满热情。她非常喜欢吃蜂蜜坚果，在这方面很缺乏节制，但她从来不会晕船。真可惜，我只能把她留在坎特林，我可能再也见不到她了。”说到这里，艾格宁懊悔地叹了口气。

“我相信她也一定在思念你，就像你想念她一样。”诺奥一边说，一边咧嘴而笑，露出了牙齿中间那个巨大的缺口。他的语气显得无比真诚，也许这的确是他的真心话，他曾经宣称他见过比罪奴和达科维更糟糕的事情。

艾格宁立刻挺直脊背，皱起眉，似乎是不相信诺奥的同情，或者也有可能是她刚刚意识到自己正在以怎样的神情盯着港口中的那些船。她用力地转过头。“我已经下了命令，任何人都不能离开马车。”她坚定地说道。可能当她在船上的时候，她的船员们会因为她的这种语气而吓得跳起来。而看她现在转身的样子，她肯定是认为麦特和诺奥也应该像那些水手一样立刻按照她的指示去行动。

“你下了命令？”麦特摆出一副笑容，向艾格宁露出自己的牙齿。他那种傲慢的笑容足以激怒任何自以为是的蠢货。虽然在大多数时间里，艾格宁并不蠢，但她的确相当自以为是。麦特不知道船长和女贵族哪一种更傲慢，而艾格宁同时拥有这两种身份！“好吧，我也正好要回去。诺奥，你钓完鱼了吗？如果还没，我可以再等一等。”

那个老头子已经将所有剩余的银灰色小鱼倒进了水里。他的手肯定受过很重的伤，从它们的变形程度判断，也许受伤还不止一次，但它们依然能够灵巧而且迅速地将钓线缠回到鱼竿上。在不长的一段时间里，他已经捉了十几条鱼，其中最大的将近有一尺长。他用芦苇编成一个草环，将这些鱼穿过鳃部串在一起。现在，他把串起来的鱼扔进了篮子，然后把篮子提起来。他说如果能找到合适的胡椒，他就会做出真正的沙塔鱼汤，让麦特彻底忘记屁股上的伤痛。听他的口气，那种鱼汤倒好像是某种神奇的甘霖一样。但与其相信诺奥的胡椒鱼汤，麦特更愿意相信足够的淡啤酒才能够帮他忘记身上的那种可恶的疼痛。

艾格宁不耐烦地等着，她同样没注意到麦特的笑容，麦特伸出一只手臂抱住了她。既然他们要回去了，麦特也不打算再做任何耽搁。艾格宁将他的手从肩膀上甩掉。和这个女人相比，麦特认识的一些老姑婆也都可以和酒吧女服务生比风骚了。

“我们应该是一对情侣，你和我。”麦特提醒她。

“这里没有人看我们。”艾格宁怒气冲冲地说。

“我要告诉你多少次，莱伊纹？”这是艾格宁给自己取的名字，她说这是个塔拉朋人的名字。不管怎样，它听起来不像是霄辰人的名字。“如果我们只在发觉有人看着的时候才急忙牵起手，任何没有被我们注意到的人都会觉得我们是一对非常奇怪的情侣。”

艾格宁带着嘲讽的意味哼了一声，但她还是任由麦特将手臂放回到她的肩膀上，也伸手搂住了麦特，然后又用警告性的目光瞪了麦特一眼。

麦特摇摇头。如果艾格宁真的以为他对她有意思，那艾格宁就一定是疯得像一只发春的兔子。女人们的肌肤应该是比较柔嫩的，松软而有弹性，但搂着她让麦特觉得好像是搂着一根桅杆，坚硬又僵直。他完全不明白多蒙怎么会喜欢上这样的女人，也许只是因为艾格宁让那个伊利安人没有别的选择，毕竟，她已经买下了多蒙，就如同买下了一匹马。*烧了我吧，我永远也没办法明白这些霄辰人*，麦特想着。他也不打算去搞清楚，但他现在必须这样做。

当他们转身走开的时候，麦特最后回头望了那座港口一眼，并且立刻为自己的行为感到后悔。两艘小帆船穿过迷雾形成的厚墙，正缓缓地逆风向港口驶去，现在正是他们应该消失的时刻，或者现在已经晚了。

从埃达河到北方大道差不多有两里多路，沿途尽是绵延起伏的丘陵，地面上覆盖着枯黄的草甸和蒿草，其间零星分布着一丛丛藤蔓缠绕的灌木。虽然那些灌木的叶子已经落光了，但仍然不可能从它密集的枝杈中穿过去的。这里没有一座像样的山丘，与麦特小时候就攀登过的沙砾丘和迷雾山脉完全不能相比。麦特的记忆中已经出现了许多空洞，不过这些事情他还没忘记。但让他懊恼的是，还没走多久，他就已经不得不将更多的体重转移到搂住艾格宁的手臂上了。刚才他一动不动地在那块该死的石头上坐了太久，虽然刚刚跳下来的时候引发的刺痛感已经消退了许多，但他麻木的双腿走起路来还是有些踉跄。如果没有艾格宁的扶持，他早就摔倒在某一道斜坡上了。他当然没有靠在艾格宁身上，但这个女人却皱起眉来盯着他，仿佛他正在占她便宜。

“如果你按照我说的去做，”艾格宁有些气恼地说，“我就不必这样扛着你了。”

麦特又向她龇了一下牙齿，这一次，他连假笑都省掉了。诺奥轻松地走在他们旁边，虽然他一只手将装鱼的篮子按在腰间，另一只手拿着鱼竿，却完全没有踏错过半步。这只是让麦特感到更加困窘。这个老头子看上去一定受过不少伤，但他的动作却显得灵活安稳，而且实在是有些太灵活了。

他们的路线从天堂舞台的北边绕过去，这座舞台的最周边环绕着光滑的石阶看台，在温暖的天气里，看台上方会搭起彩色帆布天篷，有钱的人们会坐在石阶的软垫上，观看这里进行的赛马。现在，帆布天篷和支撑天篷的高杆都已经收起来了，赛马或者被霄辰人征用，或者被关在乡下的马厩里。除了几个小孩在这些石阶上蹦蹦跳跳，玩着抓球游戏外，这里看不到其他人。麦特很喜欢马，也喜欢看赛马，但他的目光越过天堂舞台，转向了艾博达。每次当他爬到一座山丘顶端时，那座城市高大的白色城墙就会出现在他的视线中。那座城墙的顶部是一条环绕城市的宽阔大道。他至少能借助观察艾博达的机会歇歇脚。愚蠢的女人！稍微有点跛足并不等于她在支撑着他！麦特努力保持着礼貌的态度，坦然接受恶劣的情况，没有丝毫抱怨。为什么她就不行？

这座由白色墙垣和屋舍组成的城市中，也矗立着许多白色圆顶和尖塔，它们一般都装饰着几道彩色细环，在灰色的晨光中熠熠生辉，显示出一幅景色的画面。麦特完全看不到艾博达城中那些被烧毁的房屋残骸。一长列农夫的高轮牛车正从通向北方大道的拱形城门中鱼贯而入。艾博达周边的农夫们正带着冬日里家中剩余的物资到城中的市场去贩卖，牛车间还夹杂着六匹或八匹马拉的有顶篷的商队大车，上面装载着来自世界各地的货品。麦特一共看到了七支商队，最少的有四辆车，最多的有十辆车。他们都停在大路旁，等待着门卫进行检查。无论是谁在统治这座城市，只要太阳还会升上天空，贸易就从不会停止，就算是真正爆发了战争，也不可能彻底让商人们在道路上消失。城门另外一侧的人流完全由霄辰人组成，霄辰军队排列成严整的队形，穿戴着彩绘铠甲和如同巨型昆虫头部的头盔，由步兵和骑兵组成。率领他们的是骑在马上、披着华丽斗篷的贵族。女贵族们穿着百褶骑马裙，用蕾丝面纱遮住头脸，男贵族穿着肥大的长裤和长外衣。霄辰殖民者仍然不停地从艾博达城中涌出来。一辆又一辆马车上载满农夫、工匠和他们的家什器具。这些殖民者往往是一下船就向城外赶去，但恐怕还要再过几个星期，他们才会完全离开艾博达。这也是一幅和平的场景。任何不了解内情的人都会以为这只是一个普通的日子，只有普通的工作和各种日常琐事。但麦特每次看到那座城门的时候，心思都会不由自主地飞回六天前的那个晚上，那时，他就在那座城门前。

当他们离开泰拉辛宫，在街市上疾步前行的时候，天气变得愈来愈糟糕。大雨瓢泼而下，灌注在这座黑暗的城市里，马蹄踏在积水的石板路上，不住地打滑。从风暴海吹来的强风将硕大的雨点砸在众人身上，如同用掷石索甩出的石块，披在身上的斗篷一不留神就会被风扯起。没过多久，这一行人身上就再没有一点干燥的地方了。月亮完全被乌云遮住，虽然徒步走在队伍前面的布利端克和芬，各举着一根挂油灯的长杆，但这一点光亮也仿佛被密集的大雨吞没了。终于，他们进入了城门洞，暂时避开雨水的侵袭，但寒风在这里却变得愈加猛烈，仿佛他们所在的地方是一支正在被吹响的长笛管。周围城门的士兵就在城门洞的尽头，他们之中也有四个人举着挂油灯的长杆。另外十二个人里，六个是霄辰人，他们的手中拄着长戟，能够对骑在马上的人造成重伤，也能把骑者从马背上钩下来。一间卫兵哨所嵌在城墙里面，小屋门口站着两名摘下头盔的霄辰人，他们也在盯着这一行人，在他们脚下晃动的黑影表明小屋里还有更多的人。有这么多人守在这里，他们不可能冲杀出去而不惊醒其他人，也许他们根本就杀不出去。如果他们的行踪暴露，天知道会有多少人立刻冲杀过来，也许就算是一场照明者的烟火表演也不可能吸引来更多的人了。

这些卫兵至少还不是主要的威胁。一名身材高大、脸颊丰满的女人从卫兵哨所里走出来，她穿着裙摆下缘只到脚踝的深蓝色开叉长裙，裙摆前襟被染成红色，上面绣着银色的闪电。她的左手腕上套着一根银色长索，长索另一端拴在一名穿深灰色长袍的灰发女人脖子上，那个女人跟在后面，脸上带着一副逢迎的微笑。麦特知道，这里一定会有罪奴，而且等在这里的罪奴应该不止一个或两个。霄辰人在所有城门都分派了罪奴主和罪奴，他们绝不会允许任何一个能够导引的女人逃出城去。麦特衬衫里面的银狐狸头透出一阵阵寒意，不是那种感应到导引至上力的冰冷，只是因为他已经没有足够的体温让这块金属暖起来。他真想现在就策马冲出去。光明啊，他已经堆起了焰火，甚至已经把引信点燃了！

这些卫兵也许会奇怪为什么一位女贵族会在天气如此恶劣的深夜离开艾博达，而且身后还跟随着十几名侍从和不少驮马。但艾格宁是王之血脉，她的斗篷上绣着一只展开黑白色羽翼的雄鹰，她的红色骑马手套是特制的，为了能容下她的长指甲。普通士兵不能质疑王之血脉，即使是位阶最低的王之血脉，当然，必须的手续还是要履行的。任何人都可以自由离开艾博达，但霄辰人会记录罪奴的行踪。这支队伍里就有三名罪奴，她们低着头，面孔完全被灰色的兜帽遮住，当然，每一名罪奴都由罪奴主用罪铐牵着。那名脸颊丰满的罪奴主迈着从容不迫的步伐从他们身边走过，甚至没有瞥他们一眼，她的罪奴专注地端详着从身边经过的每一个女人，感觉她们是否能够导引。当她走到艾格宁的最后一名罪奴身边时，微微皱起眉头。麦特立刻屏住了呼吸。就算是拥有那种特别的运气，他也不敢打赌霄辰人认不出两仪师那种光洁无瑕的面容，他只能期望那名罪奴不会掀起被审视者的兜帽。霄辰人的罪奴中的确也有两仪师，但艾格宁手下的三名罪奴怎么可能全都是两仪师？光明啊，一名低阶王之血脉到底能不能带领三名罪奴？

圆脸的罪奴主拉了拉罪铐，一咋舌，那声音就好像对宠物狗发出了某种命令，她的灰发罪奴立刻跟了过去。她们在寻找想要逃脱羁绊的马拉斯达曼尼，而不是驯顺的罪奴。直到她们从两仪师的身边走开，麦特却还是无法消除自己快窒息的感觉。骰子滚动的声音再一次在他的脑海中响起，响亮到足以和远方传来的隆隆雷声相抗衡。他知道，要出事了。

城门卫兵的军官是个魁梧的霄辰人，他有一双像沙戴亚人一样眼角上翘的眼睛，但皮肤是浅蜂蜜色的。他礼貌地向艾格宁鞠躬，邀请王之血脉进入卫兵哨所，喝一杯香料酒，等待职员记录完关于罪奴的信息。麦特知道，卫兵哨所里并没有什么像样的陈设，但从哨所箭孔中透出来的灯光却让那里显得至少比城门洞中舒适多了，而香料酒更是能让那里变成一个天堂。麦特很庆幸从兜帽边缘处落下的雨滴打湿了他的面孔，这样至少能掩饰他因为紧张而冒出的冷汗。他悄悄将一把投掷匕首按在身前的长形包袱上，没有士兵会注意这只搭在马鞍上的包袱，他按在上面的手掌能感觉到包袱里的那个女人在呼吸。他全身的肌肉都紧绷着，等待这个女人一发出喊声，他就采取行动。赛露西娅的马紧贴在他身边，她一路上都紧盯着麦特，到现在也是如此，甚至罪奴主和罪奴走过的时候，她也没有向她们瞥上一眼。如果赛露西娅喊上一声，这里同样会变成被扔进一只黄鼠狼的鸡窝，效果绝不会亚于图昂发出喊嚷。麦特相信自己的匕首能够让这两个女人保持安静——她们必须相信他已经足够疯狂到可以用匕首来杀女人了，虽然麦特自己对此还没有太大的信心。今天晚上已经发生太多事情，有太多事情让他失去信心，太多事情超越了常规，超越了他最基本的常识。

麦特还记得他当时一直屏住呼吸，担心会有人注意到那只包袱上华丽繁复的刺绣，怀疑他为何会任由如此名贵的布料被风吹雨打。他在忐忑不安中悄声咒骂着自己，后悔为什么当时会如此随意扯下一块壁毯就裹住了图昂。在记忆中，一切仿佛都变慢了。艾格宁下了马，把缰绳扔给多蒙。多蒙接住缰绳，在马鞍上鞠了个躬，多蒙的兜帽稍稍向后掀起，刚好露出他剃光了一半的头顶，他将剩下的一半头发结成一根垂到肩头的辫子。雨滴不停地从这名健壮伊利安人的短胡子上滑落。他总算是能挺直僵硬的脖子，做出侍圣者傲慢的样子。作为王之血脉的高等仆人，侍圣者也有自己的血脉世系，因此，侍圣者的地位几乎可以比拟王之血脉，他们肯定不会把普通士兵放在眼里。艾格宁回头瞥了一眼麦特和他的包袱，她的面孔如同一副冰雕的面具。在别人眼里，她一定是个极度傲慢的家伙，只有包括麦特在内的几个人知道，她现在已经害怕得快走不动路了。那名高大的罪奴主正牵着她的罪奴快步走回来，她们的检查已经结束了。麦特身后的万宁一只手牵着连在一起的驮马队，像往常一样懒洋洋地坐在马背上，就像是一袋猪肉。当罪奴主走过他身边时，他向另一侧倾过身子，啐了一口。这时，他们身后传来一阵尖利刺耳的喇叭声，发出声音的地方应该是在城市以南。麦特知道，那里应该有一群人在图谋烧掉霄辰人在海湾路旁储存的大量物资。

听到喇叭声，城门口的军官犹豫了一下，但就在这时，城市中央突然响起一阵“隆隆”的钟声，随后仿佛有数百个警钟同时响起。黑色的天空被无数闪电撕裂，任何一场暴风雨都不可能产生如此密集的闪电。银蓝色的夺目电光如豪雨般向这座城市倾泻下来，本来漆黑一团的城门洞也不断地被这些电光照亮，随之而来的是剧烈的爆炸声，人们的呼喊声、尖叫声。

片刻间，麦特一心只是在咒骂那些违反承诺、提前行动的寻风手，但他很快就意识到，自己脑袋里的骰子停住了。为什么？这让他禁不住又想说脏话了，但他没时间做这种事。那名军官已经在急切地催促艾格宁上路了，然后他就开始向正从卫兵哨所里涌出来的士兵们高声下达命令，指派一名士兵跑步进城，去搞清楚那里到底发生了什么事，再安排其余的士兵紧守城门，禁止任何人进出。那个面孔丰满的罪奴主也牵着她的罪奴和士兵们站在一起，从卫兵哨所里又出来了一对罪奴和罪奴主。麦特他们则早已经策马驰入暴风雨中，当然，也包括他们随队藏匿的三名两仪师(其中两个是逃亡罪奴)，还有被他们绑架的霄辰水晶王座的继承人。在他们身后，一场更加可怕的暴风雨已经在艾博达彻底展开了，比箭雨更加密集的闪电正从天空中倾泻而下……

麦特打了个哆嗦，心思回到了现在。艾格宁向他皱了皱眉，用力拉了他一下。麦特不由得嘟囔着："手牵手的情人从不会着急赶路，他们……喜欢慢慢散步。"艾格宁哼了一声。多蒙一定是被爱情蒙蔽了眼睛，要不就是他的脑袋被打坏了。

不管怎样，最糟糕的部分已经结束了，至少麦特希望离开艾博达是最糟糕的部分。从那以后，他就不曾再感觉到骰子的滚动，那些骰子总是灾难的前兆。逃离艾博达之后，他已经尽量清除了他们的足迹。他相信，能从那一大堆伪装中找出他们真正逃亡方向的人，一定要有和他一样的运气。当然，觅真者早已经盯上了艾格宁，现在他们可以用偷窃罪奴的罪名来通缉她，但他们一定会以为她已经逃到了距离艾博达许多里的地方，而不是仍然待在这座城外。至于说图昂的失踪，霄辰人应该不会想到艾格宁与此有关。这两件事只是刚巧同时发生而已。他们更不会想到麦特会与图昂结伴逃跑，这一点很重要。泰琳当然会悬赏通缉他，任何女人都不会原谅一个把她绑起来，又塞进床底的男人，即使这种手段是由那个女人亲口提出来的。但除此之外，霄辰人当然不会认为麦特会在那个夜晚做过任何其他事情。而且除了泰琳之外，也不再会有其他人还想到他。任何男人如果将一位女王捆得如同市场上待售的肉猪，肯定都难逃一死，但这与九月之女的失踪相比，肯定算不上什么。而泰琳的玩物怎么可能和九月之女牵扯上任何关系？艾博达城里的人全都将他看成是泰琳的一个宠臣，甚至只是一个宠物！麦特直到现在还对此感到气恼，但这的确为他提供了许多方便。

麦特相信自己是安全的，至少现在他还不必担心霄辰人，但有一件事却总是让他放心不下，就好像一根扎在他脚跟的荆刺。也许让他担忧的并不只这一件事，但这根刺实在是太折磨人了。在麦特的想象里，图昂的失踪对霄辰人来说，应该就像正午时分太阳消失一样，是一场震撼性的灾难。但迄今为止，麦特没见到霄辰人对此采取任何行动，完全没有！没有相关奖金的发布，也没有愿意支付绑架赎金的表示，看不见红着眼的士兵搜查数里范围内的每一辆马车和大车，策马驰过郊野，掀翻每一座可能藏有女人的房屋和草堆。那些古老的记忆让麦特知道了不少绑架皇室成员的事件，但除了那些挂在绞刑架上的尸体和港口上被焚毁的船只残骸以外，艾博达城看上去与九月之女被绑架那一晚之前没有任何不同。根据艾格宁的说法，对九月之女的搜索只会在极为秘密的情况下进行，也许大部分霄辰人还不知道图昂已经失踪了。尚尊的失踪对帝国根基将产生严重震撼，而且也会成为这场回归远征的恶兆。艾格宁仿佛对自己的这些话坚信不疑，麦特则一个字都不信。霄辰人的确是奇怪的民族，但没有任何民族能奇怪到这种地步。艾博达的沉默让麦特感到不寒而栗，他觉得有个陷阱已经在这片沉默中被安排好。当他们到达北方大道的时候，麦特很庆幸那座城市终于被低矮的山丘完全遮住了。

北方大道是一条宽阔的贸易大道，就算有五六辆马车并排行驶，也不会感到拥挤。泥土路面经过数百年的踩踏压实，几乎像岩石一样坚硬，路面上偶尔还能看见几块古老的铺路石，在路面上凸出一条线或一个尖角。麦特和艾格宁快步沿着路边前行，诺奥紧跟在他们身后。一支行商车队隆隆地向艾博达驶去，一名脸上带着刀疤的女人率领着十个眼神凶狠的男人守卫着这支车队，他们都穿着覆盖金属片的皮背心。还有一队霄辰殖民者，赶着他们怪模怪样的马车向北方走，那些马车的车厢后挡板都高耸成一个尖峰的形状，拉车的是马、骡子和公牛。赤脚的男孩们走在马车中间，用鞭子驱赶着有四只角的黑色长毛山羊和高大的、喉部垂下一块赘肉的白色母牛。那些马车后面走着一个男人，他穿着肥大的蓝色马裤，戴着一顶红色圆帽。他牵着一头瘤背大公牛，握在他手中的粗绳子另一端结成一个环，套在牛鼻子上，除了衣服不同，他简直和一名两河农夫没什么两样。他看了正和他朝同一个方向行进的麦特他们一眼，仿佛要开口说话，但最终只是摇了摇头，就迈着沉重的步伐继续向前走去，没再看他们。一瘸一拐的麦特没办法走得很快，而那些殖民者行进的速度虽然不算快，却也绝不拖沓。

艾格宁耸起肩膀，伸手拉紧脖子上的围巾，然后重重地呼出一口气，松开了几乎要扣进麦特肉里的手指。过了一会儿，她才挺直身子，狠狠地瞪着那名农夫的后背，仿佛是想追上他，用力抽他两耳光。当那名农夫走出二十几步远的时候，艾格宁却仿佛忘记自己逃犯的身份，转脸怒气冲冲地朝一支正向他们走近的霄辰部队瞪了过去。那队霄辰士兵走在大路的正中间，用不了多久就能追上他们的农夫了，他们差不多有两百人，排成四列纵队。一些形制不一、由骡子拖拉的马车跟在他们后面，车上全都紧紧地覆盖着帆布。现在，道路中间的位置只供军队使用。走在这支队伍前面的是六名骑在骏马背上的军官，红色的斗篷从他们背上披下来，整齐地覆在坐骑的腰臀上。插着细长羽毛的头盔遮住了他们的整张脸，只露出一双眼睛，他们都目视前方，不左顾右盼。飘扬在这些军官背后的旗帜上绣着一只银色箭头，或者也可能是一只锚，上面还覆盖着相互交叉的一根长箭和一道锯齿形的金色闪电，这个图案下面还有一些文字和数字，因为旗子被风吹得来回摇摆，让麦特无法看清那些文字。那些辎重马车上的人都穿着深蓝色的外衣和长裤，戴着红蓝色方格图案的帽子。而霄辰士兵的穿戴永远都要比普通霄辰人惹眼得多，他们的层叠铠甲或者是银白底色配蓝色底边，或者是金黄底色配红色底边，头盔上则用金、银、红、蓝四种颜色绘出复杂的图案，看上去如同恐怖的大蜘蛛头。每一顶头盔前面都镶着一枚徽章，徽章上有着和旗帜上一样的长箭闪电交叉，覆盖在银锚上的图案，现在麦特相信那一定是一只锚。除了军官以外，队伍中的每一个人都背着一张双曲弓，腰间一侧挂着一只箭囊，另一侧佩着一柄短剑。

“海军弓箭手，”艾格宁愤懑地说道，她还在瞪着那些士兵，放开了握着围巾的手，但依旧紧握成拳头，“都是些喜欢在酒馆里打架的家伙，他们只要在陆地上待太久，就会制造出各种麻烦。”

在麦特看来，这些士兵都训练有素。在他的记忆中，任何士兵都喜欢打架，尤其是当他们喝醉和无聊的时候，而且无聊的士兵永远都会把自己灌醉。麦特在意识中的一角无聊地算计着这些弓到底能射多远，不过他可不想和霄辰士兵产生冲突。如果可以，他绝对不会再与任何士兵打交道了，但他的运气似乎永远也不会带给他这种好事。命运和运气似乎是完全不同的两件事，这让麦特只能嗟叹自己的不幸。这些霄辰人的弓最多能把箭射出两百步，比不上优质十字弩和两河长弓的射程，麦特很快做出了这样的判断。

“我们并不是在酒馆里，”麦特咬着牙说，“他们现在也没有喝酒，所以，请你不要因为刚才害怕一个农夫和你说话，现在就如此凶狠地瞪着他们。”艾格宁绷紧下巴，用足以敲碎麦特脑袋的目光瞪了他一眼。但麦特说的没有错，她现在几乎不敢和外人说话，惟恐会有人听出她的霄辰口音。麦特知道她这样做很明智，但现在似乎所有事情都让她感到生气。“如果你继续瞪着他们，很快就会有旗将来查问我们了，艾博达女人可是以端庄娴淑著称的。”麦特说了谎。艾格宁怎么可能知道这里的习俗？

艾格宁瞥了麦特一眼，也许她在思考“端庄娴淑”是什么意思，但她终于不去瞪那些弓箭手了。只是她现在的表情已经从随时可能打人，变成随时可能咬人。

“那个家伙简直像亚桑米亚尔一样黑，”诺奥瞥着那些士兵，漫不经心地嘟囔着，“就像沙塔人一样黑。但我发誓，他有一双蓝色的眼睛，我以前见过这样的人，只是忘记在哪里见过了。”他伸手要揉搓额角，结果差点将手中的鱼竿戳进脑袋里，然后他向前迈出一步，仿佛想要问问那个人到底出生在什么地方。

麦特踉跄一下，抓住老头的袖子。“我们回马戏团，诺奥，这次我们根本就不该逃出来。”

“我早就跟你说过。”艾格宁用力一点头。

麦特呻吟了一声，但除了继续向前迈步外，他做不了任何事。哦，他们已经错过逃走的最佳时机，现在他只希望还不会太晚。

第 2 章

两位船长

在艾博达城以北两里远的地方，一条宽阔的蓝色横幅挂在两根高杆之间，迎风飘摆。横幅上绘着耀眼的红色大字——瓦蓝·卢卡大马戏团和奇迹大展。虽然横幅足有三百尺高，但任何人都能清清楚楚地看到这些字，即使是不识字的人也会知道这里有不同寻常的东西。横幅上还写着：这是世界上最大的马戏团。卢卡非常喜欢吹牛，但麦特相信，这句话是真的。围绕马戏团的帆布墙足有十尺高，贴地的地方被紧紧绷住，这一圈帆布墙里足足能放下一整个村庄。

行人不停地从蓝色横幅前走过，每个人都会好奇地向里面看一眼，但那些农夫和商人们都有工作，殖民者们更是在急着赶奔他们的前程，没有人会真正对马戏团感兴趣。横幅下面的高大拱门外，两排高杆上缠着粗重的绳子，围出了进入马戏团的廊道。但此时此刻，廊道里一个排队的人都没有，最近很少会有人来马戏团。艾博达的沦陷并没有引起多少混乱，所以当人们知道城市不会遭到劫掠，他们的生命也不会有危险后，城市就安定了下来。可是等数量庞大的船只和殖民者进入艾博达后，所有人都决定勒紧自己的钱袋，以备不时之需。两名大汉守在马戏团门口，以防有人不花钱就溜进马戏团。但现在，就连这种想偷看戏的人也不多了，所以他们只是用斗篷裹紧身子，缩在廊道的角落里玩骰子。仔细看才知道，他们的斗篷都是用破口袋布做成的。他们之中的一个有个鹰钩鼻，留着稀疏的胡须；另一个少了一只眼睛。

让麦特感到惊讶的是，马戏团的大力士派塔·安希尔将一双比人腿还粗的胳膊抱在胸前，站在这两名马夫旁边看他们玩骰子。他的个子比麦特矮，但胸膛至少比麦特宽上一倍，深蓝色的外套紧绷在他的肩头，那一定是他的妻子害怕他着凉，强迫他穿上的。派塔全神贯注地看着马夫们的赌局。这位大力士自己并不赌博，顶多偶尔会玩上几个铜子儿。他的妻子是驯狗师克莱琳。他们总是尽量把挣到的每一枚硬币都攒下来。派塔最喜欢和别人谈论的话题，就是他们在未来的某一天将会拥有的小酒馆。而更让麦特惊讶的是，克莱琳也站在丈夫身边，用一件黑斗篷裹住身体，专注地看着马夫们丢骰子。

派塔看到麦特和艾格宁手牵手走过来，便警觉地回头向营地里瞥了一眼，这让麦特皱起了眉头，有人朝背后观望肯定不代表什么好事情。但克莱琳丰满的褐色面孔上绽放出温暖的笑容，像马戏团中的大部分女人一样，她相信麦特和艾格宁是一对情侣。弯鼻梁的马夫是一名身材魁梧的提尔人，他一边拾起地上的几枚铜币，一边斜着眼睛向麦特瞧过来。除了多蒙以外，大概不会再有男人认为艾格宁是个美人了。但有些傻瓜总是相信贵族女子一定是美丽的，或者是有钱的女人肯定漂亮，而贵族一定是有钱的。还有些人相信，既然女贵族们会为了麦特这样的人抛弃她们的丈夫，那迟早也会抛弃麦特，带着她们的大笔金钱投入到新欢的怀抱。麦特他们一直在用这个理由解释他们为什么要避开霄辰人：一个残忍的丈夫和一双爱人的抗争。所有人都听过这种故事，走唱人和各种书籍都在传播这种故事，所以它们虽然很不真实，但还是能被人们接受。不过库尔一直不敢真正昂起头。艾格宁——现在她使用的名字是莱伊纹——曾经拔出腰间的匕首，将锋刃指向马戏团里的耍剑人，那是个相当英俊的家伙。他以过分露骨的态度邀请艾格宁去他的马车里，和他一起喝一杯。当时没有任何人怀疑，如果他再向艾格宁靠近一寸，艾格宁立刻会用匕首刺穿他的胸膛。

麦特走到派塔身边时，这名大力士低声说道："霄辰士兵正在和卢卡说话，他们差不多有二十人，带头的是个军官。"他的语气中并没有畏惧，但他的额头上清晰地显示出担忧的皱纹，同时他伸出一只手抱住妻子的肩膀，仿佛是要保护她。克莱琳的笑容消失了，她的一只手按在丈夫的手上。在某种程度上，他们信任卢卡的判断，但他们很清楚自己冒着怎样的风险，或者他们以为自己清楚。只是这点风险，已经让他们忧心忡忡了。

"他们想干什么？"艾格宁一边问，一边推开麦特，这让麦特差点咬断自己的舌头。事实上，人们眼中的主角并不是他。

“给我拿着。”诺奥将他的鱼竿和篮子递给那个独眼汉子，一眼也没去看那个汉子惊讶的表情，就直起身，将一只筋骨虬结的手伸进外衣里，那里藏着他的两把长刃匕首。“可以去看看我们的马吗？”他问派塔。大力士犹疑地看了他一眼，怀疑诺奥脑子有问题的并非麦特一个人。

“他们似乎并不想进行搜查。”克莱琳急匆匆地说着，一边向艾格宁行了个似有若无的屈膝礼，所有人都可以装作麦特一行人是马戏团的一部分，但没有人能这样看待艾格宁。“那名军官在卢卡的马车里已经超过半个小时了，但那些士兵们一直站在他们的马旁边。”

“我相信他们来这里不是要找你们。”派塔谦恭地说。当然，他说话的对象还是艾格宁。他们对待艾格宁为什么要这样与众不同？也许是在练习欢迎贵族，以便将来在打理酒馆时能够得心应手吧。“我们只是不想让您在看到他们的时候感到惊讶或担忧。我相信，卢卡会打发他们的，不会有任何事。”虽然派塔在安慰艾格宁，但皱纹仍然停留在他的额头上。大多数男人如果丢了老婆，肯定不会高兴，而贵族们最擅长的事情就是让别人承担他们的怒火。一个挤满陌生人的马戏团当然是非常值得怀疑的目标。“不必担心会有人乱嚼舌头，女士。”派塔瞥了两名马夫一眼，对他们说道：“是不是，库尔？”那个鼻梁拱起的马夫摇摇头，眼睛则一直盯着还在他手掌上滚动着的骰子。他是个大个儿男人，但远不及派塔强壮，那名大力士能空手把马蹄铁扳直。

“每个人都想试试把口水吐到贵族的靴子上是什么感觉。”那个独眼汉子嘟囔着，一只眼盯着篮子里的鱼。他的身材和库尔差不多魁梧，但他脸上满是鞣制皮革一样的皱纹，他的牙齿甚至比诺奥还要少。他瞥了艾格宁一眼，低下头说：“请原谅，女士，而且我们之中有人会靠传递讯息赚点小钱，毕竟这个时候赚钱不容易，对不对，库尔？只要有人说出去，霄辰人就会把我们都抓起来，也许还会把我们吊死，就像对付海民那样，或者去做苦工，清理他们在港口另一边的运河。”马戏团里的马夫什么活都要干，从清理马粪、刷洗动物笼子，到支起或拆解帐篷和帆布围墙。但一说到挖掘拉哈德区河道里的淤泥，他禁不住打了个哆嗦，仿佛那比吊死还要可怕。

“我有说过什么吗？”库尔摊开双手，“我只是问过，我们到底还要在这里待多久，仅此而已。我只是问过我们什么时候能看到些像样的钱。”

“在我下达命令之前，我们就一直待在这里。”艾格宁怎么能不提高音量，就让她那种慢吞吞的语调变得如此严厉，这点一直很让麦特好奇。那种感觉就像是听见刀刃出鞘的轻鸣。“等我们到达目的地，你们自然会看到你们想要的钱，尽心尽力效忠于我的人，还会得到额外的奖赏，想要背叛的人只能得到冰冷的坟墓。”库尔用满是补丁的斗篷裹紧身体，睁大双眼，露出一副愤慨或者是无辜的表情，而他刚刚还是一副想要伸手捏捏艾格宁钱袋的样子。

麦特咬住牙。首先，艾格宁慷慨许诺的黄金是他的。艾格宁也有一些金钱，但完全不足以实现他们的计划，更重要的是，她又开始想要夺权了。光明啊，如果不是他，艾格宁现在还只能困在艾博达，为了逃避觅真者的查问而绞尽脑汁，或者她可能已经被觅真者逮捕了。如果不是他，艾格宁永远也想不到待在艾博达附近以躲避追捕，更绝对不可能在卢卡的马戏团里找到藏身之所。但为什么会有士兵到这里来？如果霄辰人得到任何一点关于图昂的模糊线索，他们一定会派出一百人，甚至是一千人来追踪，而不会只有这么一小队人马。如果他们怀疑这里有两仪师……不，派塔和克莱琳不知道他们正在帮助藏匿两仪师，刚才他们并没有提到那队士兵里有罪奴和罪奴主，没有她们，霄辰人是不可能猎捕两仪师的。麦特摸了摸外衣里面的狐狸头，现在他无论睡着还是醒着的时候都戴着这枚徽章，至少它可以给他一点警告。

麦特不会考虑现在就上马逃走，如果这样做，库尔和另外十几个像他一样的人可能马上就会去向霄辰人告发他，当然，他们对麦特和艾格宁并没有特别的恶意。就算是要剑人鲁马恩，现在也安下心来，开始和一个叫爱蒂尔的柔体杂技演员打得火热了，但金钱总有它难以抵抗的诱惑力。更重要的是，现在他的脑子里并没有发出预警的骰子在翻滚，而且这片帆布围墙里还有他不能丢下的人。

“如果他们来不是为了进行搜查，那我们就不必担心什么。”麦特泰然自若地说道，“不过还是很感谢你的警告，派塔，我肯定不会喜欢意料之外的事情。”大力士轻轻一摆手，似乎告诉麦特这没什么，而艾格宁和克莱琳却猛地把目光转向麦特，仿佛刚刚发现他还在这里。就连库尔和他身旁那个独眼汉子也朝麦特眨了眨眼，麦特很努力地不让自己咬紧牙关。“不过我要去卢卡的马车旁边逛逛，看看那里有些什么情况。莱伊纹，你和诺奥去找到奥佛尔，把他带在身边。”他们喜欢那个男孩，所有人都喜欢他，这样至少能让他们不给麦特惹什么麻烦，偷听这种事最好一个人去做。如果他们不得不逃跑，也许艾格宁和诺奥能够把那个孩子救出去。愿光明保佑他们，不要让这种事发生，逃亡的结局很可能是毁灭性的灾难。

“好吧，不管怎样，人早晚总有一死。”诺奥叹了口气，拿起他的竹钓竿和篮子。让光明烧死他吧，这个老家伙的脸色简直比生了疝气的山羊还要阴沉！派塔的眉头皱得更紧了。结了婚的男人仿佛总在为一些事情担忧，这也是麦特丝毫不急于踏入此行列的原因之一。当诺奥消失在帆布墙的拐角处时，那个独眼男人盯着盛鱼的篮子，脸上尽是贪恋的神情，他似乎也没什么脑子，也许他在某个地方也有一位妻子。

麦特拉下帽檐，遮住双眼。骰子依然没有出现。他竭力不去想曾经有多少次当他脑海中一片平静时，却差点被割开喉咙，或者被打碎脑袋。但如果有真正的危险来临，骰子是一定会在他的脑袋里翻滚起来的，一定会。

他刚刚往马戏团里走了三步，艾格宁就追了上来，把手臂环绕在他的腰间。麦特停住脚步，恶狠狠地盯着她。她一直在违抗他的命令，就像上钩的鲑鱼拼命要把钓鱼人拖进水里，而且这绝对是一条极端顽固的鲑鱼。"你以为自己在干什么？如果那个霄辰军官认识你，该怎么办？"这种情况出现的几率似乎并不比泰琳亲自走进马戏团更大，但任何能让她躲到一旁去的理由都值得一试。

"那家伙怎么可能认识我？"艾格宁不屑一顾地说，"我可没有……"她的面孔扭曲了一下，"没有多少朋友来到大洋的这一边，在艾博达，我一个朋友都没有。"她抚了一下垂在胸前的黑色假发发梢。"而且，只要我戴着这个，就算是我母亲也认不出我来。"说到最后这句话的时候，她的声音明显低了下去。

如果麦特继续咬紧牙，他大概要把牙齿咬碎了。只是站在这里和艾格宁争吵，会让情况变得更加糟糕，但麦特忘不掉她刚才怎样瞪着那些霄辰士兵。"别瞪任何人，"他警告艾格宁，"别看任何人！"

"我是有身份的艾博达女子。"艾格宁挑战般地说道，"说话的事情就由你来做。"她的语气同样是警告性的。光明啊！如果女人不把事情做得井井有条，就必然会让一切都变得不可收拾，而艾格宁从没让事情变得更顺利一点。麦特觉得自己真的要把牙齿咬碎了。

走进马戏团，迎面是一条用马车和帐篷隔出来的主街。这些马车就像匠民马车一样，有着由马车轮支撑起一座座方形的小木屋，前面是驭手的座位和伸出去的车辕。那些帐篷像真正的小房子一样，有彼此独立的墙壁和尖顶。大多数马车外面都图绘着色彩，红色、绿色、黄色和蓝色交杂不一，许多顶帐篷也同样是彩色的，有些甚至还有鲜艳的条纹。街道两旁还分布着一些木制舞台，演员们在上面表演各种节目，在舞台旁迎风招展的彩旗看上去已经有一点脏了。这条泥土街道差不多有三十步宽，上面已经被几千只脚踩踏得如同镜面般平整。这是一条货真价实的街道，它和另外几条街道贯穿了马戏团的各个角落。一些马车小屋和帐篷顶上的锡皮烟囱中不住地冒出缕缕灰烟，但很快就被冷风吹走了。现在马戏团的成员大多都在吃早餐，或者还没起床，他们起得很晚——这是麦特喜欢的规律作息。在这种寒冷的天气里，也不会有人想要坐在室外的篝火旁吃东西，所以惟一被麦特看到的人只有亚柳妲。她将深绿色长裙的袖子一直卷到臂弯上，正在用一副青铜杵臼碾着什么，这副杵臼放在从她的马车侧面挂出来的工作台上，而她的亮蓝色马车正位于一条狭窄侧巷的拐角处。

那名身材苗条的塔拉朋女子正专心地忙着自己的工作，并没有看见艾格宁和麦特，但麦特还是禁不住多看了她几眼。她的黑色长发梳成许多细长的辫子，上面点缀着许多五彩小珠。在卢卡的诸多奇迹中，也许她是最为奇特的一个了。卢卡在广告中说她是一位照明者，和其他许多虚张声势的演员不同，她其实是一名真正的照明者，虽然这点卢卡自己也不相信。麦特很想知道她正在碾什么，那东西会不会爆炸。亚柳妲曾经答应过麦特，如果他能解答一道谜题，她就会把烟火的秘密告诉他。迄今为止，麦特对那个谜题仍然是毫无办法，不过迟早有一天，他一定会想到解谜的办法。

艾格宁用力戳了一下麦特的肋骨。“我们应该是一对情侣，这是你对我说的，如果你一直目不转睛地盯着那个女人，又有谁会相信我们?”

麦特露出挑逗的笑容，“我的眼睛总是离不开漂亮女孩，难道你没注意过……”艾格宁更加用力地扶了扶假发，轻蔑地一哼，这让麦特感到很满意。艾格宁总是忘不了装出一副一本正经的样子。也许现在她是个为活命而逃亡的通缉犯，但她依旧是一名霄辰人。而且她已经对麦特有太多的了解，甚至让麦特有些不舒服，麦特可不想让她知道自己所有的秘密，还有那些可能连他自己都不知道的秘密。

卢卡的马车就在马戏团的正中央，是这一圈帆布墙中最好的位置，远离贴帆布墙排列的兽笼和系马绳栏。和周围那些彩色马车相比，这辆红蓝底色的马车更显得鲜艳夺目，如同一件精心制造的漆器。车的每一面，都点缀着许多金色的彗星和星星，在车顶伸出的矮檐下，一连串银色的月亮图案从月牙一直变化成浑圆的满月，又逐渐消减成缺月、半月……连那根锡烟囱上也绘着交叠的蓝色和红色圆环，就连匠民也会因为拥有这样花哨马车而感到不好意思。在马车的另一旁，两列戴着头盔的霄辰士兵直立在他们的战马旁，以完全相同的角度斜杵着缀绿色丝穗的长枪。一名霄辰士兵多牵着一匹马，那是一匹腰臀坚挺、脚踝秀美的褐色骟马。和卢卡的马车相比，这些士兵的蓝绿色盔甲仿佛也变得灰暗了许多。

对霄辰人感兴趣的并不止麦特一个，这当然不会让麦特吃惊。贝尔·多蒙用深褐色兜帽罩住剃光的脑袋，蹲在差不多三十步外，背靠着一辆马车的轮子，那是派塔和克莱琳的马车。克莱琳的狗都趴在那辆马车下面，好像一堆五颜六色的小毛球。这个伊利安大汉装作正在削一块木头的样子，但他的脚下却没有多少木屑。麦特一直希望这家伙能快点长出胡须来遮住他的上唇，否则他就应该把剩下的胡子也都剃光。如果有人认出他是伊利安人，也许会因为他而联想到艾格宁。高个子的布利瑞克·耐基纳也靠在那辆马车上，仿佛在和多蒙做伴。为了避免霄辰人的注意，这名护法毫不犹豫地剃掉了他的夏纳头髻，但他总是不由自主地去摩挲刚从头顶长出来的黑色短发，就像艾格宁总是去碰假发一样。也许该给他戴上一顶帽子。

现在这两个人的袖口上都磨出了毛，靴子也磨损得厉害，任何马戏团以外的人都会以为他们是这个马戏团的成员。比起多蒙，护法布利瑞克显然更懂得该如何掩饰自己。他的全部注意力都集中在多蒙身上，只是偶尔会随意地瞥那些士兵一眼。多蒙则紧皱眉头，盯着那些士兵，偶尔怒气冲冲地瞪一眼手中的那块木头，仿佛要命令它立刻变成精致的雕像，这个男人大概是做了太长时间的侍圣者，已经习惯发号施令了。

麦特思考着该如何靠近卢卡的马车，偷听到车内人的交谈，同时又不被那些士兵注意。就在这时，马车背后的门打开了，一名浅色头发的霄辰人走下阶梯，然后将插着一根细长蓝色羽毛的头盔戴在头上。卢卡跟在他身后，今天他穿了一件绣着金色阳光图案的大红外衣，不住地以华丽的姿势向霄辰军官鞠躬。他至少有二十多套外衣，一套比一套绚丽夺目，幸好这位马戏团主的马车是团里最大的一辆，否则他根本没有足够的地方装他那些衣服。

霄辰军官完全无视卢卡的存在，他跨上坐骑，调整好腰中的佩剑，然后一声令下。霄辰士兵立刻跃上战马，排成两列纵队，跟随他缓步向马戏团门口走去。卢卡站在马车前，看着他们的背影，脸上带着一副僵硬的微笑，时刻准备在霄辰人回头时再弯下腰去。

麦特停在街边，张大了嘴，露出一副吃惊的样子，但从他身边经过的霄辰人并没有多他一眼。军官和士兵都目不转睛地直视前方，没有人会注意到一个乡下汉子，更不要说会联想到什么人了。

让麦特感到惊讶的是，艾格宁在这个过程中只是紧盯着自己的脚尖，一只手握住下巴上的围巾结，直到最后一名霄辰骑兵从他们面前走过，她才抬起头，从背后看着他们，咬住嘴唇怔了一会儿。“看样子，我不认识那个男孩。”她用缓慢的语调低声说，“我的无畏号载他到过法美镇。他的仆人在航程中死了，他认为可以让我的一名船员当他的仆人，我费了不少力气才让他明白那是不可能的。他那副颐指气使的样子，甚至会让你以为他是王之血脉。”

“该死的！”麦特吁了口气。艾格宁到底和多少人打过交道？有多少人会认识她？见过她的人肯定有成千上万，而他竟然会任由她随意行动，只不过用假发和衣服稍作遮掩！她真是个让石头也能发火的女人。

不管怎样，那个军官已经走了。麦特缓缓地吐着气，运气还没离开他，有时候，麦特觉得只是因为还有这种运气在，他才没有像小孩一样大哭起来。他转身向卢卡走去，现在首先要搞清楚那些士兵来此的目的。

多蒙和布利瑞克几乎与麦特和艾格宁同时走到对方面前。多蒙盯着麦特环绕艾格宁肩头的手臂，脸上满是怒容。这个伊利安人明白伪装的必要性，至少他自己是这样说的，但他似乎还是认为麦特和艾格宁之间任何身体的接触都是不必要的。麦特从艾格宁的身上移开手臂，他不必在这里伪装，卢卡知道他们的把戏。艾格宁刚要抬起挽住麦特的手臂，却在看了多蒙一眼之后，又更加用力地搂住麦特的腰，脸上更是没有任何一丝表情。多蒙依旧皱着眉，但眼睛只是盯着地面。这让麦特相信，就算他搞懂了霄辰人，也肯定搞不懂女人，或者是伊利安人。

“他要马！”还没等麦特站定，卢卡就已经怒气冲冲地吼了起来。他紧皱眉头，向拴马的地方望过去，但他的怒气显然是针对麦特的。他比麦特要高一点，现在更是挺直了身子，从上向下俯视着麦特。“他就要这个。我让他看了女大君苏罗丝亲笔签署的豁免令，但他好像并不怎么在乎，难道我拯救霄辰高阶贵族的功绩就这么无足轻重吗?”那名女子并非真正的高阶贵族，而且卢卡只是收容她成为一名马戏团演员，带她走了一段路，也算不上是拯救她。当然，尽量夸张这件事对卢卡是有好处的。“真不知道这份豁免令还能用多久。那些霄辰人迫切需要马匹，他们随时都有可能把我的马牵走！”他不停地用手指戳着麦特，脸皮几乎像他的外衣一样通红。“我就要因为你而丢掉所有马匹了！没有了马，我的马戏团该怎么旅行？回答我！那晚我看到港口那边发生的灾难时，我就打算要离开的，都是你，拉住了我的胳膊，你要让我掉脑袋了！如果不是你，我现在早就在百里之外了。都是因为你，突然从黑夜里冒出来，用你那个疯狂的计划把我困在这里！我在这里连一分钱都挣不到，过去三天的入门费甚至买不起这些动物一天吃的食物，简直连半天的都买不起！我在一个月以前就应该走人的，早就该走了，我早就该走了！”

看着胡言乱语的卢卡，麦特几乎笑出了声。马，霄辰人只是想要马而已。而且，马戏团这些笨重的马车在五天时间里肯定不可能走出一百里，这种说法简直就像卢卡的那辆马车一样荒谬。卢卡当然可以在一两个月以前拔腿走人，但他在拿光艾博达和霄辰征服者的每一枚铜板之前，是绝对舍不得离开的。不过，在六个晚上过去之后，再要说服他留在这里，可能就不那么容易了。

麦特克制住笑意，伸手按住卢卡的肩膀。这个家伙自负得就像一只孔雀，而且还特别贪婪，但进一步激怒他也是不应该的。“如果你要在那天晚上离开，难道没有人会怀疑你吗？不等你走出六里，霄辰人就会砸碎你的马车。告诉你，正是因为有我在，你才逃过一劫。”卢卡狠狠地瞪着他，有些人就是看不到鼻尖以外的地方。“不管怎样，你不用再担心了，只要汤姆从城中回来，我们就能以你希望的最快速度整装上路了。”

卢卡猛地跳起来，把麦特惊得后退了一步，而这名马戏团主只是大笑着转了一圈。多蒙目瞪口呆地盯着他，就连布利瑞克也目不转睛地看着他。有时候，卢卡实在像是一个彻头彻尾的大傻瓜。

卢卡刚开始他的舞蹈，艾格宁已经把麦特一把拉到旁边。“梅里林回来就走？我已经下了命令，没有任何人能离开！”她瞪着麦特和卢卡，眼睛里闪动着令人胆寒的怒意。“不要违背我的命令！”

卢卡蓦地停住动作，斜睨着艾格宁，然后以经过反复练习的动作向她华丽地一鞠躬，每个人都能清楚地看到他甩起斗篷上的绣花！卢卡总是以为他对女人有一套。“我的甜心女士，您下达命令，我必然全心遵从。”然后他直起身，带着歉意耸了耸肩，“但麦特大人有金子，恐怕我首先要服从的还是金子。”麦特马车中盛满了金币的箱子才是真正拉住卢卡胳膊的力量，也许麦特时轴的力量也起了一些作用，但只要有足够多的黄金，瓦蓝·卢卡甚至会自愿前去绑架暗帝。

艾格宁深吸一口气，准备继续申斥卢卡，但马戏团主已经转过身，一边登上马车阶梯，一边大声喊着：“蕾特勒，蕾特勒！我们要让大家马上动起来！终于要离开了。汤姆一回来，我们就走！赞美光明！”

片刻之后，他又从马车里冒了出来，跑下短阶梯。他的妻子跟在后面，一边还往身上披着一条镶缀许多闪光小饰物的黑色天鹅绒斗篷。蕾特勒是一位面容严厉的女子，看到麦特，她皱了皱鼻子，仿佛闻到某种糟糕的气味。然后她又看了艾格宁一眼，如果她训练的熊被这样看上一眼，肯定会立刻爬到树梢上去。蕾特勒不喜欢看到女人从丈夫身旁逃走，即使她知道这只是个谎言，幸好她似乎对卢卡保持着某种崇拜，并且她几乎像卢卡一样喜爱黄金。卢卡跑到距离他最近的另一辆马车前，用力拍着马车门。蕾特勒也开始敲起了另一辆马车的门。

麦特没有继续驻足观看，他已经向一条侧街跑去，和主街相比，这里不过是一条巷子。街两侧同样排列着各式马车和帐篷，在寒风中，它们全都门窗紧闭，金属烟囱中升起袅袅烟雾。这条街上没有演出用的舞台。马车之间的一根根绳子上挂满了晾晒的衣物布匹，地面上零散放置着几件木制玩具。这是一条只用于居住的街道，狭窄的街面就是为了让外人知道，这里没有演出。

虽然臀部疼得厉害，但麦特还是尽量加快脚步——只要走快一些，疼痛感似乎也不那么强烈了。但他还没有走出十步，艾格宁和多蒙已经追上了他。布利瑞克不见了，也许他是要去告诉两仪师们一切平安，而且终于可以离开了。那些两仪师都假扮成女仆，因为害怕被她们女主人的丈夫捉住而终日忧心忡忡，只是躲在她们的马车里，从不外出。同样被关在那辆马车里的还有罪奴主。这是麦特的安排，这样，两仪师就能执行监视罪奴主的任务，而罪奴主能保证那些两仪师不会来找他的麻烦。麦特本以为自己必须去和两仪师见一面，通知她们准备上路，布利瑞克的行动让他深感庆幸。自从他们出城之后，每天他都要被两仪师们召唤四五次。实在没有借口可以逃避的时候，他还是会去一趟，但那绝不会是令人愉快的拜访。

这次艾格宁没有伸手揽住他，她大步走过麦特身边，目光直视前方，甚至没有摸一摸自己的假发。多蒙跟在她身后，像头大熊般低声嘟囔着什么，麦特只能听出他那种沉重的伊利安口音。他的脸从长兜帽中露出来，黑色的胡须向上一直蔓延过他的两腮，却在耳后突然变成了青色的发根，这让他看上去仿佛……没理完发就跑了出来。

"两名船长在同一艘船上，最终只能造成灾难。"艾格宁仍旧操着那种令人恼火的缓慢语调，她那种谅解的微笑，就好像麦特刚刚的行为伤害了她。

"我们不是在一艘船上。"麦特答道。

"情况是一样的，考索恩！你是个农夫。我知道，你是个陷入困境的好人。"艾格宁阴沉地回头瞪了多蒙一眼。正是多蒙向她引荐了麦特，那时候，她只不过是想要雇一个能干的人。"但现在的局势需要的是判断力和经验，我们正处于危险的水域，而你完全不知道该怎样指挥。"

"我知道的，比你以为的要多些。"麦特干巴巴地答了一句。他在记忆中指挥过的战役能列出长长的一串清单，大概只有历史学家才知道那些战役，或者历史学家们也都已经忘记它们了，没有人会相信他的清单，如果别人列这种清单，他也不会相信。"难道你和多蒙不应该去做些准备吗？你们不会想要丢下什么东西吧。"艾格宁的一切物品都已经在他和多蒙同住的马车里（当然，这是个令人很不快的安排）放好了。然后麦特加快了脚步，希望艾格宁能够明白自己话中的意思。而且，他已经看到自己的目的地就在眼前了。

这是一顶亮蓝色帆布帐篷，挤在一辆鲜艳夺目的黄色马车和一辆翠绿色马车中间，里面大概能勉强放下三张窄床。实际上，为了能让所有跟随他逃出艾博达的人都有遮风避雨的地方，麦特花了不少钱。而为了让周围的人能接纳他们安居下来，麦特又花了更多的钱。现在并非什么东西都能用钱买到了，即使是这样，麦特付出的价钱也足够让这些人住上高级酒店的头等套房。身材紧实、皮肤黝黑、留着一头黑色短发的泽凌正盘腿坐在帐篷前的地面上，奥佛尔在他对面。他是个瘦小的男孩子，但总算比麦特刚刚遇到他的时候胖了些。据他自己说，他已经有十岁了，但个子还是略显矮些。虽然冷风阵阵，但他们两个都没穿外衣。他们正在玩蛇与狐狸，用的棋盘是奥佛尔死去的父亲在一块红布上给他绘制的。奥佛尔扔出骰子，仔细地看清上面的点数，考虑着该如何沿黑色的蛛网线和箭头移动棋子。那名提尔捕贼人则显然没有用心在他们的游戏上，一看到麦特，他立刻坐直了身子。

突然间，诺奥从帐篷后面冲了出来，一边还大口喘着气，仿佛跑了很长的路。泽凌惊讶地瞥了那个老头一眼。麦特则皱起了眉。他曾经对诺奥说过，要他直接到这里来，他刚才到哪里去了？诺奥期待地看着他，脸上没有一点愧疚和惭愧的神色，就好像他真的只是在专心倾听麦特将要下达的命令。

“你知道霄辰人来了吗？”泽凌将注意力转回到麦特身上。

一个人影掀起了帐篷的门帘，那是一名黑发女子。她坐在一张帆布床的末端，用一条灰色的旧斗篷裹住身子，从帐篷里伸出手，按在泽凌的手臂上，又警觉地看了麦特一眼。瑟拉非常漂亮，但喜欢她的人必须接受她似乎永远都撅起来的那张嘴，而泽凌似乎就很喜欢她这种样子，现在他正向这个女人露出安慰的笑容，轻拍着她的手。这个女人的另一个名字是爱麦瑟拉·艾菲登·卡斯麦尔·罗诺特，塔拉朋的帕那克——差不多也就是那个国家的女王，至少这曾经是她的头衔。泽凌很清楚她的身份，汤姆也知道，但在逃到马戏团之前，他们从没想过要告诉麦特这一点。不过，和其他那些事相比，麦特认为这只是一件小事。现在这个女人只会响应别人叫她“瑟拉”，而且从没有向泽凌以外的人发号施令，这里应该不会有人认得她。不管怎样，麦特希望她对泽凌的感觉不会只是获救者的感谢，因为泽凌对她的感觉肯定不简单。谁说一个被废黜的帕那克不会爱上一名捕贼人？反常的事情随时都会发生，虽然麦特暂时还没有想到能比这两个人走在一起更反常的事。

“他们只是要看看那张保护卢卡马匹的豁免令。”麦特说。泽凌点了点头，显然是松了一口气。

“他们没有清点马戏团的马匹。”那张豁免令上明晰地列出卢卡能够保有的马匹数量。霄辰人在奖赏功臣的时候可能会很慷慨，但既然他们亟须马匹和车辆，他们当然不会许可任何人进行马匹交易。“否则的话，最好的情况是他们带走多余的马匹，最差的情况……”捕贼人耸耸肩，看得出来，他的心情愉快了许多。

瑟拉突然抽了口冷气，把斗篷裹得更紧，缩回到帐篷里。泽凌向麦特身后望过去，目光突然变得严厉，这个提尔人的目光变得严厉时，完全可以和护法相比。艾格宁似乎没注意到泽凌的变化，依然只是瞪着帐篷。多蒙站在她身旁，双手抱在胸前，嘬着牙齿，仿佛是在思考问题，或者是在强迫自己耐住性子。

“马上收拾起帐篷，散达，”艾格宁命令道，“梅里林一回来，马戏团就要出发了。”她绷紧下巴，并没有去瞪麦特。“要确保你的……女人……不会制造任何麻烦。”不久之前，瑟拉还是一名仆人，一名达科维，是女大君苏罗丝的财产，现在她只不过是被泽凌偷出来了而已。对艾格宁而言，偷窃达科维几乎是和释放罪奴一样严重的罪行。

“我能骑疾风吗？”奥佛尔跳起脚喊着，“我能吗，麦特？我能吗，莱伊纹？”艾格宁竟然向他露出了微笑，麦特还没见过她对任何人微笑，包括多蒙。

“现在还不行。”麦特说。现在他们距离艾博达还不够远，难保不会有人看到这个小男孩骑在那匹锦标赛马的背上，回想起以前他们夺取赛马冠军的情景。“也许再过几天吧。泽凌，你去告诉其他人好吗？布利瑞克已经知道了，他会照顾好两仪师的。”

泽凌并没有浪费时间，但他在行动前还是走进帐篷，安慰了一下瑟拉，这个女人现在经常需要安慰。泽凌走出来的时候，手里拿着一件已经明显磨损的黑色提尔外衣。他让奥佛尔把棋盘收起来，去帮忙瑟拉打包行李等他回来，然后就戴上他的平顶圆锥形红帽子，穿上外衣，走向远处，自始至终没有看艾格宁一眼。艾格宁认为泽凌是个贼，这对捕贼人显然是一种严重的冒犯，这个提尔人当然也不会喜欢她。

麦特想要问问诺奥刚才去哪里了，但那个老头子已经动作利落地跟在泽凌身后，一边回头大声告诉麦特，他会帮泽凌去通知别人马戏团就要开拔了。好吧，传播消息，两个人总比一个人更快。万宁和另外四个活下来的红臂队挤在马戏团侧面的一顶帐篷里。诺奥、汤姆和他的两名仆人罗平和尼瑞姆分享了马戏团另一侧的一顶帐篷。他想问诺奥的问题不必急于这一时，也许诺奥只是要找个地方，安置好他那些珍贵的鱼。突然间，这个问题似乎已经完全不重要了。

嘈杂的人声已经在周围响起，有人叫嚷着要马夫把他们的马牵过来，还有些人拼命喊着，想要知道发生了什么事。爱蒂尔抓紧裹住她身体的花饰绿色长袍，赤着双脚跑进那辆黄色马车里，那是另外四名柔体杂技演员居住的地方。有人在绿色马车里哑着嗓子大声嚷嚷，斥骂那些吵醒他睡觉的人。几个演员的孩子(他们之中已经有人上台表演了)在四处乱跑。正在折叠棋盘的奥佛尔抬头看着,这副棋盘是他最宝贵的财产,如果不是为了它,他大概早已经跳起来去追那些同龄人了。距离马戏团出发应该还有一段时间,但麦特现在发出呻吟并不是因为这个。他刚刚听到那些该死的骰子又在他的脑袋里滚动了。

第3章

千重色彩

麦特不知道是该骂人还是该痛哭一场。那些士兵已经走了，艾博达也即将被他甩到背后，现在应该没有任何东西能挑动那些骰子了。但每次让骰子开始转动的原因，他都只能在一切无可挽回的时候才会知道。等待灾祸到来的时间也许是几天，也许只有一个小时，但在时刻到来之前，他永远都不知道答案是什么。唯一可以确认的是，未来肯定会有某件非常重要的，甚至是要命的事情发生，而且是他绝对无法逃避的。有时候，比如城门前的那个晚上，直到那些骰子停下来，麦特也不明白到底发生了什么事。他所能确定的是，就算这些骰子会让他像一头全身长满虱子的公羊一样抖动不止，但一旦它们开始转了，他就绝对不希望它们停下来，但它们肯定会停下来，或早或晚，不过是时间问题。

“麦特，你还好吗？”奥佛尔说，“那些霄辰人不能抓住我们。”他试着让自己的声音里充满信心，但还是没能掩饰住一丝疑惑的情绪。

麦特突然意识到，他一直在茫然地盯着前方。艾格宁一边皱起眉看着他，一边下意识地抚摸着假发，很显然，对于被麦特忽视，艾格宁感到相当恼火。多蒙的眼睛闪烁着一种认真思考的神色，麦特相信这个伊利安人一定在抉择是否应该为艾格宁的表现而感到困扰。如果不是这样，麦特愿意吃掉自己的帽子。

就连瑟拉也偷偷掀起帐篷门帘看着他，她平时总是在躲着艾格宁。麦特不知道该怎么解释自己的行为，只有脑袋里灌满了麦片粥的男人才会相信，有几枚眼睛看不见的骰子正在向他发出警告，或者被至上力、被暗帝标记过的人能理解这样的事情，但他并不急于和那样的人搭上关系。也许这次和那一晚城门前的情形会是一样的。不，他也不急于知晓这一次的答案，知道答案是不会有好处的。

“他们抓不住我们，奥佛尔，你和我都不会有事的。”麦特抓了抓男孩的头发，奥佛尔咧嘴笑了，笑容里满是信心。“只要我们睁大眼睛，不犯错，就不会有事。记住，只要你看得够清楚，脑子转得够快，你就能想出办法摆脱一切困境。但如果你没有这样做，你就算走路的时候也会摔跤。”奥佛尔严肃地点点头。但实际上，麦特要提醒的是其他人，或者也可能是他自己。光明啊，他们实在是不可能更加警戒了。奥佛尔认为这是一次伟大的冒险，但除了他之外，其余的人在出城之后都是一副随时可能从自己的躯壳里跳出来逃跑的样子。“听泽凌的，去帮瑟拉吧，奥佛尔。”

一阵强风吹进麦特的外衣，让他打了个哆嗦。“穿上你的外衣，天很冷。”他又对已经跑到身边，正在往帐篷里钻的奥佛尔喊了一句。帐篷里传来的窸窣声表明奥佛尔已经开始工作了，也不知道他是不是穿上了外衣。但瑟拉仍然蜷缩在帐篷门口，看着麦特。和其他人比起来，麦特对这个男孩有着更加特别的关注。

奥佛尔一钻进帐篷，艾格宁就向麦特迈出一步，她将双拳抵在腰间，麦特不由得悄悄呻吟了一声。“我们现在要把问题说清楚，麦特。”艾格宁用严厉的语气说道，“就是现在！我不会让我们的旅程因为你违抗我的命令而彻底破坏。”

“没什么需要说清楚的，”麦特说，“我不是你的雇员，就是这样。”麦特本以为艾格宁的神色不可能变得更严厉了，但他错了，这让麦特觉得艾格宁还不如现在就对他大喊大叫。这个女人就像咬住你小腿的海龟一样顽固，但麦特必须想办法把这只海龟的嘴从腿上撬开。脑子里的骰子让他烦得难受，但和艾格宁争吵肯定要比那些骰子更可怕十倍。“我要在出发前去看看图昂。”还没等麦特想清楚，这句话已经从他的嘴里冒了出来。麦特这才意识到，这个想法已经在他的意识中有一段时间了，虽然很模糊，但正缓慢地凝聚、固化。

图昂的名字一离开麦特的嘴唇，血色立刻从艾格宁的脸颊上消失了。麦特听到瑟拉尖叫一声，帐篷门帘猛地拉紧，那位曾经的帕那克在成为苏罗丝的财产之后，已经接受许多霄辰人的意识，还有他们的许多禁忌。但艾格宁毕竟不是一般人。“住口！”她的语气里满是焦急和怒意，“绝对不能那样称呼她，你必须对她保持应有的尊敬。”她的声音又严厉了一些。

麦特笑了笑，但艾格宁似乎没有半点开玩笑的意思。尊敬？把一个人堵住嘴，包在壁毯里，这可没有什么尊敬可言。无论称呼图昂女大君，还是其他什么头衔，都无法改变这个事实。艾格宁宁愿谈论解救罪奴的事，也不愿意提到图昂。如果她能装作那场绑架从没有发生过，她就会竭尽全力装下去。光明啊，从那场绑架发生时开始，她就一直在回避这件事，在她的意识里，他们所犯下的任何其他罪行与此相比，都已经微不足道了。

“因为我想和她谈谈。”麦特说。为什么不去谈谈？他迟早都逃不过这次会面。马戏团的狭窄街道上已经有许多人在来回奔忙。衣服穿了一半的男人，衬衫下摆还在腰间晃荡；女人们的头发还裹在睡衣头巾里。有人牵着马匹，另一些人只是在原地乱转。一个比奥佛尔略大一些、身材瘦削的男孩不停地翻着筋斗，看上去像是在练习，也像是纯粹在玩游戏。那辆深绿色马车中刚被吵醒的人还没有现身。卢卡的大马戏团至少在几个小时之内还不会挪动，他还有足够的时间。“你可以和我一起去。”麦特用自己最乐天无知的声音说道，他早就应该想到这件事的。

麦特的邀请让艾格宁全身硬得如同一根木杆，她比白纸更白的脸上又失去了一丝血色。“你要对她保持足够的尊敬。”她一边哑着嗓子说着，一边双手拉住在脖子上打结的头巾，仿佛是想要将那顶黑色假发拉进自己的头皮里。“来吧，贝尔，我要确认自己的东西都安放妥当了。”

多蒙犹豫着，而艾格宁已经转过身，匆匆走进人群里，再没有回头看一眼。麦特警觉地看着这个伊利安人，他依稀记得多蒙的那艘内河船，但那只是几个浮光掠影的片段而已。汤姆和多蒙的交情很不错，这让麦特稍感安心。但他毕竟是艾格宁的人，而且对那个霄辰女人忠心耿耿。甚至连艾格宁厌恶泽凌的情绪，他也学得一丝不差。麦特不信任多蒙，就如同他不信任艾格宁，他们两个有他们的目标，这其中肯定不包括麦特的生死安危。麦特也不相信多蒙会信任他，只是在这个时刻，他们都没有什么选择。

“不知道我的是好运还是霉运。”多蒙嘟囔着，抓了抓左耳后的短毛，“无论你在想什么，你最好再多想一想，她比你想象的更刚强。”

“艾格宁？”麦特有些难以置信地说。他迅速朝周围望了一眼，看看有没有人听到他失口说出的名字。有几个人在匆匆走过时看了他和多蒙一眼，但并没有人真正注意他们。现在已经没有人来看马戏团了，几天前的夜晚，无数闪电从空中落下，在不远处的海港燃起大火。所以马戏团中急于离开这里的人绝不止卢卡一个。如果不是卢卡的喝止，他们可能在暴动发生的那个夜晚就已经全部逃走了，那样麦特将无处藏身，麦特的黄金大大加强了卢卡的说服技巧。“我知道，她比老树根更强硬，多蒙，但老树根对我没有任何意义。这里也不是什么该死的航船，我不会让她胡乱指挥，毁掉一切的。”

多蒙皱皱眉头，仿佛麦特还在犯傻。“我说的是那个女孩。如果你在深夜间突然遭到绑架，被带到一个陌生的地方，你能那么镇定自若吗？无论你在玩怎样的游戏，或者无论你发了什么疯，说她是你的妻子，你都要小心些，否则她早晚要把你的脑袋剁下来。”

“我那时已经傻了。”麦特喃喃地说道，“我还要说多少遍？那时候我的脑子完全乱了。”的确是这样。当他知道图昂是谁的时候，当他和她近身肉搏的时候，就算是该死的兽魔人也会被那样的事情吓瘫。

多蒙怀疑地哼了一声。麦特这个故事对他来说肯定不那么动听。除了多蒙之外，其他人差不多都接受了麦特的这个故事，至少麦特是这样认为的。不管艾格宁是多么不愿提起图昂，如果她相信麦特真的认为图昂会是他的妻子，肯定会以无穷无尽的长篇大论劝阻麦特，直到他听话为止，否则的话，艾格宁也许会一刀戳穿他的肚子。

这名伊利安人向艾格宁离去的方向窥望了一眼，又摇摇头。“从现在开始，你要好好管住自己的舌头。艾格……莱伊纹……每次想到你说过的那句话，都会全身忍不住地打哆嗦，我听过她悄声自言自语。而且我可以和你打赌，那个女孩也绝对没有忘记你的话。你对她‘犯了傻’，这可能会让我们全都掉脑袋。”他伸出一根手指，划过喉头，然后又用力点了一下头，才挤进人群，向艾格宁追过去。

麦特看着多蒙渐渐走远，摇了摇头。图昂很刚强？她的确是九月之女。在泰拉辛宫的时候，她只要一个眼神就能剥了他的皮。那时麦特以为她不过是另一名好管闲事的霄辰贵妇，因为她总是在他意想不到的时刻突然出现在他面前，但一切也只是仅此而已。刚强？她看上去就像是一个黑瓷娃娃，她能有多刚强？

你至多能做的只是防止她打断你的鼻子而已，麦特提醒自己。

麦特很小心地不再重复多蒙所谓的那句“疯话”，但事实是，他会和图昂结婚。这个念头又让他暗自叹了口气。他知道那是一个无可违逆的预言，他无法想象这样的婚姻怎么会成为现实，这是不可能的，而且如果它最终成为泡影，他是绝对不会哭泣的。但他知道，结局不会朝他期盼的方向发展，为什么他总是要和这样的女人纠缠不清？她们不是要拿刀子戳穿他，就是要踢掉他的脑袋！这不公平。

麦特原本打算直接去关押图昂和赛露西娅的那辆马车，赛塔勒·安南在那里看管她们——这位旅店老板娘能够让石头也变得柔软，一个娇生惯养的女贵族和她的侍女不可能为她造成任何麻烦，何况随时都有一名红臂队在外面站岗。至少她们现在还没惹麻烦，否则麦特早就应该知道了。一边想着这些事，麦特发现自己只是在马戏团的街巷里来回乱逛，无论街道宽窄，他的身边全都是脚步匆匆的行人。男人们牵扯着表演马匹，这些马因为太长时间没练习，都在不停地踢着蹄子。有些人在放倒帐篷，向运货马车上搬运辎重，或者从已经在这里停放了几个月的房车里搬出各种帆布包裹、箍铜箱子、木桶和各种尺寸的罐子，将这些东西重新打包，以便于长途旅行；另一些人则在给这些车辆拴上驮马牲口。麦特的耳里充满了人喊马嘶的声音——大人在喊小孩子，或者大声质问他们的马匹去哪里了，那个借了他工具的家伙去哪里了；小孩子因为丢了玩具在哭嚷，或者只是兴奋地大喊大叫；一队身材苗条、但肌肉坚实的高空杂技女演员挥舞着手臂，用最大的声音尖叫着，却根本没有人听她们在说些什么。麦特听了一下，想知道她们到底有什么要求，但最后，他相信就连那些女人自己也不知道她们在嚷什么。两个没穿外衣的男人在地上翻滚打斗。一名腰肢柔软、让男人眼红的女裁缝简梅妮在旁边看着，她大概正是他们打架的原因。但还没等麦特下注赌谁赢，派塔就走了过来，把他们拉开了。

他当然不害怕看到图昂，当然不怕。把图昂塞进那辆马车里后，他一直都没再去理她。毕竟，他要给她一些时间，让她能安定下来，整理好情绪，仅此而已。只是……多蒙说她“镇定自若”，多蒙说得没错。在午夜遭到绑架，被一群歹徒挟持，在暴风雨中赶路，随时都有可能被割断喉咙。她实在是他们这群人之中最冷静的。光明啊，她甚至可能是这场绑架的真正策划者，所以她才丝毫不为此担心！这让麦特觉得仿佛有一把匕首正抵在他的肩胛骨之间，一想到图昂，他就能感觉到那把匕首，而那些骰子也在他的脑海中不停地转动着。

当然，麦特丝毫不急于和那个女人交换任何婚姻誓言。他想要对此冷笑两声，却马上又觉得这样做实在太勉强了。不管怎样，在光天化日之下，他没什么好怕的，他只是保持着应有的警觉，不是畏惧。

就算这个超大型的马戏团比得上一个村镇，但一个人能在这里走的路毕竟是有限的。麦特觉得没过多久，自己已经位在钉着拴马排绳最南端的这辆马车前。这辆马车没有窗户，刷在车厢上的紫色油漆已经严重褪色，环绕在它周围的都是用帆布覆住的货车。今天早晨的粪车还没离开，所以这里的气味相当浓重，附近的野兽笼子中散发的味道也不停地被风吹到这里。麦特大约能分辨出大型猫科动物和熊的体臭。在货车和拴马桩对面，一片帆布围墙已经落下，旁边的一片也因为被解开了固定的缆绳而开始晃动。一半躲在黑云中的太阳已经升到半空，但麦特依旧觉得只是过去了很短一段时间。

哈南和梅特温都是麦特部下的红臂队，他们已经将两匹马拴到了紫色马车的车辕上，正在向那上面拴另外两匹马。士兵们加入红臂队之后都接受过训练，当马戏团的人还在争吵应该让马头朝向何方的时候，他们早已做好出发的准备。是麦特教会他们该如何迅速行动，但麦特现在却拖着脚步，仿佛在泥潭中磨蹭。

一看到哈南，就能看到他脸颊上那个愚蠢的鹰纹刺青。他是第一个发现麦特的。这名下巴粗大的队长扣好笼头上的一根皮带，和娃娃脸的梅特温交换了一个眼神。这名凯瑞安人的娃娃脸充分掩饰了他的年纪和他在酒馆斗殴中的凶恶。看到麦特，两个人都没有露出任何惊奇的神色。

“一切都还顺利吗？希望我们能及时出发。”麦特揉搓着有些冻僵的双手，不安地看了那辆紫色的马车一眼。他应该给她带份礼物来，珠宝或者鲜花，对于大多数女人，这两样东西都很好用。

“很顺利，大人。”哈南谨慎地答道，“她们没喊叫过，也没有哭过。”一边说着，他也向马车瞥了一眼，仿佛不太能相信自己的话。

“这是件好事，”梅特温说着，将一根缰绳穿过轭环，“女人们一哭，你就只能走开，否则你就是不想要自己的小命了。而我们又不能把那两个妞丢在路边。”他的眼睛也在瞥着马车，同时还难以置信地摇着头。

现在，除了走进马车之外，麦特真的已经没有选择了，于是他这样做了。其实这样做并不难，只需要在嘴角挂上微笑，然后让自己爬上马车背面的那段木制涂漆短台阶。他不害怕，但任何傻瓜都会明白，人难免紧张。

虽然没有窗户，马车里却被四盏带镜子的油灯照得相当明亮。灯壶中装的是上等灯油，所以这里也没有难闻的气味，而且在外面灌了一鼻子臭气的麦特对于马车中的空气是否清新，已经没什么判断力了，他需要找一个更好的地方停放他的马车。马车里有一个砖砌的小炉子，上面安着铁炉门和烹饪用的铁板炉顶，炉火让这里比外面暖和得多。这辆马车不大，车厢的每一寸墙壁上都钉着橱柜、置物架和挂钉。车中的桌子被收在天花板上，可以用绳子吊下来，而待在车厢中的三个女人显得并不拥挤。

这实在是三个差异不能再大的女人。安南太太正坐在两张靠墙窄床中的一张上，她是一名神态严肃的妇人，发丝间已经略见灰色。现在她正专注于手上的刺绣，没有任何看守者的架势，一副硕大的金耳环挂在她的耳垂上，脖子上的短银项链上坠着她的婚姻匕首，镶嵌红色和白色宝石的匕首柄靠在她的乳沟上，留着细长开领的艾博达长裙缝起了一侧裙摆，露出下面的黄衬裙。她的腰带上还插着另外一把曲刃长匕首，不过这也只是一种艾博达习俗而已。赛塔勒·安南一直都拒绝进行任何伪装，不过这应该没什么问题，没有人想要抓她，而且为所有人都找到合适的衣服也是很难做到的。赛露西娅是一名奶油色皮肤的美女，她正盘腿坐在两张床之间的地板上，一块方巾遮住了她剃光的头顶和愠怒的表情。和她的庄重仪态比起来，安南太太简直像个小女孩了。她的眼睛像艾格宁的一样蓝，而且目光更加犀利。对于她，失去头发造成的打击显然比艾格宁还要强烈许多。她也不喜欢自己身上的深蓝色艾博达裙装，宣称这种深及乳沟的开领是猥亵的表现，但这种装束能够有效地隐藏她的身份。换作其他时候，这样的美人也许能吸引麦特的视线，但看到坐在马车里惟一一张凳子上，将一本皮封书摊开在大腿上的图昂，麦特几乎无法再去注意其他任何东西了。这就是他命中注定的妻子，天哪！

图昂的身材非常娇小，几乎像是个瘦弱的男孩。她身上穿了一条从一名马戏团演员那里买来、松松垮垮的褐色羊毛裙，这让她就像是一个穿了姐姐衣服的小孩子。并非所有类型的女人麦特都喜欢，而且他尤其不喜欢头皮上只有一层黑色短发的女孩。她的眼睛如同一双波澜不惊的黑色清泉，那种绝对的平静几乎让麦特失去了开口的勇气。如果处在她现在的环境中，即使是两仪师也不可能如此从容不迫。那些在他脑袋里跳跃的骰子根本就帮不上他任何忙！

“赛塔勒一直在将外面发生的事告诉我。”图昂对正在关门的麦特说道，她的声音冷冽而又舒缓。现在麦特已经能区分出不同霄辰人说话的口音了，虽然霄辰口音都显得缓慢而有韵律感，但和图昂比起来，艾格宁说话时就好像含了一嘴的碎冰。“她也跟我讲了你为我编的故事，玩具。”在泰拉辛宫的时候，图昂就一直这样称呼他。麦特不在乎这个，至少不是很在乎。

“我的名字是麦特。”麦特开口道。他没看见图昂手中的陶杯是从哪里来的，但他总算是及时趴到地上，让那只杯子撞在门板上，而不是在他的脑袋上撞得粉碎。

“我是仆人吗，玩具？”和刚才比起来，现在图昂的声音简直如同深冬的冰川。她并没有将音量提高，但那种感觉就如同一块坚硬的寒冰刺进麦特的耳朵。如果一名正在宣判死刑的法官出现在她身边，麦特也会觉得那位法官很和蔼可亲。“一个偷偷摸摸的仆人？”皮封书从她的大腿上滑落下来，她已经站起身，弯腰拿起附盖的白色夜壶，“没有信仰的仆人？”

“我们还会用到那东西。”赛露西娅谦恭地说着，将夜壶从图昂的手中接过来，小心地把它放到一旁，然后蜷伏在图昂脚旁，仿佛是自己要扑向麦特。这让麦特觉得很好笑，虽然他实在想不出现在有什么笑的理由。

安南太太伸手到头顶的置物架上，然后递给图昂另一只杯子，一边喃喃地说："我们有不少杯子。"

麦特愤慨地瞪了她一眼，但安南太太榛子色的瞳仁中只是闪动着一丝促狭快意的神情。她竟然觉得这很好玩！这个女人的职责应该是看守两个霄辰人的！

一阵拳头捶门的声音响起。"需要帮忙吗？"哈南用没什么力气的声音喊着。麦特有些好奇他这句话是向谁喊的。

"没事。"赛塔勒・安南喊了一声，一边还若无其事地让手中的针在绣布上往复穿梭，任何看到她的人都会以为这副针线活是世界上最重要的事。"该干什么干什么去，别在这里晃荡。"安南太太不是艾博达人，但她显然已经彻底接受了艾博达文化的熏陶。过了一会儿，靴子撞击台阶的声音说明哈南离开了，看样子，哈南也在艾博达生活了太长时间。

图昂双手转动着那只杯子，仿佛在查看上面的花纹，她的嘴唇间突然闪过一丝笑意，速度快得让麦特怀疑那只是自己的想象。她笑的样子很美，但那种笑容却好像在告诉麦特，她知道一些他不知道的事情。如果她再露出这样的表情，麦特觉得自己非得全身长麻疹不可。"我可不会让别人以为我是一名仆人，玩具。"

"我的名字是麦特，不是……其他什么名字。"麦特说着爬起身，同时小心地试了试自己的屁股能不能用力。让他惊讶的是，他的屁股并没有变得更疼。图昂挑起一侧眉弓，单手举起那只杯子。"我不能告诉马戏团那些人我绑架了九月之女。"麦特有些恼怒地说。

"是女大君图昂，农夫！"赛露西娅喝道，"她还戴着面纱！"面纱？图昂在宫里的时候一直戴着面纱，但现在可不是这样。

那个瘦小的女人优雅地打了个手势，完全是一位接受臣下觐见的女王。"这不重要，赛露西娅，毕竟他是无知的，我们必须对他施行教化。但你需要更改一下你的故事，玩具，我不是一名仆人。"

"现在想要再改说辞已经太迟了。"麦特一边说，一边看着图昂手中的那只杯子。图昂看起来很纤弱，她指尖的长指甲也都被剪掉了，但麦特没忘记那双手在发动攻击的时候有多么快。"没有人要求你去做仆人的事情。"卢卡和他的妻子知道事实。但麦特必须找些理由，让其他人不会怀疑为什么图昂和赛露西娅必须被关在这辆马车里，外面还要安排守卫。最完美的解释当然就是她们是两名女仆，本来因为偷窃罪行而将遭解雇，后来却要告发爱逃亡的女主人。不管怎样，麦特认为这是完美的解释。对于马戏团的人，这只会为整个故事再增加一层浪漫的色彩。麦特本以为当他向卢卡解释这件事的时候，艾格宁会变卦，反对他这样做。不过，也许她已经知道图昂会如何接受麦特的这种安排。光明啊，麦特真想让脑子里的骰子停下来，那东西简直要让他没办法思考了。

“我不能让你们有机会发出警报，”麦特继续耐心地说着，至少现在，他说的是实话。“相信安南太太已经向你们解释过了。”麦特想过要告诉图昂，他那句所谓她是他妻子的话只是紧张时的胡言乱语——图昂一定认为他是个彻头彻尾的傻瓜！但看样子，现在不适合讨论这样的话题。只要图昂不打算提起这件事，那麦特也不打算无事生非。“她一定也和你们说过，我承诺不会有人伤害你们。我们不是要敲诈勒索，只是想带着我们的脑袋离开这里。只要我能想出办法平安送你们回家，我立刻就会去做，这也是我的承诺。在那之前，我会尽量让你们过得舒服一些，但你们也必须忍耐我给你们带来的不便。”

图昂黑色的大眼睛瞪得更大了，里面仿佛跃动着夜晚天空中的闪电，但她只是说道：“看样子，我要看看你的承诺到底有多少价值了，玩具。”图昂站起身，赛露西娅发出仿佛被水打湿的猫一样的嘶嘶声，半转过头，仿佛摇头反对。但图昂动了动左手，那名蓝眼睛的女人立刻红着脸，重新陷入沉默。王之血脉会用某种类似于枪姬众手语的手势向他们的高阶仆人发话，麦特很希望能看懂这种手语。

“回答我一个问题，图昂。”麦特说。

他觉得自己似乎听到赛塔勒在说：“傻瓜。”赛露西娅则紧咬住牙。图昂的眼里闪烁着危险的意味。虽然她一直都管麦特叫“玩具”，但如果麦特给她一个外号，一定会被她活活烧死。

“你多大了？”麦特曾经听说，图昂只比他小几岁，但看着这个穿着裙子就像是被装进一只口袋的女孩，麦特很难相信这种说法。

让麦特惊讶的是，那颗危险的火星在转瞬间爆发成烈火，这次麦特感觉到的已经不止是危险了，他觉得自己很快就会变成一条煎锅里的死鱼。图昂端起肩膀，挺直身子。“我的第十四个真名日还有五个月就到了。”她的声音不再冰冷，而是变成了比那个小炉子里的火焰更炙热的东西。片刻间，麦特仿佛看到了一点希望，但图昂的话还没有说完：“不对，你们会一直保留自己初生时得到的名字，对不对？那这就是我的第二十个命名日了。你满意了吗，玩具？你是否在担心你偷走了一个……小孩？”最后这个词几乎是从她的牙缝里被挤出来的。

麦特摇着手，拼命想要否定图昂的这种假设。如果见到某个女人像烧开水的罐子一样向自己发出嘶嘶声，任何有脑子的男人都会想办法让她尽快冷却下来。图昂紧握杯子，手背上青筋暴起。麦特可不想再让屁股撞到地板上了。他突然很想知道，图昂向他扔杯子时到底用了多大力量，她的手实在是太快了。“我只是想知道，仅此而已。”他飞快地说，“我只是在找一个话题，我比你大不了几岁。”而且，麦特是那么希望她还能再年轻一些，至少三四年里不必谈论婚嫁，只要能把那个结婚的日子向后延，他愿意去做任何事！

图昂侧过头，用怀疑的眼神端详麦特，然后将杯子扔到安南太太身边的床板上，自己坐回凳子里，开始精心地整理身上松垮的羊毛长裙，仿佛那是一件丝绸华服。但她的目光依然透过长长的睫毛，落在麦特的身上。“你的戒指呢？”她问道。

麦特下意识地用拇指拂过左手经常戴着那枚戒指的位置。“我并非总是会戴它。”泰拉辛宫中的人都知道他的那枚戒指，所以他现在就更不会戴它了，更何况那枚戒指和他现在简朴的装束非常不配。那并不是他的印章戒指，只是偶然间从工匠那里得到的一件工艺品。奇怪的是，没有那枚戒指，他觉得手上轻了很多，实在是太轻了。而图昂竟然会注意到这种细节，这一点同样奇怪。天哪，他怎么连这种事情也计较？光明啊，那些骰子真是让他疑神疑鬼，胆战心惊，或者只是因为她，才会让他这样动心思？这个想法让麦特很不舒服。

麦特想要坐到那张没有人的床上，但赛露西娅以超过一切杂技演员的速度抢先坐上了那张床，还躺下来，用一只手支着头。她的头巾因此歪到了一旁，她一边疾速将头巾扶正，一边紧盯着麦特，那种骄傲冰冷的眼神，简直和女王一样。麦特望向另一张床。安南太太放下手中的刺绣，装模作样地整理着裙摆，明确地表现出不打算让麦特坐过来的意思。让光明烧死她吧，她现在的样子就好像是图昂的保护人，要时刻盯紧麦特这个图谋不轨的家伙！女人们似乎总会齐心协力对付男人，让男人没有一点公平的机会。好吧，至少他暂时成功阻止了艾格宁夺取指挥权的意图。他不会被这些女人吓倒，无论是赛塔勒·安南，丰润美艳的贵族侍女，还是那个高贵强势的、该死的九月之女大君！只是，他应该是没办法从她们的屁股底下找出一块能让自己坐一坐的地方了。

麦特走到赛塔勒·安南所坐的床脚旁，将身体靠在一只抽屉橱柜上，思考着该说些什么。他从没有费心思去想该怎样对女人说话，但那些骰子似乎让他的脑子变得迟钝了。三个女人都在用不以为然的目光盯着他，他觉得自己就差听到她们之中任何一个人训诫他要保持仪态端庄了！于是他露出了微笑，女人们总是觉得他的微笑很动人。

图昂长吁了一口气，声音中没有半点被打动的意思。“你记得鹰翼的面孔吗,玩具?”安南太太惊讶地眨眨眼。赛露西娅在床上坐直身子,皱起眉头。为什么她要对他皱眉头？图昂只是不动声色地看着他,双手交叠在膝上,如同星期日的乡贤那样冰冷镇定。

麦特的微笑被冻住了。光明啊,她都知道些什么？她怎么可能知道？他躺在炽热的骄阳下,双手按住肋侧,拼命想要挽留住最后一点生命的火焰,却又在想着自己为什么还要坚持下去。今天结束的时候,艾德沙也将一同结束。一个影子在片刻间挡住了太阳,一名身穿铠甲的高大男人向他俯下身,他将头盔夹在腋下,黑色的眼睛深陷在眼窝里,鼻子如鹰喙般锋利。“今天,你打得很好,库雷恩,你在过去的许多天中一直打得很好。”那是他记忆中的声音,“你愿意与我和平共处吗?”他呼出最后一口气,笑着望向亚图·鹰翼的脸。他痛恨回忆死亡。又有许多画面从他的脑海中闪过,那都是他过去的回忆。即使在战争爆发以前,亚图·潘恩崔也是一个极难相处的人。

麦特深吸一口气,小心地措辞,现在不是用古语浪费时间的时候。“我当然不知道!”他说了谎,一个不能说谎的男人是不可能得到女人青睐的。“光明啊,鹰翼在一千年以前就死了！你这算什么问题?”

图昂缓缓张开嘴,麦特觉得她大概是要扔给自己更多的问题了。“是个愚蠢的问题,玩具。”她的回答有些出乎麦特的意料,“不知道为什么,我就突然有了这个想法。”

麦特僵硬的肩膀松弛了一点,当然,只是一点而已。他是时轴,人们在他身边会做出或说出不可思议的事情。这个女孩的问题当然没有任何意义,但这种事情仍然让麦特感到不舒服,仿佛击中了他某个要害。“我的名字是麦特,麦特·考索恩。”他的语气就如同第一次对图昂做自我介绍。

“我没办法告诉你,在返回艾博达之后我会怎样做,玩具,我还没有做出决定。也许我会让你成为我的达科维。作为奉杯者,也许你不够漂亮,不过也许这让我高兴。既然你已经向我做出了承诺,那么我也乐于向你做出承诺。只要你信守诺言,我就不会逃走,或者以任何方式出卖你,不会在你的随从中制造纷争。我相信,这应该能解除你所有的疑虑了。”这一次,安南太太对她露出了惊讶的表情,赛露西娅的喉咙中发出一阵声响。但图昂很显然没注意到她们的表情,她只是用期待的目光看着麦特,等待他的回应。

麦特的喉咙中也发出一点声音,不算是哀嚎,只是一些杂声罢了。图昂的面孔如同一张黑色玻璃的面具,她的平静让麦特感到疯狂。这个女孩应该大喊大叫、歇斯底里才对！如果她以为麦特能相信她的话,那她一定是个疯子。但麦特觉得她是认真的,否则她就是一个麦特无法企及的谎言大师。麦特心中又产生了那种令他不安的感觉——图昂知道的比他更多，这当然很荒谬，但又很真实。麦特吃力地咽了咽口水。

“好吧，你这样说还算不错。”麦特努力为自己争取时间，“那么，赛露西娅呢？”他为什么要争取时间？脑袋骰子滚动的声音让他完全无法思考。

“赛露西娅一切依从于我，玩具。”图昂不耐烦地说道。那名蓝眼睛的女子直起身，盯着麦特，仿佛因为麦特的问题而感到愤慨。她虽然是图昂的侍女，但有时却又显得比主人还强硬。

麦特不知道该说什么，或者做些什么。他不假思索地向掌心啐了一口，伸出手去，就好像在马市上定下契约那样。

“你们的习俗实在是……粗鄙，”图昂冷冷地说着，但她也一口啐在手掌心，握住了麦特的手，“‘我们的条约已经写就，协议已经达成’。你的长矛上写的是什么，玩具？”

麦特这次真的呻吟了，并不是因为图昂读过了他的艾杉玳锐上雕刻的古语。此时此刻，就算是石头大概也会呻吟。当他与图昂手掌相碰时，骰子骤然停住了。光明啊，到底发生了什么事？

一阵敲门声传来，麦特立刻转过身，双手各握住一把匕首，准备向走进来的人掷过去。“站到我身后。”他喝道。

马车门被打开，汤姆探头进来，他还戴着兜帽。麦特看出外面正在下雨，他只顾着图昂和骰子，完全没注意到雨滴敲击马车的声音。“我没有打扰你们吧？”汤姆一边用指节抚着长长的白胡子，一边问。

麦特脸上一热。赛塔勒停住了挂着蓝色丝线的绣针，双眉几乎已经挑高到了额顶。另一张床上的赛露西娅绷紧了身体，饶有兴致地看着麦特将匕首收回袖子里。麦特从没想过，这个蓝眼睛美女会是那种喜欢危险男人的女人。这是一种需要敬而远之的女人，因为她们很喜欢逼迫男人显露自己的危险本性。麦特没有回头去看图昂，她也许正在盯着他，就好像他是个像卢卡一样的小丑。麦特不喜欢结婚，但他更不想让未来的妻子觉得自己是个傻瓜。

“有什么发现，汤姆？”他突然问道。一定发生了什么事，否则骰子不会停下来。一个念头让他觉得自己全身寒毛都竖了起来，这是他的骰子第二次在图昂面前停住了。不对，如果算上他们逃出艾博达城门那次，就是第三次了，所有这些该死的时刻都是因为她。

那位白发长者跛着脚步走进马车，掀起兜帽，将身后的门关好，他的跛足来自于一次旧伤，和艾博达城中的灾难并没有关系。他的个子很高，身材瘦削，满面皱纹，有一双锐利的蓝眼睛和一副雪白的长胡子，这本是一副很惹人注意的外貌，但汤姆很擅长在人群中隐藏自己。他的暗青铜色外衣和褐色羊毛斗篷让他看上去只是一个不算很穷，却也没什么钱的家伙。“街上全都是关于她的谣言。”他一边说，一边向图昂点了一下头，“但没有人提到过她的失踪。我请几个霄辰军官喝了酒，他们似乎是相信她正在泰拉辛宫中，或者是出外视察了。我觉得他们没有对我隐瞒什么，麦特，他们不知道实情。”

“你觉得我们会公开这种事吗，玩具？”图昂难以置信地说，“如果讯息泄露出去，苏罗丝会因为失职而不得不自杀。你以为她会让人们知道回归前将有如此不利的凶兆？”

那就是说，艾格宁的推测是正确的。虽然麦特依然觉得这不太可能，但这与停止转动的骰子相比，就不算什么了。到底发生了什么事？他和图昂握了手，仅此而已。握手定下契约，他会遵守这个契约。但骰子告诉了他什么？图昂会遵守契约吗，还是不会？就麦特所知，霄辰贵妇习惯于与奉杯者结婚，也许她们的结婚对象全都是奉杯者。她的确是要让他成为奉杯者？

“还有呢，麦特。”汤姆若有所思地看了图昂一眼，眼神中甚至还带着一丝惊讶。麦特察觉到，图昂在提到苏罗丝会自杀的时候，语气中并没有多少关切的意思。也许她的确像多蒙认为的那样，是个相当刚强的人。那些该死的骰子到底想告诉他什么？这才是重要的。汤姆又说话了，这让麦特忘记了图昂的刚强，甚至也忘记了他的骰子。“泰琳死了。因为害怕引起骚乱，他们对此保持沉默，但一名王宫卫兵，一个年轻的尉官在喝多了白兰地后告诉我，他们计划在同一天举行她的安葬仪式和贝瑟兰的加冕礼。”

“什么？”麦特失声道。泰琳比他的年纪大许多，但还远未到老年！贝瑟兰的加冕礼。光明啊！贝瑟兰怎么可能答应这种事？他恨霄辰人！这一定和他在海湾路烧毁辎重的计划有关。如果不是麦特让他相信与霄辰人的正面对抗无异于大规模自杀，他本打算对霄辰人发动一次全面突袭的。

汤姆犹豫了一下，用拇指捋着胡子。最后，他叹了口气：“我们离开后的那个早晨，她在自己的卧室被发现，麦特，那时她仍然被捆住手脚，但……她的头掉了。”

麦特坐到地板上，脑子里轰隆隆的。他仿佛还能听见她的声音。*如果你不小心些，就会让自己的头被砍掉，小鸽子，我可不喜欢那样。*赛塔勒在窄床上倾过身子，伸出一只手，按在他的脸颊上。

“寻风手呢？”麦特茫然地说道。汤姆当然明白他的意思。

“根据那名尉官的说法，霄辰人将罪责归结到两仪师身上，因为泰琳已经发誓效忠霄辰人。他们将在她的葬礼上宣布这件事。”

“泰琳在寻风手逃亡的晚上丧命，霄辰人相信是两仪师杀了她？”麦特还是无法想象泰琳的死。我会把你当作晚餐，小鸭子。“这不合情理，汤姆。”

汤姆犹豫着，因为思考而紧皱双眉。“这可能与政治有关。但我相信他们的确是这样认为的，麦特。那名尉官说，他们相信寻风手没有时间做这件事，从罪奴区离开宫殿的最短路线距离泰琳的寓所相当远。”

麦特哼了一声，他相信事实并非如此，但无论霄辰人是怎样打算的，他也只能袖手旁观了。

“马拉斯达曼尼当然有理由谋杀泰琳，”赛露西娅突然说，“她们一定害怕她产生表率作用。你为什么会提到罪奴？公正之手需要动机和证据，即使对罪奴和达科维也是一样。”她的语气仿佛是在朗诵某一篇文章，而且她一边说，一边还用眼角看着图昂。

麦特回头看过去，却只看到那女孩的双手安静地按在大腿上。也许她刚刚用手语和赛露西娅说了些什么，只是麦特回头的速度不够快而已，现在她只是看着麦特，脸上毫无表情。“你那么在乎泰琳吗？”她的声音显得很谨慎。

“是的，不，烧了我吧，我喜欢她！”麦特转过身，用力挠着头发，甩掉了帽子，他一生从没因为离开一个女人而如此高兴，但现在……“是我将她捆住，塞进床下，还堵住了她的嘴，让她连呼救的机会都没有，让她成了古蓝怪的牺牲品。”他痛苦地说，“那怪物是在找我。别摇晃你的脑袋，汤姆，你跟我一样清楚这一点。”

“什么是……古蓝怪？”图昂问。

“是暗影生物，女士。”汤姆答道，他担忧地皱起眉。汤姆不是个容易担忧的人，但只有傻瓜才会轻视古蓝。“它看上去和人一样，但能够轻松地穿过鼠洞或门缝。而且它非常强壮，足以……”汤姆从胡子里喷出一口气，“嗯，足以干这种事，麦特，就算她身边环绕着一百名士兵，也挡不住那个怪物。”但如果不是和麦特有关，泰琳完全不需要一百名士兵来保卫她。

“古蓝。”图昂冷冷地重复着。突然，她用指节重重地敲了一下麦特的头顶。麦特用手捂住头，惊诧地回身望过去。“我很高兴你对泰琳的忠诚，玩具。”图昂严厉地说道，“但我不会轻易就相信你，我不认同你的说法，这并不能给泰琳带来荣誉。”光明烧死他吧，泰琳的死对她来说就像苏罗丝是否会自杀一样无足轻重。他到底会娶一个怎样的女人？

又有一只拳头敲在门板上。麦特这次甚至没有站起来，他觉得身体发麻，身上肯定还多了擦伤。布利瑞克没有说话就推门走了进来，他的深褐色斗篷上滴着雨水，这是一件旧斗篷，一些部位已经磨得很薄，但他似乎并不在意雨水是否已经浸透了这件斗篷。护法的眼睛直盯着麦特,除此之外,他似乎只是瞥了一眼赛露西娅的胸部!“裘丽恩想见你,考索恩。”他的眼神又飘到赛露西娅身上去了。光明啊!这可真是不错的一天。

“谁是裘丽恩?”图昂问。

麦特没理她,“告诉裘丽恩,我们上路之后,我会去见她,布利瑞克。”现在他最不想做的事情就是被迫去听两仪师的抱怨。

“她现在就要见你,考索恩。”

麦特叹了口气,站起身,从地上捡起帽子。布利瑞克似乎已经打算伸手来拉他了。麦特现在的心情很差,他怀疑如果真的有人这样做,他会把匕首插进那个人的肚子里。当然这很可能让伤痕累累的他折断脖子,护法可不是轻易会挨刀子的人。如果不控制一下自己,那么他就不必在那些古老的回忆中寻找死亡的滋味了,他早已经学会尽量避开不必要的危险。

“谁是裘丽恩,玩具?”如果麦特不知道图昂是怎样的人,他甚至会以为这个女孩子的声音里全是嫉妒。

“一个该死的两仪师。”麦特嘟囔着,扣上了帽子。他终于在今天得到了一点小小的乐趣——图昂惊讶地张大了嘴。还没等她说出一个字,麦特已经用力关上了马车门。很小的一点乐趣,就像是在滚油上飞舞的一只小蝴蝶。泰琳死了。无论汤姆说什么,这个罪行都有可能会被按在寻风手的头上。还有图昂和那该死的骰子。和那只小蝴蝶比起来,那锅滚油实在是太大了。

天空中乌云密布,硕大的雨滴连绵不绝,在家乡,他们管这叫透湿的雨。麦特刚走出马车,雨水已经透过帽子,弄湿他的头发。很快地,他的外衣也被湿透了。布利瑞克似乎完全不在意冰冷的雨水,他甚至没拉一下背上的斗篷。麦特只能缩起肩膀,迈步走过泥泞街道上愈来愈大的水坑。在他回马车去取一件斗篷之前,他全身一定早已经湿透了,不过,现在的天气倒是很符合他的心情。

让他感到惊讶的是,就在他刚刚走进马车的这一小段时间里,马戏团的整装工作已经在淋漓的雨滴中完成了很大一部分。他已经看不到帆布墙了,图昂所在马车周围的货车和牲口也走了大半。一只大铁笼里关着一头黑鬃狮子,正拉往主路,拖着铁笼马车的那些马匹们丝毫不理会一头酣睡的雄狮就趴在它们身后,马戏团的马大概都是这副样子。演员们也纷纷上路了,虽然他们早就急着想离开这里,但这个突如其来的出发命令肯定也让他们全都一头雾水。大多数帐篷都消失了。彩色马车也少了许多,不过还是有些马车牢牢地停在原地。大概只有卢卡的存在,才表明这些人并没有变成一盘散沙。他用一件亮红色斗篷裹住身子,正沿街道昂首阔步地前行,不时停下来,拍拍男人的肩膀,或者对女人嘀咕两句，让她们大笑起来。如果真的有人想要脱离马戏团，卢卡一定已经跑去把他们追回来了。他会用最动人的话语和其他任何手段来维持马戏团的完整，无论是谁要离开，都难免会受到他喋喋不休的劝解。麦特知道，卢卡在这里应该让他感到安慰。但麦特绝不相信这个家伙会丢下金子逃走，而且此时此刻，麦特对任何事情的感觉大概也只剩下麻木和愤怒了。

布利瑞克带他去的马车几乎像跟卢卡的一样大，但这辆车的表面没有任何彩绘，原先刷的一层白漆也早已褪色剥落，且雨水又把残存在车上的白漆洗成了有点灰色。这辆马车本属于四个傻瓜，他们的工作是在脸上涂满油彩，以取悦观众，或者相互把对方扔进水里，用吹鼓的猪膀胱彼此殴打。在其余的时间里，他们就只知道花光所有钱去买酒，把自己灌醉。麦特用来租这辆车的钱大概能让他们醉上几个月，而为了把他们安置到别的住处，麦特又花了更多的钱。

四匹毛发蓬松、说不出品种的马已经被拴到马车上。裘丽恩的另一名护法芬·米扎尔坐到驭手的位子上，身上裹了一件灰色的旧斗篷，双手握着缰绳。他斜过眼睛，看着麦特，就好像一头狼看着放肆的野狗。护法们从一开始就不喜欢麦特的计划，他们自信只要走出艾博达的城墙，他们就能平安地将两仪师送走。也许他们有这样的能力，但霄辰人正不遗余力地搜索能够导引的女人。这个马戏团在艾博达被攻陷之后，就已经被搜查了四次，所以只要护法的行动稍有差错，他们所有人就有可能一起完蛋。根据艾格宁和多蒙的说法，觅真者能够让一块石头说出它所见到的一切。幸运的是，并非所有两仪师都像裘丽恩的护法那样有信心。在没有达成共识的时候，两仪师往往会选择驻足观望。

当麦特走到马车后面的台阶前时，布利瑞克伸手拦住他。这名护法的面孔如同被雕出来的一样，雨水打在他脸上，和打在旁边的木头车厢上没什么差别。“芬和我很感激你将她带出城，考索恩，但情况不能这样继续下去了。姐妹们住得很拥挤，还要和其他女人合用住所，她们不习惯这样。如果我们不能再找一辆马车，那肯定会有麻烦的。”

“这就是你找我的原因?”麦特没好气地说着，把衣领又拉紧了一些。这当然没什么用。他的后背已经湿透了，前胸也好不到哪里去。如果裘丽恩把他揪到这里来，只是为了再一次抱怨住宿环境……

“出了什么事，她会告诉你的，考索恩，你只需要记住我的话就是了。”

麦特嘟囔了一声，爬上沾满泥巴的台阶，走进马车，随便甩上了车门。

马车里面的格局和图昂的马车很像，不过这里有四张床，其中两张在另外两张的上面，现在已经贴着车厢壁被收了起来。麦特不知道这六个女人是怎么睡的，不过他怀疑她们的安排结果并非出于和平商谈。马车中弥漫着一股油煎锅的气味。下面的两张床上各坐了三个女人。对于对面床上的女人，她们或者用双眼紧盯，或者完全无视。裘丽恩并没有成为罪奴的经历，那三名罪奴主对她来说仿佛根本就不存在。她正看着一本木制封皮的小书，虽然身上只穿着有些破旧的蓝色长裙，但她从头到脚都是一名高傲冷漠的两仪师。这条蓝裙子还是麦特从一名驯狮女郎那里买来的。另外两名两仪师则亲身体验过罪奴的生活。爱德西娜警戒地盯着三名罪奴主，一只手就放在腰间匕首旁。苔丝琳的眼睛不停地转动着，瞥向除了罪奴主以外的所有地方，两只手一直在揉搓深褐色羊毛长裙。麦特不知道艾格宁是如何强迫这三名罪奴主帮助罪奴逃脱的，也许她们会服从艾格宁的权威，但她们并没有改变对女性导引的看法。伯萨敏个子很高，皮肤像图昂一样黑，她穿着一件艾博达风格的长裙，领口开得很低，裙摆一角翻起，在膝盖的部位，露出了里面褪色的红衬裙，她看上去就像是一位母亲正冷眼旁观自己的孩子做出难以饶恕的错事。黄头发的汐塔被一袭高领灰色羊毛裙裹住了全身，仿佛在审视需要被关进铁笼的恶犬。曾经高谈阔论砍手砍脚的李娜也装作是在读书的样子，但她那双迷离的浅褐色眼睛不时会从薄薄的书本上抬起来，端详那些两仪师，然后她还会露出一种令人不快的微笑。麦特很想开口骂人。聪明的男人都知道要躲开正在争斗的女人们，尤其是当那些女人之中还有两仪师的时候，但他在这辆马车里就没见到过和平的景象。

“最好是重要的事情，裘丽恩。”麦特解开外衣，想要把上面的雨水甩下来，他很想用力拧一拧这件湿透的衣服。“我刚刚得知，古蓝在我们离开的那一晚杀死了泰琳，现在我没有心情听抱怨。”

裘丽恩小心地将一枚刺绣书签夹在书页间，然后将双手按在书上，才开始说话。两仪师从来都不会着急，她们从来都相信加快速度只是别人的义务。如果不是麦特，现在她可能已经穿上了罪奴长袍，但麦特也从没有见过两仪师会对别人表示感谢。她根本没有理会泰琳的事情。“布利瑞克告诉我，马戏团已经准备上路了。”她冷冷地说道，“你必须阻止他们。卢卡只听你的。”她微微抿了一下嘴唇。两仪师不习惯别人不听她们的话，而绿宗是最不擅长掩饰内心不快的。“我们暂时必须放弃前往卢加德的计划，我们必须渡过港口，前往伊利安。”

麦特想不出还有什么建议能比这个更糟糕，而裘丽恩显然并不只是把它当作一个建议，在这方面，她比艾格宁还要麻烦。半个马戏团已经出发了，如果按照裘丽恩的话去做，他们要用一整天的时间才能让所有人都到达渡口，而且这还意味着他们必须进城。向卢加德走，能让马戏团以最快的速度摆脱霄辰人。霄辰人在通往伊利安的路上驻扎有重兵，甚至在伊利安国境内，也可能有他们的部队。艾格宁不会告诉麦特这些情报，但汤姆有办法了解到这一切。麦特没有狠狠地咬住牙，他不需要这样做。

“不!”苔丝琳的声音中流露出紧张。她的伊利安口音很重，现在她正从爱德西娜的另一边倾过身子。看上去，她就像一日三餐吃的全都是岩石，脸颊僵硬，牙关紧咬，但她的眼里却流露出紧张的情绪，还有过去那几个星期里作为罪奴的回忆。“不，裘丽恩，我告诉过你，我们不能冒险！不能!”

“光明啊!”裘丽恩啐了一口，用力将书扔到地板上，“管好你自己，苔丝琳！不要因为当了几天囚犯就变成这种样子!”

“变成这种样子？这种样子？让她们用那种枷锁铐住你的脖子，再来跟我讨论我变成什么样子吧!”苔丝琳的手向自己的喉咙伸过去，仿佛她还能感觉到冰冷的罪铐。“爱德西娜，帮我劝劝她，如果按她说的去做，我们一定会再次戴上罪铐!”

爱德西娜靠着车厢壁坐直身子，她是个身材苗条的漂亮女人，黑色长发一直垂到腰间。当她的红宗和绿宗姐妹争吵的时候，她总是保持沉默。麦特每次来，那两个姐妹都要争吵。裘丽恩根本没有瞥她一眼。“你向叛逆寻求帮助，苔丝琳？我们应该把她丢给霄辰人！听我的，你像我一样能感觉到它。难道你真的愿意为躲开一个小危险，去面对更大的危险吗?”

“小危险!”苔丝琳吼道，“你根本不知道……”

李娜捏住她的书，伸直手臂，让书本砰地一下落在地板上。“如果主人能给我们一点时间，如果我们还有罪铐，我们就能教会这些女孩什么是服从。”她的声音有一种音乐感，但她嘴角上的微笑却始终无法触及她冰冷的眼睛。“我们从不会允许她们做这种事。”汐塔严肃地点点头，站起身，仿佛真的要拿出罪铐的样子。

“我们已经没有罪铐了，”伯萨敏说道，她并没有去看另外两名罪奴主惊骇的神情，“但我们还有其他方式处置这些女孩。我能否向主人建议，一个小时之后再回来？这样，等她们没办法坐下来的时候，她们就会清楚地告诉主人想知道的一切，而且绝不会再吵架了。”她的语气相当认真。裘丽恩难以置信地瞪着那三名罪奴主，但爱德西娜已经挺直了身子，带着决绝的神情握紧了匕首。苔丝琳则瑟缩着靠在车厢壁上，双手紧扣在腰间。

过了一会儿，麦特才说：“没必要这样。”当然，这只是很短一段时间。虽然麦特很想看看裘丽恩“被处置”的样子。爱德西娜也许会抽出匕首，但那也只不过是一只小鸡想要激怒一只猫而已。“你说的更大的危险是什么，裘丽恩？现在有什么危险比霄辰人更大?”

绿宗两仪师在确信她的注视对伯萨敏无法造成压力之后，终于转向了麦特。如果她不是两仪师，麦特完全可以认为她的表情很郁闷。裘丽恩不喜欢回答别人的问题。“如果你一定要知道，有人正在导引。”苔丝琳和爱德西娜点点头。红宗两仪师显得不太情愿，黄宗两仪师头则点得相当用力。

“在这个营地里?”麦特警觉地问。他抬起右手按在衬衫下面的银狐狸头上，但那枚徽章并没有变冷。

“很远，”裘丽恩仍然显得很不情愿，“在北边。”

“我们本来不可能感觉到那么遥远的导引，”爱德西娜插话道，她的声音里带着一点恐惧，“被导引的阴极力一定极为巨大，难以想象的巨大。”裘丽恩狠狠地瞥了她一眼，她立刻恢复了沉默。然后裘丽恩继续看着麦特，仿佛在决定必须告诉他多少。

“相隔这么遥远的距离，”她继续说，“就算白塔所有的姐妹同时导引，我们也不可能感觉到。那一定是弃光魔使。无论他们在做什么，我们绝对不想靠近他们。”

麦特停了一会儿，最后，他说道：“如果是那么远，那我们就坚持原计划。”

裘丽恩还要争辩，但麦特已经不想听了。每当他想起兰德或佩林的时候，他的脑海中都会旋转起各种色彩。他一直认为这大概和时轴有关。而这一次，他并没有想到那两个朋友，但色彩突然就在他的脑海中出现了，如同千重的彩虹，它们几乎形成了一个景象，那似乎是一个男人和一个女人，面对面坐着。模糊的景象转瞬即逝。但麦特坚信自己知道那个男人是谁——不是弃光魔使，是兰德。他不由自主地想，当骰子停住时，兰德正在干什么?

第4章

玩偶的故事

富里克·卡瑞德坐在椅子上盯着他的写字台，却对面前的文件和地图视而不见。写字台上，他的两盏油灯里都跳动着火苗，不过他已经不需要它们了。太阳一定已经爬上了地平线，当他从时断时续的睡梦中醒来，宣示他对女皇的热爱——愿她得到永生——之后，他就只是披上皇家暗绿色的长袍（有人坚称这种颜色为黑色），一动不动地坐在这里，甚至没有去修面。雨已经停了。他考虑过命令他的仆人埃金博打开他在“流浪的女人”的居室窗户，放一点新鲜空气进来，新鲜空气也许能让他的头脑清醒一些。但在过去五天里，曾经出现过降雨停止后又突然落下倾盆大雨的情况，而他的床就在两扇窗户之间，结果他不得不把他的床垫和被褥送到厨房去晾干。

埃金博发出一声低微的呼喝和一阵喜悦的嘟囔。卡瑞德抬头看到那名瘦小的仆人正用他的长匕首挑着一只有半只猫大小的老鼠。最近，埃金博已经不止一次在这个房间杀老鼠了。卡瑞德相信，如果这家旅店依然由赛塔勒·安南经营，肯定不会出这种事。不过，在春天到来之前，全艾博达的老鼠似乎都在迅速增加。埃金博本身看上去倒很像一只干瘦的老鼠，他满意的笑容显得相当粗野。在经过帝国三百年的统治之后，卡恩萨达山丘部落也只是到了半开化的程度，而他们的野性几乎没有消退多少。埃金博斑白的深红色头发扎成了一根齐腰的辫子，按照他的说法，等他有一天回到那片山脚下，重新加入家族或部落间无休止的仇杀中时，留有这种辫子的脑袋能够成为一件优秀的战利品。现在他还一直用他的镶银杯子喝酒，如果仔细观察，你就能发现，那其实是一个人的头盖骨。

“如果你要吃掉那东西，”卡瑞德不动声色地说，“你要去马厩院子里先把它弄干净，不要让别人看见。”埃金博能吃下除了蜥蜴之外的所有东西，他的部落禁止吃蜥蜴，至于原因，他自己也从没有弄清楚过。

“当然，上面的。”埃金博说着，拱了拱肩膀，这在他们一族中就算是鞠躬了。“我明白城里人的路数，我不会给上面的丢脸。”他已经侍奉卡瑞德将近二十年了，但如果不提醒他，他还是会剥掉老鼠皮，直接在壁炉的火上将它烤熟。

埃金博将老鼠扔进一个小帆布袋里，把袋子塞进房间的一个角落，准备随后再处理，然后小心地擦净匕首，收刀回鞘，恢复了蹲姿，等待卡瑞德的命令。如果有必要，他会这样等上一整天，像达科维一样耐心。卡瑞德一直都不明白，为什么埃金博会离开他在山丘堡垒中的家园，追随一名视死卫士。这种拘束的生活对于放荡不羁的埃金博来说，肯定不是一个好选择，而且当他做出这个选择之前，卡瑞德有三次差一点就杀了他。

卡瑞德没有再去想他的仆人，而是将注意力转回写字台，但此时此刻，他还不打算拿起笔。在与殉道使的战争中，他因为一些小胜仗而积功成为旗将，那场战争给他们带来不少损失，却没有什么收获。既然他曾经指挥军队与能够导引的男人作战，所以人们大概以为他也会有相当的智慧来对付马拉斯达曼尼。帝国已经有几个世纪不曾与马拉斯达曼尼作战，但自从那些所谓的两仪师就在距离他不到几里的地方展示了她们的未知武器，便有许多人认为必须将她们的力量摧毁。堆在桌面上的文件所涉及的问题并不止这些，除了需要他签署的一般性申请和报告之外，有四男三女七名领主要求他对部署在伊利安的部队做出安排，另外六女五男十一名领主要求他对艾伊尔人的问题给予指示。不过这些问题并不一定由他来决定。也许关于它们的决定都已经做出来了。他所专注的是回归征程中争夺权力的暗战，无论在什么时候，战争永远都只是视死卫士的次要责任。当然，在大战爆发的时候，视死卫士总会出现在前线，他们是女皇手中的利剑——愿女皇得到永生——为女皇打击敌人，无论她是否亲临战场。战斗最激烈的地方就是视死卫士展示力量的舞台，但他们的首要任务是保护皇族的生命安全，如果有必要，他们会毫不犹豫地牺牲自己。直到现在，已经过去了九个夜晚，图昂女大君却仿佛被风暴吞噬了一样，毫无踪迹。卡瑞德并不将她视作九月之女，在他确认她已经摘下面纱之前，他不能这样认为。

他也没有考虑过要为此自裁，但这种耻辱已经深深地刺入了他的内心。心安理得地逃避耻辱，这是王之血脉的作为，视死卫士只会战斗到最后。穆森格负责指挥图昂的卫队，但作为视死卫士在爱瑞斯洋这一侧的最高长官，卡瑞德有责任让图昂安全地回来。他们已经用各种理由搜遍了城中的每一条缝隙，每一个比独木舟大的空间，但所有人似乎都不知道他们在找什么，不知道回归远征的命运将由他们工作的成败而决定。这是他的责任。当然，皇族之间的勾心斗角要比普通的王之血脉复杂得多，女大君图昂往往是这些阴谋中关键的角色，而且她早已在这方面掌握了精深而可怕的技巧。只有极少数人知道她曾经失踪过两次，并且还被确认死亡，甚至连葬礼都安排好了，但这全都只是出于她的谋略。被风暴吞噬，或者是被暗影女士掳走，无论她消失的原因是什么，卡瑞德必须找到她、保护她，只是他至今还没有一点线索。从她出生那天起，就曾经有无数人图谋绑架或者刺杀她。如果卡瑞德最终只是找到了她的尸体，那就必须找出是谁杀了她，谁下达了暗杀的命令，不惜一切代价为她报仇。这也是他的责任。

一个身材瘦削的男人没有敲门就走进了房间，看他身上穿的粗布外衣，他也许是旅店里的一名马夫，但本地人都没有他那种浅白色头发和蓝眼睛。现在他的那双眼睛正逐一扫过房间每一个角落，仿佛要记住这里的一切细节。他将手探进外衣里。卡瑞德设计了两种徒手杀死他的方法，直到他拿出一块镶金边的象牙小牌，上面雕刻着乌鸦和高塔。觅真者不必敲门，杀死他们的人都不会得到什么好下场。

“出去。”觅真者对埃金博说。确认卡瑞德已经看清那块象牙牌之后，他立刻将牌子收了回去。卡瑞德的小个子仆人仍然蹲在原地，一动不动。觅真者惊讶地挑起眉弓。就算是在卡恩萨达山丘，人们也都知道觅真者的话就是法律。也许在一些偏远的山丘堡垒中，当人们确信觅真者不在身边时还会放肆一些，但埃金博应该很清楚这一点。

“到外面去等，”卡瑞德严厉地下达了命令。埃金博敏捷地站起身，低声道：“听从命令，上面的。”但在离开房间之前，他还是不加掩饰地审视觅真者，就好像要让觅真者明白，自己已经记住了他的面孔。总有一天，他会丢了自己的脑袋。

埃金博关上屋门之后，浅色头发的觅真者说道：“忠诚是宝贵的。”他的眼睛看着写字台，“你参与了育蓝大人的计划，对不对，旗将卡瑞德？我没想到这件事会牵涉到视死卫士。”

卡瑞德移开两只铸成狮子模样的青铜镇尺，让塔瓦隆地图自行卷起来，这是桌上唯一摊开的地图。“你必须去问育蓝大人，觅真者。对水晶王座的忠诚比生命之息更加宝贵，而同样重要的是明白何时该保持沉默。说起一件事的人愈多，它被泄露的危险也就愈大。”

除了皇族之外，没有人会违抗觅真者或指挥觅真者的那只手，但这个家伙却没有任何惊讶的表示。他坐到软垫扶手椅中，将双手指尖相对，搭成帐篷的样子，越过指尖上面望着卡瑞德。现在卡瑞德只能选择移动自己的椅子，或者任由对方盯着自己的后背。和觅真者同处一室是令人紧张的，尤其是对出现在背后的觅真者。卡瑞德藏起一个微笑，并没有挪动椅子，只是略转过头，他接受的训练让他能用眼角看清任何东西。

“你一定对自己的儿子们感到骄傲，”觅真者说，“其中两个追随你成为了视死卫士，第三个光荣地死在战场上，你的妻子一定也为此感到自豪。”

“你的名字是什么，觅真者?”随后是一阵长时间的寂静。人们相信，问一个觅真者的名字比违抗他更加可怕。

“摩尔，”卡瑞德终于等到了回答，“奥穆拉特·摩尔。”这个家族的一位祖先曾经追随卢赛尔·潘恩崔，这当然是毋庸置疑的荣耀。作为达科维，卡瑞德不能读书，所以他不知道那些关于自己祖先的故事是不是真的——他可能有一位祖先追随过伟大的鹰翼。这些都已不重要了，想要站在祖先肩膀上的人往往比脚踏实地的人更加容易掉脑袋，特别是对于达科维而言。

“叫我富里克，我们全都是水晶王座的奴仆。你想要什么，奥穆拉特？我想，你来不是为了聊我的家人。”如果他的儿子们陷入险境，这家伙就不会这么快提到他们了，而且卡利亚不是会被苦难打倒的人。卡瑞德能够从眼角看到觅真者挣扎的表情，尽管觅真者将这种情绪掩饰得很好，那个家伙已经无法控制这场交谈了，也许他原本以为只要亮出他的牌子就能搞定一切。难道他不明白，只要得到命令，视死卫士会毫不犹豫地用匕首刺穿自己的心脏。

“听我说个故事，”摩尔缓缓地说，“然后告诉我你是怎么想的。”他的目光死死地盯在卡瑞德身上，审视、掂量、评估着他，就好像卡瑞德是货架上的一件商品。“我们几天前刚知道这个故事。”他说“我们”，指的应该是觅真者。“就我们所知，这个故事来自本地人，但我们还没有找到它最初的源头，似乎是一个带着霄辰口音的女孩向艾博达的商人们勒索黄金和珠宝，而且这个故事还提到了九月之女的名号。”他厌恶地皱皱眉，片刻间，他搭在一起的双手的指尖变成了白色。“本地人似乎不明白这个名号是什么意思，但对那个女孩的描述则相当清晰精确。没有人记得在……泰琳的死亡被发现那一晚之前听到过这种谣传。”

他最后选择了最小的一件事来描述那一晚。

“霄辰口音。”卡瑞德的声音里不带任何表情，摩尔点点头，“我们自己人也有知道这个谣言的。”卡瑞德的后一句话不是在发问，但摩尔又点点头。霄辰口音和精确的面容描述，本地人不可能凭空想出这两件事。有人正在玩一个非常危险的游戏，而这危险要由他们自己、由帝国来承受。“泰拉辛宫对最近发生的事件有什么反应?”就算是在那些艾博达仆人中间，一定也有许多窥听者了，而窥听者探查到的讯息很快就会传到觅真者那里。

摩尔当然明白这个问题的意思，不应该被提及的事情自然不必提起。他以冷漠的语调回答：“女大君图昂的随从们好像什么事情都没有发生过，只有她的真言者安奈瑟再不见外人。但我被告知，她并没有发生任何特别的事情。苏罗丝在私下场合比在公开场合更加狂乱，她睡得很少，对她以前喜爱的东西都表示厌烦，因为一些琐碎的事情而责打她的仆人。她下达命令，在问题解决之前，每天杀死一名觅真者。今天早晨，她才废除了这个命令，因为她意识到自己可能很快就没有觅真者可用了。”他微耸了一下肩，也许是在表明觅真者刚刚脱离灾难一天时间，也许是在庆幸自己终于免于一死。“这是可以理解的，如果她要为此负责，那她一定会乞求万年之死。其他得知此事的王之血脉都已经在脑后多生出了一双眼睛。为了以防万一，甚至有人在悄悄地准备葬礼。”

卡瑞德想要看清这个人的脸。他已经习惯被侮辱，这是视死卫士训练的一部分，但这次……他推开椅子，站起身，靠坐到写字台边上。摩尔不眨眼地盯着他，大概正在准备防御他的攻击。卡瑞德深吸一口气，让怒火平息下来。“如果你相信视死卫士与此有关，为什么你又会来找我?”为了让自己的声音保持平静，他几乎无法呼吸。自从第一名视死卫士在卢赛尔·潘恩崔的尸体旁发誓，要保卫他的儿子，就从没有一名视死卫士背叛过！绝对没有！

摩尔放松下来，他意识到卡瑞德并不是想要杀他，至少不是立刻就要杀他，但他的额头上还是冒出了一层汗水。“我听说，视死卫士能看见蝴蝶的呼吸。你有什么能喝的吗?”

卡瑞德向砖砌的壁炉指了指，在那里靠近火焰的地方放着一只银杯和酒壶，当然，这是为了替酒保温。当卡瑞德醒过来，埃金博将它们拿进房间之后，它们就一直没有被动过。“酒可能已经凉了，不过你可以随意喝，等你的喉咙湿润一些，你就要回答我的问题了。不管你是怀疑视死卫士，还是要和我玩某种游戏，我会用自己的眼睛来判断。”

那个家伙向壁炉走过去，同时眼角瞥着卡瑞德。当他向酒壶俯下身的时候，他皱起眉，微微愣了一下。在酒杯旁边，还放着一只有羊角形基座的镶银边圆碗。天堂之光啊，他经常告诫埃金博，不要把那东西随便摆出来！毫无疑问，摩尔知道那是什么。

这个家伙真的在考虑视死卫士背叛的可能性？“如果愿意，也请替我倒一杯酒。”

摩尔眨眨眼，显露出一丝惊惶——他用了惟一那只真正的杯子。然后，他的眼睛里出现了理解的光亮，那是一种相当不安的光亮。那只圆碗也被他注满了酒液。他的手有一些不稳，在拿起酒杯之前，他又在外衣上擦了擦手。每个人都有自身的局限，觅真者也不例外，一个被逼向自身局限的人是特别危险的，而他也会因此失去平衡。

卡瑞德伸出双手接过那个髑髅酒杯，将它举高，同时低垂下头：“为了女皇，愿她永生于荣耀与尊崇之中，她的敌人只能得到死亡和羞耻。”

“为了女皇，愿她永生于荣耀与尊崇之中。”摩尔也低下头，举起酒杯，回应道，“她的敌人只能得到死亡和羞耻。”

卡瑞德将埃金博的杯子放到唇边，他知道对方正盯着自己的动作。酒确实已经凉了，香料味有些苦，抛光的银镶边上有一股辛辣味。卡瑞德告诉自己，那股尸尘的味道只是自己的想象。

摩尔匆匆灌下了半杯酒，然后盯着杯子，仿佛刚才意识到自己干了什么，又明显有些吃力地恢复了对自己的控制。“富里克·卡瑞德，”他朗声说道，“生于四十二年前的一个织户家庭，其父母为安卡瑞德工匠加利德·玛贡宁的财产。在十五岁时得到遴选，接受视死卫士的训练。两次因其英勇行为受到嘉奖，三次得到提名记功。随后，作为七年老兵，在女大君图昂出生时被提名为她的近卫。”那时她当然还不叫那个名字，但提及她的出生名字是一种冒犯。“同年，作为在女大君图昂第一次遇刺时生还的三名卫兵之一，开始接受成为军官的训练。在穆亚弥叛逆和吉安明事件中效力，得到更多英勇嘉奖和记功。随后在女大君的第一个真名日之前再次成为她的近卫。”摩尔望着杯中的酒，然后突然抬起头。“这是你自己的要求，这不太寻常。在随后的一年里，你连续三次用身体为她挡住刺客的突袭，每次都受了重伤，她则将她最珍贵的财产赠予你——一个玩偶。又经过多次立功之后，你成为女皇本人的近卫——愿女皇得到永生——在女皇身边服役，直到接受提名，在大君图拉克的率领下，随同海力奈来到这片大陆。时代改变，人也在改变，但在负责守卫王座之前，你又有两次请求成为女大君图昂的近卫，这很不寻常。而且你一直保存着那个玩偶，直到它在十年前索西玛的大火中被毁。”

卡瑞德并不是第一次庆幸他接受过的训练能够让他维持表情的平静，无意间流露的表情会为对手提供很多情报。他依然记得那个将玩偶放在他担架上的小女孩的脸，仿佛还能听到她的声音。你保护了我，我要让艾美拉照看你。当然，她不可能真的保护你，她只是个布娃娃，但她会让你知道，只要你说出我的名字，我就会听到。只要我还活着。

“我的荣誉来自我的忠诚。”他将埃金博的杯子小心地放在写字台上，以免酒液溅出来，弄脏他的文件，虽然埃金博经常会打磨杯子上的镶银，但卡瑞德怀疑他从不会洗这东西。“来自我对王座的忠诚。你为什么要来找我？”

摩尔略动了一下，让那把扶手椅位于他们两个中间。毫无疑问，他不认为卡瑞德的站姿很危险，但他显然随时准备掷出手中的酒杯。卡瑞德能看出，他的外衣里至少有一把刀子，可能是两把，甚至更多。“三次请求加入女大君图昂的卫队，而且你保留着那个玩偶。”

“就这么多，我明白了。”卡瑞德冷冷地说着。视死卫士不该成为他们保卫对象的亲信，他们只能效忠于水晶王座，全心全意地侍奉任何继承王座的人。但卡瑞德清楚记得那张严肃而稚嫩的面孔。那时她已经明白，自己可能无法活到能够履行义务的时候，却还在为此全力以赴。而且他一直收藏着那个布娃娃。“你们得到的不止是一个关于女孩的谣传，对不对？”

“蝴蝶的呼吸。”那个家伙嘟囔着，“能够和一个目光够犀利的人交谈是一件快事。在泰琳被杀的那一晚，两名罪奴被带出泰拉辛宫的罪奴巢，她们都曾是两仪师。难道你没有察觉其中的巧合吗？”

“任何巧合都是值得怀疑的，奥穆拉特，但这与谣传和……其他事情有什么关系？”

“这张网比你想象的更加复杂。那一晚还有几个人离开了泰拉辛宫，其中一名年轻男子显然是泰琳的宠信，另外四个男人都是军人，还有一个叫汤姆·梅里林的老头——至少他这样称呼自己，他被当作一名仆人，但他显然受到过良好教育。在这座城市属于帝国之前，他们都曾经与两仪师发生过接触。”觅真者专注地向前略倾身子，靠在椅背上。“也许泰琳不是因为宣誓效忠而被谋杀，而是因为她知道了一些危险的事情。她也许是在枕畔密语时无意中把一些事情透露给了那个男孩，男孩则把她的话告诉了梅里林。我们在对他有更多了解之前只能暂时这样称呼他。我对那个老头知道得愈多，就对他愈感兴趣——掌握许多关于这个世界的知识，能言善辩，与君主和贵族能融洽相处，如果你不知道他是一名仆人，一定会认为他是一位朝臣。如果白塔对艾博达有什么计划，他正是实行这个计划的理想人选。”

计划。卡瑞德不假思索地拿起埃金博的杯子，差点在反应过来之前把杯中的酒倒进口里。为了掩饰自己的慌乱，他并没有放下杯子。每一个知道女大君图昂失踪的人都相信这只是皇位继承之争的一部分，这是皇族中经常会发生的事情。如果女大君死了，就必须任命新的继承人，当然，必须是她死了，而如果不是这样……白塔如果想要将她掳走，就一定会派遣最好的部属来做这件事。如果这次觅真者不是在和他玩什么游戏呢？觅真者会为除了女皇本人——愿她得到永生——以外的所有人设下陷阱。"你将这种怀疑向上级作了报告，而他们并不认同，否则你就不会来找我了。那么……或者你还没有告诉他们？为什么？"

"比你想的要复杂得多。"摩尔低声说，他盯着屋门，仿佛在怀疑有人偷听。为什么他显得比刚才更谨慎了？"这里有许多……疑团。那两名罪奴由艾格宁・塔玛拉斯女士领走，她曾经和两仪师打过交道。实际上，她们曾经走得非常近。她显然是释放了其他罪奴，以掩饰她的逃亡。艾格宁在那一晚离开艾博达，随身带着三名罪奴，我们相信，她也带走了梅里林和其他人。我们不知道那第三个罪奴是谁，只能怀疑她是亚桑米亚尔中的重要人物，或者是一个一直藏在城中的两仪师。她使用的罪奴主身份也已经确认过了，其中两个与苏罗丝有着密切联系，而苏罗丝本身也与两仪师有过多次接触。"摩尔保持着绝对的警觉，但他的声音总算平静。现在，卡瑞德明白了他为何会如此小心翼翼。

那就是说，苏罗丝正在和两仪师一同进行着某种阴谋，而且至少已经收买了位阶高于摩尔的一些觅真者，而且白塔已经派遣其最优秀的一名部下前来实施某个计划。这些推测是可信的。卡瑞德加入先行者之后接受的任务之一，就是监视野心过盛的王之血脉。在这个远离帝国的地方，任何事情都有可能发生，任何人都可能在图谋建立自己的王国。卡瑞德本人也曾经在必将被敌人占领的城市中派遣细作，以便从内部打击敌人。

"你对此有什么行动设想，奥穆拉特？"

摩尔摇摇头。"他们往北去了，泰拉辛宫的马厩中有人说他们的目的地是杰罕那，但这显然是他们故意留下的谎言，他们会在第一时间改变方向。我们已经检查过所有足以载这些人过河的船只，但这种尺寸的船只时时刻刻都在河面上来往。这个地方没有一点秩序，完全无法控制。"

"我要好好想一想。"

觅真者的嘴角抽动一下，脸上掠过一丝苦涩，不过他似乎意识到自己已经得到了卡瑞德可能给予的最大信任。他点点头："无论你打算怎样做，你都应该知道这些。你也许在想，那个女孩是怎样勒索商人的。似乎总有两三个士兵在跟着她，对于他们盔甲的描述也很详尽。"他伸出手，仿佛要揪住卡瑞德的长袍，但他终于明智地将手收回去。“大多数人认为这是黑色。你明白我的意思？无论你选择怎样做，千万不要耽搁。”然后他举起酒杯。“祝你健康，旗将。富里克，祝你和帝国都平安无事。”

卡瑞德毫不犹豫地喝干了埃金博杯中的酒。

觅真者就像进门时一样一言不发地离开了，屋门在他身后关上。片刻之后，埃金博推门走了进来，立刻以好奇的眼光盯着卡瑞德手中的髑髅酒杯。

“知道那个传闻吗，埃金博？”如果要问这名小个子仆人是否偷听了他们的交谈，倒不如问问太阳是否会在早晨升起来。不管怎样，卡瑞德没有命令埃金博不许偷听。

“我不会用这种污秽弄脏我的舌头，上面的。”埃金博说着，站直了身子。

卡瑞德允许自己叹了口气。无论女大君图昂的失踪到底是她自己的行动，还是出于别人的阴谋，她现在都处于巨大的危险之中。如果这个谣言是摩尔策划的计谋，那么在对方的游戏中击败他的最好办法，就是在游戏中开创属于你自己的局面。“把我的剃刀拿出来。”他坐下去，伸手拿起钢笔，左手挽住袖子，以免它沾上墨水，“然后你去找穆森格队长，不要让别人看见，把这个给他。赶快回来，我还有更多事需要你去做。”

第二天午后不久，卡瑞德已经站到了横穿港口的渡船上。这种渡船严格按照报时钟声，每小时发出一艘，它庞大而且沉重，依靠长长的木桨在波涛起伏的港口海面上行驶。船甲板上用缆绳紧紧绑着六辆蒙着帆布的马车，随着驳船的摇摆吱嘎作响。它们属于同一个商人。拉车的马匹都在紧张地跺着蹄子，桨手们不得不一再把想要趴到船边呕吐的马车夫和保镖们挡回去，有些人就是受不了起伏的水面。那脸颊丰满、古铜色皮肤的女商人站在船头，用一条深褐色斗篷裹住身体，轻松地随驳船的晃动平衡着自己的身体，凝视着愈来愈近的靠岸点，丝毫无视于身边的卡瑞德。她也许知道卡瑞德是霄辰人，这点从他枣红色骟马的马鞍就能判断出来。不过卡瑞德用朴素的灰斗篷遮住了自己的红边绿外衣，所以这个女商人应该只会把他当作一名普通士兵——因为他腰间的佩剑，所以他当然不会是霄辰殖民者。艾博达城中应该有许多更善于观察的人，无论卡瑞德怎样小心，都不可能完全避开他们的视线。如果运气好，可能要到一两天后才会有人注意到他离开了旅店，并且一直没有回去。

驳船重重地撞上靠岸码头裹着厚皮的立柱，卡瑞德立刻翻身上马，登岸处的门被打开时，他是第一个出去的。女商人还在催促车夫们爬上马车，吆喝码头工人快点解开固定车轮的绳子。卡瑞德只是让阿达扎缓步前行。因为早晨刚下过雨，残留着马粪和羊粪的石砌路面还有些滑。直到踏上伊利安大道以后，他才略略加快了坐骑的步伐。在开始一段未知的旅程时，急躁肯定不是一个好习惯。

走出码头以后，沿途能看到一些客栈。这些平顶房屋墙壁上的石膏都已经碎裂脱落，有些门前挂着褪色的招牌，有些则连招牌都没有。这条路标志着拉哈德区的北部界限。衣着粗陋的男人们懒洋洋地坐在客栈前的长椅上，带着阴郁的表情看着他从面前经过。这并非因为他是霄辰人，卡瑞德怀疑他们看到任何骑马的人都高兴不起来，这时候能骑在马背上的都是口袋里还有几个钱的人了，而这种人已经所剩不多。卡瑞德很快就把那些人丢在了身后。随后的几个小时里，他所经过的都是一些橄榄园和小块农田。在那里劳作的人们已经习惯了大道上的人来人往，所以都没有抬头看他一眼。不过，现在这条路上的行人已经相当稀疏了。几辆农人用的高轮大车和商人马车正在向艾博达驶去。商人的马车数量大概是农车的两倍，周围跟随着受雇的保镖，许多马车夫和车上的两名商人都留着那种与众不同的伊利安胡须。虽然不惜以战争抵抗帝国，伊利安还是在不断地派出商队，与艾博达进行交易，这点让卡瑞德感到奇怪。但东方大海这一侧的人们通常都是很奇怪的，这里根本不像传说中伟大鹰翼的家园。当然，如果要让这些人成为帝国的臣民，就必须理解他们。但需要理解这些人的是位置更高的当权者们，卡瑞德有他自己的任务。

农田变成了树林和灌木丛，卡瑞德的影子在他面前愈拉愈长，当他发现自己要寻找的目标时，太阳已经靠近了地平线。前方不远处，埃金博正蹲在大道的北侧，玩弄着一支芦笛，十足像是一个游手好闲的懒汉。没等卡瑞德跑到他身边，他已经将芦笛收进腰带里，拢起褐色的斗篷，消失在灌木树林中。卡瑞德回头瞥了一眼，确认大道上再没有别人，才催赶阿达扎，跟随埃金博走进了树林。

那个小个子就等在从大路上无法看到的树丛中，这里矗立着许多高达百尺的大松树。看到卡瑞德过来，他躬了一下肩膀，就爬上了一匹前胸瘦小、有四只白蹄子的马背上。他一直都认为白蹄子马是好运的象征。“这边走吗，上面的?”随着卡瑞德挥手表示许可，他掉转马头，向树林深处走去。

他们跑出不过半里路，来到一片宽阔的空旷地上，大路上的人完全不可能看到这里藏了什么。穆森格正率领一百名骑着骏马的卫兵和二十名巨森灵园丁等在这里，所有人都是全副武装，他们身后还有一队牲口，驮着两个星期的补给品。埃金博昨天已经把属于卡瑞德的驮马和盔甲带出了城，现在它一定也在这群牲口里面。一队罪奴主站在她们的坐骑旁边，有些罪奴主还在抚慰着那六名戴着罪锛的罪奴。穆森格催马来到卡瑞德身边，面容肃穆的首席园丁哈萨迈着大步走在他身旁，肩上扛着系有绿色丝穗的巨斧。女大君图昂的上罪奴主梅丽登策马走在穆森格的另一边。

穆森格和哈萨用拳头碰了一下胸口，卡瑞德向他们回礼，但目光却落在罪奴身上。一名罪奴尤其引起他的注意，那是一个身材娇小的女人，一名方脸黑皮肤的罪奴主正在抚摸她的头发。罪奴的面孔总是显得很年轻，她们衰老的速度很慢，且能够生存很长时间，但这名罪奴还是有些与众不同——卡瑞德早已知道，那种自称为两仪师的罪奴是什么样子。“你用什么理由把她们全都带出城的？”他问梅丽登。

“操练，旗将，”梅丽登露出有些调皮的微笑，“所有人都相信操练的必要性。”据说，女大君图昂实际上并不需要上罪奴主训练她的奴仆和她的罪奴主，但已经满头灰发的梅丽登所拥有的经验更超过她的技巧。她明白卡瑞德问的是什么。卡瑞德本来要求，穆森格如果能做到，就带来两名罪奴。“我们之中不会有人留下，旗将，一个也没有，至于麦勒恩……”她说的当然是那名前两仪师。“我们在出城之后，就告诉了罪奴行动的目的，她们应该知道自己要去做些什么。从那时起，我们就要不断地安慰麦勒恩。她全心地爱着女大君，她们全都是这样。麦勒恩尤其崇敬女大君，就如同她已经坐在水晶王座上。如果麦勒恩再碰到那些‘两仪师’，”上罪奴主笑了一声，“我们大概要尽全力管住她，才能让那些两仪师在被戴上罪铐前不会被炸成碎片。”

“我看不出这有什么可笑的。”哈萨发出浑厚的声音。这名巨森灵脸上的皱纹和鬓角的白斑比穆森格更多，他留着长长的灰胡子，罩在头盔中的双眼如同两块黑色的岩石。也许在卡瑞德的祖父还没出生时，他就已经成为了园丁。“我们没有目标，我们是在张网去捕捉风。”梅丽登的面孔立刻寒若冰霜，穆森格则显得比哈萨还要严肃，虽然卡瑞德本以为不可能有任何面孔比哈萨的更严肃。

现在距离那一晚已经过去了十天，他们要找的那些人应该已经走出了很远。白塔派出的优秀间谍在散播过要前往杰罕那的谣言之后当然不会向北走，但也不会转向正东，这样，他们就必须在这两个方向之间的辽阔区域内进行搜索。“那我们就必须立刻把网张开，不能有任何耽搁。”卡瑞德说，“并且不留任何孔隙。”

穆森格和哈萨点点头。对于视死卫士，要完成的任务就必须完成，哪怕是张网捕风。

第5章

锻锤的打造

虽然白雪覆盖了大地，但他仍然在黑夜中轻盈地奔驰，他与阴影融为一体，无声地穿过茂密的森林。在他眼中，月光如同阳光一样明亮。一阵冷风吹起他厚重的毛发，随风而来的气息让他的脊毛竖起。他的心脏剧烈地跳动着，胸中充满了恨意，那恨意比对永灭者的更加强烈。刻骨的仇恨中，他明白死亡即将到来。现在已别无选择，他跑得更快，直向死亡而去。

佩林在黎明前的黑暗中蓦然醒来，他躺在一辆高轮货车下面，虽然身下垫着厚重的毛皮衬里斗篷和两层毯子，寒意还是从地面渗入了他的骨髓。冷风断断续续地吹过来，不算很强，但其寒如冰。他用戴着骑马手套的手揉了揉脸，感觉到冻在短须上的冰霜纷纷碎裂。至少大雪没有继续在这一晚落下。这段时间，就算是睡在车下，他醒来时也经常发现自己身上盖了一层雪粉。降雪对他们造成的最大麻烦，就是让斥候难以进行搜索。佩林希望自己能够像艾莱斯那样与狼群交谈，这样，他也许就能终止这种无休止的等待了。疲惫紧裹住他，如同另一层皮肤，他记不起自己最后一次睡熟是什么时候。不管怎样，缺乏睡眠并不是重要的问题。这些天里，只有赤灼的愤怒给了他继续前进的力量。

佩林不认为唤醒他的是那个梦。每一晚，当他躺下时，都知道噩梦转眼就会到来，没有一天不同。在最可怕的梦里，他看到菲儿死了，或者永远也找不到她了，这些都会让他在瑟缩中惊醒，全身冷汗。在其他不那么可怕的梦里，他还能继续睡下去，或者只是迷迷糊糊地醒转片刻，就又能睡过去了——比如兽魔人将他活着切成碎块，扔进汤锅，或者是人蝠吃掉了他的灵魂。刚刚的那个梦消退得很快，他只能记得自己成为了一匹狼，嗅到了……什么？是某种比魔达奥更加痛恨的存在。狼知道那东西会把自己杀掉。他在梦中知晓的讯息已经消失，只剩下模糊的印象。他并不是在狼梦中，狼梦是真实世界的镜像，死去的狼能够生存在其中，活着的狼能够在那里和他们交谈。每次他离开狼梦，那里留在他头脑中的印象都是清晰的，不管他去那里是有意还是无心。但这个梦却好像发生在现实世界，而且显得相当紧迫。

佩林一动不动地躺在地上，将寻求的意识向远处探去，去感觉那些狼。他曾经尝试请求狼帮助他狩猎，却没有取得任何效果。让狼去探察两条腿的行动是非常困难的，它们往往会小心地避开大群人类。对它们而言，五六个人就已经是需要敬而远之的大规模人群了，人们会赶走它们的猎物，大多数人还会杀死所见到的狼。一开始，佩林什么都没有感觉到，过了一段时间，他接触到远处的一些狼。他不知道有多么远，那种感觉就像依稀听到了别人的耳语，从很远的地方。这很奇怪，虽然这里零星分布着村庄和庄园，甚至偶尔还有集镇，但这片原野的绝大部分都是可以供狼自由生活的原始丛林，其中有大量的鹿和小一些的猎物。

和另一群狼的见面总是会从庄重的交谈开始，他礼貌地说出了他的名字——犊牛，散发出他的气息，并得到了它们的名字和气息：猎叶、高熊、白尾、翎羽、雷雾和另外一些名字。这是很大一群狼。猎叶是一头母狼，是它们的首领，散发着一种安宁笃定的气息。翎羽头脑聪明，正当壮年，是她的配偶。它们听说过犊牛，并且很想和传说中的朋友长牙交谈。当过往的纪元已经消逝，漫长的岁月让一切回忆渐渐变成薄雾的时候，长牙已经成为这段岁月中第一个学会与狼说话的“两条腿”。一连串影像和气息的回忆在他的脑子里变成话语，他的话语变成了能够理解的影像和气息。

我要学一些事情，问候结束之后，他开始想，*有什么能比永灭者更让狼痛恨？*他竭力去回忆那个梦中的气味，但那气味已经消失在他的记忆里。*那是能让狼感觉到死亡的气味。*

响应他的是沉默，然后是一丝夹杂着恐惧、仇恨、决心和忧郁的思绪。他以前从狼那里感受过恐惧，那时狼最害怕的是吞噬森林的野火。这却是一种如同针刺般的恐惧，一种让人战栗，让人在黑暗中心胆俱裂的恐惧，无论与之相连的是怎样绝不回头的意志。狼从没有体验过这种可怕情绪。

它们一个接一个地从他的感知中消失了，它们在有意地将他推开。直到最后，只剩下猎叶。最后的狩猎即将到来，她说道。然后，她也走了。

我有什么无礼的地方？他继续问着。那一定是因为我的无知。没有回答。那些狼不会再和他说话了，至少短时间内不会了。

最后的狩猎即将到来。那是狼对最后战争，也就是末日战争的称法。它们知道，它们会参与这场光明与暗影最后的决战，虽然它们无法解释这是为什么。有些事情是命中注定的，就如同日升月落。许多狼注定死于最后的狩猎，但它们害怕的并不是这个。佩林有一种强烈的感觉，他一定也会参加这场战争。但即使最后战争就要到来，他还有一件事必须去做，绝不能放弃！与之相比，他宁可放弃末日战争！

佩林将无名的恐惧和最后战争抛到脑后，摸索着摘下手套，伸手到外衣口袋里，找出一段生皮绳索。每天早晨，他的手指都会机械地在这根绳子上打一个结，然后沿绳索往下，计算上面有几个结。二十二个，菲儿被绑架到现在，已经过去了二十二个早晨。

一开始，他没想到自己竟然会打这么多结。第一天，他相信自己是冷静的，虽然有些麻木，但还可以集中精神思考。而现在回顾那一天，他发现自己当时已经完全被无法控制的愤怒淹没了，只是不顾一切地要找到沙度艾伊尔。偷走菲儿的那群劫匪中，也有来自其他部族的艾伊尔，而其中绝大多数肯定是沙度部族的。他要在菲儿受到伤害之前救回她，这个念头紧紧地勒住他的喉咙，直到他几乎无法呼吸。当然，他还要救出其他被俘的女人。有时候，他不得不在脑子里重新回想一遍她们的名字，以免自己将她们彻底忘记。雅莲德·麦瑞萨·基加林，海丹女王，还有她的臣下。佩林仍然不适应有人向他宣誓效忠，尤其是一位女王，他只是一个铁匠！曾经是。不管怎样，他对雅莲德负有责任，如果不是因为他，雅莲德绝对不会陷入这样的险境。贝恩，属于色拉德艾伊尔的黑岩氏族，齐亚得，属于高辛艾伊尔的石河氏族。这两名枪姬众追随菲儿到了海丹和阿玛迪西亚，她们也在两河与兽魔人作战，为危急之中急需援手的佩林提供了巨大的帮助，所以他有义务救她们出来。爱瑞拉·谢格和莱茜尔·奥多文，两个愚蠢的女孩，以为她们能成为艾伊尔，或者是某种特别的艾伊尔，她们向菲儿宣誓效忠，这样做的还有麦玎·多兰，一个一文不名的难民，菲儿给予她保护，让她成为自己的侍女。他不能抛弃菲儿，菲儿·妮·巴歇尔·德·艾巴亚的追随者。

他的思念回到她身上，他的妻子，他的生命之息。佩林呻吟一声，紧握住那根绳索，让绳结痛苦地压进曾在铸炉旁无数次挥舞铁锤的手掌。光明啊，二十二天！

学习铁匠手艺让他明白，过于急躁会将锻打的铁材毁掉。但这次，他开始时的确是过于急躁了，他们透过殉道使格莱迪和尼尔德打开的通道一直向南，直到他们发现沙度艾伊尔踪迹的最远处，然后继续向南。只要殉道使恢复了体力，能够再次打开通道，他们就会不断前进。殉道使休息的每一个小时都让他感到急不可耐，尽管不休息一下，殉道使就不可能有足够的体力张开信道，并支撑信道，直到所有人都从其中通过。他的心里只想着解救菲儿，不惜一切代价，而他得到的只有与日俱增的痛苦。斥候们在无人的荒野中愈走愈远，却再没有找到任何有人经过的蛛丝马迹。最后，他终于明白，他们已经赶过了头，他们不得不用更多的日子去搜索曾经走过的每一段路，寻找一切表明沙度艾伊尔改变方向的线索。

他本应该想到沙度会改变方向，向南会让他们进入比较温暖的地方，那里不会有让艾伊尔人感到奇怪的雪，但那也会让他们靠近艾博达的霄辰人。佩林知道霄辰人，他本应想到沙度也会知道他们！沙度来这里是为了劫掠财富，不是为了与霄辰人和罪奴作战。他们又进行了数天的缓慢行军和大范围搜索，大雪甚至让艾伊尔人也无法寻找前人留下的踪迹。佩林不得不恼恨地停下脚步。就在此时，乔丁·巴兰终于找到一棵被马车刮伤的树，艾莱斯从雪下挖出了一根艾伊尔断矛杆。佩林终于转向了东方，那里在佩林第一次使用神行术地点的南边，相距只有两天的路程。佩林知道的时候，只想拼命地吼叫，但他还是牢牢地控制住了自己。他不能垮掉，不能再有丝毫错误，菲儿只能依靠他。他开始控制自己的怒火，开始忘记它。

因为他的鲁莽，绑架菲儿的人已经领先他们很远了。但从那时起，佩林恢复了铁匠的细致与耐心，他的愤怒正在接受锻造。自从再次找到沙度艾伊尔的踪迹以后，他每次使用神行术的距离都不会超过斥候们在一个白天里能够往返的距离，这样的谨慎被证明是十分必要的。沙度随后又曾经数次突然改向，走出了一条锯齿形的路线，仿佛他们无法决定自己的目的地在哪里，或者是他们在与其他沙度部队会合。佩林找到的全都是陈旧的足迹，被雪埋住的旧营地。但所有斥候都同意，沙度的数量在增加，现在他们前面至少已经有两到三个氏族了。这是一支强大的队伍，佩林正缓慢但不停顿地追赶他们——这才是最重要的。

沙度肯定携带了大量补给和俘虏，而且还有积雪迟滞他们的脚步，但他们前进的速度比佩林预料的要快很多，而且他们似乎并不在意是否有人跟踪，也许是因为他们相信没人敢追踪如此人规模的艾伊尔部队。有时候，他们会在个地方连续驻扎几天。愤怒正在被锻铸。被毁的村庄、小镇和居民点零星分布在沙度进军的路线上，让人觉得那些艾伊尔人就像人形的蝗虫群，仓库和住宅中的财物都被洗劫一空，人和牲畜一起被掳走。许多居民点在佩林到达的时候已经空无一人，只剩下了残破的空屋，没有被掳走的人大概也都到别处去寻找食物，挣扎着想要活到春天到来的时候。佩林已经跨过埃达河，进入了阿特拉。他们渡河的地方只是一个供卖货郎和本地农夫使用的小渡口，就算是一般的行商也不可能从这样小的渡口过河，渡口两旁林木茂盛的岸上本来各有一座村庄，但也都被沙度摧毁了。殉道使用神行术让佩林的人马能顺利过河，但佩林不知道沙度人是怎样过去的。渡口只剩下了岩石河岸，所剩不多的几座没有被烧毁的房屋只是让这里显得更加荒凉，三条瘦得皮包骨的狗一见到人影，就立刻远远地逃开了。愤怒被佩林锻造成了坚硬的锻锤。

昨天早晨，佩林到达了一个小村子，这里还有几个目光呆滞、面孔肮脏的人，愣愣地盯着成千上万的长枪手和弓箭手在第一缕曙光中策马驰出森林。飘扬在队伍前方的是曼埃瑟兰的红鹰旗和红色狼头旗、海丹的银星旗和梅茵的金鹰旗，跟随在后面的是许多辆高轮大车和无数匹换骑的战马。一看到高尔和其他艾伊尔人，那些人立刻惊慌失措地向树林中跑去。佩林想要抓住几个人，询问一下沙度的情况，却发现很难。他们宁愿逃亡，也绝不会让艾伊尔人靠近。这个叫布里坦的地方本来只有十几户人家，沙度两天前在这里掳走了九名年轻男女，还有全部的牲畜。他就要为自己的锻锤找到目标了。

佩林知道，他一定要万分小心，否则就会永远地失去菲儿，但太过小心同样会失去她。昨天早些时候，他命令所有斥候走得更远，不要在日落之前回来，而是在第二次日出时才能回来。如果他们提前返回，就一定是找到了沙度艾伊尔。在一两个小时之后，太阳就要升起来了，艾莱斯、高尔和其他人将会回来，枪姬众和两河人能够追踪一缕掠过河面的影子。沙度人走得很快，斥候们走得更快，没有老幼妇孺、车辆和俘虏拖累他们的脚步。这一次，他们一定能告诉他，沙度到底在哪里，他们会的。佩林从骨子里相信这一点。信心在他的胸中激荡，他会找到菲儿，救出她，这是最重要的，比他的生命更重要。他只希望能活到那个时候。现在，他是一柄锻锤，无论以何种方式，他都要将那些沙度砸成碎片。

佩林将毯子掀到一旁，戴好手套，拿起身边的斧头，那是一柄半月形斧刃的大斧，斧刃背面是一根粗大的钢钉。他翻身从马车下滚出来，站起身，踩碎了半冻结的雪壳。他的身边是一排排大车。这里是布里坦的农田，突然出现的这许多高举异国旗帜的武装人马远非这个劫后余生的小村子所能容纳。甚至不等佩林说话，那些可怜的幸存者都已经逃进森林，并把一切能拿走的东西都扛在背上，或者放进雪橇里拖走了。他们逃得要多快有多快，连头也不回一下，就好像佩林也是沙度艾伊尔。

佩林将斧柄插进腰带的厚皮环上，附近的马车旁冒出一个人影。在黑暗中，那个人裹着一条黑色的斗篷。佩林并不吃惊。拴在附近的牲口队让空气中弥漫着几千头牲畜的气味，以及马粪略带香甜的臭气，但佩林还是清晰地捕捉到了这个人的气息。人的气味总是显得非常特别，而且每次佩林醒过来的时候，都会发现亚蓝已经清醒地在等待他了。一弯苍白的月牙低垂在空中，散发出的微弱光亮已经足够让佩林看见别人的面孔。黄铜剑柄头从亚蓝肩头后面斜伸出来，他曾经是一名匠民，但佩林相信，就算他穿上一件五彩的衣服，也不可能再做匠民了。亚蓝紧皱着眉头，月影也无法掩饰他脸上的凶悍，自从菲儿被掳，他仿佛随时都准备拔剑杀人，愤怒再也没有从他的气息中消退过。离开菲儿之后，有许多事情都改变了。而佩林理解这种愤怒，在这场灾难发生之前，他从没有真正地愤怒过。

“他们想要见你，佩林大人。”亚蓝向远处大车队之间的两个人影点点头。伴随这句话的是寒冷空气中的一股白烟。“我没有让他们叫醒你。”这是亚蓝的一个失误，他过于关照佩林了，而且从不征求佩林的许可。

佩林嗅了嗅空气，将那两个影子的气息从马匹气味中分辨出来。“我现在就见他们，帮我把快步准备好，亚蓝。”佩林要在其他人醒来之前就跨上马鞍，他不想只是在这里站着，这样是找不到沙度的。而且骑在马上走一走，也能避开想要来找他的人。实际上，他很想自己去完成斥候的工作，那些去做斥候的人在这方面并不一定做得比他更好。

“是，大人。”亚蓝走过雪地的时候，气息中流露出一种粗砺的感觉，但佩林几乎没有注意到这一点。只有真正重要的事情会让塞班·巴尔沃在这样的黑夜里从他的毯子里爬出来，而至于说赛兰蒂·戴伦金……

巴尔沃虽然披着一件宽大的斗篷，却依旧是一副瘦骨嶙峋的样子，一张枯瘦的脸深深地藏在兜帽里。如果他不是这样弓腰缩背，而是将身体挺直，他要比身边的矮小凯瑞安女子高上一巴掌。他正用双臂抱住身子，两只脚来回跳着，躲避着从地面渗进靴里的寒冷。赛兰蒂穿着男式深褐色外衣和长裤，虽然她呼出的每一口气都变成了白烟，但她还是装出一副对身边的寒冷毫不在意的样子。她的身体在颤抖着，但她还是挺起胸膛，将一侧斗篷甩到身后，一只戴着手套的手按在腰间的剑柄上。她的兜帽也压得很低，从里面露出剪短的头发，只有她脑后的头发被一根深褐色丝带系成马尾辫，垂在她的颈后。赛兰蒂是那些效仿艾伊尔人的傻瓜的首领，他们自诩为佩剑的艾伊尔，她的气息柔软而且浓厚，就像是某种果酱。她很担心。巴尔沃的气息显得……非常专注，他一直都是如此，没有任何热情，只有绷紧的神经。

那个皮包骨的小个子停止跳跃，僵硬而匆忙地鞠了个躬。“赛兰蒂女士带来了讯息，我想您应该亲耳听一听，大人。”巴尔沃尖细的声音显得干枯而精确，就像他的人一样，佩林觉得自己只有脑袋被放在断头台上的时候才会发出这种声音。“女士，请说吧。”他只是个秘书——菲儿的秘书，也就是佩林的秘书，一个过分琐碎的、谦逊的家伙。赛兰蒂是贵族，但巴尔沃对她说的话倒很像是命令。

赛兰蒂狠狠地瞥了巴尔沃一眼，按了按佩剑。佩林做好了抓住她的准备，他不相信赛兰蒂会真的对那个老头拔剑相向，但他摸不准这个女孩。实际上，他那帮荒谬的年轻人始终都不敢掉以轻心。巴尔沃只是看着赛兰蒂，将头侧到一旁，他的气息中出现的不是关注，而是不耐烦。

赛兰蒂一甩头，将注意力转移到佩林身上。“你好，金眼佩林大人，”她用清脆的凯瑞安语调说。看到佩林对她的艾伊尔式问候没有表现出任何兴趣，她急忙又说道：“今晚我得知了三件事。首先，也是最不重要的，海威尔报告说，马希玛昨天又派了一个人骑马返回阿玛迪西亚，尼利恩想要跟踪他，但跟丢了。”

“告诉尼利恩，他不能跟踪任何人。”佩林严厉地对她说道，“也把这个命令传达给海威尔。他们应该明白这一点！他们的任务是观察、倾听，报告他们看到和听到的一切，绝无其他，你明白吗？”赛兰蒂迅速点了一下头，散发出畏惧的气息。佩林相信，这是赛兰蒂对他的畏惧，畏惧他会对她发怒。一个金黄色眼睛的男人总会让别人不安。佩林将手从斧柄上拿开，双手拢在背后。

海威尔是提尔人，尼利恩是凯瑞安人，他们是另外两个追随菲儿的年轻傻瓜。这群傻瓜一共有二十几个，菲儿让他们成为了自己的密探，这件事至今还会让佩林感到困扰。但菲儿早就告诉过他，刺探情报是妻子的事情。如果男人以为他的妻子是在开玩笑，他就应该更认真地听她的话，她可能不是在开玩笑。刺探情报这件事让佩林觉得很不舒服，但如果菲儿能让他们去做这件事，那她的丈夫也可以。但佩林只能容忍那两个人留在马希玛那里。马希玛认为除了暗黑之友外，其他所有人迟早都会成为他的信徒。但如果有太多人离开佩林的营地投奔他，他也许会产生怀疑。

“不要称他为马希玛，即使在这里也不行。”佩林不容置疑地说。不久以前，那个人宣称马希玛·达加已经死亡，并从坟墓中复生，成为转生真龙的先知。

如果有人提起他原来的名字，他无疑会大发雷霆。“如果你在别的地方说错了话，被他抓住，被鞭子抽到半死就已经是你的幸运了。”赛兰蒂再次点头，表情相当严肃，这次，她的神情中没有了畏惧。光明啊，菲儿的这些白痴们根本不知道他们应该害怕些什么。

“天已经快亮了，”巴尔沃一边嘟囔，一边打着哆嗦，将斗篷又拉紧了些，“用不了多久，人们就都会醒过来，有些事情最好在天还黑的时候说完。女士，请继续好吗?”巴尔沃再一次发出命令般的请求。在佩林看来，赛兰蒂和菲儿其他的追随者们只会制造麻烦。不知为什么，巴尔沃似乎总是想要在这个女孩的鼻尖上放只苍蝇，但赛兰蒂听到巴尔沃的话，却有些羞窘地愣了一下，低声地道了歉。

黑暗的确开始淡退了，至少在佩林眼中是这样。头顶上的天空还是夜幕低垂，只能看见一些明亮的星星，但佩林几乎已经能看清赛兰蒂外衣胸口处的六道彩色横纹了。他意识到自己醒得迟了一些，这让他感到气恼。他不能屈服于疲倦，无论疲倦是多么深入他的骨髓！他需要听取赛兰蒂的报告——赛兰蒂担心的不会是马希玛派遣探子去做什么，马希玛几乎每天都会这样做。但佩林更焦急地等待着亚蓝和快步，他的耳朵不断地捕捉着来自于畜栏那边的声音，却还是没有听到他的坐骑走过来。

“第二件事，大人，”赛兰蒂说，“海威尔在阿特拉的市场上见到了成桶的咸鱼和咸肉，数量很大。他说，在马希……在先知身边的人里面出现了阿特拉人，其中一些似乎是工匠，另外还有几个可能是商人或者地方官员。不管怎样，他们都是名人，有一定实力，不过他们之中有一些似乎还不确定自己的选择是否正确。我们有可能从他们口中套出那些鱼肉的来源，甚至还能为您争取更多的眼线。”

“我知道那些咸鱼咸肉是从哪里来的。你也知道。”佩林有些焦躁地说，他的双手在背后握成拳头。佩林本希望自己迅速的行军能够避开马希玛的搜掠部队。这些零散部队像沙度艾伊尔一样可怕，甚至更坏。他们会给人们一个机会，向转生真龙宣誓效忠。那些犹豫太久的人就会死在烈火和钢刃之上，而立下誓言的人无论是否亲身前往马希玛身边，都必须慷慨地捐赠出自己的财产，支持先知的行动。当然，那些被处死的人肯定都是暗黑之友，他们的全部财产自然都要没收。根据马希玛的法律，盗贼会被砍掉一只手，而他的搜掠部队所做的自然不是盗贼的勾当。根据他的法律，杀人和其他许多罪行都要以绞刑进行处罚，但他的许多信徒似乎更喜欢杀戮，而不是接受誓言。把财产的主人杀掉，能抢得的财产自然更多，而且对他们来说，杀人似乎是一种很有趣的游戏。

“告诉他们，离那些阿特拉人远　点。”佩林继续说道，“各种各样的人都在投向马希玛，如果他们怀有二心，围绕在他们身边的狂热信徒肯定放不过他们，他们会毫不犹豫地揭发自己的亲友，甚至手足相残也在所不惜。向他们提出错误的问题是极度危险的。我只想知道马希玛在做什么，有什么计划。”

马希玛明显有着某种计划。他公开宣布，除兰德之外，任何人碰触至上力都是亵渎。他还宣称自己最大的愿望就是前往东方，加入兰德麾下。像以往一样，一想到兰德，佩林的脑子里就会出现纷乱的色彩，只是这次的色彩更加生动、鲜明，但怒火很快就将它们全部蒸发掉了。不管是不是亵渎，马希玛已经接受了神行术，不仅是导引，而且还是男人的导引。无论他是怎样说的，他一直都留在西边，而且根本没有对营救菲儿的行动伸出援手。佩林容易相信别人，直到有确切的事实证明他们是不可信的。但他只需要嗅一下马希玛的话，就明白这个家伙不但像野狗一样疯狂，而且绝不可信。

佩林曾经考虑过阻止马希玛的阴谋，无论他打算干什么，他应该阻止马希玛的烧杀抢掠。马希玛有一万到两万人，也许更多。他并不很在意自己到底有多少信徒，而且那些真龙信众散乱的扎营方式让计算他们数量的工作变得不可能。不管怎样，跟随佩林的人肯定不到这群人的四分之一，其中还有几百人是车夫、马夫和其他各种在战斗中变成负累的人。但佩林还有三名两仪师和两名殉道使，以及六位艾伊尔智者。他有实力制止马希玛。而且智者们和两名两仪师都很希望佩林采取这样的行动。她们想要马希玛的命。只是，驱散马希玛的军队只会让他们变成数百个在阿特拉或其他地方横行施暴的匪帮。他们会继续烧杀平民，只不过不再以转生真龙的名义，而是为了他们自己。*击溃沙度会造成同样的结果*，佩林心想。他立刻将这个念头推开。阻止马希玛需要耗费他无法承受的时间，只能等到救出菲儿之后再去对付这个家伙了，首先，他要先将沙度砸成碎片。

“你今晚得知的第三件事是什么，赛兰蒂？”佩林粗声问道。让他惊讶的是，这个女孩身上担忧的气息更重了。

“海威尔看见了某个人，”她缓缓地说，“他起初还没有告诉我。”她的声音突然变得严厉了，“我确保这件事不再发生！”她深吸一口气，似乎在心中挣扎了一下，然后猛然说道：“两仪师玛苏芮去见了马希玛……先知，千真万确，大人，你一定要相信我！海威尔不止一次见到了她。她进出真龙信众的营地时都戴着兜帽，但海威尔两次正面看清了她的脸，每次她身边都有一个男人，有时还会有另一个女人。海威尔没有看清那个男人，但根据他的描述，那应该是玛苏芮的护法罗瓦尔。而且海威尔相信，另外那个女人是两仪师安诺拉。”

赛兰蒂紧紧地闭住嘴，看着佩林，双眼在月光下闪动着阴郁的光亮。光明啊，她还在担心佩林不明白这件事的含义！佩林强迫自己不要把双手紧握成拳。马希玛将两仪师当作暗黑之友一样仇视，他几乎要将她们直接视作为暗黑之友。为什么他会接见两名两仪师？为什么她们又会去见他？安诺拉对马希玛的评论完全基于两仪师模棱两可的惯常用辞，其中没有任何确切的意思，但玛苏芮曾经明确地表示过，要像对付疯狗一样制伏马希玛。

“让海威尔和尼利恩盯住那些两仪师，如果能偷听到她们和马希玛的谈话就更好。”海威尔会认错人吗？不，马希玛的营地里女人并不多，而且那些女人都是满面污垢、眼带杀气的悍妇，海威尔不可能把她们和玛苏芮混为一谈。和愿意追随马希玛的女人们相比，那些男性真龙信众大概也能被归为匠民一类了。“告诉他们，最重要的是自己的安全。无论放过怎样的机会，都好过自己被抓住。如果他们被挂在树上绞死，就做不了任何事了。”佩林知道自己的态度很粗暴，他竭力让自己的声音显得温和一些。自从菲儿被绑架之后，这对他来说变得愈来愈困难了。“你、海威尔和尼利恩做得很好。如果菲儿知道，她一定会为你们感到骄傲。”

微笑跃上了赛兰蒂的嘴唇，她将身子又挺直了一些——虽然佩林觉得这已经不可能了。她的情绪中充满了自豪，坦然而又欢快，高扬的成就感几乎淹没了其他的所有情绪！“谢谢您，大人，谢谢您！”她就像是从佩林那里得到了珍贵的奖赏。不过佩林怀疑菲儿不会喜欢他这样使用她的眼线，她甚至会不喜欢佩林知道这些人在为她做些什么。佩林曾经为菲儿的不快而心神不安，但这已经是他知道这些间谍存在以前的事情了。还有艾莱斯不小心说漏的关于破碎王冠的事情，这都让佩林感到很不快。所有人都说，妻子总会保留一些秘密，但万事都要有个限度！

巴尔沃用一只手调整了一下窄瘦肩膀上的斗篷，另一只手捂住嘴，咳嗽了几声：“说得好，大人。你的表现很好，女士，相信你会以最快的速度将佩林大人的命令传达下去。请不要对他的命令有任何误解。”

赛兰蒂点点头，目光却没有离开佩林。她张开嘴，佩林相信她一定是要说些什么希望佩林能找到清水和阴凉之类的话了。光明啊，现在他们最不缺的就是水，虽然这些水大多冻成了冰雪。在一年中的这个时候，就算是中午，也没有人需要什么阴凉！结果赛兰蒂犹豫了片刻，才说道：“愿仁慈之光眷顾您，大人。请恕我大胆，也愿仁慈之光眷顾您怀中的菲儿大人。”

佩林点了一下头，表示感谢，他的口中有一股灰烬的苦涩味道。仁慈之光对菲儿的眷顾始终带着一种幽默感——它给了菲儿这样一个丈夫——连续搜索了超过两个星期，却仍然没有找到她。枪姬众说她一定是成为了奉义徒，奉义徒不会受到虐待。但她们也不得不承认，沙度会以超过百种的不同方式打破艾伊尔的传统。

在佩林的词典中，“绑架”本身就是一种虐待，他口中的灰更加苦涩了。

“赛兰蒂女士做得很好，大人。”巴尔沃看着赛兰蒂消失在马车间的黑暗里，低声说道。这种肯定让佩林感到惊讶，巴尔沃一直在劝说佩林远离赛兰蒂和她的朋友们，他说那些头脑发热的年轻人是不可靠的。“她有着一定的直觉。凯瑞安人通常都有这种素质，而一些提尔人会做得更好，至少是那些贵族，特别是一旦他们……”他忽然闭住嘴，小心地看着佩林。如果面前这个人不是巴尔沃，佩林会认为他在无意中说溜了嘴，但现在佩林只能怀疑巴尔沃是故意这样做的。这个人的气息一直都很稳定，没有丝毫波动。“我能否针对她的报告提出几点意见，大人？”

马蹄踩踏雪壳的声音由远及近，亚蓝来了，他牵着佩林的暗褐色牡马和他自己的长腿灰骗马。两匹马都想咬住对方，亚蓝艰难地将它们分在两侧。巴尔沃叹了口气。

“任何事都可以在亚蓝面前说，巴尔沃先生。”佩林说。这名瘦小的老者顺从地低下头，却又叹了口气。营地中的所有人都知道，巴尔沃擅于将各种道听途说的谣传组织在一起，拼凑出真正发生过的，或者可能即将发生的事情。巴尔沃自认为这是秘书工作的一部分，但不知为什么，他总喜欢装作自己从没有做过这样的事情。这是一种无害的伪装，而佩林也愿意迁就他。

佩林从亚蓝手中接过快步的缰绳。“先在我们后面走一会儿，亚蓝，我需要和巴尔沃先生单独谈一谈。”巴尔沃发出一声极微弱的叹息，就连佩林也差点没听到。

亚蓝一言不发地跟在后面。佩林和巴尔沃迈开步，冻结的积雪在他们脚下发出咯吱咯吱的响声。佩林嗅到亚蓝身上发出一丝尖锐的、颤抖的酸气，这次佩林明白了这种气味的含义，但他像往常一样，并没有在乎它。除了菲儿以外，亚蓝嫉妒所有待在佩林身边的人，佩林想不出办法阻止他这样。无论如何，佩林已经习惯了亚蓝跟在他身边，就像他习惯了巴尔沃总想和他单独谈话。当巴尔沃终于决定要说话的时候，他又回头看了亚蓝一眼。这名老者的身上散发出剃刀一样锐利的怀疑气息，那是一种冰冷干燥的气味，与亚蓝激烈的嫉妒气息截然相反。任何人的心里都有无法改变的特质。

拴马栏和补给车辆位于营地中部，外贼很难摸到这里。虽然天空在一般人的眼中还是黑色的，但睡在大车旁的车夫马夫们已经醒过来，正在收起他们的毯子。一些人在重新扎紧用松枝和其他小树枝搭成的简易棚子，以备他们在这里度过第二个晚上。煮食的篝火相继点燃，上面放着黑色的罐子，不过他们除了一点麦片和干豆子以外，已经没什么可吃的了。狩猎和捕兽陷阱能为他们提供一点鹿、兔子、鹌鹑和林鸡之类的野味，但也几乎不够每人吃上一口。自从渡过埃达河以后，他们已经很久没有找到能够购买补给的地方了。人们见到佩林，纷纷起立鞠躬或者行屈膝礼，低声说着“早安，大人”或“光明护佑您，大人”之类的话。看见他的人都不再加固他们的棚屋，有几个人还将身边的棚屋推倒了，他们似乎已经从他迈开的大步上看到了他的决心。自从佩林明白自己犯下大错的那一天开始，他就从没有在同一个地方待过两个晚上。面对众人发出的问候，佩林并没有放慢脚步。

营地中其余的人环绕马匹和车辆，形成了一个单薄的防护层，他们的营帐都面对周围的森林。两河人被分为四部，海丹和梅茵的长枪手们交叉分布于其间，无论敌人从哪个方向攻来，都会面对两河长弓和训练有素的骑兵。佩林担心的不是沙度的突袭，而是马希玛。那个家伙表面上俯首帖耳，但在这个真龙信众搜掠队横行的地方，过去两个星期中已经有九名海丹人和八名梅茵人失踪了，没有人相信他们是自己逃走的。在菲儿被掳走之前，就有二十个梅茵人遭受伏击而被杀害，人们都相信，那是马希玛的人干的。他们和马希玛之间只保持着一种脆弱、古怪、矛盾激烈的和平，无论谁打赌这种和平能长久维持下去，都只会输光他的赌注。马希玛假装不知道任何能威胁到这种平衡的事情，但他的信徒们似乎对此完全不在乎。无论马希玛做出怎样的伪装，事实是那些信徒正从他的手中夺走领导权。但佩林在救出菲儿之前，只能容忍这种假象继续下去，他必须让自己的营地坚不可摧，这是维系和平的最好办法。

艾伊尔人坚持在这个斑驳混杂的营地中独立结成一营，虽然将侍奉智者的奉义徒一并算在内，他们也不过五十人。佩林在他们低矮的深褐色帐篷前停留了片刻。另外一片与众不同的帐篷是营地另一侧贝丽兰和她的两名女仆的居所，那里距离布里坦剩下的几幢破房子不远，现在那些房子里全都是成群的虱子和跳蚤，就连在严冬中寻找庇护所的粗悍士兵也不愿意住进去。那里的谷仓更是糟朽不堪，摇摇欲坠，凛冽的北风不断从窗洞墙缝中吹袭进去，而且里面的马蝇比虱子跳蚤还要凶猛。枪姬众和高尔（他是艾伊尔人中奉义徒以外的唯一男人）都已经出去寻找沙度的踪迹了。艾伊尔人的营地寂静无声，但从帐篷天窗中飘散出来的煮食气味让佩林知道，奉义徒正在为智者们准备早餐。安诺拉是贝丽兰的咨政，通常也会住在贝丽兰的帐篷里，但玛苏芮和森妮德应该是在智者那里，她们很可能正在和奉义徒们一起煮早饭。现在她们依然装作和智者们保持着平等的关系，但营地中每一个人都知道，她们是智者的学徒。几乎每个人都亲眼见过这两名两仪师为艾伊尔智者担柴挑水，甚至听到过她们被鞭打时的尖叫。她们都曾立誓效忠兰德。一想到兰德，无数色彩又爆发般地在佩林的脑海中回旋，并随之被佩林的怒火所驱散，而伊达拉为首的众智者正依照兰德的命令督管着她们。

只有两仪师自己明白，她们的誓言对她们有着多么强的约束，或者说，她们在这约束中有多少活动空间。现在，除非智者们说"跳"，否则她们连跳一下都不可以。森妮德和玛苏芮都曾经说过，必须像制伏疯狗一样制伏马希玛，智者们也对此表示过同意，或者至少她们是这样说的。艾伊尔智者没有受到三誓的约束，不必只说实话。当然，三誓对两仪师的限制可能也只是停留在字面意思上而已。佩林记得一名智者告诉过他，玛苏芮认为疯狗只要被锁链铐住，也能够俯首听命。没有智者的命令，跳一下也不可以的两仪师，就像一副铁打的锁链，棱角上都带着锋利的刃刺。他要将它解开，但只要犯一个错误，他就可能将自己的骨头割断。

佩林瞥到巴尔沃正在看着他，那个老头抿住嘴唇，就像是一只盯着陌生事物的鸟，没有畏惧，不因为饥饿，只是出于好奇。佩林拉起快步的缰绳，加快步伐，那个小老头只好迈开步子，半跑半走地才能跟上他。

两河人的一座营地就在艾伊尔人的旁边，面朝东北方向。佩林想再往北走一点，从海丹长枪手的营地中穿过去，或者向南进入东边的梅茵人营地，但他最后还是深吸一口气，牵着马走进了朋友和乡邻之中。他们都已经醒了，将身子裹在斗篷里，把昨夜避寒用的棚屋扔进篝火堆里，或者从昨晚吃过的兔子上刮下残肉，扔进煮燕麦的罐子中。看到佩林走过来，他们的谈话声立刻低沉下去，谨慎的气味充满了佩林的鼻腔。钢刃在油石上磨洗的声音暂停了一下，很快又恢复了有规律的"簌簌"声。长弓是两河人最喜欢的武器，但他们也都带着一把大匕首或短剑，有人还佩着长剑。他们还携带着长矛、斧枪，以及其他装着各式刃头的长杆兵器，这些武器中有不少都是沙度人在劫掠中认为没有价值而丢弃的。两河人以前并不常使用长矛，但他们在节日竞赛中已经习惯了耍弄长棍，而这些长杆兵器对他们来说，更像是一头装了锋刃的棍棒，所以他们很快就学会了使用这些武器。但现在，他们的脸上充满了饥饿、疲惫和退却的欲望。

有人带着不高的热情喊了一声："金眼！"但没有人响应他的呼喊。一个月以前，这种欢呼还曾经让佩林兴奋不已。自从菲儿被掳走之后，很多事情都改变了，现在，佩林迎来的只是一片沉寂。年轻的肯利·莫金避开了佩林的目光，他刚刚刮掉了自己蓄的胡子，脸颊还是青白色的。看见值钱的小东西就眼睛发亮，手边有酒就往嘴里灌的乔锐·康加朝佩林身后的地面上啐了一口。班·克劳狠狠地撞了一下乔锐的肩膀，但他也没有抬头看佩林。

丹尼·鲁文站起身，紧张地揪着鹰钩鼻下面一副可笑的浓密胡须。“佩林大人，有什么命令？”看到佩林摇头，这个皮包骨的汉子立刻像是松了一口气，并马上坐了下去，盯着面前的煮食罐，就好像急着要喝下作为早饭的稀粥，也许这是他的真实想法。现在大家都吃不饱饭，丹尼的骨头上已经没剩下多少肉了。在佩林身后，亚蓝发出一阵很像是咆哮的喉音。

这里并非只有两河人，但其他人也好不了多少。蓝格威·德尔是个身材魁梧的大汉，脸上有不少伤疤，他抚着前额的头发，向佩林点着头。看上去，他像是一个摔跤手，或者是酒吧打手，实际上，他现在是佩林的保镖，只不过佩林并不经常需要保镖。也许他很想表现出一副让雇主满意的样子。但贝瑟·吉尔，这位身材圆胖的前旅店老板现在被菲儿聘任为他们的沙巴扬，现在他以过分夸张的专注态度叠着他的毯子，只是将光亮的头顶朝着佩林。菲儿的首席侍女莉妮·恩特林是一位干瘦的老妇人，紧绷在脑后的白色发髻让她的脸仿佛变得更瘦了。她正搅动着一只罐子，看到佩林，她站起身，薄薄的嘴唇紧抿着，举起手中的木勺，仿佛是要抵挡佩林的攻击。布琳·塔波文的白皙的凯瑞安面孔上，一双黑眼睛里闪动着犀利的目光，她用力拍了一下蓝格威的胳膊，还朝他皱紧双眉。她是蓝格威的女人，虽然不一定是他的妻子，也是菲儿三名女仆中的第二个。他们只要活着，就会继续追赶沙度，直到救出菲儿，紧紧把她抱在怀里。但他们之中也只有蓝格威对佩林表示出一点欢迎的态度。也许佩林能够从朱尔·格莱迪那里得到热情一些的接待——殉道使们总是离群索居的，不过他们对佩林还没有表现出任何隔阂。虽然周围都是靴子踩碎冻雪的声音和人们跌倒时的咒骂，格莱迪却仍然紧裹着毯子，在一根茎叶戟张的大松枝下鼾声如雷。佩林走过他的朋友、邻人和仆人们，却只有孤独的感觉。人在放弃忠诚之前，都是忠诚的。他的心还在遥远的东北方某处，当他把她找回来的时候，一切都会恢复正常的。

环绕营地的是一圈十步宽的尖木桩。他走到了海丹长枪手营地边缘，这里有一些曲折的小路穿过尖木桩带，能够让骑马的人单骑出营。不过巴尔沃和亚蓝只能跟在他身后了。进攻的敌人在这里不得不多次拐弯，让两河弓手有足够的时间将他们射倒。再过去约百余步就是森林的边缘了，这片空旷地也是两河长弓能发挥最大杀伤力的地方。这里的森林全部由遮天蔽日的高大乔木组成，其中有些树佩林并不认识，不过更常见的还是松树、羽叶木和榆树，有些树根部的直径大概有十来尺，一些橡树还要更大。这些大树下面只能生长出低矮的野草或者小灌木,所以树干间都有大片空地。但那里只有比黑夜还要黑的影子,任何一片古老的树林都能吞掉整支军队,连一根骨头也不会吐出来。

巴尔沃一直跟随他走过尖木桩带,似乎终于相信他不可能找到更好的单独交谈的机会了。“马希玛派出的那些人,大人……”他一边说,一边拉紧斗篷,狐疑地回头看了亚蓝一眼,后者只是冷冷地和他对视。

“我知道,”佩林说,“你认为那些人是被派去找白袍众。”他急切地要离他的朋友们更远一些。他将握着马缰的手按在鞍头上,但还是阻止了自己踏上马镫的冲动。快步甩了甩头,也显得很不耐烦。“马希玛同样能够向霄辰人派去信使。”

“就像您说过的那样,大人,这种可能的确存在,但我是否能再提一个建议?马希玛对于两仪师的看法和白袍众非常相似,甚至可以说完全一样。如果可以,他很愿意杀光两仪师,霄辰人对两仪师则更加……实际,请允许我这样说。不管怎样,他们不像马希玛那样激进。”

“无论你怎样痛恨白袍众,巴尔沃先生,他们终究不是万恶之源。而且马希玛以前就和霄辰人打过交道。”

“您说得没有错,大人。”巴尔沃的表情没有任何变化,但散发着怀疑的气息。佩林不能向他证实马希玛与霄辰人的会面。如果告诉别人他是如何知道这种事的,只会为他添加更多的麻烦,这就平添了巴尔沃的困扰。这名老者是个喜欢证据的人。“至于说两仪师和智者,大人……两仪师似乎一直都相信她们比其他任何人更能够掌握状况。我认为艾伊尔智者也是同一类的人。”

佩林喷出一口白气:“告诉我一些我不知道的事,比如为什么玛苏芮会和马希玛见面,为什么智者会允许她这样做。我愿意用快步和你赌一根蹄铁钉——没有智者的允许,玛苏芮肯定不会干这种事。”安诺拉就是另一个问题了,她可以自由采取行动,而且她做这种事不太像是出于贝丽兰的命令。

巴尔沃整了整斗篷,回头看了一眼尖木桩带后面的营地,他的视线所在是艾伊尔人的帐篷,看他犀利的目光,仿佛是要将那些帐篷看穿。“这其中有许多可能性,大人。”他的语气里带着尝试的意味,“对于立下誓言的人,不被誓言禁止的就是可以去做的,没有被明确指令的就是可以忽视的。另一些人则会根据自己的判断去做有利其君主的事情。看样子,两仪师和智者们都是这样的人。但如果更进一步探讨,我就只能依照得到的线索进行推测了。”

“我可以直接去问她们,两仪师不能说谎,如果我逼得够紧,玛苏芮也许会把事实告诉我。”

巴尔沃面部抽搐了一下,仿佛突然胃痛。“也许吧,大人,也许这样可以,但她很有可能只会告诉你一些听起来像是事实的东西，两仪师擅长于此，这您也知道。无论您取得怎样的成果，玛苏芮都会怀疑您为什么要这样问，而这有可能让海威尔和尼利恩陷入险境。在眼前这种情况下，我们无法确认她会把被您盘问的事告诉谁。最直接的道路并不总是最好的道路，有时候，为了安全起见，一些事情只能在面具后面完成。”

“我跟你说过，两仪师不可信任。”亚蓝突然插话道，“我和你说过的，佩林大人。”佩林一抬手，他立刻闭上了嘴，但从他身上发出的愤怒气息是如此刺鼻。佩林不得不长呼一口气，好减轻一下肺部的不适，但他又很想把这股怒气深吸到体内，让它彻底淹没自己。

佩林仔细地审视着巴尔沃。*两仪师从来都喜欢将事实扭曲，直到你分不清真伪黑白，你怎么能信任这样的人？*信任一直都是个严重的问题，佩林有过这方面的教训，但他也严格地控制着自己的怒意。重锤必须谨慎使用，而他现在要锻打的东西，一不留神就会把他的心脏从胸腔里扯出来。“如果赛兰蒂的朋友们在艾伊尔人中间花费更多时间，情况会有进展吗？毕竟他们自己也都想成为艾伊尔，这是他们待在艾伊尔人那里的好理由。也许他们之中的某个人还能与贝丽兰和她的咨政建立起友谊。”

“这应该是有可能的，大人，”巴尔沃稍作犹豫便说道，“麦道尔女士的父亲是一位提尔大君，所以她有资格，也有理由接近梅茵之主。也许那些凯瑞安人之中也有具备资格的人，让那些人在艾伊尔人之中生活会更容易。”

佩林点点头。*挥动锤子时一定要特别小心，无论你是多么迫切地想要砸到某个东西。*“那就这样吧，但巴尔沃先生，自从赛兰蒂离开之后，你一直都试图……引导……我做出这个决定。从现在开始，如果你要给我建议，就直接告诉我。即使我连续九次拒绝你，也会在第十次认真倾听你的谏言。我不是聪明人，但我愿意听取聪明人的劝诫。我相信，你就是很聪明的，只是不要试图朝你设计好的方向牵我的鼻子。我不喜欢这样，巴尔沃先生。”

巴尔沃眨眨眼，然后双手合在腰间，向佩林鞠了个躬，他的气味里带着惊讶，还有快慰。“服从您的命令，大人，我先前的雇主不喜欢我在未经询问的时候就提供建议，但我不会再做这种违背您意愿的事了，我向您保证。”他又看了佩林一眼，似乎在做一个决定。“请允许我多嘴，”然后，他谨慎地说，“我觉得为您服务……给我带来了一种……从未有过的乐趣。您是个表里如一的人，大人，您没有暗藏毒针，在别人不做提防的时候伺机下手。我的前任雇主以聪慧机智而著称，但我相信，您有着足以和他媲美的智能，只是你们使用它的方式不同。我相信，我一定会因为离开您而后悔。任何人都会为了保住自己的位子而这样说，但我是在陈述事实。”

毒针？在为佩林服务之前，巴尔沃曾经是一名莫兰迪贵族的秘书，直到那个贵族破产，无力再雇用他。看样子，莫兰迪一定是个人才辈出、竞争激烈的国家。“我很需要你的助力，你只需要告诉我你想怎样做，然后让我来决定，不要试图引诱我就行，而且也不必奉承我。”

“我从没有奉承过什么人，大人，不过我习惯改造自己，以适应主人的需要。这是我的职业需求。”这名瘦小的老人再次鞠躬，他以前从没有这样庄重地对佩林行过礼。“如果您没有问题了，大人，请允许我去找麦道尔女士。”

佩林点点头，巴尔沃又鞠了个躬，向后退去，然后便快步跑回了营地。他灵巧地躲避着小路旁伸出的尖木桩，如同一只在雪地上蹦跳的麻雀，紧裹在身上的斗篷也被他甩到了身后。他可真是个怪人。

“我不信任他，”亚蓝盯着巴尔沃的背影，嘟囔着，“我也不信任赛兰蒂那伙人，他们迟早会和两仪师成为一伙的，等着瞧吧。”

“你必须信任一些人。”佩林没有再说下去。问题是，该信任谁？他跨上快步的马鞍，踢了一下暗褐色坐骑的肋骨。一柄放在角落里的锤子是没有用的。

第6章

梦的气息

快步跑进森林中，冰冷的空气在佩林的鼻孔中显得新鲜纯净。马蹄激起的细碎雪沫被微风卷起。在这里，他能忘记那些宁肯相信可怕谣言的老朋友，他还可以试着去忘记马希玛、两仪师，还有艾伊尔智者。沙度则早已牢牢地焊在他的头骨里，但无论他怎样费尽心思，也无法解开这副铸铁拼锁。他想用蛮力将它掰开，但这对拼锁从来都不会有用。

疾驰没多久，他就放慢了快步的速度，并且心中升起一丝愧疚。黑暗的森林中，有些石块会凸出在雪地之上，但还有更多的石块被埋在雪中，再加上数不清的鼠洞、狐狸和獾的窝，快跑的马随时都有可能在这里将腿摔折。冒这种无意义的风险没有任何意义，纵使他跑得再快，也不可能早一个小时救出菲儿，而且马匹也不可能一直以这样的速度跑下去，这里的雪最厚的地方足有齐膝深。他转向东北方，那是斥候们回来的方向，他们会带来菲儿的讯息，至少能告诉他沙度的位置。佩林经常抱有这样的希望，并为此而祈祷。今天，他知道这将成为现实，但这只能增加他的焦虑。找到沙度只是解开拼锁的第一步。愤怒让他的思维从一件事跳到另一件事，但无论巴尔沃怎样评价他，佩林知道自己能做到的只有清醒地思考。他的脑子转得慢，也缺乏机敏，他只能清醒地思考。

亚蓝拼命催赶胯下的灰马追上了他，然后缓步跟随在他侧后，如同一只忠犬。佩林没有说什么。每次佩林要求他和自己并辔而行的时候，他的气味都会显得很不舒服。这名曾经的匠民也没有说话，只有旋转的冷风带来了他的气味，其中散发着愤怒、怀疑和不悦。他坐在马鞍上，如同一个过度绷紧的时钟，带着冷酷的表情观察周围的森林，仿佛沙度随时都有可能从他们身后的树影中跳出来。

实际上，绝大多数人在这片森林中可能什么都看不见。现在依稀能从树冠缝隙中看到的天空仍然是灰黑色。粗大的树干全是黑色的，树下的阴影更比午夜还要黑暗。但佩林能看清积雪树枝上一只乌鸦在冷风中抖了一下羽毛；另一根树枝上，正在寻找食物的一只黑色松燕警觉地抬起了头。他同时也闻到了它们的气味。一阵微弱的人类气味从一棵大橡树的枝桠上飘下来，这棵橡树的树干足有一匹马的身子那么粗。海丹人和梅茵人都派出了巡逻兵在营地周围一两里的范围内环行巡哨，但佩林相信身旁的应该是两河人。他没有足够的人手能够在营地周围形成环卫，但两河人能充分地利用森林狩猎那些可能伤人的猛兽。离开山地，猎捕绵羊的山猫能够轻易躲过普通人的视线，熊和野猪也懂得如何躲起来，伏击追踪者，这让佩林的同乡们早已惯于探查各种蛛丝马迹，这往往是战场上的士兵不具备的能力。在距离地面三四十尺的树枝上，两河暗哨能够察觉到任何外来者，并向营地发出警告，同时，他们的长弓能够令任何逼近营地的敌人付出惨痛的代价。无论两河卫兵，还是乌鸦和燕子，佩林都没在意，他的精神只集中在前方的树林阴影中，期待着能看到返回斥候的任何迹象。

快步突然扬起头，鼻孔中喷出一道白雾，惊恐地转动着眼睛，死死立在原地。亚蓝的灰马长声嘶叫，向后退去。佩林俯下身，拍着快步颤抖的脖子。当他嗅到那一缕气味的时候，手蓦然僵住了。空气中隐约弥散着一股硫黄燃烧的刺鼻气味，与佩林梦中感觉到的那股气息相比，这气味很淡，但这是一股……不正常的臭味，只可能来自不属于这个世界的东西。它不是刚刚才留下的，但也没有出现太久，大约有一个小时，也许更短些，也许就在他惊醒的时候出现的，那时他刚好梦到这股味道。

"怎么了，佩林大人?"亚蓝艰难地控制着他的坐骑。那匹灰马绕着圈子，挣扎着想要甩脱缰绳，逃向除了这里之外的任何地方。亚蓝却只是用一只手死拉着缰绳，另一只手已经抽出了狼头柄的长剑，他每天只要有时间，就会用这柄剑进行练习，看过他用剑的人都给予他很高的评价。"也许您可以在这个时候看清雪地上的一根黑线，但我还不行，我什么东西都看不清。"

"把剑收起来，"佩林对他说，"你在这里用不到它。"他不停地安慰快步，催促它继续向前，跟踪那股臭气，并搜索被大雪覆盖的地面。他知道这股气味，在梦境以外的世界里，他也闻到过它。

没过多久，佩林就找到了他要找的东西。在一块平坦的灰色岩石旁，他勒住缰绳，快步立刻发出了一声欣慰的嘶鸣。在佩林右手旁的这块岩石大约有两步宽，周围的雪地上没有任何痕迹，但在倾斜的岩石表面，却有着许多狗爪印，仿佛有一群猎犬刚刚从这上面飞跑而过。即便有阴影遮挡，佩林还是能清楚地看到这些比他的手掌更大的爪印，它们深深地被摁进岩石中，仿佛那只是一滩烂泥。佩林又拍了拍快步的脖子，怪不得这匹马会如此害怕。

"回营地去，找到丹尼，让他通知所有的人，这里大约在一个小时前出现了暗之猎犬。收起你的剑，相信我，你没办法用剑杀死暗之猎犬。"

"暗之猎犬?"亚蓝高喊一声，又向周围的阴影中扫视了一圈，现在他的气息中出现了一种担忧与焦虑。大多数人如果听到暗之猎犬这个名字，大概都会讥笑竟然有人拿这种吓唬小孩子的玩意当真，但匠民一直生活在旷野中，熟悉荒野中潜伏着什么。亚蓝带着明显不情愿的神情收回长剑，但他的右手仍然举着，仿佛时刻要握住剑柄的样子。"您怎么杀死暗之猎犬？它们能够被杀死吗?"他毕竟对这种暗影生物了解有限。

"不必与它们正面为敌是一件值得庆幸的事，亚蓝，现在赶快照我说的去做吧。每个人都应该保持高度警戒，以防它们回来。我想，这种可能性不大，但还是以防万一比较好。"佩林曾经与一群暗之猎犬发生过正面冲突，还杀死过其中一头。他的三枝阔头箭都射中了那头怪物，应该是能杀死它了，不过暗影生物都是很难被杀掉的。沐瑞为了对付那群暗之猎犬，不得不释放了烈火。"一定要让两仪师和智者们知道这件事，还有殉道使。"他们都不太可能会操纵烈火。那些女人即使知道那个禁忌的编织，也不会承认，那些男人可能也是一样，不过他们至少能用至上力干些别的。

亚蓝不愿意单独丢下佩林一个人，直到佩林吼叫着逼他离开，他才转身向营地跑去，一路上留下了不高兴和受到伤害的气息。他应该明白，这种时候两个人根本不会比一个人更安全。等到亚蓝跑出视线之后，佩林立刻勒过马，向南走去，那是暗之猎犬前进的方向。此时他不想让任何人陪在身边，即使是亚蓝。就算是有人知道他超常的视力，他也不打算在别人面前炫耀，更不要说他的嗅觉了。他不想在别人的眼里变成一只怪物，实际上，用异样眼光打量他的人已经够多的了。

这些暗影生物可能只是偶尔从他的营地旁路过，但这两年的种种际遇已经让佩林对任何巧合都会感到由衷的不安。那些经常都不是别人所想象的巧合。

如果这一次仍然是时轴对因缘的牵引，那他也无能为力。这些出人意料的变量能帮助你，也往往会给你带来更多的麻烦，本来对你有利的局面可能在眨眼间就变得截然相反。而且，时轴永远都是因缘中突出的一点，一些弃光魔使可能会借此找到佩林，有人这样告诉过他。也许某些暗影生物同样具备这种能力。

佩林相信，自己跟踪的足迹应该是将近一个小时之前留下的，但他还是感到肩头发紧，头皮一阵阵刺麻。即使在他的眼里，树冠间的天空也还是暗灰色的，太阳还没有从地平线露头。日出之前绝不是遇到这些野猎犬的好时候，这时，黑暗正在转为光明，而光明仍旧无法占据这个世界。不过这里至少没有岔路，没有墓地，只是距离这里最近的火炉也还在布里坦，况且那些早就被废弃的小屋可能根本提供不了什么保护。佩林只能仔细回忆了一番附近溪流的位置，营地里的人要从那里凿冰取水，那条小溪只有十来步宽，水面刚到膝盖，但这股流水应该能挡住暗之猎犬，但如果真的正面遭遇它们会有什么样的后果，佩林是很清楚的。他的鼻子吸入冷风，寻找着它们遗留下来的气味，如果遭到这些怪物的突袭，那结果只可能更加恐怖。

快步的嗅觉几乎像佩林一样灵敏，有时还要比佩林更早闻到那股气味，但每次当它想要退却的时候，佩林都会逼迫它继续前进。雪地上散布着许多足迹，其中有大多数巡逻兵的马蹄印，偶尔还能看到兔子和狐狸的脚印。暗之猎犬的爪印则只能在暴露于雪地之上的岩石上看到，燃烧硫黄的气味也都是在这些爪印周围最强，引导佩林一直找到下一块被它们踏过的石头。这些巨大的爪印相互交叠，让佩林无法数清到底有几头暗之猎犬。但它们经过的每一块石头，无论宽度是一步还是六步，上面都覆满了密密麻麻的爪印。在伊利安城外那次，佩林只看到了十头暗之猎犬，而这一次它们的数量绝不止这些。是不是正因为如此，这一区域的狼才全部消失了？佩林相信，他在梦中感觉到的那种赴死的意志是真实的，他在那个梦里正是一头狼。

当暗之猎犬的足迹开始转向西的时候，佩林心中的怀疑得到了证实，这群怪物在环绕营地奔跑。它们又跑过了营地北边，那里有几棵大树斜靠在旁边的树上，它们的树干全都被整齐地切断了，暗之猎犬的足迹出现在这里一块如同抛光大理石一样平滑的岩石表面上，同时这块岩石上还有一道如同被铅丝勒出来的细缝。没有任何东西能挡住殉道使打开的通道，而且这里曾经两次有通道打开。一棵倾倒的粗大松树曾经挡住过其中一个通道，结果它有四步长的一段树干被烧光了，残余树桩的截面平整得仿佛被圆锯锯过。这些至上力的痕迹并没有引起暗之猎犬的兴趣，它们并没有在这里做任何停留，甚至没有减慢速度。暗之猎犬跑得比马更快、更久，这一路上，它们留下的气味基本都是均匀分布的。在两点钟方向，佩林发现气味出现了分叉，但这只是因为从北方而来的暗之猎犬在绕过营地一周以后，继续向南前进，去猎取它们的目标了。

很明显，它们的目标不是佩林。也许这群暗之猎犬环绕营地一圈是因为它们感觉到了他，感觉到有时轴的存在，但佩林相信，如果自己是它们的目标，它们会毫不犹豫地冲进营地。上一次他遭遇的那群暗之猎犬在试图杀死他之前曾经冲进伊利安城。暗之猎犬是否会像老鼠和乌鸦那样向它们的黑暗主人报告所看到的一切？这个想法让佩林咬紧了牙齿。任何神智健全的人都会畏惧暗影的注意，而佩林现在更是不希望任何可能影响他救出菲儿的外来干扰。他现在唯一担心的就是菲儿，无论是什么挡在他和菲儿之间，不管是暗之猎犬、弃光魔使还是其他什么东西，他都会想办法绕过去，否则他将绝不惜与之一战。一个男人的恐惧是有限的，现在他的全部恐惧都在菲儿那里。除此之外，他不再害怕任何东西。

当他接近最初发现爪印的地方时，冷风中清楚地出现了人和马的气味。他拉紧快步的缰绳，减缓前进的步伐，然后停在原地。前方百步之外大约有五六十匹马。太阳终于露出地平线，耀眼的晨辉如同一支支光剑，刺入树冠中的缝隙，在雪地的反射下，稍微驱散了一些周围的昏暗，但在太阳这些细瘦的手指之间，大片空间里依然只有黑沉沉的影子。佩林也被包裹在这一重重阴影之中。那一队人马距离他首先发现的那块带爪印的岩石并不远，他能够看见亚蓝浅绿色的斗篷和带红色条纹的外衣，那一身匠民装束与他背上的长剑极不协调。大多数骑士都带着罐形的红沿头盔，在红色胸甲外面披着深褐色斗篷，骑枪上长长的红丝穗随轻风飘摆。这些士兵同时警戒着每一个方向。梅茵之主经常会在早晨骑马出营，身边带着一支具有相当规模的翼卫队。

佩林下意识地想要策马溜走，不与贝丽兰碰面，但他又看到马队中还有三名徒步的高大妇人，长长的深褐色披巾包住了她们的头颅，垂在她们身侧。这让佩林犹豫了。艾伊尔智者在必要的情况下会骑马，但她们不喜欢这样做，在雪地中穿着厚重的羊毛裙，跋涉一两里路程是不会把她们逼到马背上去的。佩林相信，森妮德和玛苏芮一定也在那支队伍里。那些艾伊尔女人似乎很喜欢贝丽兰，至于原因，佩林完全不知道。

不管那支队伍里有什么人，佩林还是决定绕道而行，但刚才的一丝犹豫让他失去了逃走的机会。一名智者(看她的火色头发和蓝眼睛里挑战般的犀利光芒，佩林觉得那应该是凯丽勒)抬手朝他指了指，整支队伍都向他望了过来。骑士们催赶坐骑转向他这里，尖端为一尺钢锋的长枪纷纷遥指向他。他们本来不可能看清藏身于黑影中的佩林到底是谁，但艾伊尔智者显然认出他来了，这让佩林吃了一惊。不过，艾伊尔人的眼睛都很尖。

玛苏芮果然在队伍中，这名身材苗条的两仪师披着一袭青铜色斗篷，骑在她的斑点母马背上。佩林还看到了安诺拉，她的褐色母马隐在队伍后面，但佩林看到了从她兜帽里垂下来的十几根细长的黑辫子。贝丽兰在队伍的最前面，骑着一匹曲线玲珑的枣红骟马。这名高挑、美艳的年轻女子留着长长的黑发，身披黑色裘皮衬里的红斗篷，但一个简单的缺点让她在佩林眼中显得与平常人没有任何区别：她不是菲儿。而且还有一个更糟糕的缺点彻底毁了她的形象，是她告诉佩林菲儿被绑架的消息，还有马希玛与霄辰人的接触。但营地中几乎每一个人都相信，菲儿被俘的那一晚，他在和贝丽兰睡觉，而贝丽兰没有做任何事来澄清这个谣言。当然，他不可能要求贝丽兰当众否认这种事情，但她至少能说些什么，让她的侍女们想办法把谣言扑灭。但贝丽兰只是保持沉默，她的侍女们更是像喜鹊一样逢人就唠叨这件事，甚至添油加醋。在两河，这种事情肯定会让男人名誉扫地。

从那一晚开始，佩林就一直在躲着贝丽兰，现在虽然被发现了，他还是想催马跑开。但贝丽兰从身旁披着金蓝色斗篷的圆胖侍女手中接过一只篮子，朝身后的人说了几句话，就催马向他这里跑了过来。她只有一个人，安诺拉举起一只手，朝着她的后背喊了些什么，贝丽兰却没有回头看上一眼。佩林丝毫不怀疑，无论自己跑到什么地方去，贝丽兰都会紧追不舍。现在逃走，只会让人们觉得他是想和这个女人单独相处。他踢了一下快步的肋骨，不情愿地向那一队人马走过去。如果贝丽兰愿意，那就跟着他回到人群中去吧。但贝丽兰却催赶坐骑，在崎岖而危险的雪地上慢跑起来，甚至让她的枣红骏马径直越过了一块凸起的岩石，她身后的红斗篷也随之飘飞而起。没过多久，她已经在半路上截住了佩林。佩林不得不承认，梅茵之主是一位优秀的骑手，比不上菲儿，但已经远超大多数人了。

“你的眉头皱得很厉害。”贝丽兰轻声笑着，停在快步前面。看她握缰的姿势，即使佩林打算绕过她，也会被她再次挡住。这个女人简直没有一点羞耻感！“笑一笑，这样人们就会以为我们在调情了。”她伸出戴着红手套的纤手，将篮子递到佩林面前，“至少，这个应该能让你笑一笑吧。我听说你忘记吃饭了。”她皱了皱鼻子，“看样子，你也忘记洗澡了，你的胡须也应该打理一下了。一个满面倦容、稍微有些凌乱的丈夫救出他的妻子，这很浪漫，但被救出的妻子应该不会喜欢一个又脏又臭的邋遢汉，没有女人会原谅你毁掉她心目中最美好的形象。”

佩林突然感到一阵困惑。他拿过篮子，放到身前的高鞍头上，无意中还揉了揉鼻子。他已经习惯了贝丽兰身上的味道——母狼狩猎的气味，而他就是那个猎物。但今天，贝丽兰身上并没有这种气息，一丝一毫都没有，她闻起来耐心得如同一块山岩，带着些许愉悦，还有一股畏惧的潜流。这个女人当然从没有畏惧过他，她抱持的耐心又是针对什么？她又是在因为什么而愉悦？就算是散发着羔羊气味的山猫，也不会让佩林如此困惑。

无论怎样困惑，从篮盖下面飘散出来的香味已经让佩林的肚子咕噜噜地响了起来。不会有错，是烤林鸡和面包的香气，面包肯定刚烤出来，还是温热的，现在面粉差不多已经吃光了，面包几乎像肉一样稀罕。他的确已经几天没吃饭了，有时候他的确是忘记了，就算他想起来，吃饭对他来说也是个麻烦。如果想要吃些东西，他就必须经受莉妮和布琳的冷言冷语，或者看与他从小一起长大的朋友们的冷脸。现在，鼻子下面的食物让他满嘴口水。吃贝丽兰的食物算是不忠吗？

"感谢你的面包和烤鸡，"他含混地说道，"但我最不希望见到的事情就是有人认为我们在调情。有条件的时候，我会洗澡的，但这不关你的事。这不是适合洗澡的天气，而且，这里没有人的气味比我好闻。"他突然意识到，贝丽兰的气味是不一样的，她身上只有鲜花香水的芬芳，没有一点汗味和尘垢。注意到贝丽兰用了香水，身上一尘不染，这让佩林很是气恼，他觉得这也是对菲儿的背叛。

贝丽兰的眼睛惊讶地睁大了一下——为什么？然后，她保持着微笑叹了口气，一丝恼怒出现在她的气息里。"把你的帐篷架起来。我知道你的马车上有一个不错的黄铜浴盆，你不会把那个丢掉的。贵族在人们眼中应该有贵族的样子，佩林，这其中就包括庄重的仪表，就算这样做需要让你格外耗费力气。这是你和平民之间契约的一部分。你必须把他们需要的和想要的给他们，否则你就会失去他们的尊敬，他们还会因为无法得到应得的东西而怨恨你。坦白地说，我们都无法承受这种事情发生的后果，我们全都远离家园，深陷敌围。我非常相信，你，金眼佩林大人，是我们活着回家的唯一机会，没有了你，我们立刻会土崩瓦解。现在，笑一笑，如果我们是在调情，那我们当然不会谈别的事。"

佩林露出牙齿。梅茵人和智者正在看他们，但在五十步以外的阴影中，他们应该会把他的表情当作是微笑。失去尊敬？如果两河人曾经尊敬过他，那现在他们的敬意也被贝丽兰一手毁掉了，更不要说菲儿的仆人们了。更糟糕的是，菲儿也曾经不止一次教训过他，贵族有责任向人们提供他们所需的东西。听到相同的话竟然从这个女人的口中说出来，这只能让佩林更加愤怒。"那我们要谈什么？你竟然不敢让你的部下知道？”

贝丽兰的脸上依旧保持着波澜不惊的微笑，她气息中那股畏惧的暗流却增强了，她没有丝毫慌乱，但她的确相信自己正处于危险之中。握在枣红马缰上的小手紧握成拳，“我命令我的捕贼人在马希玛的营地中探听消息、结交‘朋友’，他们不像眼线那样好，但他们用一些应该是从我这里偷走的酒，打听到了一点东西。”有那么一眨眼的工夫，她侧过头，带着探询的神情端详佩林。光明啊！她知道菲儿派赛兰蒂那帮白痴去当间谍的事！正是贝丽兰第一个把这件事告诉他的，很可能是她的捕贼人根达和森特斯在马希玛的营地中见到了海威尔和尼利恩。巴尔沃已经去向麦道尔传达命令，让她接近贝丽兰和安诺拉了，他应该事先警告巴尔沃的。这实在是太乱了。

看到佩林一言不发，贝丽兰继续说道：“除了面包和鸡以外，我在篮子里还放了别的。一份……文件，是森特斯昨天找到的，就锁在马希玛营地的书桌里。那个傻瓜一看到锁，就想知道锁后面藏了什么。就算他想知道马希玛锁住的是什么，他用脑子记下来就好了，但现在这件事已经无法挽回了。我费了很大力气才藏住它，所以你读它的时候别让其他人看见！”她一边严厉地说着，一边揭开篮盖，露出一个散发出浓烈的烤鸡和热面包香气的布包。“我见过马希玛的人跟踪你，他们现在可能就在附近！”

“我不是傻瓜。”佩林低吼了一声。他知道马希玛的那些探子，他们大多是城里人，就算是那些来自乡村的，也往往及不上两河十岁的小孩。但佩林不能保证周围的树影中肯定没有这样的探子。他刚才的确没有想到他们，因为他们总是和他保持着相当远的距离。他的眼睛让他们相信，他是某种半驯化的暗影生物，所以佩林很少能闻到他们的气味。而且今天早晨，佩林的心里装满了其他事情。

佩林挑开盖篮子的布，露出里面的烤鸡，它差不多和一只肥硕的家鸡一样大，表皮呈现出美味的红褐色。他扯下一只鸡腿，同时在布包下面摸索着，拿出一张厚实的、折成两叠的奶油色信纸。佩林用戴着骑马手套的手直接在鸡身上摊开那张纸，完全不在乎它被鸡油玷污。他一边啃鸡腿，一边开始读那份文件，在远处的人看来，他就像是在决定下一次该扯下鸡身上的哪一块肉。文件上有一块厚重的绿色蜡封，半边已经碎裂了，佩林从剩下的半边勉强能辨认出三只手，每只手都是食指和小指伸出，另外三根指头蜷起。纸上的文字平滑圆润，形态有些奇怪，其中几个字母佩林不认识，但稍微努力一下，佩林还是能读懂上面的内容：

以女皇的名义，愿女皇得到永生，携带此文件者得到我的个人保护。给予

他为帝国服务所需要的一切，并只将此事向我报告。

落印者

苏罗丝·赛贝勒·梅戴拉斯

埃森巴亚和巴萨贝之女大君

“女皇。”佩林的声音轻得如同钢铁滑过丝绸，这是马希玛与霄辰人勾结的明证，虽然这并不是他需要的。这应该不是贝丽兰伪造的。苏罗丝·赛贝勒·梅戴拉斯一定是某个重要人物，才能发布这样的文件。“这会让他完蛋。只要森特斯能够作证自己是在他那里找到了这份文件。”为帝国服务？马希玛知道兰德和霄辰之间的战争！彩虹般的色彩再次在他的脑子里旋转，又被扫除干净。那家伙是个叛徒！

贝丽兰笑了起来，仿佛他刚刚说了些诙谐的事情，但她的微笑已经显露出明显的勉强。“森特斯告诉我，在设立营地的混乱时刻，没有人看到他的行动，所以我允许他和根达带着我的最后一小桶汤奈汉葡萄酒回去了。他们应该在天黑之后的一个小时内回来，但我没有见到他们。我想，他们可能是睡过头了，但他们从没有过……”

贝丽兰突然惊呼了一声，一双眼紧盯着佩林。佩林察觉到自己咬断了鸡腿骨，光明啊，他不知不觉间已经啃光了鸡腿上的肉。“我比我想象的更饿。”他嘟囔着，把那块骨头吐到戴着骑马手套的手掌上，扔到一旁，“我们应该推断，马希玛已经知道你得到了这张纸。我希望你随时在身边保留大批守卫，不仅仅是在你骑马出行的时候。”

“昨晚加仑恩让五十个人睡在我的帐篷周围。”贝丽兰仍然在盯着他。佩林叹了口气。难道她以前从未见过有人把骨头咬断？

“安诺拉是如何对你说的？”

“她想让我把文件给她，由她来毁掉，这样，如果有人问我，我可以否认自己拥有它，而且也不知道它在哪里，她则可以为我作证。不过我怀疑马希玛并不相信两仪师不能说谎。”

“我也同样怀疑。”安诺拉一定也明白这一点。两仪师可能是刚愎自用的，甚至偶尔会做出蠢事，但她们绝不是愚蠢的。“她说的是她‘会’销毁它？还是如果你把这张纸给她，她就可以销毁它？”

贝丽兰若有所思地皱起眉，过了一会儿才继续说道：“是她‘会’销毁它。”枣红马不耐烦地蹦了几下，不过贝丽兰毫不在意地便控制住了它。又停了一下，她说：“我想不出她要这个做什么，马希玛不可能因为……这种事而屈服。”她说的是勒索，佩林同意她的看法，他尤其不可能接受两仪师的勒索。

佩林扯掉另一只鸡腿，同时借机叠起那张纸，把它收进袖子里。他的骑马手套会挡住它，让它不致掉落。这仍然是一份有用的证据，尽管佩林还不知道它能有什么用处。这个疯子怎么可能既疯狂地崇拜转生真龙，又在暗中背叛他？这份文件会不会是他的战利品？那谁会是文件的主人？某个被马希玛俘虏的奸细？但如果这文件对马希玛没意义，他为什么又会将它锁起来？马希玛面会过霄辰人，他打算如何使用这份文件？而这份文件到底又有多大力量？佩林重重地叹了口气，他有太多问题，却没有一个答案。回答这些问题需要一个聪明的头脑，也许巴尔沃能对此有些概念。刚刚吃进去的肉让他的胃翻腾着，想要把他手中的另一只鸡腿和整只鸡都吞进去，但他还是用力盖上了篮子，并阻止自己大口去啃鸡腿。至少有一件事，是他能自己查证的。“安诺拉还说了什么关于马希玛的事情？”

“她只是说他很危险，我应该避开他，就好像我还不知道这些似的。她不喜欢他，也不喜欢谈论他。”又犹豫了一下，贝丽兰加了一句：“为什么问这个？”梅茵之主熟悉各种阴谋诡计，习惯听到话里面的话。

佩林咬下一口鸡肉，借助咀嚼和吞咽给自己争取一点时间。他不熟悉任何阴谋，但他也对此有了不少经验，知道说太多会导致危险，但说太少一样会有危险，不管巴尔沃会怎样想。“安诺拉曾经秘密与马希玛会面，玛苏芮也是。”

贝丽兰僵硬的微笑仍然停在脸上，气息中却已经出现了警觉的意味，她在马鞍上转过身子，仿佛是要看一眼那两名两仪师，但只是稍微动了一下，就停住了。她用舌尖舔舔嘴唇：“两仪师总有她们自己的理由。”然后，她就闭上了嘴。她警觉的是自己的咨政与马希玛会面，还是警觉佩林知道了这件事？或者……佩林痛恨所有这些复杂的怀疑，他和贝丽兰最大的分歧就是哪件事情才是真正重要的。光明啊，他已经把第二只鸡腿啃得精光了！希望贝丽兰没有注意到。佩林匆忙地将骨头扔开，他的肚子叫得更厉害了。

贝丽兰的人一直和他们保持着距离，只有亚蓝向他们靠近了一点，俯过身子，透过树影望向他们。艾伊尔智者们站在一旁，自顾自地交谈着，似乎完全没察觉到没过脚踝的积雪和吹起她们披巾的冷风。她们不时会朝佩林和贝丽兰这边望上一眼。智者们如果打算把鼻子探进某件事情里来，绝对不会在乎任何人的隐私权，在这方面，她们和两仪师没有区别。玛苏芮和安诺拉也在观察他们，只不过她们在表面上一直刻意保持着彼此之间的距离。佩林愿意打赌，如果没有智者在身边，这两名两仪师会立刻使用至上力进行窃听。当然，智者们也许同样懂得如何用至上力窃听，而且她们也允许玛苏芮去见马希玛。如果两仪师发现智者们正在用至上力窃听，她们会不会为此而咬碎牙齿？安诺拉似乎像玛苏芮一样小心翼翼地对待智者。光明啊，佩林根本没时间去对付这群像石南丛一样棘手的女人，但他必须适应她们。

“我们已经让别人有了足够的话题。”佩林说。他的确不想再给别人更多可以摇唇鼓舌的东西了。他将篮子提手挂在鞍头上，踢了一脚快步的肋骨。只是吃掉一只鸡不能算不忠。

贝丽兰没有立刻跟上来，但还没等佩林跑到亚蓝面前，她已经追到他身边，并放慢了枣红马的速度。“我会查清楚安诺拉的目的。”她目视前方，坚定地说道。她的目光十分严厉。佩林觉得自己应该同情一下安诺拉，但他自己也很想不择手段地把答案从那名两仪师的喉咙里挖出来。当然，两仪师很少需要同情，她们更不会在不愿意的时候给出答案。眨眼间，贝丽兰的脸上又恢复了快乐的微笑，但决绝的气息仍然不断从她的身上散发出来，几乎彻底压倒了她的畏惧。“年轻的亚蓝已经把创心者带着野猎犬在这片林子里打猎的事情告诉我们了，佩林大人，你认为真的会是这样吗？我还记得保姆给我讲的那些故事呢。”她的声音轻松、诙谐，富有魅力。亚蓝的脸颊变成了红色，他旁边的一些人都笑了起来。

当佩林给他们指出石块上的爪印时，笑声戛然而止。

第 7 章

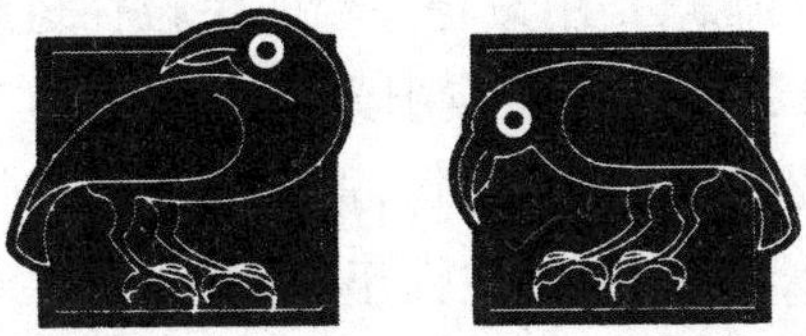

铁拼锁

笑声消失时，亚蓝的脸上露出得意的笑容，身上那股害怕的气息也消失了。大家当然会认为他早就亲眼见过这些爪印，并且知道这里发生的一切，但没有人注意到他的笑容，以及那些石爪印以外的任何事，甚至连佩林告诉他们暗之猎犬已经离去多时，他们似乎也没有认真去听。当然，佩林不能向他们说明自己是怎样知道这些的，不过他们也并不在意这件事。一道朝阳的光芒直接射在这块灰色的岩石上，让爪印清晰地显露在众人面前。快步已经习惯了那种正逐渐减弱的硫黄燃烧气味，只是打了个响鼻，抖了抖耳朵，其他马匹都拼命地想要躲开那块表面倾斜的石头。除了佩林之外的人都闻不到那股气味，他们看着胯下惶恐不安的坐骑，纷纷皱紧眉头，同时又不停地瞥着那块石头上奇怪的印痕，仿佛那是马戏团中一件奇异的展示品。

贝丽兰的胖侍女在看到爪印时立刻尖叫起来，并随着她那匹胡乱蹦跳的圆肚子母马来回摇晃，似乎随时都有可能从马背上跌下去。贝丽兰只是简单地吩咐安诺拉照看好那名侍女，就专心地盯住那些爪印，脸上没有任何表情，就好像她自己也是一名两仪师，但她的双手紧握着缰绳，直到红色的皮手套在指节处紧绷得仿佛要撕裂一样。翼卫队的将军贝坦·加仑恩戴着镶有翅膀、顶上插着三根猩红细羽的红色头盔，他亲自担任今天早晨贝丽兰卫队的队长。现在，他催逼自己的黑色高骟马靠近岩石，然后跳到齐膝深的雪中，摘下头盔，紧皱眉头，用他的独眼仔细观察那块石头。他的空眼窝上则盖着一块血红色的皮罩，固定皮罩的皮带勒在他齐肩的灰发上，严肃的表情说明他见到了麻烦。他总是会首先预见到最糟糕的可能性。佩林认为这对于一名战士而言，应该强过只能看见问题最好的一面。

玛苏芮也下了马，但她只是用戴着手套的手拉住斑纹马的缰绳，站在原地，带着不确定的目光望向那三名皮肤被阳光晒成褐色的艾伊尔女人。几名梅茵士兵看到这幅情景，不安地嘟囔了几句，但他们现在应该能习惯这种事情了。安诺拉将自己的面孔深藏在灰色的兜帽里，仿佛不想去看那块石头一样。她的手狠狠地摇了一下贝丽兰的侍女，胖侍女只是睁大眼睛，困惑地看着她。玛苏芮仍然站在坐骑旁边，脸上满是耐心等待的表情，只是她的手在不停地抚弄黄褐色的丝绸骑马裙，而且她似乎并没有察觉自己正在做什么。智者们静静地交换着目光，像两仪师一样面无表情。有一双绿眼睛、身材瘦削的凯丽勒站在奈瓦琳身旁；奈瓦琳的另一边是眼睛略显蓝色、黑头发的玛琳妮——黑头发在艾伊尔人中是非常罕见的，她甚至没有用披巾完全把头盖住。她们三个都很高，甚至不亚于一些男人。只看五官和皮肤，她们顶多只比佩林大几岁，但那种镇定自若的表情只应该出现在经历过岁月沧桑的人脸上。虽然她们都戴着黄金象牙的长项链和厚重手镯，但她们灰暗的厚裙子和几乎完全遮住白色外衫的披巾，都只有乡下农妇才肯穿。当然，她们和两仪师之间是谁在掌控局面，这是不言自明的事情。实际上，有时候佩林都不知道自己和她们之间到底是谁在率领这支队伍。

终于，奈瓦琳点了点头，并露出一副赞许和温暖的微笑。佩林从没看见她微笑过，奈瓦琳并不是整天摆出一副怒气冲冲的表情，但她的确总像是在寻找别人的错误。

玛苏芮立刻把缰绳交给一名士兵。佩林没有看到她的护法，这应该和智者有关，罗瓦尔通常总是像粘在玛苏芮身上的蒺藜果一样不离她左右。玛苏芮提起骑马裙的裙摆，走进岩石旁边深深的积雪里，在爪印上方伸开手掌。佩林没看到任何事情发生，不过他相信，这名两仪师一定是在导引。智者们都在专注地看着玛苏芮，因为她们能看清她的编织。安诺拉则显得缺乏兴致。这名灰宗两仪师的细辫子微微摇摆着，表明她隐在深兜帽中的头正在摇动。她催动马匹离开了那名侍女，也避开智者们的视线，这也让她离贝丽兰更远了，而这本是她应该向梅茵之主提供谏言的时候，只能认为她的确是在竭力躲避艾伊尔智者。

“故事里的怪物真的存在。”加仑恩喃喃地说着，牵着坐骑，从岩石旁退开，同时冷眼瞥着玛苏芮。他尊敬两仪师，但男人们都不喜欢靠近正在导引的两仪师。“不过，自从离开梅茵之后，我已经见过太多东西，不该为此感到惊讶了。”玛苏芮只是专心地盯着那些爪印，仿佛根本没注意到梅茵将军的存在。

枪骑兵的队伍里出现了一阵骚动，仿佛直到他们的指挥官进行确认之后，他们才真正相信眼前的事实。他们之中有人散发出了不安和恐惧，仿佛暗之猎犬随时都有可能从阴影中跳出来，扑向他们。因为周围的人太多，佩林很难分辨每一名骑士的气息，不过那种强烈的恐怖气氛肯定不只是从少数几个人身上散发出来的。

加仑恩似乎也感觉到佩林所嗅到的气息。这位将军有自己的缺陷，但他统领士兵有着丰富的经验。他将头盔挂在剑柄上，嘴角露出笑容，红色眼罩给他的脸上增添了一份无法改变的严酷，这是个能在死亡面前看到乐趣的硬汉，而且他也会要求别人和他一样刚硬。“如果黑狗敢来捣乱，我们就把盐撒到它们的耳朵上。”他以充满热情的声音吼道：“传说中的战士们也是这么做的，不是吗？把盐撒到它们的耳朵上，它们就完蛋了。”几名枪骑兵笑了起来，但恐惧的气息并没有消退多少。壁炉前的传说是一回事，活生生出现在黑夜里的怪物就是另一回事了。

加仑恩牵着他的黑马来到贝丽兰身边，伸出戴着骑马手套的手，按在枣红马的脖子上，若有所思地看了佩林一眼。佩林则不带表情地回视他，拒绝接受他的暗示。无论加仑恩要说什么，都不必瞒着他和亚蓝。加仑恩叹了口气，轻声说：“他们没有失去勇气，殿下，但事实是，我们的处境相当危险，这里到处都是敌人，我们的供给又即将告罄。暗影生物的出现只能让情况变得更糟。我的责任是保护你和梅茵，殿下。虽然我很尊敬佩林大人，但我还是建议你改变计划。”愤怒在佩林的心中翻腾。这个家伙要放弃菲儿！但贝丽兰已经抢在他前面开口了。

“计划没有任何改变，加仑恩将军。”有时候，领袖很容易忘记自己是一名领袖。梅茵只是个小国，但贝丽兰庄严的声音丝毫不亚于任何安多女王，她的腰身挺拔，坐在马鞍上，就如同坐在王位之中，嘹亮而坚定不移的声音能清楚地传到周围每一个人的耳朵里：“如果我们已经被敌人环伺，那么前进就并不比后退或侧转更危险。但即使后退有十倍的安全，我仍然会阔步前行，我要救出菲儿女士，即使我们要为此与千万暗之猎犬和兽魔人作战。这是我立下的誓言！”

一阵欢呼回应了她的话语，翼卫队的士兵们高喊着将长枪刺入青空，让红色丝穗随风飘摆。恐惧的气息犹在，但他们宁可孤身杀入兽魔人群中，也不愿被贝丽兰看轻。他们的指挥官是加仑恩，但他们更加热爱他们的领袖，虽然这位领袖总是会传出各种绯闻，不过，也许这些绯闻正是她能得到他们热爱的原因之一。贝丽兰一直在利用她无俦的美艳在男人之中制造各种矛盾与平衡，以阻止提尔吞并梅茵，而她的这番话更是让佩林惊讶不已。她的声音中包含着绝不亚于他的决心！她的气味则更加强烈地表达着这种决心！加仑恩俯下生满灰丝的脑袋，不情愿地接受了君主的决断。贝丽兰满意地微微点了一下头，然后便将注意力转移到两仪师和岩石上面了。玛苏芮已经停下双手的动作，只是端详着那些爪印，用一根手指若有所思地敲击着嘴唇。她的容貌姣好，但算不上漂亮，也许是两仪师光洁无瑕的面容和优雅从容的仪态为她加了不少分。一位两仪师到底是来自偏僻贫困的农场，还是生于王室宫廷，对于普通人来说往往是很难判断的。佩林曾经见过玛苏芮面红耳赤、愤怒不已，甚至是精神崩溃、无法自控的样子，而现在，尽管经历过艰苦的旅行，又在艾伊尔营帐中劳作不休，她的黑发和衣服却丝毫不乱，仿佛有一名侍女在照顾她的起居。她的样子就如同站在一座图书馆里。

“有什么发现，玛苏芮？”贝丽兰问，“玛苏芮，能说一下吗，玛苏芮？”

梅茵之主的最后一句话已经有些严厉了，玛苏芮愣了一下，仿佛刚刚发觉自己并非只是一个人，还因此而吃了一惊。在许多方面，她更像是绿宗两仪师，而不是褐宗。比起伏案沉思，她更注重行动，说话直白，毫不含糊，但她还是有褐宗的通病，经常会一心一意地思考自己感兴趣的问题，忘记身边的一切。她将双手叠在腰间，张了张嘴，却没有出声，而是犹豫地再次望向艾伊尔智者。

“说吧，女孩。”奈瓦琳不耐烦地说着，双手握拳叉在腰间，引得手腕上的镯子一阵响亮。她又皱起眉头——她平日里经常就是这副样子，而另外两名智者都是一副不以为然的神情。三名紧皱眉头的智者站成一排，就像栅栏上的三只白眼睛乌鸦。“我们可不是来满足你的好奇心的。继续吧，告诉我们你看到了什么。”

玛苏芮的脸红了，她立刻就开始说话，并且正视着贝丽兰。她不可能喜欢在公众场合这样被指责，无论人们对她和智者之间的关系有多么了解。“对于暗之猎犬，我们知之甚少，不过我对它们有过一些研究。我曾经查勘过七群暗之猎犬留下的足迹，其中五群我遇到过两次，另外两群是三次。”她脸颊上的红晕开始消退，渐渐地，她的声音表现出演讲的肃穆洪亮。“一些古代撰述者认为只存在七群暗之猎犬，还有人认为是九群，或十三群，或其他具有特殊意义的数量。但在兽魔人战争期间，索瑞兰纳·奥萨汉写下了‘上百群来自暗影的猎犬在黑夜中狩猎’。有数据表明，在更早些时候，伊纹奈尔·巴拉提亚甚至写下了

‘生丁暗影的猎犬，数量无穷无尽，如同人类的无数梦魇’。不过实际上，可能从不曾存在过伊纹奈尔这个人。不管怎样……”她做了个手势，仿佛要抓住某一个词，“每一群暗之猎犬都具有独特的……不能说是气味，也不是痕迹，应该说，每一群暗之猎犬各有不同的感觉。可以确定的是，以前我从没有遇到过这一群，所以，暗之猎犬不可能只有七群。无论正确的群数是九、十三，还是其他某个数字，听过暗之猎犬传说的人要比真正知道它们存在的人多得多。尤其在如此远离妖境的南方，它们更是极为罕见。第二个罕见的事情是：这一群暗之猎犬大概有五十头，通常一群暗之猎犬不会超过十来头。我们不应忘记一句话：万事无巧合，尤其是两件如此罕见的事情同时发生。”她停顿了一下，伸出一根手指以示强调。确认贝丽兰已经接受她的观点之后，她点点头，再次将双手交叠在腰间。一股强风将她的黄褐色斗篷从肩头吹起，但她似乎并没有注意到透骨的寒意。

“暗之猎犬的足迹总会有一种急迫感，因为一些我还无法确定的因素，这种急迫感每次并不相同。这一次是一种强烈而复杂的……我想，可以称为缺乏耐心的焦躁，和我以前的体验相比，这一次的不算很强，没有那种致命的感觉，不过依然很明确。我相信，它们的这次狩猎已经持续了一段时间，它们的猎物一直在躲避它们。不过，不管传说里是怎么讲的，加仑恩将军，盐并不能伤害暗之猎犬。”看样子，玛苏芮并没有完全陷入自己的沉思里，“另一点与传说不同的是，暗之猎犬从不随意狩猎，尽管它们也会杀死偶然出现在它们面前的生物，即使那些生物可能并不曾干扰它们的狩猎。它们的狩猎对暗影来说都是极为重要的，即使有时我们不明白其重要性到底在哪里。有时，它们会绕过手握重权者，却只是杀掉一名农妇或者工匠，或者进入某座城市或村庄，却不曾进行任何杀戮，但它们的行动肯定是有原因的。我已经否认了自己对于这群暗之猎犬的最初设想，因为它们还在迅速移动。”她瞥了佩林一眼，速度之快，让佩林无法确认别人是否注意到了她的这个动作。“我不认为它们会回来，哦，是了，它们在一个小时或者更早些时候就离开了。恐怕这些就是我能提供的全部讯息了。”三名智者在她的发言结束时点头表示同意。一抹红晕又飘上了她的脸颊，不过很快就被她用两仪师沉静的面具遮住了。一阵微风将她的气息带给佩林，那是惊讶和喜悦的意味，还有因为内心的喜悦而感到的烦乱。

“谢谢你，两仪师玛苏芮，”贝丽兰庄重地说着，并在马鞍上向她略一点头。玛苏芮也点头还礼。“你为我们解答了很多疑惑。”

确实，士兵中的恐惧气氛在减弱，但佩林听到加仑恩在低声嘟囔：“她应该先把最后这几句话告诉我们。”

在马蹄蹬踏和人们轻松低沉的笑声中，佩林又听到了另外一种声音，一只蓝山雀的叫声从南边传来。在这里，大概只有他能听到这个声音。紧随其后的是一阵花脸麻雀的叫声，又是一只蓝山雀在叫，不过距离他们更近，然后还是花脸麻雀。这一组声音再次响起的时候，距离他们已经不远了。阿特拉也许有蓝山雀和花脸麻雀，但佩林知道，现在发出叫声的这些鸟都背着两河长弓。蓝山雀表示有人正在靠近，人数不少，而且可能带有敌意。花脸麻雀在家乡又被叫做贼鸟，因为它们总喜欢叼走闪闪发光的东西，所以现在这叫声的意思……佩林用拇指抚过腰间的斧刃，但他还是一直等到下一次鸟叫声响起，这时其他人应该也能听到了。

“听到了吗？”佩林向南望去，就如同他也是刚刚听到一样，“我的哨兵发现了马希玛。”人们都侧头倾听，当同样的叫声进一步逼近的时候，有几个人点了点头。“他是从那边过来的。”

加仑恩骂了一句，将头盔扣在头顶，抬腿上了马。安诺拉拢住缰绳，玛苏芮蹒跚着向她的斑纹马走了过去。骑士们在马背上挺直身躯，散发出愤怒的气息，其中也夹杂着一点恐惧，在翼卫队看来，马希玛欠了他们的血债。但他们现在只有五十人。而马希玛出行时，背后动辄就要带上几百人的卫队。

“我不会逃跑，”贝丽兰朗声说道，她直视南方，脸上带着冷峻的怒容，“我们在这里等他。”

加仑恩张了张嘴，却没有说话，然后他深吸一口气，开始呼喝命令，组织骑士们排成阵形。这里不是骑兵的理想战场，虽然树木不算密集，但枪骑兵在这里根本无法进行冲锋，步兵可以借助树木的掩护躲避骑枪戳刺，轻松地绕到骑兵背后。加仑恩尽量让卫兵在贝丽兰前方列队，挡住可能遭受攻击的方向。但贝丽兰严肃地瞪了他一眼，这位独眼将军不得不改变命令，让骑士们排成单列弧形，绕过树丛，将贝丽兰环卫于圆心处，同时他还派一名骑士快速返回营地。那名骑士在马背上压低身子，长枪向前端压平，如同冲锋一样以最快的速度在积雪的崎岖地面上奔驰而去。贝丽兰看着他，挑起一侧眉弓，不过并没有说什么。

安诺拉催赶她的褐色母马向贝丽兰走过去，但玛苏芮叫住了她，她的褐宗姐妹已经牵住了斑纹马的缰绳，但依旧站在智者身边的雪地里。和高大的艾伊尔智者比起来，玛苏芮就好像一个尚未发育的女孩。安诺拉犹豫着，直到玛苏芮再一次以更加严厉的语气叫她的名字。佩林觉得自己听到安诺拉发出一声沉重的叹息，然后走到玛苏芮和智者身边，下了马。那些艾伊尔女人围绕在安诺拉面前，向她俯下头，以佩林认为非常轻柔的声音向她说话。即便如此，那名塔拉朋两仪师显然不喜欢面前的状况，她的面孔仍然藏在兜帽里，但佩林能看到她的细辫子随着她摇头的动作而快速晃动着，最后，她猛转过身，一只脚踏进马镫里。玛苏芮一直静静地站着，没有加入智者的交谈，但现在，她伸手拉住安诺拉的袖子，低声说了些什么，安诺拉的肩头随之低垂下来。智者们也点了点头。随后，安诺拉将兜帽掀到背后，等待玛苏芮先上了马，然后才跨上马背。两名两仪师并辔走进骑士的阵形里，站在贝丽兰身边，不过智者们站在她们和梅茵之主中间。贝丽兰的另一边是佩林。安诺拉大嘴的嘴角下垂，脸色显得相当沉闷，而且她还一直在紧张地揉搓着自己的拇指。

"有什么计划?"佩林问道，他竭力不让自己表现出已经知道某些事情的样子。也许智者们让玛苏芮去见马希玛，但她们依旧宣称应该处死这个疯子。两仪师只有在身处险境的时候才能将至上力当作武器使用，但智者没有这样的限制。佩林很想知道她们是否已经连结在一起。关于至上力，佩林所知道的比他想要的多得多，而且他也很清楚，如果她们进行连结，奈瓦琳将是她们的主导者。

安诺拉张开嘴，但凯丽勒警告性的碰触让她只能用力将嘴闭紧，并怒视了玛苏芮一眼。那名褐宗姐妹咬住嘴唇，微微摇着头。这显然不能平息安诺拉的怒意，她戴着手套的手紧握住缰绳，不住地颤抖着。

奈瓦琳看着贝丽兰另一侧的佩林，仿佛在解读佩林的思想。她厉声说道："我们计划确保你安全地返回营地，佩林・艾巴亚，你和贝丽兰・潘恩崔，我们计划让尽可能多的人不在今天和未来的日子里死去。你有什么意见吗?"

"在我没有命令之前，不要做任何事，"佩林说，智者的回答可以有很多种理解，"任何事。"

奈瓦琳厌恶地摇摇头，凯丽勒笑了两声，仿佛佩林刚刚开了个很大的玩笑。智者们根本就不屑反对他，这些智者接受的命令是服从他，但她们关于服从的理解显然和佩林的截然不同。如果他能从她们那里得到一个令人满意的回答，大概猪也能长出翅膀了。

佩林应该制止这种事，他知道自己应该这样做。无论智者们有什么计划，在如此远离营地的地方遭遇马希玛，再加上那个疯子已经知道是谁偷走了他的霄辰文件，这就像是希望在铁锤落下的时候将手掌从铁砧上抽开。在服从命令这件事上，贝丽兰简直就像智者一样糟糕，不过佩林相信，如果他发出撤退至营地的命令，贝丽兰还是会听的，不过这个女人现在身上的气味就好像是她已经将脚跟深深踩进了地里。留在这里根本就是无意义的冒险，佩林相信自己能说服她明白这一点，但佩林也不想在那个疯子面前逃走。他心里有一个声音在骂他是个蠢货，但有一个更大的声音在怒吼着，甚至让他难以控制。此时挥舞刀剑就像是将一块热煤扔进干草堆，与马希玛公开决裂的时机也还没到。佩林将手按在斧柄上。

尽管刺眼的阳光穿透了头顶茂密的枝干，这座森林仍然被包裹在清晨的重重树影中，就算是到了中午，这里仍然只能是昏暗的。佩林首先听到了声音，是马蹄踏在雪地上的沉闷踩压声；马匹奔跑时粗重的喘息声，然后一大片骑兵出现在树林中。这只是一群乌合之众，不顾积雪的泥泞和埋在雪下的砾石，穿过粗大的树干，从北方滚滚而来，差不多有两三百人。一匹马尖声嘶鸣，仆倒在地，将背上的骑手压在身下，但其余的马匹没有丝毫减慢。那群人一直跑到七八十步以外，跑在队伍最前面的人高举起一只手，众人立刻拉紧缰绳，溅起一片片雪沫。他们胯下的每一匹马都吐着白沫，鼻孔中喷出一道道白气。那些人中有不少拿着骑枪，其中大多数人没有穿戴护甲，其余的也只是披着一副胸甲，或者戴着一顶头盔，不过他们的马鞍上都挂着剑、斧头或者钉锤。阳光照亮了一些人的面孔，都是些目光冰冷、表情严峻的家伙，仿佛他们从来都不知道什么是笑。

佩林忽然想到，也许他已经犯了错，也许他刚才应该强行带贝丽兰逃走，是愤怒让他在匆忙中做出了决定。所有人都知道，贝丽兰经常会在早晨骑马出营，而马希玛也许会不顾一切地抢回他的霄辰文件。即使有两仪师和智者，在这片丛林中进行战斗也很可能导致一场血腥的屠杀，人们死在这里的时候可能连谁杀了自己都不知道。如果他们全都被杀死，马希玛完全可以把事情推到强盗，甚至是沙度艾伊尔的头上，这样的事情以前出现过。就算是有目击证人活下来，马希玛也可以吊死几个手下，然后宣布罪人已经得到了惩治。最好的情况，他可能会让佩林·艾巴亚再活一段时间。马希玛应该没想到会在这里遇到智者，还有除了安诺拉以外的另一名两仪师，即使这样，让五十多个人冒生命危险留在这里也是不明智的，更何况现在菲儿的生死完全系于他们。佩林放开斧柄。在他身边，贝丽兰散发出如同山岩般冷静坚定的气息。奇怪的是，她没有了畏惧，一丝一毫都没有。亚蓝的气味则是……兴奋。

两支队伍在寂静中对峙着，终于，马希玛策马向前，他的背后只跟着两名随从。三个人全都掀开了兜帽，他们没有戴头盔，身上也没有任何护甲。像马希玛一样，奈安加和巴图都是夏纳人，他们也都学马希玛剃掉顶髻，只留下光秃秃的头顶，深陷的眼窝看上去如同冰冷的骷髅。转生真龙的降临打碎了一切束缚，包括这些人抵抗妖境暗影的誓言。奈安加和巴图的背上各背着一把剑，鞍头悬着另外一把，三个人中个子最矮的巴图在马鞍上还挂着一张装在匣中的骑射弓和一只箭囊。马希玛的身上看不到武器，转生真龙的先知不需要武器。佩林很高兴看到加仑恩正在监视那些留在马希玛身后的人们，一般人的注意力都只会被马希玛吸引，也许只是他的身份，便足以造成这种效果了。

马希玛让四肢瘦长的栗色坐骑停在距离佩林一两步的地方。这位先知双眉紧锁，面色阴沉，他身材适中，脸颊上有一道白色的箭疤，穿着一件破旧的褐色羊毛外衣，背后的深褐色斗篷边缘已经磨损了许多。马希玛不注重衣着和外表，尤其不注重他自己的。在他背后，奈安加和巴图的眼里都散发出热切的光芒。而马希玛几乎是纯黑色的眼珠深陷在眼眶里，如同熔炉中炽热的煤块，似乎只要吹到他脸上的风再强些，就能让它们喷出烈火，他的气味只有刺鼻的疯狂。看到智者和两仪师，他完全不屑于掩饰自己的轻蔑，在他看来，智者比两仪师更邪恶，她们不仅是导引至上力的罪人，还是烧杀抢掠的艾伊尔人，是犯有双重罪行的人。翼卫队更不过是树丛中的一些影子罢了。“你在野餐吗?”他瞥了佩林鞍头的篮子一眼。通常马希玛的声音会像他的目光一样炽烈灼人，但现在却显得有些阴阳怪气。他的视线移到贝丽兰身上，嘴角随之撇了一下，他当然也听到了那个谣言。

一阵怒意涌过佩林的胸膛，但他紧紧控制住那股情绪，将它压了回去，让它和心中其余的愤怒凝聚在一起，变得更加坚实牢固。他的愤怒只有一个目标，他不会将它浪费在别人身上。快步感受到主人的情绪，向马希玛的骟马露出了牙齿，佩林不得不用力勒住它的缰绳。“昨夜这里出现了暗之猎犬。”佩林知道自己的声音不是很流畅，但他已经不能做得更好了，“它们已经走了，玛苏芮认为它们不会再回来，所以这里没什么好担心的。”

马希玛的身上并没有任何担心的气味，除了疯狂之外，他从不会有别的气味。他的栗色马挑衅般地向快步甩着头，马希玛猛然拉住了它，马希玛的骑术很好，但他对待马就像对待人一样残酷。佩林第一次正视马希玛，他觉得这个疯子的狂热又增添了几分，虽然他无法想象马希玛怎么还可能变得更加疯狂。“到处都有暗影，”马希玛的声音中充满了不容置疑的狂热，“而追随转生真龙的人不会畏惧暗影。愿光明照耀他的名字。即使难免一死，他的追随者仍然会在光明中寻得最终的胜利。”

玛苏芮的母马向后退去，仿佛被火焰烧到一样。玛苏芮轻巧地控制着坐骑，带着两仪师的镇定与马希玛对视，平静得如同冰封的池塘。没有任何迹象表明她曾经和这个人秘密会面过。“对于智慧和决心，恐惧是一种有效的刺激，只要控制得当。如果我们不畏惧我们的敌人，那我们得到的将只有轻视，轻视将导致敌人的胜利。”她的这番话仿佛是说给一个她从未谋面的农夫听的。安诺拉静静地看着他们，神态有些不安，她是否在担心他们的秘密会被公之于众？她们针对马希玛的计划会半途而废？

马希玛的嘴唇再次扭曲，像是在微笑，或者是冷笑，然后他将注意力转回到佩林身上，仿佛两仪师根本就不存在一样。“追随真龙大人的人发现了一个名为索哈勃的小镇。”他总是这样描述他的信徒：他们追随的是转生真龙，而不是他，而关于他们只听命于马希玛这一事实只是微不足道的细节，“那个小地方只有三四千人，在西南方，距离这里有一天路程，或者更短些。看样子，他们并没有遭受艾伊尔人的劫掠。尽管经历过去年的干旱，他们的收成还很不错。他们的库房里装满了大麦、粟子和燕麦，以及其他有价值的物资。我知道你的人和马都已经严重缺乏食物了。”

“为什么他们的库房里直到一年中的这个时候还是满的？”贝丽兰皱起眉头，向前倾过身子，她的询问中带着强迫和怀疑的意味。奈安加皱起眉，伸手按在鞍头的剑上，没有人会质疑真龙先知，更没有人能怀疑他，这样的人都要去死。梅茵枪骑兵们纷纷挺直腰杆，引来一阵鞍韂皮具的摩擦声，但奈安加丝毫没在意。马希玛疯狂的气味刺激着佩林的鼻翼，他在审视贝丽兰，对于奈安加和枪骑兵的动作，以及战斗时刻可能爆发的紧张气氛，他似乎完全没察觉。

“是因为贪婪。”他终于再次开口，“很显然，索哈勃的粮商们认为寒冬会让粮食价格上涨，让他们能够牟取更大的利润。他们通常都会把粮食销往西部，运进海丹和阿玛迪西亚，但在那里和艾博达发生的事情让他们担心自己运过去的货物会遭到没收。他们的贪婪给他们留下了丰实的物资和空空如也的钱包。”他的声音中流露出一丝满足。他蔑视贪婪，实际上，他蔑视一切人类的弱点，无论大小。“我认为他们现在会以非常低廉的价格出售他们的货物。”

佩林嗅到了一个陷阱，这不是他用狼的鼻子嗅到的。马希玛也有大批人马需要喂养，无论他们怎样巨细靡遗地搜掠这片区域，他们的情况也不可能比佩林好多少。为什么马希玛不派遣几千人进入那个城镇，抢走那里的一切物资？一天的路程，这会让他远离菲儿，会给沙度更多逃跑的时间，这就是马希玛为他提供这种便利的原因？还是他想借此继续滞留在西边，以便靠近他的霄辰朋友？

“也许等我救出妻子之后，我会有时间拜访那个小镇。”佩林又一次听到人和马在森林中移动的细微声响，这次是从西边营地的方向来的。加仑恩的信使一定是以最快的速度跑完了全程。

“你的妻子。”马希玛冷冷地说着，又瞥了贝丽兰一眼，他的这个动作几乎要让佩林的血液也沸腾起来。贝丽兰的脸有些红，但她没有显露出任何表情。

“你真的相信今天能得到她的讯息?”

“是的。”佩林的声音像马希玛一样冰冷,而且更加刚硬。他紧抓住挂着贝丽兰的篮子的鞍头,阻止自己握住斧柄。“先解救她和其他人,然后我们可以吃到把肚子撑爆,但绝不是在那以前。”

现在,所有人都能听到有马匹在靠近了,长长的一队枪骑兵正从西方逼近,他们身后还有另一队人马,梅茵人的红色枪穗和胸甲掩映着海丹人的绿色枪穗和银光胸甲。这支队伍覆盖了从佩林到真龙信众队伍的整个侧面。一些步兵幽灵般地从一棵树闪到另一棵树后,他们都拿着两河长弓。佩林却只是希望他们没有让营地过于空虚。霄辰文件的失窃也许会让马希玛不择手段,而这个先知曾经是与妖境和艾伊尔人作战多年的老兵。除了直接飞驰来找贝丽兰之外,他可能还有别的安排。这就像另一副铁拼锁——移动第一块拼锁,让第二块随之移位,刚好为第三块开启脱出的空间。防御薄弱的营地很容易就会被突破。在这样的丛林里,作战双方就算一方拥有导引者,往往也难以抵敌具有压倒性人数的另一方。马希玛是否想在这里杀人灭口?佩林意识到自己又将手掌按在斧柄上,但他并没有进一步的动作。

马希玛的队伍中,马匹都因为主人拉动缰绳而开始紧张地踏着步子,人们叫喊着,挥动着武器,但马希玛只是端详着那些正在逼近的枪骑兵和长弓手,脸上的表情没有变得更加阴沉,也丝毫没有任何松弛。他们在他的眼中就好像是一群正在枝桠间蹦跳的鸟雀,他的气味同样没有变化,只有无尽的疯狂。

“为了光明,一切都在所不惜。”当刚刚出现的队伍在两百步以外停下时,他这样说道。这是两河长弓的有效杀伤距离,马希玛曾经亲眼见证过这种长弓的杀伤力,但他就算已经被阔头箭瞄准了心脏,也不会有丝毫动摇的迹象。“与之相比,一切都是无用的垃圾。记住这一点,金眼佩林大人。与光明相比,一切都是无用的垃圾!”

他猛地调转马头,向他的队伍跑去,奈安加和巴图跟随在他身后。他们三个都拼命地催赶坐骑,丝毫不理会马腿或自己的脖子会有摔断的可能。真龙信众们也纷纷跟上他们的先知,一同向南跑去。还有几个人留在队尾,用匕首干净利落地了断了那匹栽倒受伤的马,然后开始割下它们的内脏和肌肉,这些都是现在不能浪费的食物。至于那名被甩在地上的骑手,他们没有看他一眼。

“他相信他说的每一句话,”安诺拉喘息着说道,“但他的信仰会将他引向何方?”

佩林想直接问这名两仪师,她认为马希玛的信仰会将他引向何方?她又想将他引向何方?但安诺拉突然恢复了那种高深莫测的两仪师的镇静,她顶着被冷风吹红的尖削鼻头，冷然注视着佩林。就算是空手将那块有暗之猎犬爪印的岩石挖出来，也要比从这种表情的两仪师口中挖出一个答案更容易。佩林决定自己只能将问题留给贝丽兰了。

那个率领枪骑兵援军的指挥官突然策马从队伍中跑了出来，格拉德·亚甘达的身材矮小精壮，他披着一副银光胸甲，戴着有护面铁栅的头盔，盔顶插有三根白色的短羽毛。他是一名强悍的战士，经历过各种劣势与险境，才成为雅莲德近卫队的首席将军。他对佩林没什么好感，因为正是这个人将他的女王毫无道理地带往南方，并让她遭到绑架。但佩林相信他至少会停下来，向贝丽兰行礼致意，也许这是因为加仑恩的关系。亚甘达对加仑恩有着很深的敬意，他们经常会一同抽烟谈天。但亚甘达的花毛马径直从佩林一众人的身边跑过，而且他还在不断地猛踢着坐骑的肋骨，要让它跑得更快一点。当佩林看见他的目标时，立刻就明白了。一个人骑在一匹深灰色的马上，正迈着稳健的步伐从东边靠近，在那个人身边，还有一个穿雪鞋的艾伊尔人与他并肩而行。

第8章

色彩的乱流

佩林没有发觉自己也在移动，直到他看见自己低伏在快步的脖子上，紧追在亚甘达身后。积雪没有变薄，地面没有更平坦，光线也没有更亮，但快步以最快的速度疾奔在树影中。它不愿让花毛马跑在自己前面，而佩林更是催逼它加速再加速。对面过来的骑马人是艾莱斯，他的胡子铺散在胸前，一顶宽边帽遮住了他的面孔，毛皮衬里的斗篷挂在他背后。他身边的艾伊尔人是枪姬众之一，黑色的束发巾裹住了她的头脸，一条与雪地同色的白斗篷罩住了她灰褐绿色交杂的外衣和长裤。艾莱斯和一名枪姬众，其他人没有回来，一定是因为菲儿已经被找到了，一定是。

亚甘达催赶着坐骑，毫不在意他和这匹花毛马的脖子是否会跌断，花毛马不止一次跃过凸起的岩石，在雪地里踢起一片片雪沫。但快步在跑到艾莱斯面前时超过了它。而亚甘达已经高声吼道："看到女王了吗，马奇拉？她还活着吗？告诉我！"那个枪姬众名叫伊琳达，在她被太阳晒黑的脸上没有任何表情，她只是向佩林举起了一只手，这也许代表问候，也许是同情，但她仍然继续向前大步滑行。当艾莱斯向佩林报告的时候，她的报告目标则是智者们。

"你们找到她了？"佩林的喉咙突然干得如同塞满了沙子，他已经等待了这么长时间。亚甘达闭上了嘴，但他在护面甲后面的脸已经因为愤怒而扭曲了，他知道佩林问的并不是雅莲德。

“找到了我们一直在跟踪的沙度。”艾莱斯的语气相当谨慎。他的双手按在马鞍头上。即使是艾莱斯，与狼同行的、传奇的长牙，在如此长时间的睡眠不足和长途跋涉之下也显露出了疲态，他的脸上满是疲惫，只有一双金黄色的眼睛在帽檐的影子里熠熠发光。在他浓密的胡子里和一直垂到腰际、用一根皮绳束在脑后的长发中出现了许多灰色的条纹，佩林认识他以来，第一次感觉他显出苍老的样子。“他们聚集在一座被他们占据的大型城镇里，就在距此将近四十里的一处脊原上。他们没有设置盘查外人的岗哨，被派出去的沙度似乎都是为了抓捕逃跑的囚犯，所以我们能靠近那里，仔细观察。但，佩林，他们的人数比我们预想的要多。枪姬众说，那里至少有九个氏族，再算上奉义徒——就是那些穿白袍子的人，那里的人口可能和梅茵或艾博达的人口相当。我不知道那里有多少持矛战士，但据我观察，一万人是肯定有的。”

绝望在佩林心中纠缠、扭结，他的嘴已经干涩得发苦，即使菲儿现在奇迹般地出现在他面前，他大概也说不出一个字了。一万名雅加德斯威，而且艾伊尔人中的织工、匠人和已经放下枪矛的老人在遭到攻击时，同样会立刻成为强有力的战士。他只有不到两千名枪骑兵。即使与同等数量的艾伊尔人作战，他们也不可能取胜。还有不到三百的两河人，他们的长弓能够在远距离对敌人造成沉重伤害，但也不可能挡住一万人的冲锋。这么多沙度艾伊尔能够轻而易举地粉碎马希玛的强盗团伙，如同猫杀掉一窝老鼠。即使算上殉道使、智者和两仪师……伊达拉和另一些智者并不具备导引的能力。但佩林知道，十个氏族中差不多会有五十名能够导引的女人，也许没有那么多，但佩林这一方力量的劣势仍然没有丝毫变化。

佩林努力压制住不断涌出的绝望感，直至最后一丝这样的感觉被他的怒火烧光。一柄锻锤中容不下任何绝望，无论是十个氏族，还是全部沙度部族，他们劫走了菲儿。他必须找到救出菲儿的办法。

“那里有多少沙度又有什么关系？”亚蓝问，“有成千上万的兽魔人杀进了两河，但我们一样杀光了他们，沙度不可能比兽魔人更可怕。”

佩林眨眨眼，惊讶地发现亚蓝就在他身后，还有贝丽兰、加仑恩和两仪师。当他奔向艾莱斯的时候，他对于周围的一切都已经视而不见了。模糊的身影排列在树丛中，亚甘达带出来的士兵仍然保持着刚才的队形，但贝丽兰的卫兵已经面朝外，将他们环绕在中心。智者们站在这个保护圈的外面，正在听取伊琳达的报告，她们的表情都很严肃。伊琳达的声音很小，偶尔会摇摇头，她显然并不比艾莱斯更乐观。佩林一定是在刚才的奔跑中丢了篮子，或者把它扔掉了，现在那只篮子正挂在贝丽兰的马鞍上。贝丽兰的脸上有一种……那是同情吗？佩林希望光明能烧了自己，他已经太累了，累到无法思考。只是，现在他比任何时候都更需要清醒地思考。对于菲儿，他的下一个错误很可能会是最后一个错误。

“匠民，据我所知，”艾莱斯平静地说，“你们在两河是透过前后夹击打垮了兽魔人。你有什么好计划，可以对这群沙度发动前后夹击？”亚蓝狠狠地瞪了他一眼。艾莱斯在他拿起剑之前就认识他，亚蓝不喜欢回忆那段岁月，虽然他还穿着色彩鲜艳的衣服。

“无论十个氏族还是五十个，”亚甘达愤恨地说，“一定会有办法救出女王，当然，还有其他人。”他刚硬的面孔上满是怒容，而他的气息中充满了狂乱，就像一只为了逃出捕兽器而准备咬断一条腿的狐狸。“他们……他们会接受赎金吗？”这名海丹人转过头，望向正走进翼卫队保护圈的玛琳妮，她在深深的积雪中依旧迈着稳定的步伐，另外两名智者和伊琳达也都不在树丛中了。“那些沙度会不会接受赎金……智者？”亚甘达似乎开始时并没有想到要用这个敬语，他已经不再以为与他们同行的这些艾伊尔人和这场绑架有任何关系了，但他对待艾伊尔人的态度并没有因此而好转。

“我不知道。”玛琳妮似乎没有注意到他的语气，她将双臂抱在胸前，双眼直视佩林，而不是亚甘达。女人用这种眼光看男人的时候，通常是要给他缝制一身衣服，或者是告诉男人，他的紧身裤已经有多久没洗了。如果换作其他时候，佩林大概会因为这种注视而感到很不舒服，但现在，他没有这种心情。当智者再次开口的时候，语气中已经没有任何建议的意味，而仅仅是对事实的陈述：“你们湿地人缴纳赎金的习惯有悖于我们的传统。奉义徒可以被当作礼物赠送，或者与其他奉义徒交换，但他们不是可以买卖的畜生。不过沙度已经不再奉行节义了，他们强迫湿地人成为奉义徒，而且夺走战败者的全部财产，而不止是五分之一，他们也许会接受赎金。”

“我的珠宝完全由你来处置，佩林。”贝丽兰插话道，她的声音平静，表情坚决，“如果有必要，格莱迪或尼尔德可以从梅茵拿更多珠宝过来，还有黄金。”

加仑恩清了清喉咙：“阿特拉人习惯对付劫匪，殿下，他们地盘上的贵族和强盗从本质上来讲，没有什么区别。”他的语速很慢，一边说话，一边用缰绳拍打着手掌。虽然不愿意驳斥贝丽兰，但他显然也已经下了决心：“在距离艾博达如此遥远的地方，没有任何法律可言，一切都只由当地领主说了算。无论贵族还是平民，他们都已经习惯了向无法抵抗的敌人支付赎金，所以他们也很擅长分辨敌人的强弱。但在我们追踪沙度的一路上，只有遭到彻底洗劫，并被夷为平地的废墟，没有人能通过支付赎金保全自己，这很不正常。沙度也许会接受赎金，但他们真的会把赎金交换的对象交给我们吗？而且，支付赎金会让我们失去一个很大的优势——他们还不知道我们在这里。”安诺拉以最小的动作摇着头，但加仑恩的独眼还是看见了她，梅茵统帅立时皱起眉头。“你不同意，两仪师安诺拉？”他礼貌地问道，同时语气中还流露出一点惊讶。

作为一名两仪师，这位灰宗两仪师有时候几乎可以说是缺乏自信，但她在不同意别人向贝丽兰提出的谏言时，从来都是在第一时间给出自己的建议。

但这一次，安诺拉犹豫了，她拉起斗篷，裹住身子，又仔细地理平斗篷上的每一道折缝，她的动作显得有些笨拙。两仪师能够任意忽略高温和严寒，即使周围的人汗透衣衫，或者两排牙齿不停地打颤，她们也能够丝毫不为所动。会注意周围温度的两仪师只是要为她思考争取时间而已，通常她们这样做的目的都是为了掩饰自己想到的东西。最终，安诺拉瞥了玛琳妮一眼，略皱了一下眉，才做出决定，她额头上那一点皱纹也随之消失了。

“谈判总比战争更好。”她带着塔拉朋口音，冷静地说道，“在谈判中，信任总是一个值得警惕的问题，对么？我们必须仔细考虑该如何处理这个问题。而另一个问题是，该由谁来与沙度进行接洽。智者们也许不会再受到他们的尊敬，因为我们的智者都参加过杜麦的井之战。一位两仪师，或者是一队两仪师，也许效果会更好，但这也需要进行谨慎地安排。我自己愿意……”

“没有赎金。”佩林说。所有人都转头盯着他，大多数人的脸上都面露惊愕，只有安诺拉是一副无法解读的复杂表情。佩林又严厉地重复了一遍：“没有赎金。”他不会把钱付给这些让菲儿受苦的沙度人，他们要为菲儿受到的伤害付出代价，而不是因此而获利。而且，加仑恩是对的，无论是在阿特拉、阿玛迪西亚，还是之前的凯瑞安，佩林从未见过任何表明沙度会遵守约定的证据。相信这些恶人，就如同相信谷仓中的老鼠和麦穗上的毛虫。“艾莱斯，我要去看看他们的营地。”当他还是孩子的时候，他认识一个名叫纳特·托芬的人。那个人的眼睛已经瞎了，满脸皱纹，头顶上只有稀疏的白发，但他仅凭双手就能解开任何一副铁拼锁。连续好几年的时间里，佩林都努力想要掌握这种技艺，却一直没能成功。他必须先亲眼看过一副拼锁是如何拼合在一起的，然后才能凭双手的触摸解开它。“亚蓝，找到格莱迪，告诉他，尽快到神行术地点来见我。”这是他们称呼每次神行术终点，也是下一次神行术起点位置的方式，在一个已经编织过通道的地方再次进行编织，会降低殉道使导引神行术的难度。

亚蓝用力点了一下头，然后就调转灰马的马头，全速向营地跑去。佩林能看到周围人表情中的争执、疑虑和质问。玛琳妮仍然在审视他，仿佛突然不太确定他到底是什么样的人。加仑恩盯着手中的缰绳，紧皱眉头，毫无疑问，他认为无论怎样做，情况都在恶化。贝丽兰则显出深深的不安，眼里闪动着反对的光芒。安诺拉的嘴唇抿成了一条细线，两仪师不喜欢被打断，不管她是不是缺乏自信的两仪师，安诺拉显然已经准备好发泄她的不快了。亚甘达的脸变得通红，他张开嘴，明显要大声吼叫，自从他的女王被绑架之后，亚甘达经常会大吼大叫。但等在这里听这些人的抱怨或反对是没有意义的。

佩林猛地一蹬马腹，快步窜出了翼卫队的保护圈，朝那几棵被斩断的大树跑去，这次它的速度不是很快，但也没有半点迟疑。佩林让快步保持着快速小跑的步伐，不断从粗大的树干间穿过，他的双手紧握着缰绳，眼睛已经开始搜寻格莱迪的深褐色斑点马了。艾莱斯一言不发地跟在他身后。佩林曾经相信，他已经再容不下任何一点恐惧，但艾莱斯的静默让他的心更加沉重了。长牙从没有过看到一个障碍，却看不到路径越过它的时候，他的沉默仿佛在告诉佩林，挡在他面前的是一道无法逾越的山脉，但他一定要想办法过去。当他们到达那块被切出一片光滑表面的岩石时，佩林仍然让快步在斜射入森林的阳光中来回踱步，一次次绕过或穿过那些倾倒的和依旧直立的树干。他无法让自己停下来，只能不断前进。一定有办法。他的思绪就像一只被关在笼子里的老鼠，疯狂地乱窜着。

艾莱斯下了马，蹲下身，紧皱眉头看着那块被切开的岩石，完全没有留意他的骟马不停地拉动着他手中的缰绳，想要向后退去。在他身边，一棵足有一百五十尺高的大松树倒在地上，一端仍然撑在残存的树桩上，形成的高大框架足以让艾莱斯挺直身子走过去。耀眼的阳光穿透了密实的树冠，却被这根树干挡住，在岩石表面的爪印上罩了一层接近黑色的阴影，但这并不能干扰艾莱斯的观察。他抽动鼻子，嗅着仍然弥漫在空气中的硫黄燃烧气味。“我在来这里的路上就闻到过这种臭味，我还以为你会和我提一下它。是很大的一群，比我见过或者听说过的任何一群都要大。”

“玛苏芮也是这样说的。”佩林漫不经心地说道。格莱迪怎么还没过来？艾博达会有多少人口？那个沙度营地里真有那么多人吗？“她说，她曾经遇到七群暗之猎犬留下的足迹，她也从没见过这么大的一群。”

“七群，”艾莱斯惊讶地嘟囔着，“就算是两仪师要收集到这么多数据，也必须走过许多地方才行。大多数关于暗之猎犬的传说只是来自人们对黑暗的恐惧。”他依旧紧皱着眉看着岩石上的爪印，摇摇头，哀伤出现在他的声音中：“它们曾经也是狼，是狼的灵魂，被暗影俘获、扭曲，成为暗之猎犬的核心，暗影兄弟。我想，也许这就是狼必须参加最后战争的原因。或者，暗之猎犬被制造出来，就是为了在最后战争中与狼作战。与因缘的编织相比，索瓦莱缎带也只不过是一根麻绳。在我能分辨的记忆里，它们来自很久以前，大概是兽魔人战争和暗影之战的时候。狼有漫长的记忆，一匹狼所知道的一切不会消失，而是会被活着的狼继承下来，但它们总是避免谈及暗之猎犬，它们也在躲避暗之猎犬。一百匹狼会被一头暗影兄弟杀死，更可怕的是，当它们倒下时，如果没有立刻死去，暗之猎犬就会吃掉它们的灵魂，再过一年左右，又会有一群新的暗影兄弟产生，它们甚至不记得自己曾经是狼。不管怎样，我希望它们不会记得。”

佩林拉紧缰绳，但他渴望着能立刻出发。暗影兄弟。这个狼对暗之猎犬的称呼在他心中增添了一层寒意。“它们会吃掉人类的灵魂吗，艾莱斯？比如说，一个能够和狼交谈的人类？”艾莱斯耸耸肩。在人类历史中，能够这样做的人可能屈指可数，这个问题只有在他们死亡的时候才会得到答案。而更重要的是，如果暗之猎犬曾经是狼，那么它们就有足够的智慧报告它们所发现的一切。玛苏芮也这样暗示过。对此抱有幻想是愚蠢的。暗之猎犬再过多久就会将他们的行踪报告给暗影？他还有多少时间可以解救菲儿？

马蹄敲击雪地的声音表明有人骑马过来，佩林急忙告诉艾莱斯，暗之猎犬曾经环绕营地一周，很有可能会把他们的位置报告给某个强大的暗影力量。

“我不会对此过于担心，孩子。”这位老人一边回答，一边警觉地观察着迅速靠近的骑马者。他离开那块石头，开始伸展身体，活动因为长时间骑乘而僵硬的肌肉。艾莱斯不会让别人注意到他能看见黑暗中的事物，在这方面，他非常小心。“听起来，它们像是正在猎杀某个比你更加重要的目标，它们会一直追踪下去，即使这要用掉一整年的时间。不必担心，我们会在暗之猎犬报告你的位置之前救出你的妻子。当然，这不容易，但我们会做到的。”他的语气丝毫不容置疑，但他的气息中并没有太多希望，实际上，几乎一点希望也没有。

佩林压抑着绝望感，不让它再次涌起，同时让快步再次走起来。这时，贝丽兰和她的卫队已经出现在树林间。玛琳妮跨骑在安诺拉背后。两仪师刚一拉住缰绳，有着一双褐色中略显蓝色的眼睛的智者立刻跳到了地上，抖落厚实的裙摆，遮住腿上的黑色长袜。如果别的女人让自己的双腿这样暴露出来，也许会脸颊通红，但玛琳妮不是这样的人，她只是整了整衣服。安诺拉则显得相当不安，苦恼的面容让她的鼻子更像是一只鸟喙了，她保持着沉默，但她肯定咬紧了牙关。这名两仪师一定以为她那个与沙度人谈判的计划会得到众人接受，至少贝丽兰会全力支持她，至少玛琳妮看样子会保持中立。灰宗两仪师都是谈判家和仲裁人，擅长裁决纷争和制定条约，也许正因为如此，她才会提出这样的建议，否则她还能有什么原因？佩林只能先将这个问题搁置一旁，但他会记住它，他不能放过任何可能影响到解救菲儿的事情，不过他现在必须解决的问题还在东北方四十里外。

当翼卫队在神行术地点重新排列好保护圈的时候，贝丽兰催赶枣红马来到快步旁边，拍抚着它的脖颈。她用那只没吃完的烤鸡诱惑佩林，想要和他说话，她的身上散发着怀疑的气息，是对佩林所做决定的怀疑，也许她希望能说服佩林尝试使用赎金。佩林没有让快步停下来，也没有听贝丽兰的话。使用赎金就是将一切赌在一把骰子上，他不能将菲儿当作赌注，锻造任何东西都需要有条不紊地一步步进行，这才是正确的办法。光明啊，但他真的很累了。他让全身在愤怒中绷紧，拥抱那股灼热的力量。加仑恩和亚甘达在贝丽兰之后不久也来到了神行术地点，他们身后是穿戴银亮胸甲和锥形头盔的海丹枪骑兵组成的两列纵队。海丹骑士很快就与树林间的梅茵人交杂在一起。贝丽兰的气息中出现了气恼的意味，她离开佩林，策马跑向加仑恩，并辔立在一处。独眼将军低下头，倾听着贝丽兰的吩咐，她的声音很低，但佩林至少听清了其中的一部分。他们不时会抬起头，瞥一眼正在催赶快步来回踱步的佩林。亚甘达骑在花毛马的背上，静立不动，透过树林盯着南边的营地。他虽然如同一尊静止的雕像，但全身都散发着焦躁的气息，如同火焰散发出灼人的热气。他是一名标准的战士，从盔羽、佩剑到银色铠甲都一尘不染，他的脸更像岩石一样坚硬，但他的气味却仿佛表明他已经到了发狂的边缘。佩林很想知道自己现在散发着怎样的气味，但一个人除非是待在一个狭小的空间里，否则就无法闻到自己的气味。佩林不相信自己的气味中会有慌乱，他有的只是恐惧和愤怒。只要菲儿回来，一切都会好起来，那时一切都会好的。快步还在来回踱步，调头，再调头。

亚蓝终于出现了，跟在他后面的是骑在深枣红色骟马背上，仍然在打着哈欠的朱尔·格莱迪，在他的坐骑鼻子上的一道白纹，让这匹体色本就很深的马几乎像是一匹黑马。丹尼率领的十二名两河人不远不近地跟在他们身后，为了方便使用长弓，他们并没有携带枪矛或长戟。格莱迪是一个身材结实的汉子，脸上满是风霜留下的痕迹，并且已经开始出现皱纹，虽然他还不到中年。他腰间挂着长柄佩剑，身穿高领子上别着银剑徽的黑色上衣，但看上去，他就像是个睡眼惺忪的农夫，只是农场已经被他永远地抛在身后了。丹尼他们从不会过分靠近他，他们现在也不会靠近佩林了，他们总是躲在佩林身后，眼睛只是盯着地面，或者带着惭愧的眼神快速扫一眼他和贝丽兰。这没关系，一切都会好起来的。

亚蓝要把格莱迪带到佩林面前，但这名殉道使知道他为什么会被叫到这里。他叹了口气，爬下马，来到艾莱斯身边。后者蹲在阳光下的一片积雪旁，用手指在雪面上画出一幅地图，并详细解说那里的距离与方向，描述那里的每一点细节。那是一片几乎面向正南方的山坡空地，耸起的山脊在三个地方存在缺口。实际上，只有精确的距离和方向也够了。不过殉道使对那个地方了解得愈多，施展神行术所到的地方也就愈会靠近他们的目的地。

"绝不能有任何误差，孩子。"艾莱斯的眼睛里闪烁着犀利的光芒，无论别人怎样看待殉道使，他从不曾害怕过他们。"在那片荒野中有许多山脊，沙度的主营距离这里只有一里左右。他们有警戒哨，一些沙度小队每晚都会驻扎在不同的地点，大致在这里另一侧的两里以外。如果你开启信道的位置有误，我们肯定会被发现。"

格莱迪和艾莱斯对视着，眼睛眨也不眨，然后他点着头，挠了挠头顶短粗的发卷，深吸了一口气。他看上去就像艾莱斯一样疲惫，佩林也能够感觉到这种深入骨髓的疲惫。打开通道，支撑住它们，让上千人马通过，这是相当耗费体力的任务。

"你休息够了吗?"佩林问他。人在疲惫中会出现错误，而至上力造成的错误可能是致命的。"我是否应该让尼尔德来?"

格莱迪用依旧略显惺忪的眼睛看着佩林，然后摇摇头："费戈休息得不比我好，甚至还更糟，我比他要强一点，最好还是由我来做。"他将脸转向东北方。没有任何预警，一根垂直的银蓝色细线出现在那块有爪印的岩石旁边。安诺拉惊呼一声，用力拉动坐骑闪到一旁。细线同时也扩展成一个开口，开口对面是山坡上一片被阳光照亮的开阔地，周围环绕着许多树木，只是那里的树比佩林周围的要小了许多。那棵已经被斩断的松树和树桩仅有的连接也被切开了，巨大的树干抖动着，呻吟着，重重地撞在雪地上，让周围的马匹纷纷踢跳嘶鸣。安诺拉瞪了殉道使一眼，脸色也阴沉许多，但格莱迪只是眨眨眼说："就是这个地方吗?"艾莱斯正了正帽子，点点头。

佩林等的就是这一下点头，他俯下身，催赶快步走进没过它的马蹄的积雪中。这是一片很小的开阔地，但在阳光被头顶的树冠遮蔽了许久之后，突然能看到白云浮动的天空，确实让人精神一振。和那片森林相比，这里的阳光强烈到几乎让人睁不开眼睛，虽然太阳还是被挡在遍布尔木的山脊后面。沙度营地就在这道山脊的另一侧。他用炽热的眼神望着面前这道山脊，但现在他只能留在这里，而不是疾驰上山，去寻找菲儿的身影。他强迫自己调转快步的马头，面对通道。此时玛琳妮正从通道中走出来。

玛琳妮还在审视着他，甚至没工夫看脚下一眼，以至于她踉跄了一步，才让到一旁，让亚蓝和两河人骑马过来。虽然他们还不适应殉道使，但至少已经适应了神行术。他们之中只有高个子的人才会低下头，以避开通道的上缘。佩林这才察觉到，这次的通道比格莱迪第一次打开的通道要大，那时佩林不得不下马才能从其中穿过。不过这个念头很快就像一只苍蝇一样，从他的脑子里飞走了。亚蓝径直来到佩林身边，他的面孔紧绷着，气息中充满焦躁和对行动的渴望。丹尼一行人一离开通道，就全部下了马，平静地将羽箭搭在弓弦上，并带着警戒的眼神观察周围的树林。加仑恩随后走出通道，面容冷峻地环视周围的树林，仿佛在提防敌人从里面杀出来。跟在他后面的是六名梅茵骑士，他们不得不放低红穗骑枪，才能勉强走过通道。

随后相当长的一段时间里，通道中再没有人走出来。就在佩林决定回去看是什么拖住了艾莱斯的时候，那个满脸大胡子的老人牵马走了出来。亚甘达和六名海丹战士骑马跟在他身后，不满的情绪清楚地刻在海丹人的脸上，他们身上的银亮头盔和胸甲都已经不见了，看他们怒气冲冲的样子，就好像是被迫脱下了裤子一样。

佩林自顾自地点点头。当然，沙度营地在山脊的另一侧，太阳也在那里，银色的盔甲会像镜子一样反光。他应该想到这一点的，他仍然在放任恐惧刺激他的急躁情绪，遮蔽他的理智。必须保持头脑的清醒，尤其是现在，被他遗漏的任何细节都有可能杀死他，将菲儿永远地丢在沙度手中。但说来容易，做来难，他怎么可能不为菲儿担心？一定要摒弃恐惧，但该怎样做？

让佩林惊讶的是，安诺拉就在格莱迪前面骑马走过了通道，最后一个人便是牵着暗枣红马的格莱迪。和之前每次走过通道一样，安诺拉完全平躺在高鞍尾上，被污染的至上力让她的面容不由自主地扭曲起来。一离开通道，她立刻催马跑到了空旷地的边缘。格莱迪关闭了通道，在佩林眼中，一道紫色的强光残斑还滞留了许久。安诺拉将头转到一旁，瞪着玛琳妮和佩林，如果她不是两仪师，佩林会认为她一定是在生闷气。肯定是贝丽兰命令她过来的，但贝丽兰不会成为她责怪的对象。

“从这里开始，我们就要徒步行进了。”艾莱斯的声音仅比偶尔拍击地面的马蹄声高了一点。他曾经说过沙度人防备松懈，没有岗哨，或者几乎没有，但他的样子就好像沙度和他们的距离不过二三十步。“骑在马背上的人很容易被发现。沙度人不是瞎子，也许他们看不见其他的艾伊尔人，但他们的视觉仍然比你们锐利两倍。所以，当我们到达山顶时，不要让自己暴露在天空的背景下，也尽量不要弄出任何声音。他们不是聋子，他们会找到我们的踪迹，毕竟这里到处都是积雪。但我们在离开以前不能让他们知道我们在这里。”

因为卸下盔甲而无比气恼的亚甘达开始抗议艾莱斯胡乱发号施令，他还不是个彻头彻尾的傻瓜，知道要尽量压低声音，但他从十五岁起就是一名战士，曾经指挥海丹人与白袍众、阿特拉人和阿玛迪西亚人作战。他还刻意指出，他参加过艾伊尔战争，并在塔瓦隆的雪中之血一役中活了下来，他了解艾伊尔人，不需要连理发都不懂的林中野人指点他该如何行动。佩林没有理他。亚甘达则一边抱怨，一边告诫两名部下管好马匹，他确实不是个傻瓜，只是因为担心他的女王而有些发狂。加仑恩命令部下全都在空旷地中待命，他低声说，枪骑兵如果下了马就变得毫无用处，而且哪怕是走上一小段路，也有可能把脖子跌断。他也不是傻瓜，只是会首先看到事情最糟糕的一面。艾莱斯走在最前面，佩林把黄铜管的短望远镜从快步的鞍袋中拿出来，塞进外衣口袋里，就跟了上去。

这片山坡上生长着许多低矮的灌木丛，被它们夹在中间的乔木大多是松树和冷杉，以及零星一些落光叶片的枯木。这里的地面并不比家乡的沙砾丘更陡峭，只是石头更多一些。丹尼率领的两河人都如同影子一样轻巧地向山坡上方移动，他们已将长弓擎在手中，弓弦上扣住了羽箭，不停地扫视周围的动静，而他们本身则如同他们呼出的白气一样静瑟无声。亚蓝抽出剑，跟随在佩林身边，他同样对丛林了如指掌。他刚打算砍开一丛褐色的粗硬藤蔓，佩林立刻伸手按住他的胳膊。自此之后，他就只是在靴底踩进积雪的时候发出微弱的咯吱声，并不比佩林发出的声音更大。智者玛琳妮悄无声息地在林间游走，身上的项链和手镯随着她的动作来回摇摆，却不会发出任何撞击声，仿佛她的家乡就是这片树林，而不是极少见到树，更极少有落雪的艾伊尔荒漠。而安诺拉在向上攀登时也显得毫不费力，她的长裙的确给她带来了不便，不过她依然能灵巧地避开猫爪藤和迟步藤，两仪师总是会让别人感到惊讶。实际上，安诺拉的一部分注意力一直都在格莱迪身上，而这名殉道使的全部精神都集中在了脚下的地面上。有时候，他会重重地喘上几口气，停下脚步，紧皱眉头盯着前方的山脊，但他一直都没有落在队伍后面。加仑恩和亚甘达已经不年轻了，他们也不习惯在地面上行走。他们的呼吸开始变得愈来愈粗重，有时候还要伸手抓住树干，把自己拉上去，但他们一直都盯着对方，眼神里充满了竞争之心，不愿被对方超过去。那四名海丹枪骑兵却几乎一步一滑，不住地被藏在雪下的树根绊住，被藤蔓扯住。当他们跌倒在石块上，或者被荆棘扎到的时候，就会发出一声咒骂。佩林开始考虑命令他们回去，等在马匹那里，或者把他们打晕，丢在这里，等回来的时候再带上他们。

突然，两名艾伊尔人从艾莱斯面前的灌木丛中走出来，黑色的面纱遮住了她们眼睛下方的面孔。她们背后披着白色斗篷，手中拿着短矛和小圆盾，从高度判断，她们是枪姬众，但她们肯定像其他雅加德斯威一样危险。同一时刻，九张长弓被拉开，阔头箭尖一起指向她们的心脏。

“你们这样会受伤的，图安妲，”艾莱斯低声说，“这一点你更应该清楚，苏琳。”佩林挥手示意两河人放下弓箭，也让亚蓝放下剑。他像艾莱斯一样，刚踏进山坡下的空旷地，就嗅到了她们的气味。

两名枪姬众惊讶地交换了一个眼神，但她们并没有摘下一直垂到胸口的黑色面纱。“你观察得很仔细，艾莱斯·马奇拉。”苏琳说道。她身材瘦削，肌肉如同钢丝一般缠结在骨骼上，满是皱纹的脸上横亘着一道伤疤。她有一双蓝色的眼睛，目光如同锥子一般锐利，而现在这道目光中仍然带着惊讶的神色。图安妲比她更高，也更年轻，容貌相当漂亮，只是她右侧的眼窝已经空了，一道宽阔的伤疤从她的下巴一直延伸到那只空眼窝里，将她的一侧嘴角拉起，看上去好像是个笑容。一直以来，佩林只在她脸上见到过这一个笑容。

“你们的外衣和周围的环境不同，”佩林说，图安妲皱起眉，低头看了一眼她和苏琳身上灰绿褐三色交杂的外衣，“还有你们的斗篷。”艾莱斯已经累了，没有兴趣做这种掩饰：“他们还在那里，对不对？”

“是的，佩林·艾巴亚。”苏琳说，“沙度似乎准备在这里停留一段时间，他们昨晚把那座城里对他们没用的人都赶到北边去了。”她微微一摇头。沙度在强迫不奉行节义的人成为奉义徒，这一直都让她感到不安。“你的朋友乔丁·巴兰、盖特·埃里阿和胡·马文已经去追踪那些难民，看看能否打探到一些讯息，我们的枪之姐妹和高尔正再次环绕那座营地。我们在这里等艾莱斯·马奇拉带你过来。”她的声音中很少会流露任何情绪，现在也是如此，但佩林嗅到了她身上的哀伤。“来吧，我来指给你。”

两名枪姬众上了山坡，佩林紧跟在她们身后，忘记了其他的一切。刚到山脊顶部的时候，她们伏下了身，四肢着地。佩林也学她们的样子，在雪地中爬过最后几步，越过山顶向下望去。山坡的另一侧并没有茂密的森林，只有一些稀疏的灌木丛和几棵孤单的小树，佩林能一直望到几里外的地方，一道道起伏不定的山脊上同样看不到树木。更远处，又是一片黑压压漫无边际的森林。下方的情况尽收眼底，但佩林还是没看到他渴望能看见的。

佩林曾依照艾莱斯的描述想象过沙度营地的样子，但出现在眼前的现实立刻粉碎了他的一切想象。这道山脊到下一道山脊之间的原野中央，是一座被灰色石墙环绕的城市，城市周围超过一里的范围内，无数低矮的艾伊尔帐篷和其他各式帐篷铺满了地面，大量马车、大车、马匹和人聚集在其中。最近的地方距离佩林大概有千步之遥。这不算是大城，无法与凯姆林和塔瓦隆相比。朝向佩林这一面的城墙长度大概有不到四百步，其他三面似乎还要更短些，但它依旧是有城墙和塔楼保护的城市，其最北端应该还有一座堡垒。沙度营地完全环绕着这座城市。菲儿就在下面这一片人海之中。

佩林摸索出口袋中的望远镜，在拿出望远镜的最后一刻，他想起要用手遮住镜头，这时望远镜的一丝反光很可能会将他们暴露给沙度人。一群又一群人出现在佩林的眼前，透过望远镜，佩林能清楚地看见他们的面孔。几名长发女人，肩头披着深褐色披巾，脖子上戴着十条以上的长项链。一些女人在挤羊奶，她们脖子上的项链要少得多。一些身穿凯丁瑟的女人，其中几个手持着短矛和小圆盾。女人们穿着厚重的白色长袍，脸被深深的兜帽遮住，在泥泞的雪地中小跑着前行。佩林也看到不少男人和儿童，但他们永远都是在他的镜头中一闪而过。只是那些穿着白色长袍的女人，就已经成千上万了。

“太多了。”玛琳妮悄声说道。佩林放下望远镜，瞪视着她。其他人也都来到了他和枪姬众身边，在山脊的雪地上卧成一排。两河人都辛苦地保护自己的弓弦不会碰到雪，同时又不能让长弓突出在山脊上。格莱迪手托下巴，盯着山坡下方，眼神就如同加仑恩和亚甘达一样一丝不苟，也许他正在使用阳极力。玛琳妮和安诺拉也都在盯着沙度营地。两仪师舔着嘴唇，智者则皱紧了眉头。佩林相信，玛琳妮这句话是对他说的。

“如果你以为我会因为沙度的数量超过我的预料而退却……”佩林激动地说。但玛琳妮打断了他的话，智者平静的目光迎上了他凶狠的眼神。

“那里有太多智者了，佩林·艾巴亚，我已经看见不止一个女人在不同的地方导引。智者并不经常会做导引的。她们到处都是，绝不止十个氏族的智者。”

佩林深吸了一口气：“你觉得那里有多少？”

“我认为所有沙度智者可能都在那里。”玛琳妮平静得就好像在谈论大麦的价格，“所有能导引的智者。”

所有？这不可能！她们怎么可能都在这里？沙度艾伊尔似乎到处都是，至少整个海丹和阿玛迪西亚都有沙度进行劫掠的讯息，关于他们在阿特拉和更远地方横行肆虐的传闻，更是在菲儿被绑架之前就已经四处流传了。为什么她们会聚集在这里？如果这里是沙度的大本营，整个沙度部族……不，他必须接受眼前的事实，无论这有多么糟糕。“有多少？”他再次用理智些的口吻问道。

“别瞪我，佩林·艾巴亚，我不知道具体还有多少沙度智者活了下来，即使是智者也会死于疾病、蛇咬和意外。有些人可能死在杜麦的井，我们找到过一些遗体，而他们一定带走了能够带走的死者，好安葬那些人。即使是沙度，也不可能抛弃一切传统。如果全部活下来的沙度智者都在下面，再加上能够导引的学徒，我认为大约会有四百人，可能更多，不过不会多于五百。沙度部族跨越龙墙之前也没有五百名能导引的智者，那时她们大概有五十名学徒。”大多数农夫在谈论大麦时表情都要比她丰富些。

安诺拉盯着沙度的营地，发出一点半像呜咽的、窒息的喉音：“五百？光明啊！一个部族的智者就能和半座白塔相当？哦，光明啊！”

“我们可以在晚上潜进去，”丹尼在一旁低声说，“就像你在家乡时潜入白袍众营地那样。”艾莱斯哼了一声，那可能代表任何意思，但肯定不是希望。

苏琳也轻蔑地哼了一声：“我们没办法潜入那座营地，就算进去也绝对出不来。不等你爬过第一排帐篷，沙度就会把你像山羊一样绑起来，插在烤肉叉上。”

佩林缓缓地点头。他曾经想过在夜色的掩护下潜入沙度营地，救出菲儿，当然，还有其他人，否则菲儿不会单独逃走，但他自己也不相信这样能成功。他们没办法瞒过艾伊尔人的眼睛。而如此规模巨大的营地更是扑灭了他的最后一丝幻想，他可能在这里游荡许多天，也找不到菲儿的踪迹。

佩林忽然发觉，自己已经不必再与心中的绝望感作战了。愤怒凝固在他体内，如同冬夜的钢一样寒冷，他已经找不到一滴那种曾经要将他彻底淹没的绝望了。这座营地里有上万名雅加德斯威，五百能导引的智者——一群会毫不犹豫地将至上力当作武器的女人，菲儿被深藏在这里，如同茫茫雪原中的一朵雪花。加仑恩是对的，为最坏的情况做好准备，那么一切出乎预料的事情就都是好事。当你将这么多劣势叠在一起的时候，绝望就已经毫无意义了，你必须站稳脚跟，否则就只能被掀倒在地。而且，佩林已经看到了他要解开的拼锁。纳特·托芬说过，一切拼锁都能解开，只要你找到其中的关键。

在两道山脊之间，朝南和朝北的方向上，平坦的原野从城市一直向外延伸出去，原野上能看到一些农场，只是农舍的烟囱中没有一丝炊烟，篱笆围绕出被大雪覆盖的农田。穿过这片没有遮拦的旷野向那座城靠近，很容易就被发现。看上去，似乎是有一条贯通南北的大路穿过这座城市。佩林不知道这些讯息对自己有什么用处。乔丁也许能带些关于那座城市的讯息回来，但既然无法突破团团包围这座城市的沙度营地，他不知道能有什么关于这座城市的讯息会对他有用。高尔和枪姬众正在环绕这片营地，他们也许能告诉他远处那道山脊对面的情况，那道山脊上有一处马鞍形缺口，似乎那里有一条通向东方的道路。奇怪的是，几座风车簇拥在那个山口北边大约一里外的地方，白色的长风车臂缓缓地转动着，更远处的另一道山脊上还有几座风车。一列下边有连续拱形圆洞的建筑，如同一道狭窄的长桥从对面山脊上的风车那里延伸下来，一直连接到城墙。

“有人知道那是什么吗？”佩林问。他用望远镜仔细观察，却只能判断出砌筑那道长桥的是与城墙相同材质的灰色岩石，但它太窄了，不可能是桥。而且它也没有侧面的护墙。但除了桥以外，佩林想不出那还有可能是什么。

“那是送水的通道，”苏琳答道，“它有五里长，通向一座湖，我不知道他们为什么不把城市建在湖畔，不过那片湖周围的土地似乎在寒冷过后都会变成软泥。”她已经熟悉了像“泥”这样的词，但在说到“湖”的时候，她的语气中还是带着一丝敬畏，这么多水聚在一起，这在不久之前还是她根本无法想象的。“你想停止他们的供水？这肯定会把他们逼出来。”她很熟悉为了水而进行的战斗，荒漠中绝大多数的战斗都是饮水而起的。“但我不相信……”

色彩在佩林的脑海中喷薄，猛烈爆发的色彩甚至彻底淹没了他的视觉和听觉，仿佛是他过去为了将这些色彩摒弃在思想之外，筑起了太高的堤坝，而现在，它们溃堤而出。汹涌的洪潮无声地形成巨大的漩涡，要将他彻底吞噬，一个影像在漩涡中逐渐成形。兰德和奈妮薇面对面坐在地上，清晰得如同他们就在他的眼前。但现在，他没时间去关心兰德，现在不行！他挣扎着，如同行将溺毙的人拼命想要抓住河岸。他要——推——开——他们！

视觉和听觉，整个世界，重重地砸在他身上。

“……这太疯狂了。”格莱迪正在用担忧的语调说话，“不可能有人导引那么多阳极力，让我能在这么远的地方都感觉得到！不可能！”

“也不可能有人导引那么多阴极力。”玛琳妮喃喃地说，“但的确有人做到了。”

“弃光魔使？”安诺拉的声音有些颤抖，“弃光魔使在使用我们不知道的超法器，或者……或者是暗帝本尊。”

这三个人同时向西北方望去，也许玛琳妮的表情比安诺拉和格莱迪要镇定一些，但她的气息中同样充满了恐惧和担忧。除了艾莱斯之外，其他人不约而同地看着这三个人，大家脸上的表情就如同在等待有人宣告新的世界崩毁已经开始。艾莱斯的脸上则是一副听天由命的神态。狼也许会在泥石流中挣扎求存，但狼都明白，死亡迟早会来，而你不可能与死亡战斗。

“是兰德，”佩林哑着嗓子说道，当那无穷的色彩又要回来的时候，他打了个哆嗦，但他挥起锻锤，将它们砸了下去，“这是他的事情，他会处理好的。”所有人都盯着他，就连艾莱斯也不例外。“我需要俘虏，苏琳，他们一定会派出狩猎队，艾莱斯说他们在几里外也有搜寻逃亡奴隶的小部队。你能为我抓到俘虏吗？”

“仔细听我说，”安诺拉以不容置疑的口吻说道，她探起身，越过玛琳妮抓住了佩林的斗篷，“有些事情发生了，也许是极好的事情，也许是极可怕的事情。但那一定是极为重要的，重要到超过历史上的一切大事！我们必须知道那是什么！格莱迪能带我们到那里去，让我们亲眼去看看。如果我知道该如何编织，我也会带你们去的，我们必须知道！”

佩林望着她的眼睛，举起一只手。安诺拉张着嘴，却没有再发出声音，让两仪师停止说话绝不是容易的事，但她的确停下来了。“我已经告诉了你那是什么，我们的任务在这里，在我们眼前。苏琳?”

苏琳看看他，看看两仪师，又看了看玛琳妮，终于，她耸了耸肩：“即使你对他们进行审问，也得不到什么有用的东西，他们已经习惯了疼痛，只会嗤笑你的无能。如果让他们感到羞耻，也许能慢慢……但我不知道这些沙度是否还能感到羞耻。”

“无论我能知道什么，都要比现在更好。”佩林回答。他的任务就在眼前，他要解开这个拼锁，救出菲儿，摧毁沙度，这是这个世界上最重要的事。

第9章

陷　阱

“她又在抱怨其他智者的胆怯。”菲儿用最为恭顺的声音说道。她挪动了一下肩头的高篮子，动了动踩在雪泥中的双脚，这只篮子不算沉，但里面装满了脏衣服。她身上的白色羊毛长袍厚实且温暖，里面还穿了两件袍子，但她的脚上只有一双软皮靴，没办法为她挡住多少寒冷。“您命令我要确切汇报智者瑟瓦娜所说的一切。”她又急忙补充了一句。莎莫林就是“其他”智者中的一员，听到“胆怯”这个词，她的嘴角明显地垂了下去。

菲儿垂着头，所以她只能看见莎莫林的一张嘴。奉义徒要保持谦卑的态度，特别是像她这样的非艾伊尔奉义徒，不过她还是在透过睫毛研读着莎莫林的表情。这个金发女人比大多数男人都更高，甚至高过了艾伊尔男人，菲儿站在她面前，觉得自己有点像巨人面前的矮子。她视线中的一大部分是莎莫林那一对大到超出一般概念的乳房，那两颗被太阳晒成褐色的、丰硕坚挺的肉球，仿佛随时都会撑破那件开领处衣带只系了一半的外衫，那上面覆盖着许多条长项链，火滴石、翡翠、红宝石和猫眼攒簇在一起，还有三重大珍珠串和花饰繁复的金链。大多数智者似乎都不喜欢瑟瓦娜。瑟瓦娜宣布在新的沙度部族酋长被推选出来之前，她会暂代酋长职权，而新酋长似乎并不会很快出现。现在，当这些智者们没有结党营私、勾心斗角的时候,都在想办法打击瑟瓦娜的权威,但她们显然和瑟瓦娜一样,都对湿地人的珠宝情有独钟,甚至有些智者已经像瑟瓦娜那样戴起戒指了。莎莫林的右手上就戴着一枚镶有白色大猫眼石的戒指,当她整理披巾的时候,那颗猫眼石中就会闪动红色的光晕,她左手上的戒指镶嵌着一颗椭圆形的蓝宝石,周围环绕着一圈红宝石。不过她还没有喜欢上丝绸,所以她依旧只是穿着来自荒漠的素白色亚葛外衫。她的裙子、披巾以及束住齐腰金发的头巾,都是用深褐色厚羊毛料做成的,寒冷似乎对她没有任何影响。

她们两个就站在沙度营地和奉义徒营地(也就是俘虏营地)的分界处——这是菲儿的看法。实际上并不存在这样两个独立的营地,少数一些奉义徒会睡在沙度人中间,但大多数俘虏在工作之余,都只能待在营地中央部分。沙度的墙挡住了这些牲畜,让他们不会受到自由的诱惑。经过她们身边的大多数人都穿着白色的奉义徒长袍,但那些长袍能够像她身上这件一样做工考究的却不多。俘虏了太多奉义徒的沙度人只能用一切白颜色的布料来裹住他们的身体,一些奉义徒的身上只有几层粗亚麻布、毛巾或者粗帐篷布,许多人的袍子上都已经满是污泥,很少能看见有艾伊尔人身高和浅色眼睛的奉义徒。组成这个群体的绝大多数都是红脸的阿玛迪西亚人、橄榄色皮肤的阿特拉人和白皮肤的凯瑞安人,偶尔还有一些来自伊利安、塔拉朋和其他地方的倒霉旅者和商人。这其中的凯瑞安人往往是被俘时间最长,也最驯服的,甚至屈指可数的那几个穿白袍的艾伊尔人也不可能比他们更温顺多少。不管怎样,所有奉义徒都低垂着头,在泥泞软滑的路面上以最快的速度奔走着,去完成他们的工作。奉义徒必须表现出谦卑服从的样子,而且必须以此为乐,任何态度上的差错都有可能导致严苛的惩戒。

菲儿也很想跑动一下,不只是因为她的脚很冷,更不是急着去为瑟瓦娜洗衣服。这里有太多人看见了她和莎莫林站在一起,尽管她的脸深藏在兜帽里,但腰间宽阔的金丝腰带和紧束在颈上的金项圈清楚地表明她是瑟瓦娜的仆人。没有人称呼他们为仆人,在艾伊尔人眼中,仆人是一种对人的歧视,但这至少是湿地人对此的理解,只不过没有薪水,也比菲儿见过和听说过的任何仆人都更少权利和自由。瑟瓦娜迟早会知道智者们在讯问她的奉义徒,她现在已经有了一百名仆人,而且这个数量还在不断增加中。菲儿相信,所有她的仆人都在向智者们报告他们听到的瑟瓦娜所说的每一个字。

这是一种可怕的陷阱。瑟瓦娜是一个残暴的主人,她的态度随和,从不责骂仆人,也很少公然发怒,但在她面前,哪怕是一点点罪过,行为举止最轻微的失误,也会立刻招致鞭刑的惩罚。每天晚上,最让她不高兴的五名奉义徒会被挑选出来，接受更多惩罚。有时候，这种惩罚会是整晚受到捆绑，被硬物塞住嘴，接受责打，这只是为了让其他人明白要更好地侍奉她。菲儿不愿去想被这个女人看作是奸细的人会有怎样的下场。而智者们已经清楚地告诉过她，不愿做报告，或者有任何隐瞒的人，都只能面对前途未卜的命运——也许会是永远地躺在一个浅墓穴中。伤害奉义徒超过被许可的限度是违背节义的行为，荣誉与义务约束着艾伊尔人的生活，但湿地奉义徒似乎并不受到这种约束的保护。

迟早有一天，菲儿会掉进这样的陷阱里，她之所以直到今天还幸免于难，只是因为沙度艾伊尔似乎认为湿地人奉义徒和牲畜没什么两样，虽然实际上牲畜受到的待遇要比他们好得多。不时会有奉义徒逃跑，除此之外，他们像牲畜一样吃食，睡觉，干活，有错就要受罚。智者不会想到他们可能会不服从命令；瑟瓦娜不会想到他们可能在出卖她，就如同她们不会以为一匹马能唱歌。但迟早有一天……这还不是唯一会吞掉菲儿的陷阱。

"智者，我知道的都已经告诉您了。"看到莎莫林一言不发，菲儿只好又喃喃地说了这么一句，只有脑子坏掉的人才会在没有得到智者许可的情况下从她们面前走开。"智者瑟瓦娜在我们面前说话的确不会有顾忌，但她很少会在我们面前说话。"

高大的艾伊尔女人保持着沉默。过了很长一段时间，菲儿大着胆子稍稍向上看了一眼。莎莫林正望着她的背后，大张着嘴，完全是一副惊讶的表情。菲儿皱起眉，将篮子换了一个肩膀，回头望过去，那里没有任何能让这个智者感到惊讶的东西，只有四散分布的帐篷——深褐色的艾伊尔矮帐篷、带尖顶和帆布围墙的大帐篷，以及其他各种形式的帐篷。湿地人的帐篷一般都是肮脏的白色或浅褐色，也有一些绿色、蓝色、红色和彩色条纹帐篷。沙度现在会把一切值钱的和有用的东西从湿地人手中夺过来，这其中当然也包括各种帐篷。

即使是这样，他们遮风御寒的工具还是严重不足。这里聚集了十个氏族，菲儿估计大约有七万沙度人和数量相当的奉义徒，到处都可以见到穿深褐色衣服、行动迅捷的艾伊尔人和脚步匆匆、穿白袍的俘虏。在一顶敞开的帐篷前面，一名铁匠正用风箱向他的锻炉中鼓风，他的工具摆放在一张晒成褐色的牛皮上。孩子们用鞭子驱赶着一群咩咩叫的山羊。一名商人将货物陈列在一顶黄色帆布搭成的敞口大帐篷里，那些货物中既有黄金烛台和银碗，也有陶制的瓶瓶罐罐，全都是抢来的。一个瘦削的男人牵着一匹马，正在和名叫马萨琳的灰发智者交谈，他一直朝那匹马的肚子指指点点，显然是希望马萨琳能帮忙治愈这匹马罹患的某种疾病。这些都不可能让莎莫林如此吃惊。

就在菲儿要转回头的时候，她注意到一名黑发艾伊尔女人正背对着她，她拥有的不是那种普通的深褐色黑发，而是像乌鸦翅膀一样纯黑的头发，这在艾伊尔人中非常罕见。虽然只看到背影，菲儿相信那一定是另一名智者奥拉里斯。这座营地中有超过四百名智者，但菲儿明白，必须能一眼就分辨出她们是谁。如果将一名智者错认成织布工或制陶工，那只能招来一顿鞭子。

奥拉里斯和莎莫林一样，一动不动地站在原地，盯着远处的某个东西，她甚至连披巾都掉落在地上。这也许算不上什么。但菲儿又注意到，在更远一些的地方，另一名智者也愣愣地望着西北方向，并且一把将从她面前走过的人推到了旁边。那一定是结赛茵，即使和非艾伊尔女人相比，她也只能算是个矮子，她的红头发甚至能让烈火也相形失色，与她的脾气正相吻合。马萨琳还在手指着那匹马，和牵马的男人说话。她不能导引，而三个能导引的智者全都盯着同一个方向，这只能代表一件事。她们看见了某个人正在营地外的那片山地森林中导引，一名进行导引的智者显然不会让她们如此惊讶。那会是两仪师吗？不止一位两仪师？最好不要现在就燃起她的希望。这太快了。

菲儿的头顶遭到一记猛击，让她差点摔掉了肩上的篮子。

"为什么你还像块木头一样站在这里？"莎莫林喝到，"赶快去工作，赶快，别等到我……"

菲儿忙不迭地跑掉了，她用一只手扶着篮子，另一只手提起长袍的下摆，用最快的速度跌跌撞撞地向前跑去。莎莫林从不会打任何人，也从不曾提高说话的声音，如果她同时干了这两件事，那最好的选择就是毫不耽搁地从她眼前消失，当然，要保持谦卑和驯顺。

心中的自尊要她保持对沙度的冰冷蔑视，要她拒绝屈服于现状，但理智在告诉她，这样只会让她遭受双倍严格的监禁。沙度人也许将湿地人看作温驯的牲畜，但他们并非彻底的瞎子。必须让他们以为自己已经接受了再也不可能逃走的奴隶命运——菲儿时刻都牢记着这一点，愈快让他们这样想就愈好。必须赶在佩林追上来之前。菲儿从不怀疑佩林会来追她，会找到她，为了一件打定主意要去做的事，那个呆子会用脑袋去撞破城墙！但她一定要在那之前逃走。她是战士的女儿，她知道沙度的人数，知道佩林能够召集的力量，她知道自己必须在佩林进攻沙度之前找到他。但她先要做到一件小事——从沙度手中逃出去。

那些智者到底在看什么？会是佩林麾下的两仪师和智者吗？光明啊，菲儿希望不是那样，现在还不行！但她首先要关心其他事情，比如肩头的脏衣服，以及一些更加重要的事。她扛着篮子，在熙熙攘攘的奉义徒人流中穿行，朝梅登城走去。每一个出城的奉义徒都在肩头扛着一根杆子，杆子两头各挂着一只沉重的水桶，那些进城的奉义徒则只是挑着两只来回摇摆的空水桶。人数众多的沙度营地需要大量用水，要在这些奉义徒中辨别出梅登的居民并不难。这里是阿特拉北部，本地人的肤色要比橄榄色皮肤的南方人白皙很多，有些人的眼睛甚至还是蓝色的。这些梅登人全都茫然地踉跄前行。沙度人趁夜爬上花岗岩城墙，当城里的大部分居民对已经临头的大祸浑然不知的时候，他们已经彻底摧毁了梅登城的防线。直到现在，他们似乎仍然无法相信自己到底落入了何种局面。

菲儿在找一个人，她希望那个人今天不会在挑水。自从几天前沙度在这里扎营后，菲儿一直在找那个人。菲儿走到敞开的城门前，终于找到了她。那个穿着白袍的女人比菲儿要高，腰间挂着的浅篮子里堆满了面包，她的兜帽向上推起，露出了一点深红色的头发。这位名叫齐亚得的枪姬众正端详着那道没有能保护梅登的箍铁城门，菲儿一走近，她立刻转过了身。她们并肩站着，面朝相反的方向，都装作在调整沉重的篮子。奉义徒之间不该闲聊，不过应该没有人记得她们是一起被俘的。贝恩和齐亚得并不像侍奉瑟瓦娜的奉义徒那样被严加看管，但如果有人注意到她们和菲儿的关系，她们的这种优势很可能会立刻丢掉。现在她们目光所及几乎全都是奉义徒，而且都是龙墙西侧的湿地人，但他们之中一定有不少人很愿意依靠告密来讨取好处。大多数人都是安分守己的，但无论何种情况都不会缺少上下钻营的小人。

“她们在这里的第一晚离开了，”齐亚得低声说，“贝恩和我带领她们进入了树林，我们在回来的时候抹掉了足迹。照我的观察，应该没有人发现她们已经不见了，这里有太多奉义徒，沙度很难注意到有谁逃走了。”

菲儿轻轻吁了一口气。三天以前，沙度的确注意到有人逃走，而且逃跑的人总是不到一天时间就会被抓回来，但只要多逃出去一天，获得自由的机会就多一分。而且看样子，沙度在明天或后天就又要开拔了。自从菲儿被俘以来，他们还从没有在一个地方停留这么长时间。菲儿怀疑他们是要再次跨越龙墙，返回荒漠。

说服莱茜尔和爱瑞拉离开她自己逃走并不是一件容易的事。最后，菲儿命令她们去向佩林报告自己的所在，并告知佩林这里的沙度人数，以及菲儿已经有了可靠的逃亡计划，并警告佩林，任何针对沙度的行动都有可能让菲儿和他陷入险境，这才让她们同意离开。菲儿确信自己已经让她们完全相信了自己的说辞——她的确有逃亡计划，而且不止一个，不管怎样，其中的一个必须是可靠的。但直到此时，菲儿才大概相信，那两个女人已经不再认为单独逃跑违背了她们向菲儿立下的誓言。从某种角度讲，清水誓言要比普通的效忠誓言更加严苛，不过这种誓言也有很灵活的方面，不至于让重视荣誉的傻瓜因它而丧命。实际上，菲儿完全不知道她们两个能不能找到佩林，但不管怎样，她们已经自由了。现在她只需要为另外两个人担心了。当然，如果瑟瓦娜的仆人一下子少了三个，肯定会立刻引起沙度的注意，几个小时之内，最优秀的沙度追踪者就会把她们抓回去。菲儿熟悉穿行于林间的方法，但她知道，要逃出艾伊尔人的追踪是不可能的。被抓住的“普通”逃亡奉义徒是悲惨的，而对于瑟瓦娜的奉义徒，被抓回去的下场很可能是被处死，最幸运的下场也会是再没有任何逃亡的机会。

“如果你和贝恩跟我们一起走，我们就能有更大的机会。”菲儿也压低了声音。穿白袍的男男女女不断从她们身边走过，没有人朝她们瞥上一眼，但警戒感这两个星期以来已经在她心中根深蒂固了。光明啊，这根本不是两个星期，简直就是整整两年！“帮助莱茜尔和爱瑞拉逃进森林，和帮我们逃得更远有什么区别?”菲儿的语气有些急迫，她知道这其中的区别。贝恩和齐亚得是她的朋友，教导过她艾伊尔之道和节义，甚至还有一点枪姬众手语，所以当齐亚得转过头，用灰色的眼睛看着她，脸上再没有半点奉义徒的柔顺时，菲儿并不感到奇怪。枪姬众的声音依然很低，但里面包含着不容置疑的强硬。

“我会竭尽所能帮助你们，因为沙度不应该奴役你们，你们并不奉行节义。但这是我的信条。如果我抛弃荣誉和我的义务，只是因为沙度也在这样做，那么他们就能有资格评判我所做的一切。我会在一年零一天的时间里身穿白袍，然后他们就要释放我，否则我就自己走掉，但我不会抛弃我存在的意义。”然后，齐亚得再没有多说一个字，阔步走进了人流中。

菲儿抬起一只手想要拦住她，却在半途将手放下。她以前就和齐亚得谈过这个问题，已经遭到婉言拒绝，再次提出这个问题，她已经是冒犯了这位朋友，她应该向齐亚得道歉——不是为了确保齐亚得会帮助她，这名枪姬众对此绝不会食言，而是因为菲儿也有自己的荣誉，即使她不奉行节义。冒犯朋友的事情不可能这么简单就被忘记，朋友也同样不会忘记。但现在不是道歉的时候。她们不能在这样的公开场合交谈太久。

梅登曾经是一座繁荣的城市，这里盛产优质羊毛和醇美的葡萄酒，但现在被环绕在城墙中的只是一座失去生命的废墟。经过大规模劫掠和火焚，许多石板铺顶的房屋都只剩下一堆碎石乱木。城市南端几乎全都是烧焦的断梁和被熏黑的、挂着冰柱的残墙，每一条街道，无论是铺石的还是土夯的，都覆盖着一层混杂着灰烬的褐色雪泥，焦黑的木头在整座城中随处可见。梅登显然从没缺少过水，但作为艾伊尔人，沙度对水极为重视，而且他们也从没有用水去浇灭火灾的经验。艾伊尔荒漠中能够燃烧的东西并不多。当他们确信如果再不采取措施，这座城市将被彻底焚毁的时候，又犹豫了许久，才用矛尖指挥奉义徒组成了挑水的队伍，并默许梅登人拉出他们的水泵马车。菲儿本以为沙度应该酬谢那些用水泵马车救了这座城市的人，至少可以让他们陪同那些没有被选为奉义徒的人一起离开。但那些都是身体强壮的年轻人，对沙度来说，都是理想的奉义徒。沙度在挑选奉义徒时还是遵守了一些规矩——怀孕和养育幼童的女人都被放走了，十六岁以下的孩子也得到了自由。另外，城中的铁匠也都被允许离开，他们对此显然感到迷惑又庆幸，但不会有任何人感激沙度。

街上随处可见的还有许多家具——翻倒的大桌、雕花箱子和椅子，有时还能看见一幅满是褶皱的挂毯和一些破碎的碟子，破碎的外衣、长裤和裙子到处都是。沙度抢走了一切金银和宝石镶嵌制品，一切能够使用的东西以及食物，这些家具一定是在疯狂的抢劫中被拖出房屋的，但抢到它们的人又觉得不值得为一点镀金或雕刻而花费这么大力气，就把它们丢在了街上。只有艾伊尔酋长才会坐椅子，而且马车和大车也没有地方能放得下那些沉重的桌子。现在还有几个沙度人在街上游荡，寻找幸免于难的住宅、酒馆和店铺，不过菲儿看到的绝大多数人都是扛着水桶的奉义徒。艾伊尔人对于城市没有兴趣，他们眼中看到的只有一片片可以进行洗劫的石砌房屋。两名枪姬众从菲儿身旁经过，她们用矛柄驱赶着一个全身赤裸、双眼大睁、两只手被绑在背后的男人向城门口走去，毫无疑问，这个男人以为自己能躲在某个地下室或阁楼里，直到沙度离开。同样毫无疑问，这两个枪姬众本来只是想找找有没有藏起来的钱币。一名身穿凯丁瑟的男性雅加德斯威出现在菲儿面前，菲儿转身想要绕开他，奉义徒肯定要为沙度让路。

“你可真漂亮。”那个男人说着，又挡住了她。他是菲儿见过的最魁梧的男人，差不多有七尺高，全身肌肉虬结。他并不胖——菲儿从没有见到过肥胖的艾伊尔人——但肩部相当宽。男人打了个嗝，菲儿闻到一股浓烈的酒气。自从沙度找到梅登的无数窖藏美酒之后，她已经不止一次见到过喝醉的艾伊尔人，但她并不害怕。奉义徒会因为各种错误而受到惩罚，其中许多错误都是湿地人无法理解的，但白袍也会给予他们一些保护。而且，菲儿还不是一般的奉义徒。

“我是智者瑟瓦娜的奉义徒，”菲儿竭力用带着奉承语调的声音说道，现在她已经能将这种语调掌握得很好了，这让她对自己感到厌恶，“如果我放弃工作，只顾着聊天，瑟瓦娜会不高兴的。”她又一次闪到一旁。那个男人却一把握住她的手臂，那只大手虽然没有捏断她的臂骨，却也让她吃了一惊。

“瑟瓦娜有几百个奉义徒，一个奉义徒离开一两个小时是不会让她感到担心的。”

盛脏衣服的篮子落在街上，菲儿被他轻松地举到半空，就像抱起一只枕头。还没等菲儿明白发生了什么，自己已经被他夹到胳膊下面，双臂被紧紧地压在身侧。菲儿张开嘴想要尖叫，那个男人却用另一只手将她的脸按在胸前，菲儿的鼻腔里立刻充满了一股羊毛和汗臭味，而她能看到的只有一片灰褐色的羊毛布。那两个枪姬众到哪里去了？枪之姐妹不可能容许他干这种事，任何看到这种暴行的艾伊尔都会立刻上前干预的！菲儿不认为奉义徒会来帮她，如果她的运气好，他们之中也许会有人跑去寻求援助。但奉义徒学到的第一课就是，做出任何牵涉到暴力的行为，哪怕只是一点威胁，也会被拴住脚踝，倒吊起来，接受猛烈的鞭打，直到你疯狂地哀嚎求饶，至少这是湿地人奉义徒学到的第一课。艾伊尔人都很清楚，奉义徒不能因为任何理由而施行暴力。任何理由，但这并不能阻止菲儿拼命地踢踹这个男人，虽然她觉得自己就像是在踢一堵墙。她不知道这个混蛋要把她弄到哪里去。她张开口，用力咬下去，却只是咬到一嘴肮脏的粗羊毛，而坚硬的肌肉轻易就从她的齿缝间滑脱了，这个怪物仿佛是用石头做成的。菲儿发出尖叫，但她的尖叫声完全被堵在嘴里，连她自己都听不清楚。

突然，抱住她的怪物停下了脚步。

“是我让她成为奉义徒，纳迪克。”另一个男人发出浑厚的声音。

菲儿的脸颊感觉到压在脸上的胸腔里发出一阵隆隆的笑声，她没有停止踢蹬、扭动和尖叫，但抓住她的人仿佛完全没有注意到她的挣扎。“现在她属于瑟瓦娜了，无兄弟者。”这个叫纳迪克的大汉轻蔑地说道：“瑟瓦娜取走她想要的一切，我取走我想要的，这就是我们新的传统。”

“瑟瓦娜取走她的，”对面那个男人平静地回答，“但我从没有把她交给瑟瓦娜，我从没有拿她和瑟瓦娜做交易。因为瑟瓦娜放弃了她的荣誉，你就放弃了你的？”

很长一段时间，除了菲儿呜呜的叫声，周围一片寂静。她不能让自己停止抗争，虽然她觉得自己就像是一个被捆在襁褓里的婴儿。

“她还没有漂亮到值得我为她一战。”纳迪克最后说道。他的声音仍然是那样满不在乎，没有丝毫畏惧。

夹住菲儿的胳膊松开了，菲儿的牙齿猛地从那团脏羊毛布上被扯开，让菲儿甚至怀疑自己会不会被拉掉一两颗牙齿，但地面已经结结实实地撞在她的脊背上，将她肺里的空气和脑子里的智慧一同挤了出去。当菲儿累积足够的力气，将自己从地上撑起来的时候，那名壮汉正大步朝她所在的巷子外面走去，已经快走到街上了。这是一条夹在两排石砌房屋中的泥土小巷，在它的深处，无论他要干什么，都不会有人看见。菲儿打了个冷颤，她不是在发抖，只是打了个冷战，又啐掉嘴里的脏羊毛和纳迪克的汗味，眼睛却只是盯着那个壮汉的后背，如果她能够拿到那把被自己藏起来的匕首，那个怪物肯定会被她刺穿几个窟窿。她还没有漂亮到值得为之一战，是吗？她明白自己的这个想法很荒谬，但现在，她在寻找一切能让她发怒的理由，她不能让自己的怒火熄灭，否则她将一直打着冷战。她会一刀一刀地刺烂这个怪物，直到她的手臂再也抬不起来。

菲儿摇摇晃晃地站起身，用舌头感觉了一下牙齿，它们都很好，没有残断和掉落。她的脸被纳迪克的粗羊毛布磨破了，嘴唇也被撞出了瘀伤，不过除此之外，她的身体还算完好无损。菲儿再次提醒自己，她没有受伤，能够自由走出这条暗巷，就像所有穿奉义徒长袍的人那样。如果像纳迪克这样不再尊重奉义徒传统的人还有许多，那就说明，沙度的秩序正在崩溃，现在这片营地已经变得愈来愈危险，但混乱的秩序会产生更多逃跑的机会。她应该对此保持这样的看法——她得到了一些有用的讯息，只是她还是止不住地打着冷战。

最后，菲儿不情愿地把目光转向她的救星，她记得这个人的声音。他站在一段距离以外，平静地看着她，没有任何关心或同情的意思。菲儿相信，如果现在这个人碰她一下，她一定会尖叫出声。这又是一件极为荒谬的事。他刚刚救了她，但也同样是确切无疑的事实。鲁蓝比纳迪克矮不到一个巴掌，肩膀几乎和那个怪物一样宽，菲儿同样有理由用匕首把他刺死。鲁蓝不属于沙度，而是一名无兄弟者——幂拉丁——因为不愿追随兰德·亚瑟而离开本部族的人，而且他的确是“让菲儿成为奉义徒之人”，实际上，正是因为他在菲儿被俘的那一晚用自己的外衣将她裹住，才让菲儿免于被冻死。当然，如果不是他在俘虏菲儿的时候就剥去了她的全部衣服，菲儿也不会受这样的罪，成为奉义徒的第一步从来都是被剥光衣服。当然，这不能成为菲儿原谅他的理由。

“谢谢。”菲儿觉得这个词在自己的舌头上发出一股酸气。

“我没有要你感谢。”他不带任何情绪地说，“不要这样盯着我，难道你咬不动纳迪克，就想来咬我？”

菲儿努力不让自己对他吼叫，现在就算她想要让自己显得温顺一些也是不可能了。她转回身，向街上走去，颤抖的双腿却让她始终无法把步子走稳。来来往往的奉义徒们挑着水桶，几乎不会看她一眼，没有几个俘虏想碰别人的麻烦，他们自己的麻烦已经够多了。

菲儿走到洗衣篮旁边，篮子倾倒在路上，白色丝绸外衫和深褐色的骑马裙裤散落在覆盖着一层雪泥和火灰的地面上，至少它们上面还没有脚印。现在街道上还有许多梅登人成为奉义徒的时候穿着被从身上撕下来的破烂衣服，而且走在这里的奉义徒们全都已经挑了一早晨的水，还要再挑上一整天，他们在这些衣服上无论踩上几脚都是可以原谅的，菲儿会努力去原谅他们。她扶正篮子，开始将衣服一件一件捡起来，抖掉上面的泥土灰烬，并小心地避免抖不掉的污垢继续在衣服上粘牢。和莎莫林不同，瑟瓦娜完全接受了丝绸，她已经不再穿其他质料的衣服了，她为自己的丝绸衣服感到自豪，就像她对自己的珠宝那样。对于这两样东西，她都极为关心，如果有一件衣服没法洗干净，她肯定会不高兴的。

当菲儿将最后一件外衫放在篮子顶的时候，鲁蓝走到她身旁，一只手提起那只篮子。菲儿冲动地想喝令他把篮子放下，又急忙用力把这句话咽回去，她的脑子是她真正拥有的唯一武器，她必须明智地使用它，而不是任由它受自己的脾气控制。鲁蓝出现在这里绝不是偶然的，菲儿被俘之后，就经常会看到他。他在跟踪她。他对纳迪克说的那段话是什么意思？他没有把她交给瑟瓦娜，没有用她和瑟瓦娜做交易。虽然是鲁蓝俘获了菲儿，但菲尔相信他并不赞同让湿地人成为奉义徒，大多数无兄弟者都不赞成这件事。不管怎样，他依然认为菲儿是属于他的。

菲儿也相信，自己不必害怕他强迫自己做什么，鲁蓝早就有机会做这样的事了。她曾经落在他手中，全身赤裸，被紧紧捆住双手，那时他看她的眼神就像是一根树干。不过，也许他不喜欢那种样子的女人。不管怎样，无兄弟者在沙度人中间就像那些湿地人一样被看作外人，沙度人不信任他们，而无兄弟者自己也经常对沙度人显出一副不以为然的样子。他们原来可能以为自己在两样罪行中选择了较轻的那一样，现在，他们之中有很多人已经不这样想了。如果能和这个人交上朋友，也许他会帮助她，当然，不能奢望他会帮她逃走，但……真的不能奢望这一点吗？菲儿只能试一试。

“谢谢你。”菲儿再次道谢。这一次，她让自己露出了一点微笑。让她感到惊讶的是，鲁蓝竟然也向她还以微笑，一个几乎看不见的微笑，但艾伊尔人绝不是表情丰富的族群，不熟悉他们的人会以为他们的脸都是用石头雕成的。

随后，他们只是无声地并肩走着。鲁蓝一只手提着篮子，菲儿提着长袍下摆，那样子倒很像在散步，经过他们身边的奉义徒都会惊讶地看他们一眼，然后立刻又低下了头。菲儿不知道该怎样开口，她不希望让鲁蓝以为自己要挑逗他，他可能终究还是喜欢女人的。不过，鲁蓝首先打破了僵局。

“我一直在看着你，”他说道，“你很强大、勇敢、无所畏惧，大多数湿地人都已经被吓得失去了理智。他们先是盲目地摆出反抗的架势，受到惩罚之后，立刻又哭泣着畏缩起来。我觉得你是一位有节义的女子。”

“我很害怕。”菲儿回答，“我只是竭力不表现出来而已，哭泣不会有任何意义。”大多数男人相信这一点，不受控制的泪水只会妨碍你，但夜晚滴落的泪能帮助你度过下一个白天。

“有值得哭的时候，也有值得笑的时候，我想见到你笑。”

菲儿真的笑了，虽然是很干涩的笑，“穿上这一身白袍，我没有什么笑的理由，鲁蓝。”她从眼角瞥了那个艾伊尔人一眼。她这句话是否太过分？但鲁蓝只是点了点头。

“但我还是想看你笑，笑容很适合你，你如果大笑起来，肯定会更好看。我没有妻子，但我有时也能让女人笑起来。我听说你有丈夫？”

菲儿踉跄一下，抓住了他的胳膊，然后她立刻放开手，透过兜帽的边缘向他望去。鲁蓝等到菲儿站稳，就继续向前走去。他的脸上显出一点好奇的神情，虽然有纳迪克这种混蛋，但艾伊尔习俗一般都是在男性引起女性的好感之后，由女性先有所表达，送给她礼物是一种方式，让她笑是另一种方式，虽然他并没有表现出任何喜欢女人的样子。“我有丈夫，鲁蓝，而且我非常爱他，非常非常，我迫不及待地想要回到他身边。”

“你在作为奉义徒时发生的事情，和脱下白袍的你没有任何关系。”他平静地说，“但也许你们湿地人不这样看问题。不管怎样，你作为奉义徒的时候会很孤单，也许我们偶尔能聊聊天。”

这个男人想看到她笑，这让菲儿不知道是该笑还是该哭，他已经明确地表达了他还会继续努力引起她的好感。艾伊尔女人欣赏男人的坚持。不管怎样，如果齐亚得和贝恩不愿，或者不能帮她远远地逃离沙度，那么鲁蓝也许就是她最大的希望，只要多一些时间，菲儿觉得自己能说服他。她当然能，没有信心，就不会有成功！鲁蓝是受到歧视的流亡者，沙度会接纳他，只是为了利用他手中的利矛，菲儿则打算给他一个坚持下去的理由。

“很愿意如此。”菲儿小心地说道。毕竟，一点挑逗也许是必须的，但菲儿刚刚告诉他自己和丈夫之间的爱有多么深，不能立刻就显出一副轻佻的样子，她不打算成为那样的女人。她可不是阿拉多曼女人！但也许她还是应该表现出一些姿态，至少她可以提醒他，瑟瓦娜占有了他的“权利”。“我还有工作，如果我把时间都用来和你聊天，瑟瓦娜是不会高兴的。”

鲁蓝又点点头。菲儿叹了口气。他也许像他说的那样，懂得如何让女人笑，但他的确很不爱说话，看来她要费不少力气才能让这个艾伊尔人说些有用的话来，否则鲁蓝可能只会和她说些她完全不懂的笑话。虽然齐亚得和贝恩不止一次地向菲儿解释过艾伊尔式幽默，但她对此仍然不太能理解。

他们已经走到城市北端那座堡垒前面的广场上，这座用灰色石块堆砌而成的巍峨城堡同梅登的城墙一样，没有为这里的居民提供任何保护。菲儿觉得自己看见了这座城市和周围二十里地区曾经的统治者——一位容貌姣好而威严、中年寡居的女贵族，她也在挑水的奉义徒队伍里。身穿白袍、肩挑水桶的男男女女簇拥在这片石板地面的广场上。在广场最东端有一段三十尺高的灰色高墙，乍看好像是城墙的一部分，但那实际上是一座巨大的蓄水池，一道水渠将水源源不断地注入其中，各由两个人操作的四座水泵将水灌进水桶里，不时有一点水花泼溅到石板地面上。但如果灌水和接水的人看到了鲁蓝就在旁边，他们绝不敢犯这种大错。菲儿曾经想过从引水渠中爬出沙度营地，但这样她全身都会被冷水浸透，她肯定会被活活冻死，那绝不是在雪地中跋涉一两里所受的寒冷能比的。

这座城里还有另外两个取水的地方，它们都连通着地下引水渠。在这里，蓄水池的墙边靠着一张狮脚乌木长桌，它曾经是一张宴会桌，桌面上镶嵌着象牙，现在，那些象牙镶嵌都已经被撬走了，取而代之的是几个大洗衣盆。两个木桶放在桌边，桌子一端有一只正在喷着蒸汽的铜壶，架在铜壶下面的篝火燃料用的是打碎的桌椅。瑟瓦娜命令奉义徒将她的衣服带到这里洗涤，菲儿怀疑她这样做并不是为了节省奉义徒挑水到营地的劳力。但不管瑟瓦娜的理由是什么，菲儿对此感到很庆幸，一篮子要洗的衣服总比两只装满水的桶要轻许多，菲儿挑过很多次水，知道那是怎样的苦力。桌边有两个水桶，但正在洗衣服的、束金腰带和项圈的女人只有一个，她将白袍的袖子挽到了尽可能高的地方，一头黑色长发被一个白色的布带紧紧束在背后。

当雅莲德看见菲儿和鲁蓝一同走过来的时候，她站起身，在袍子上抹去手臂的水。雅莲德·麦瑞萨·基加林，海丹女王，光之祝福者，加林之墙的守卫者，以及其他十几个头衔的拥有者，是一位典雅、端庄的女子，神态庄严而又从容不迫，现在的奉义徒雅莲德仍然很漂亮，脸上却永远都是一副饱受折磨的神情。她的衣服上带着一片片水渍，双手因为长期浸泡在水中，皮肤出现了很多皱褶，她只能被看作一位漂亮的洗衣妇了。鲁蓝放下篮子，向菲儿一笑，才转身离开，看到菲儿也向他报以微笑，雅莲德嘲弄似的挑起一侧眉弓。

"是他抓住了我。"菲儿一边说，一边将衣服从篮子里放到桌上。虽然这里只有奉义徒，但只说话不工作依然是不明智的。"他是无兄弟者，我相信他并不真的赞同让湿地人成为奉义徒，也许他能帮我们。"

"我明白。"雅莲德说。她用一只手优雅地掸了掸菲儿的后背。

菲儿皱起眉，转过头望向自己的肩膀。她看到大片灰泥从肩头一直延伸到后背，红晕立刻涌上她的脸颊。“我跌倒了。”她忙不迭地说道，她不能把纳迪克的事情告诉雅莲德，她不能把这种事告诉任何人，“鲁蓝帮我拿了篮子。”

雅莲德耸耸肩：“如果他能帮我逃出去，我就嫁给他，或者随他怎么样。他不是很漂亮，但也还不错，而我的丈夫，如果我有丈夫的话，他永远也不会知道。而且，如果他还有理智的话，他就只会因为我能回去而高兴，绝不会问任何可能让他自己郁闷的问题。”

菲儿紧握着一件丝绸外衫，咬了咬牙。雅莲德曾经向她宣誓效忠，当然，是因为佩林的关系。她一直都遵守着这个誓言，完全服从菲儿的命令，但现在她们的关系逐渐变得紧张。她们早已达成一致，为了活下去，现在必须要像仆人那样去思考，要成为仆人，但这也意味着她们见到对方都会行屈膝礼，俯首帖耳地听从命令。瑟瓦娜在决定惩罚某个奉义徒的时候，总会让身边的奉义徒立即执行。有一次，菲儿被命令抽雅莲德鞭子，更糟糕的是，雅莲德曾经两次受命对菲儿还以颜色。如果在行刑时有所保留，那只能让行刑的人受到同样的惩罚，原本受刑的人则会被另一个不讲情面的人施加两倍的刑罚。当一个人已经两次让自己的主人尖叫求饶的时候，想再对她保持尊敬肯定会有困难。

“爱瑞拉和莱茜尔三天前逃走了。”菲儿压低声音，“她们现在应该已经跑得很远了，麦玎在哪里？”

雅莲德担忧地皱起眉，“她正试图溜进赛莱维的帐篷，赛莱维刚刚带着一队智者从我们身边经过。听她们的谈话，似乎正要去见瑟瓦娜。麦玎把她的篮子推给我，说她要去试试。我想……她想要逃出去已经想得快发疯了。”雅莲德自己的语气中也流露出了一点绝望，“现在她应该在这里的。”

菲儿深吸一口气，又缓缓地将它吐出来。她们全都快绝望了，她们一直在搜集逃跑用的物品——小刀、食物、靴子、勉强合身的男人裤子和外衣，这些东西全都被小心地藏在马车里。白色长袍可以作为毯子，也可以作为在雪地中藏身的斗篷，但现在她们使用这些物资的机会并不比她们被俘的那一天更大。只是两个多星期，严格来说，是二十二天，这段时间不够改变任何事，但她们装作仆人的努力已经改变了她们自己。刚过了两个星期，她们已经发现自己会不假思索地完成任何命令，心中只是害怕受到惩罚，想要讨瑟瓦娜的欢喜。最可怕的是，她们能清楚地看到自己在这样做，知道自己的某个部分正在发生这种违背她们意志的改变。现在，她们还可以告诉自己，她们只是在努力避免逃跑之前受到怀疑，但每过一天，她们做这些事的时候都变得更加机械和自然。再过多久，逃跑就变成一个苍白的梦想，只会在她们一心一意地做了一天完美奉义徒之后，从她们的梦乡中偶尔掠过？迄今为止，没有人敢大声问出这个问题，菲儿知道自己也竭力不去想它，但这个问题永远都盘旋在她的意识边缘。从某种角度讲，她害怕自己忘记这个问题，当这个问题不再出现的时候，会不会就是她得到答案的时候？

菲儿强迫自己摆脱这种无助的情绪。这是另一个陷阱，只有她的意志力才能支撑她不掉进去。“麦玎知道要谨慎行事。”她用坚定的声音说道，“她很快就会回来的，雅莲德。”

“如果她被捉住呢？”

“不会的！”菲儿厉声说道。如果她被……不，她必须相信她们能赢，而不是只想着输。脆弱的心灵永远得不到胜利。

洗涤这些丝绸衣服是相当耗时的工作。她们从水泵那里接来的水冰寒刺骨，不过铜壶中的热水总算能让洗衣盆中的水不会冻手，丝绸衣服不能在热水中洗。在这样寒冷的天气里，能将双手伸进温水中简直就是一种享受，但她们又不得不频繁地把手拿出来，这时她们的手承受的就是双倍的苦寒。她们没有肥皂，至少没有能够用于洗涤丝绸的温和肥皂，所以她们只能将丝绸外衫和丝裙一件一件地浸泡在水里，然后轻轻地将丝绸表面相互摩擦，再将它们在一片毛巾上铺开，小心地将毛巾卷起，挤出尽可能多的水，然后将潮湿的丝绸放进另一盆混有醋的水中，这样能让丝绸变得光亮崭新，最后再用毛巾将丝衣卷起，用力拧干湿毛巾卷，再把毛巾摊开，放在太阳下面晒干。毛巾里面的丝衣则会被挂在广场边缘，一座帆布大帐篷阴影里的横杆上，还要一点一点将丝衣上面的褶皱抚平。如果运气好，被阴干的丝衣就不需要熨烫。菲儿和雅莲德知道该如何打理丝绸，但她们不具备熨烫丝绸的技巧。瑟瓦娜的奉义徒中没有一个人懂得这种技巧，就连麦玎也不行，虽然麦玎在为菲儿服务之前就已经是贵族侍女了。但不管怎样，瑟瓦娜不接受任何无法让她满意的结果和理由。每次菲儿和雅莲德挂上一件衣服的时候，她们都会将之前挂好的衣服再检查一遍，抹去上面的任何一点皱痕。

菲儿将热水倒进洗衣盆里时，雅莲德突然恨恨地说：“那个两仪师来了。”

盖琳娜是一名两仪师，她光洁无瑕的面容和手指上的黄金巨蛇戒都清楚地表明这一点，但她也穿着奉义徒的白袍，只是她的长袍是丝质的，而且绝不比其他人的羊毛长袍薄！她的腰上紧束着一条工艺精美的绣花宽金带，上面镶嵌着不少火滴石，一只同样款式的高项圈绕在了她的脖子上，镶嵌在上面的宝石表明这以前应该是某位君王的饰品。她是两仪师，有时候还会单独骑马离开营地，但她总会回来，而且任何一名智者只要勾勾手指，她都会忙不迭地跑去接受命令，尤其是对赛莱维，她一般都住在赛莱维的帐篷里。而最让菲儿感到奇怪的是，盖琳娜知道菲儿的身份，知道她的丈夫是佩林，以及佩林和兰德·亚瑟的关系。她以此要挟菲儿，要菲儿和她的朋友们从她居住的帐篷里偷出某样东西来，否则就把菲儿的底细告诉瑟瓦娜，这是等着吞掉她们的第三个陷阱。瑟瓦娜发疯一样想要得到兰德·亚瑟，相信自己能够和他结婚，如果她知道了佩林的事，菲儿就再也不可能离开瑟瓦娜的视线了，她会变成一头被插在杆子上，引诱雄狮前来的山羊。

菲儿见过盖琳娜摇尾乞怜的样子，但现在这名两仪师却稳步走过广场，如同女王一般向周围的仆役们投去轻蔑的目光——简直就是一个彻头彻尾的两仪师，因为这里没有需要她去阿谀奉承的智者。盖琳娜的容貌属于中上水平，但绝对算不上漂亮，菲儿不明白赛莱维为什么总是把她带在身边，除非那个智者是在透过驱使两仪师来满足自己的虚荣心。菲儿也不明白，为什么在赛莱维的百般羞辱之下，这个女人还要留在这里。

盖琳娜在距离桌子一步开外的地方停下来，脸上挂着一副大概能被称为"怜悯"的微笑。"你们显然做得并不好。"她所指的当然不是菲儿和雅莲德正在洗的衣服。

菲儿本来要答话，雅莲德却抢在她前面，而且声音比刚才更加充满恨意："麦玎今天上午去取你的象牙杖了，盖琳娜，我们什么时候能见到你承诺的帮助?"除了告发菲儿这根大棒之外，盖琳娜还扔出了一根承诺会帮助她们逃走的胡萝卜，但迄今为止，她们真正见到的只有她的大棒。

"她今天上午去赛莱维的帐篷了?"盖琳娜悄声说着，她的脸上看不到一丝血色。

菲儿这才注意到，太阳竟向西落到了半空之中，她的心脏开始痛苦地猛跳起来，麦玎早就应该回来了。

那名两仪师则显得比她还要慌乱。"今天上午?"她一边重复着，一边回过头。当麦玎突然从广场上的奉义徒人群中走出来的时候，她全身哆嗦着惊叫了一声。

和雅莲德不同，自从她们被俘的那一天开始，这位金发女子就变得愈来愈坚强。她的心中同样充满绝望，但她似乎将这种情绪全部凝结成为行动的决心，她的神态总是像一位女王多过像侍女，不过大多数贵族侍女都会有类似的行为举止。但现在，她只是麻木地从她们身边走过，将双手伸进水桶中，掬起一捧水，饥渴地喝进肚里，然后用手背抹了一下嘴唇。

"等我们走的时候，我要杀死赛莱维。"她哑着嗓子说，"我现在就要杀死她。”她的蓝眼睛中再次焕发生机与热力。“你安全了，盖琳娜，她以为是我要去偷窃，我还没看上一眼，有些事情……有些事情就发生了。然后她就离开了，只是把我捆住，留到以后再行处置。”热力从她的目光中消失，取而代之的是深深的困惑。“那到底是什么事，盖琳娜？就连我都能感觉到，而我的能力是那么弱小，以至于那些两仪师认为我根本就不会有任何危险。”麦玎能够导引，但非常不稳定，导引的强度也极小。根据菲儿对白塔极为有限的了解，像麦玎这样的人在白塔待不过几个星期就会被送走，不过麦玎从没有提到过自己曾经被白塔拒于门外。如果她们要逃走，麦玎的能力起不了任何作用。菲儿想要问清楚麦玎所说的到底是什么事，但她根本没有这个机会。

盖琳娜的面孔依旧是惨白色的，不过她还能保持住两仪师的镇定，她一把揪住麦玎的兜帽和头发，把她的头拉过去，冷冷对她说：“这不是你需要关心的，这与你无关，你要做的就是把我想要的东西给我，这是你最需要关心的。”

还没等菲儿过去保护麦玎，另一个束宽金腰带、穿白袍的女人已经出现在盖琳娜面前，将她拉开，摔在地上。

埃拉纹是个身材丰满、容貌普通的女人，当菲儿第一次看见她的时候，她的眼神中只有疲惫和听天由命的无奈。那时，正是这个阿玛迪西亚女人将黄金腰带交给菲儿，告诉菲儿，她将侍奉“瑟瓦娜女士”，但这些艰苦的日子让埃拉纹变得坚强了，这种影响对她似乎比对麦玎还要大。

“你疯了，竟敢冒犯两仪师？”盖琳娜喝道，她费力地爬起身，一边掸着丝绸裙子上的泥土，一边将全部怒火都发泄到这个胖女人身上，“我要让你——”

“我是否要告诉赛莱维，你在殴打一名瑟瓦娜的奉义徒？”埃拉纹冷冷地打断了她的话。她的言辞显得相当有修养，据此可以猜测她曾是一名商人或某位重要人物，甚至可能是一位贵族，但埃拉纹从没提过自己在穿上白袍之前的身份。“上次赛莱维认为你擅自行动的时候，方圆一百步以内的人都能清楚地听到你哀嚎求饶的声音。”

盖琳娜的身体因为愤怒而颤抖着，这是菲儿第一次看见如此失态的两仪师。最后，她终于努力控制住了自己，但她的声音中还是充满了刺鼻的酸气：“两仪师的行动自有其理由，埃拉纹，这是你无法理解的，你将为此付出代价，让你后悔莫及的代价，你将衷心地为此而后悔。”她最后掸了一下长袍，大步走开了，这次，她不再是一位向奴仆投以轻蔑目光的女王，而是变成了一头扑向挡路绵羊的老虎。

埃拉纹看着她走远，似乎丝毫没有被这个两仪师的恫吓影响，不过她显然也不打算和菲儿聊天，她只是简单地说了一句：“瑟瓦娜想见你。”

菲儿没有问为什么，只是擦干手，抚平袖子，告诉雅莲德和麦玎她会尽快回来，就跟随着这名阿玛迪西亚女人走了。瑟瓦娜对她们三个人十分看重，麦玎是她的奉义徒中唯一真正的贵族侍女，雅莲德是女王，菲儿则是权势强大到足以让一位女王向她宣誓效忠的女人。有时候，她会点名召唤她们之中的一个，去帮助她更换衣服、为她斟酒，或者伺候她在黄铜浴盆中沐浴。现在瑟瓦娜已经喜欢浴盆多过出汗帐篷了。另外，她们还需要像她的其他仆人一样完成各种杂役。而且，瑟瓦娜在召唤她们的时候，从不会问她们是否已经被安排别的工作，也不会因此而稍稍减轻她们的劳作负担。无论瑟瓦娜想让菲儿做什么，菲儿知道她还是要和两名同伴一起把她的衣服完全洗干净。瑟瓦娜的愿望必须满足，而且她不会接受任何借口。

菲儿不需要别人指引瑟瓦娜的帐篷该怎么走，但埃拉纹依然带着她穿过挑水的人流，直到她们看见第一顶艾伊尔人的矮帐篷。然后，她朝与瑟瓦娜的帐篷相反的方向指了指。“先到这边来。”

菲儿仍然停在原地，“为什么？”她有些狐疑地问。瑟瓦娜的仆人之中的确有人嫉妒她给予菲儿、雅莲德和麦玎的关注，菲儿从没有在埃拉纹身上察觉到这种嫉妒，但也许会有别人靠假命令来让她们陷入麻烦。

“在你见到瑟瓦娜之前，你会希望先看见这个的，相信我。”

菲儿张了张嘴，想要问得更清楚一些，但埃拉纹只是转过身向前走去。菲儿拢起长袍下摆，跟了上去。

各种形制的大车和马车散布在帐篷之间，它们的轮子都已经被雪橇板所取代了，大多数车上都堆满了麻包、木箱和木桶，车轮就被牢牢地困在这些货物上面。菲儿跟随埃拉纹没走多远，就看见一辆没装货物的平板大车，但这辆车并不是空的。粗木车板上躺着两个女人，她们全身赤裸，被紧紧地捆住，在寒风中瑟缩着，却又如同刚刚狂奔过一样大口地喘着气。两个人的头都疲惫地低垂着，但仿佛知道菲儿来了一样，她们不约而同地抬起头。爱瑞拉是一名皮肤黝黑的提尔人，像大多数艾伊尔女人一样高，她看见菲儿，就羞愧地转过了头，莱茜尔是身材娇小，皮肤白皙的凯瑞安人，她的脸颊已经变成了亮红色。

“她们在今天早晨被带回来。”埃拉纹直视着菲儿的脸，“她们将在天黑前被解开，因为这是她们第一次妄图逃走，不过我怀疑她们在明天以前可能都无法行走了。”

“你为什么要让我看这个？”菲儿说。她们一直都很小心地隐瞒着她们之间的联系。

“你忘记了，女士，当你们全部穿上白袍的时候，我就在场。”埃拉纹审视了她半晌,突然握住菲儿的双手,猛地翻转过来,让自己的双手处于菲儿的手掌中间。她弯曲膝盖,几乎到了跪倒的程度,然后飞快地说:"以光明和我重生的希望发誓,我,埃拉纹·卡奈尔以我的全心全灵向菲儿·德·艾巴亚女士立誓效忠。"

只有莱茜尔对埃拉纹的行动表现出注意的神情,来往的沙度人当然不会在乎两名奉义徒做些什么,菲儿用力抽脱双手:"你怎么知道这个名字?"她当然不能告诉俘虏她的沙度人自己只叫菲儿,但是在她确认沙度不知道达弗朗·巴歇尔为何许人物之后,就小心地报称自己的姓是巴歇尔,除了她的同伴以外,只有盖琳娜知道这一事实,至少菲儿一直是这样以为的。"你还把这件事告诉过谁?"

"我会听,女士,有一次我听到盖琳娜和你的谈话。"埃拉纹的声音中流露出焦急的情绪,"我没有告诉过任何人。"菲儿想要隐瞒自己的姓,这并不让她感到吃惊,但很显然,她并不知道德·艾巴亚的含义,也许埃拉纹·卡奈尔也不是她真正的名字,或者不是她全部的名字。"在这个地方,保守秘密必须像在阿玛多一样谨慎,我知道她们是您的人,但我没有告诉任何人。我也知道您打算逃跑,从我见到您的第二天或第三天,我就确信这一点了,此后我的一切所见所闻都在不断证实这一点。请接受我的誓言,带我一起走,我能帮您的忙。更重要的是,我是值得信任的,我一直在为您保守秘密,这就是最好的证明,求求您。"她最后这句话说得很生,似乎她以前从没有这样说过,那么,她应该是一位贵族,而不是商人。

这个人除了证明她善于刺探秘密以外,什么都没有证明,但这的确是一个很有用的技能。而且,菲儿自己就知道至少有两名试图逃跑的奉义徒被其他奉义徒告发,有些人为求自保,的确会不顾他人的死活。埃拉纹知道的东西已经足以毁掉她们了。菲儿再次想到了她藏起的匕首。一个死人不会泄露任何事,但那把匕首还在半里以外的地方,菲儿也不知道该如何藏起一具尸体。而且,这个人毕竟没有为了讨瑟瓦娜的欢心而告发菲儿想要逃跑。

菲儿重新拾起埃拉纹的手,像埃拉纹一样用飞快的语速说:"以光明的名义,我接受你的誓言,将在战祸、寒冬和一切灾难中保护你。好了,你是否知道还有什么人能够信任?不是你认为可以信任的,是你知道可以信任的。"

"没有,女士。"埃拉纹严肃地说,她的面孔在宽慰中焕发神采,看来她并不确信菲儿一定会接受她,而这种宽慰的表情让菲儿开始倾向于相信她了。倾向,但并不是完全相信。"为了能够换取自由,这里的半数人连自己的母亲都会出卖,而另外半数人或者因为太过害怕而什么都不敢做,或者就是已经被吓坏了，什么都做不了。我见过一两个还有些希望的人，但我必须谨慎从事，任何一个错误都会是致命的。”

“一定要谨慎，”菲儿表示同意，“瑟瓦娜真的派你来找我？如果她没有……”

瑟瓦娜的确是要找她，菲儿很快就到了她的帐篷前。菲儿不喜欢自己因为害怕瑟瓦娜不高兴就加快走路的速度，但直到她温顺地站在帐篷入口处，根本没有人注意她是怎么走过来的。

瑟瓦娜的帐篷已经不再是那种低矮的艾伊尔帐篷，而是一顶有高大围壁的红色帆布帐篷，需要用两根中柱才能撑起来，帐篷中点燃了十几根带镜子的立灯。两只镏金火盆不断地散发出有限的一点热量，袅袅青烟从火盆中飘到帐篷顶部的烟洞外面。总体来说，帐篷里面并不比外面暖和多少。地面上的积雪都已经被仔细地清除掉了，取而代之的是红、绿、蓝和带有提尔迷舞与花鸟走兽图案的地毯。地毯上堆着许多带丝穗的丝绸软垫，还有一把椅子。这把椅子放在帐篷的一角，相当高大沉重，上面有许多繁复的花纹和厚重的镀金，菲儿没见过任何人坐在上面，不过她知道，这把椅子代表着首领的权威。她很高兴自己只需要低垂着头，一言不发地站着。为了满足瑟瓦娜的不时之需，帐篷的一侧还站立着另外三名系金腰带和项圈的奉义徒，其中一个是留胡子的男性。瑟瓦娜和赛莱维都在帐篷里。

瑟瓦娜比菲儿还要高一点，有一双淡绿色的眼睛和金丝一样的头发，如果不是她丰满嘴唇上的那一抹贪婪的纹路，她应该是很漂亮的。除了她的眼睛、发色和被太阳晒黑的皮肤外，她的身上已经看不到任何艾伊尔人的样子了。她上身穿着白色丝绸外衫，腿上深灰色的开叉骑马裙同样是丝绸的，包住额角的丝绸头巾则闪耀着猩红与金色，当她迈开步伐时，裙摆下就会露出一双红色的靴子。她的每根手指上都戴着宝石戒指，项链和手镯上镶嵌着大珍珠、鸽子蛋一样大的钻石、红宝石、蓝宝石、翡翠和火滴石，莎莫林的那些首饰完全无法与她的这些珠宝相比，而所有这些珠宝都不是出自艾伊尔人之手。赛莱维则与她截然相反，仍然保持着彻底的艾伊尔风格，她穿着深褐色羊毛和白色亚葛制作的外衫，手上并没有戒指，项链和手镯也都只是用黄金和象牙做成，没有一颗宝石。她比大多数男人都要高，深红色的头发中能看到些许白色，她看上去就如同一只蓝眼睛的苍鹰，而瑟瓦娜就像她要一口吞掉的羔羊。菲儿宁可惹怒瑟瓦娜十次，也不愿意冒犯赛莱维一次。但现在，这两个人正站在一张镶嵌象牙和绿松石的桌子两侧，瑟瓦娜毫不畏惧地盯着向她瞪视的赛莱维。

“今天发生的事情意味着巨大的危险。”听赛莱维的语气，她似乎已经厌倦了一再重复这个话题，还有一点要和瑟瓦娜拔刀相向的怒意。菲儿觉得，她的确是在抚弄腰间的匕首柄，而且并非完全是漫不经心的。“我们需要尽量远离那个地方，而且要马上行动，我们应该进入东方的群山之中，到了那里之后，我们要再次聚集起全部氏族。只有到那个时候，我们才是安全的。如果不是因为你过于自信，我们的氏族根本不会散乱成这个样子，瑟瓦娜。”

“你在说安全?”瑟瓦娜笑了笑，“难道你已经这么老了，连牙齿都掉光了，需要由别人来喂你面包牛奶吗？你自己看看，你说的这些高山有多远？我们要在这该死的雪地里爬行多少天，多少星期，才能爬到那里?”她指了一下她们之间的桌面，那上面铺开了一张地图，被两个厚重的金碗和一支三叉大金烛台压着。大部分艾伊尔人都很轻视地图，但瑟瓦娜像接受湿地人的其他一切东西一样迅速地接受了它们。“你说的那件事发生在很远的地方，赛莱维，这一点你和其他每一名智者都没有异议。这座城市里有大量食物，足够我们吃许多个星期，而且，现在有谁会来挑战我们？而且……你必须听听我们跑者的报告，再有两或三个星期，最多四个星期，就会有十个部族加入我们，甚至更多！如果这个城里的湿地人没有骗我们，那时积雪也会融化。到时候我们就可以快速行军，而不是像现在这样，必须拖着沉重的雪橇慢慢挪动了。”菲儿有些好奇，那个城里的人是否和瑟瓦娜提到过融雪后的泥泞。

“还有十个部族会加入你，”赛莱维的声音非常刻板，只是在说出最后一个字的时候着意加重了语调，她的手已经紧握住匕首柄，“你代理部族首领的职权，而我则被授予了向你提出谏言的责任，就如同向首领提出谏言一样。为了部族，首领必须听取智者的谏言。我现在建议你一直向东行军，其他氏族同样可以在群山中找到我们。如果说，我们必须在路上忍受一些饥饿，我们之中又有谁没有经历过物质匮乏的生活?”

瑟瓦娜摸了摸胸前的项链，她右手上的一颗大翡翠在灯光的照耀下，如同一团绿色的火焰。她的嘴唇绷紧，似乎赛莱维的话让她感觉到了饥饿，也许她经历过艰苦的生活，也许这顶高大的帐篷不像艾伊尔的矮帐篷那样温暖，但她已经不会选择回头了。“我代理首领职权，我已经决定，我们留在这里。”她的声音中充满了挑战的意味，但她没有给赛莱维应对挑战的机会。“啊，菲儿来了，我听话的、优秀的奉义徒。”她从桌上拿起一只布包，将它打开，“你认得这个吗，菲儿·巴歇尔?”

瑟瓦娜手中是一把一手半长的单边开刃匕首，一件农夫们经常会带在身边的普通工具，但菲儿非常熟悉它的木柄上的每一颗铆钉，以及它刃口上的每一点缺损，那是她无比小心地偷出来，并严密收藏的匕首。她什么都没说，已经没什么可说的了，奉义徒禁止携带任何武器，即使是小刀也不行，除非是在切削肉和蔬菜的时候。但是当瑟瓦娜再次开口的时候，她还是哆嗦了一下。

“幸好盖琳娜在你使用它之前就把它交给了我，不管出于何种目的，如果你刺伤了某个人，我一定会非常生气的。”

盖琳娜？当然，那个两仪师不会允许她们在为她把事情做好之前就逃走。

“她被吓坏了，赛莱维。”瑟瓦娜发出愉快的笑声，“盖琳娜知道奉义徒该遵循些什么，菲儿·巴歇尔。我该怎样处置她，赛莱维？这是你能够给我的建议。已经有几个湿地人因为藏匿武器而被杀掉了，不过我不想失去她。”

赛莱维用一根手指挑起菲儿的下巴，盯着她的眼睛。菲儿不眨眼地和她对视着，但她觉得自己的膝盖在发抖。她没有对自己解释，这只是因为她觉得很冷。菲儿知道自己并不懦弱，但当赛莱维看着她的时候，菲儿觉得自己就像是鹰爪下的一只兔子，虽然还活着，却不知道锋利的鹰喙什么时候会啄下来。是赛莱维首先命令她监视瑟瓦娜的，无论其他智者对待这件事有多么慎重，菲儿坚信，如果她没有完成赛莱维指派的任务，这名智者会毫不犹豫地割开她的喉咙。假装不害怕这个女人毫无意义，但她必须控制这种恐惧，如果她能做到的话。

“我想，她是想要逃跑，瑟瓦娜，但我相信她能够学会遵守规矩。”

这张粗木桌放在距离瑟瓦娜的帐篷最近的一片空旷地上，大约离瑟瓦娜的帐篷有一百步远。一开始，菲儿以为全身赤裸的羞辱是最糟糕的，当然，还有咬啮她的肌肤的寒冷。太阳已经落到了接近地平线的位置，空气变得愈来愈冷，而且在日出前还要更冷，她要在这里一直待到日出。沙度很快就学到了什么事情对湿地人来说是羞耻的，他们便用这种羞耻感作为惩罚的手段。当有人看她的时候，菲儿觉得已经羞惭欲死了，不过那些来往的沙度人甚至不会放慢一点脚步。对于艾伊尔人来说，裸体不是什么值得害羞的事。埃拉纹出现在她面前，她只是悄声说了一句：“不要放弃勇气。”然后就走开了。菲儿明白，不管埃拉纹对她有多么忠诚，也绝不敢做任何事来帮她。

没过多久，菲儿已经不再为羞耻感而担忧了，她的手腕被捆在背后，脚踝也被拉到背后，和臂肘捆在一起，现在她明白了莱茜尔和爱瑞拉为什么会那样费力地喘息，这种姿势让呼吸变得非常困难。寒冷在她的体内咬得愈来愈深，直到她全身都开始失去控制地颤抖，但所有这些很快也都变得不那么重要了。绞痛感开始灼烧她的双腿、肩膀和肋侧，绷紧的肌肉仿佛都着了火，变得愈来愈紧，愈来愈紧，她只能用全部精神强迫自己不要尖叫出来。这成了她能思考的唯一一件事。她……不……会……尖叫，但，哦，光明啊，这实在太疼了！

“瑟瓦娜的命令是把你留在这里，直到黎明，但她没有说过不能有人陪伴你，菲儿·巴歇尔。”

菲儿眨了好几次眼，才能看清眼前的情景。汗水刺痛了她的眼睛，她的骨髓都要冻硬了，怎么又会出汗？鲁蓝站在她面前，奇怪的是，他还拿着两只装满了热碳的青铜火盆。为了避免被火盆烫伤，被他握在手中的火盆腿还都裹着厚布。看见菲儿盯着他手中的火盆，他耸耸肩，“夜晚的寒冷曾经对我毫无影响，但跨过龙墙之后，我变得软弱了。”

看到他把火盆放到了粗木桌下面，菲儿几乎要惊呼起来，暖流从木板间的缝隙中喷涌而出。菲儿的肌肉仍然疼痛难忍，温热的空气对她来说无疑是最好的祝福，而这个男人伸出一只手臂，揽住她的胸口，另外一只手穿过她弯曲的膝盖。这让菲儿真的惊呼了一声。突然间，她发觉臂肘的压力消失了，鲁蓝在……按压……她，他的一只手在揉捏她的大腿。当他的手指捏紧菲儿打结的肌肉时，菲儿几乎要尖叫起来，但她马上就感觉到那些肌肉的硬结开始松开了。它们依旧很痛，是被鲁蓝的手揉捏得很痛，但那条大腿的痛苦已经缓解了许多。菲儿知道，如果鲁蓝继续下去，她感觉到的疼痛也会逐渐减弱。

“如果我想办法让你笑起来之前先做些别的事，你不会介意吧，对吗?”他问菲儿。

突然间，菲儿意识到自己在笑，而且是真正的笑，当然，她的笑声还是显得有些歇斯底里。她被绑得像是一只要放进烤箱里的鹅，却第二次因为一个男人的拯救而免于被冻死，也许她会放弃杀掉这个男人的打算。从今以后，瑟瓦娜会像鹰一样盯着她，赛莱维也许正在打算杀掉她，以此杀一儆百。但她知道，她会逃走的。一扇门还没有关闭，另一扇门已经打开了，她会逃走的。菲儿笑着，直到她开始哭泣。

第10章

闪耀的灯塔

这个大眼睛的女仆显然更习惯于揉生面团，而不是处理成排的小钮扣，不过，她终于还是将伊兰身上这件深绿色骑马裙的扣子都一一扣好了。然后，她行了一个屈膝礼，喘着粗气向后退去。伊兰不知道她的喘息是因为疲惫，还是因为面对王女感到的压力，也许戴在伊兰左手的巨蛇戒也增添了这个女孩心中的压力。麦瑟林家族的庄园和商船来往不息的艾瑞尼河之间，直线距离只有二十多里，但因为齐舍恩山脉的阻隔，两者之间的实际路程要长得多，所以这里的居民最常接待的访客还是跨越国境，从莫兰迪而来的牲口队。一位身兼王女和两仪师双重身份的来访者，绝对是他们从不曾遇过的。对于这里的一些仆人来说，这种荣耀几乎已经是无法承受的了。昨天晚上，爱尔丝极度尽心尽力地将伊兰的蓝色丝绸长裙叠好，放进更衣室的两个皮制大旅行箱中的一个里面，尽心尽力得让伊兰差点想自己完成这个任务。结果那一晚，伊兰起初睡得很不好，时梦时醒，后来睡过去之后，又起晚了。现在，伊兰已经迫不及待地想回凯姆林去了。

自从知道凯姆林城正遭受威胁之后，这已经是伊兰第五次在外面过夜了。每次，她都会在白天访问三到四个贵族庄园，有一次她甚至去了五个庄园。这些庄园的主人都是因为血缘或誓言而与传坎家族连为一体的贵族，而每次访问都要用掉不少时间。时间如同一副重担，压在她的骨架上，但她依然必须在这些人面前显示出与她身份相符的庄重仪表。她在赶路时需要穿着骑马服，以免自己在到达目的地之后被看作一个凌乱不堪的逃亡者。而她与那些人会面之前还要再换上礼服长裙，无论她在他们的庄园中要度过一整夜，还是只有一两个小时，她的半数时间都被浪费在从骑马服更换为长裙，再从长裙换回骑马服上面了。但骑马服会让那些人感觉到她的急迫和对他们的需要，甚至可能会让他们怀疑她已经绝望了，所以她必须经过一番认真的梳洗，再穿戴从旅行箱中拿出来的王女宝冠和镶缀蕾丝的刺绣长裙，它们能够衬托出她的信心与力量。她本来还打算带上自己的侍女，以加强自己从容不迫的形象，但爱森德实在没办法在这种严冬中和她一起赶路，而且她怀疑那位老侍女慢吞吞的动作会让她急得把牙齿咬碎。不过，爱森德总不会比这个一直大瞪着眼睛的爱尔丝更慢。

爱尔丝总算是又行了一个屈膝礼，将她的大红色裘皮衬里斗篷捧了上来。伊兰匆匆地把斗篷甩到背后。火焰在壁炉中跳动着，但房间里并没有什么暖意，最近，伊兰觉得自己已经不太能把寒冷阻绝在意识以外了。然后女孩战战兢兢地问伊兰，殿下是否允许她去找男仆来搬运这些箱子。女孩第一次称呼伊兰为"殿下"的时候，伊兰就曾经温和地向她解释，自己还不是女王，但这个女孩一直都不敢称呼伊兰为"女士"或按照旧式习惯称她为"公主"，仿佛这种想法都会让她感到害怕。不过不管女孩对她的称呼是否适当，伊兰听到有人承认自己对王位的继承权，总是感到高兴。只是今天早晨，伊兰实在太累了，而且一心只想着上路回家，她压住打哈欠的欲望，简单地吩咐爱尔丝快点去叫男仆过来，就转身向镶嵌格状花纹的屋门走去。爱尔丝急忙跑过去，先行了一个屈膝礼，才为她打开屋门，然后又行了一个屈膝礼。这让伊兰不得不又耽误了一点时间。她一边拉紧红色的骑马手套，一边走出房间，丝绸骑马裙裤的两条裤腿因为剧烈的摩擦而发出了愤怒的"沙沙"声。如果爱尔丝再多耽误她一秒，伊兰觉得自己一定会尖叫起来。

尖叫的并不是伊兰，还没等伊兰走出三步，一阵恐怖的哀嚎声从爱尔丝的喉咙里倾泻而出。红色的斗篷甩起，伊兰猛然转回身，她已经拥抱了真源，感觉到丰美甘醇的阴极力流过全身。爱尔丝正站在走廊中间覆盖了浅褐色地板的条纹地毯上，她盯着走廊的另一个方向，双手紧紧地把嘴捂住。伊兰顺着她的目光望去，能看到两个十字岔路以外更远的地方，但那里连个影子都没有。

"你看到了什么，爱尔丝？"伊兰问道。她已经将几个编织做到了即将完成的程度，有简单的风之网，也有能将她面前走廊两侧墙壁摧毁一半的火球，这颗能剧烈爆炸的火球很适合她现在的心情，以最委婉的说法来描述——最近她的情绪有些起伏不定。

女孩回过头，瑟缩着，一双眼睛瞪得更大了，她的双手依然没有离开嘴唇，似乎是想要堵住又一声尖叫。她有着黑色的头发和眼睛，身穿麦瑟林家族灰蓝色的制服，在她胸前高高挺起的一对丰乳说明她已经不是女孩了。实际上，她可能比伊兰还要年长四五岁，但她的行为举止实在不像个成年人。

"你到底看到了什么？不要告诉我那里什么都没有，你的样子就像是看到了一个鬼魂。"

女孩颤抖着说："我真的看到了。"她一定是真的很害怕，甚至忘记了对伊兰的敬称。"是耐勒琳女士，她是埃德蒙领主的祖母，我还很小的时候她就去世了。但我还记得，当她发脾气的时候，就连埃德蒙领主也要踮起脚尖走路。女仆们只要被她看上一眼，就会吓得跳起来。那些来访的女士和爵爷们也比我们的女仆好不了多少，每个人都怕她。她刚才就站在我面前，而且面色阴沉，那真可怕……"听到伊兰的笑声，她红着脸闭住了嘴。

伊兰会笑是因为她绷紧的神经放松了，黑宗并没有跟踪她来到埃德蒙领主的庄园，也没有身藏匕首的刺客和想把她劫回白塔的爱莉达派系姐妹。她经常会梦到这些人，有时候所有这些人会同时出现在一个梦里。像往常一样，她不情愿地放开了阴极力，为那种鲜活而丰富的喜悦与生命力离开自己的身体而感到懊丧。麦瑟林是支持她的，但如果她将埃德蒙的宫殿毁掉一半，也许那位领主就要改变主意了。

"死人不可能伤害活人，爱尔丝。"伊兰温和地说。既然她笑了，就应该更温和些，而且她心里还在为刚才要抽这个小妮子两耳光的想法感到抱歉。"他们已经不属于这个世界了，所以他们无法碰触这里的任何事物，包括我们。"女孩点点头，又行了一个屈膝礼，但根据她睁大的眼睛和抖动的双唇判断，她并不是很相信伊兰的话。当然，伊兰没时间继续关怀她了。"快去找男仆来，爱尔丝。"她用不容置疑的口吻说，"别再担心什么鬼魂了。"女孩再次行过屈膝礼之后，快步跑开了。她一边跑，一边还在飞速地左顾右盼，仿佛在提防耐勒琳女士突然从方格花纹的墙壁中跳出来。鬼魂！这个傻女孩！

麦瑟林是一个古老的家族，虽然它的规模并不算大，也没有很强的实力。这座宫殿通向正门大厅的主楼梯相当宽阔，还配有大理石栏杆，正门大厅更是一个宽敞高大的空间，地上铺着灰蓝色的方格地板砖，带有镜子的吊灯用锁链悬挂在离地面二十尺高的天花板上。大厅两侧排列的橱柜上没有镀金，也看不见什么镶嵌饰品，但有着繁复细腻的雕刻花纹。一面墙壁上悬着两幅挂毯，其中一幅挂毯的图案是男人们骑在马背上，狩猎老虎，这种充满危险的狩猎是麦瑟林家族的一项重要事业。另一幅挂毯则描绘了麦瑟林家族的女人们将一柄剑奉与第一任安多女王，这是麦瑟林家族极为珍视的一个历史事件，虽然它并不一定真正在历史中发生过。

艾玲达已经下了楼，正焦躁地来回踱着步，伊兰看到她这副样子，叹了口气。她们本应该同居一室的，但这样做会显得麦瑟林家族仿佛无法为两位重要的来访者提供足够舒适的寓所，愈是小家族，自尊心就愈强，艾玲达至今都无法理解这是为什么，不过她至少应该理解什么是自尊。她身上散发出来的自尊和力量几乎能照得别人睁不开眼睛。现在她的脊背挺得笔直，这让她甚至比伊兰还要高。一条深褐色披巾盖在她的浅色外衫上面，一条叠起的头巾将她的红色长发束在脑后，虽然只比伊兰大了一岁，但她现在的样子已经是一名标准的智者了。能够导引的智者通常都有比实际年龄年轻得多的容貌，而且艾玲达已经拥有了智者的威严，至少此时此刻是这样。当她们两个在一起的时候，她们也经常会一同傻笑个不停。当然，艾玲达身上的首饰并不多：一条白银坎多项链，一枚雕刻成海龟形状的琥珀胸针和一只象牙宽手镯。智者们经常会佩戴许多项链和手镯，但艾玲达还不是智者，她现在只是一名学徒。伊兰从没有将艾玲达看作一般人，但她实在已经很多次看到艾玲达在智者们面前卑微的样子了。有时候，伊兰觉得智者们也在将她看作一名学徒，或者至少是一个学生，这肯定是个愚蠢的想法，但有时候……

当伊兰走到台阶底端的时候，艾玲达整理一下披巾，问道："你睡得好吗？"她的声音很平静，但忧虑还是从她的绿眼睛里流露出来。"你没有让人给你送酒去，帮助你入睡吧？我在吃饭的时候已经安排只让你喝掺水的酒，但我看你一直在盯着酒壶。"

"没有，妈妈。"伊兰用甜得发腻的声音说，"我看那个酒壶，只是因为埃德蒙竟然会有这样的美酒而感到惊讶，妈妈，在这样的酒里掺水真是可惜了。我在睡前喝的是羊奶。"如果有什么东西会让她难产，那一定就是羊奶！她以前竟然还很喜欢喝这种东西！

艾玲达将双拳抵在腰间，摆出一副让伊兰感到好笑的气愤模样。怀孕给伊兰带来了很多麻烦，从经常突然爆发的脾气、胀痛的乳房到持续不断的疲倦，但从某种角度来说，身边的人对她的过分溺爱是最让她感到头痛的。安多王宫的所有人都已经知道她怀孕了，因为明的预言和大嘴巴，许多人甚至比她自己更早知道她的怀孕。伊兰不知道自己还是婴儿的时候，是否曾经被这样无微不至地照料过，她尽力以最优雅从容的姿态处理所有这些麻烦。通常她都还能做得不错，毕竟大家只是想帮助她，但她真希望那些女人们不要以为她因为怀孕就变成没脑子的傻瓜。几乎她认识的每一个女人都是这样，而且那些从没有生过孩子的女人往往是最过分的。

想到她的孩子，有时候，伊兰真希望明告诉她这个孩子是男还是女，或者艾玲达和柏姬泰能回想起明到底说过些什么。明的预言从不会错，但那天晚上她们三个喝了太多的酒，而且在伊兰想到自己去问之前，明早已经离开王宫。想到这个孩子在体内一点点成长，伊兰就会想到兰德，就如同她在想到兰德的时候，就会想到这个孩子，他们是密不可分的，就如同奶油花无法和牛奶分开。伊兰疯狂地思念着兰德，她不会放弃他，他的一部分，他的感觉，就藏在伊兰的脑海中，在她的另一名护法柏姬泰的感觉旁边。除非她遮住约缚，否则那种感觉就绝不会消失，但约缚也有自身的限制。兰德应该是在西边的某个地方，距离她很远，她只能确认他还活着。不过，如果他真的受了重伤，伊兰相信自己还是能感觉得到。他要做什么？对于这一点，伊兰不能确定自己是否真的想知道。在离开她之后，兰德已经向南方走了很远，但就在今天早晨，他通过神行术到了西方。这种感觉让伊兰非常不安，一直感觉到他在一个方向，突然间，他又到了另一个方向，而且距离她更远了。他可能是在追赶敌人，或者是逃避敌人，或者是另外一千种可能。伊兰只能拼命希望他使用神行术并不是为了做任何危险的事情。他没办法和伊兰白头偕老，因为能导引的男人都不可能活得太久，但伊兰是那么想让他活得更久一些。

“他很好。”艾玲达仿佛能读懂伊兰的心思，自从她们成为彼此的首姐妹，就有了分享对方感觉的能力，只不过这种分享不像她、艾玲达和明与兰德之间的护法约缚那样强大。“如果他敢有个三长两短，我就割掉他的耳朵。”

伊兰眨眨眼，又笑了起来。艾玲达愣了一下，也展开笑颜。这个笑话算不上好笑，也许艾伊尔人会有不同的看法，艾玲达的幽默感对伊兰来说，仍然是非常奇怪的，但伊兰就是想笑。艾玲达似乎也阻止不了自己。她们欢快地抖动着身体，拥抱在一起。生命真是无比的奇怪，如果在几年前，有人告诉伊兰她将和其他女人，而且还是其他两个女人共同分享一个男人，伊兰一定认为那个人疯了，这是一件非常不合体统的事。但她深爱着艾玲达的全部，就如同她爱兰德，只不过是以另外一种方式。艾玲达也像她一样爱着兰德，否认艾玲达对兰德的爱，就是否认她对艾玲达的爱，伊兰宁死也不愿这样。在艾伊尔女人中，姐妹或者亲密的朋友经常会嫁给同一个男人，而男人在这样的事情中基本没有什么发言权。伊兰要嫁给兰德，艾玲达和明也是一样。无论别人怎么说，或者怎么想，她们都要这样。只要兰德能活得够久。

突然间，伊兰开始担心自己的欢笑马上变成泪水涟涟。天哪，光明啊，不要让她成为肚子里有了小孩就变得爱哭的女人吧，这实在太糟糕了，她根本不知道自己什么时候会变得暴躁易怒，什么时候又会忧郁消沉。每次等她恢复平静的时候，很可能要好几个小时。不过也有一些时候，她觉得自己就像是一颗小孩子们最喜欢的、蹦蹦跳跳滚下楼梯的小皮球。这个早晨，她似乎就这样在楼梯上蹦蹦跳跳了。

“他很好，而且还会好下去。”艾玲达用力地低声说道，仿佛只要能让他活下来，她会把任何威胁都杀掉。

伊兰用指尖抹去她的姐妹脸颊上的一滴泪水。“他很好，而且还会继续很好。”她用轻柔的声音表达着对艾玲达的支持。但她们无法杀死阳极力，以及将要杀死兰德的、暗帝的污染。

她们头顶的灯光微微闪烁了一下，通向室外的大门打开了一扇，一股比大厅里的空气更加刺骨的冷风吹了进来，她们立刻松开了彼此环抱的臂膀，只是还牵着对方的手。伊兰让自己的面孔变成静如止水的样子，让神态中充满了两仪师的权威，她不能让任何人看到她在同伴的怀抱中寻求温暖。一名统治者，或者在追求权力的人，绝不能显示出一丝一毫的软弱或泪水，至少在公开场合不能。关于她的谣言已经够多了，好的和坏的都有。她是慈悲的，或是残酷的；是公正的，或是专横的；是慷慨的，或是贪婪的。各种各样的故事都有，至少那些糟糕的故事能够被另一些好故事平衡掉。但任何人都会津津乐道地谈论自己如何亲眼看见了王女缩在朋友的怀中，并把它描绘成一个关于胆小的弱女子的故事。如果她的敌人相信她在害怕，他们就会变得更加胆大妄为，更强大。懦弱就像是油腻的污泥，只要甩在你的身上，你就永远没办法把它洗干净。在历史记载中，许多女人在争夺狮子王座的战斗中失败，往往只是因为一些不明所以的原因。成功的统治者需要有足够的能力，而人们更希望统治者拥有足够的智慧，也有不少女人完全不具备这两种素质，却还是得到了王座，并且误打误撞地渡过了诸多难关。但没有人会支持懦夫，她正在努力争取的这些贵族更不可能把赌注押在一个弱女子身上。

走进来的人回身推上了大门，他只有一条腿，用一根拐杖撑住身子，虽然拐杖上裹着羊毛软垫，但他的厚羊毛外衣袖子还是被拐杖磨破了。这个身材魁梧的汉子名叫弗里德文・罗斯，曾经是一名勇猛的战士，现在负责管理埃德蒙领主的产业，有一名肥胖的文员是他的副手。第一次见到王女的时候，那名文员惊惶地眨着眼睛，看到她手指上的巨蛇戒，他猛抽一口冷气，脸上更多了几分敬畏。当被告知可以退下的时候，他立刻带着一副如释重负的表情，跑去应付他的账本了，也许他很害怕王女会清查庄园的账目，计数可以征用的资源。当时罗斯则一脸困惑地盯着伊兰的戒指，不过他更多的表情是对王女的欢快笑容。他很遗憾自己已经没办法为伊兰在疆场上驰骋作战了。伊兰相信他是真诚的，如果他是个骗子，那埃德蒙和那个文员的一切早就被他骗光了，所以伊兰不担心他会传播任何对自己不利的谣言。

他一步一步走进大厅，那根拐杖在地板上敲出一段有节奏的“咚咚”声，虽然身带残疾，他还是正式地向伊兰和艾玲达鞠了个躬。起初，他对伊兰身边竟然会有一个艾伊尔女人感到万分惊讶，但他很快就明白了她和伊兰的友谊。虽然他可能依旧无法完全相信艾伊尔人，但他已经接受了艾玲达。当然，你不能对一个人有太过分的要求。

“仆人们已经将您的箱子绑在牲口背上了，女王，您的护卫也已经准备好了。”他一直称呼伊兰为“女王”或“殿下”。在提到护卫的时候，他的声音中出现了一丝疑虑，但他急忙用一声咳嗽掩饰过去，然后继续说道：“我们为您安排的扈从也都上马了，他们主要是年轻人，也有几个有经验的，不过他们全都知道斧枪的哪一头是尖的。我希望能为您召集更多的部队，但请容我解释，当埃德蒙领主听说有人妄图窃取您的王座时，他决定不再等到春天，而是立刻采取行动，他将士兵们召集起来，向凯姆林出发。那以后，我们遭遇了几场相当糟糕的大雪。不过，如果他能够幸运走过山隘那段路的话，也许他现在已经在前往凯姆林的路上了。”他的目光中包含着信心，但他比伊兰更清楚，如果运气不好，埃德蒙和他的部队现在可能都死在山隘中了。

“麦瑟林一直都忠诚于传坎家族，”伊兰说道，“我相信你们的忠心依然没有任何改变。我珍视埃德蒙领主的忠心，罗斯先生，还有你的忠心。”

如果说什么“不会忘记你们的忠心”，或者是承诺任何奖赏，都只是对麦瑟林家族的侮辱。罗斯听到伊兰的话，脸上立刻露出灿烂的笑容。伊兰相信自己已经给予了他想要的奖赏。麦瑟林会得到她更多的奖赏，但他们不会把接受奖赏当做一笔交易。

罗斯撑着他的拐杖，鞠着躬将伊兰送到门口，又鞠着躬送她走上宽阔的花岗岩台阶。仆人们穿着厚实的外衣，正在严寒中等待她的出现，他们为她捧上一杯暖热的香料酒作为践行，伊兰低声谢绝了。在她能适应室外的寒冷以前，她希望能用双手抓紧自己的斗篷。而艾玲达也许已经掌握了抵御寒冷的方法，她喝了一杯，然后才用披巾裹住肩膀和头部，这是她对这个苦寒早晨的唯一让步。当然，伊兰也在让自己隔绝寒意，毕竟是她教会艾玲达阻绝寒暑的办法。这时，她又试了一次将寒冷推开，令她惊喜的是，寒冷这次终于退却了。它没有完全离开，伊兰依旧能感到一阵阵冰凉，但这已经比刚才那种刺骨的寒意好多了。

天空很清澈，升到山顶的太阳明亮耀眼，但黑云随时都有可能在周围的山峰上翻滚聚集，她们最好尽快赶到今天的第一个目的地。不走运的是，伊兰高大的黑色骟马焰心就像它的名字一样，不停地扬起前蹄，高声嘶鸣，鼻孔喷出一股股白气，就好像它以前从没戴过笼头一样。艾玲达长腿曲颈的灰马似乎打定主意要学焰心的样子，不停地在齐膝深的积雪中蹦跳，就是不愿跟着马夫走。伊兰本来不愿意为自己不擅于骑马的姐妹挑一匹这么活泼的坐骑，但在知道这匹母马的名字以后，艾玲达就坚持要它，“斯威”在古语中是枪矛的意思。这些马夫应该都是些有经验的女人，她们显然认为必须先让焰心和斯威平静下来，才能让它们的主人骑上去。伊兰能做的只是不要大喊着告诉她们，在她们第一次见到焰心之前，她就已经能让这匹马俯首帖耳了。

伊兰的护卫们为了不站在雪中，都已经上了马，她们是二十多名穿白领红外衣、披挂抛光胸甲和头盔的女王卫兵。罗斯会感到疑虑，也许是因为她们的外衣和侧面带白色条纹的红马裤都是丝绸的，在她们的脖子和袖口处还有浅色缎带，她们更像是典礼上的仪仗兵，而不是真正上战场的战士，而且，她们清一色是女性。女人在需要使用武器的工作中是十分罕见的，只是偶尔会出现在商队保镖里，或是大规模战争爆发时的军队中。伊兰在组建这支队伍以前，还从没有听说过全部由女人组成的部队。当然，枪姬众除外，艾伊尔人完全是另外一回事。她希望人们会以为这些女兵都只是她用丝绸和缎带裹起来的花瓶。男人往往会低估拿武器的女人，甚至大多数女人也会以为她是个没脑子的傻瓜。保镖都应该是一副凶神恶煞的样子，让别人连靠近他们都不敢。但就算她让女王卫兵肩并肩地包围着她，她的敌人也会找别的办法袭击她，而被轻视的保镖很可能给予敌人最致命的打击，这就是她的目的。伊兰打算让她们的制服更精致一些，一方面为了增强外人的误解，另一方面为了增加这些女卫兵的自豪感。伊兰对她们的能力毫不怀疑，她们之中的每一个人，从商队卫兵到号角狩猎者都经过认真遴选，无论战技、经验还是勇气都是完全可以信任的。她可以放心地把自己的生命放在她们手中，实际上，伊兰已经这样做了。

一名身材瘦削的卫兵在红色外衣的肩头处戴着代表尉官职衔的两枚金结，她将手臂横在胸前，向伊兰行了一个军礼。她的花毛骟马扬起头，鬃毛上的银铃随之发出一阵清响，就如同它也在向伊兰行礼。“我们已经准备就绪，女士，一切都打理好了。”卡赛勒·拉克尼曾经是一名商队保镖，从言谈举止能判断出，她不是一个受过教育的人，但有浓重艾拉非口音的她，做事向来都是干净利落，从来不说一句废话。她对伊兰始终都只用符合礼仪的称谓，在伊兰戴上王冠之前，她不会称伊兰为“女王”。但为了让伊兰得到王冠，她会毫不犹豫地投身最激烈的战场。这些日子里，被登入女王卫兵名册的男人和女人都非常少，只有真正准备好为王女奋战不息的人才能被伊兰接纳。“罗斯先生召集的人也已经做好准备，他们已经尽力了。”罗斯清了清嗓子，挪动一下拐杖，眼睛只是端详着自己靴子前面的雪地。

伊兰能够看到卡赛勒所说的一切。罗斯先生从庄园里召集到十一个人，并为他们装备了斧枪和短剑，还有他能找到的一切盔甲——九顶没有护面的旧头盔，七副满是凹痕、难以让剑矛滑开的胸甲。他们的坐骑还不错，只是，虽然这些马身上都有可过冬的厚毛，却仍然努力要挤在一起，仿佛并不懂得战马的规矩。而在它们的主人中间，伊兰相信有八个人一星期也不刮一次胡子。罗斯所说的“有经验”的人都已经是满脸皱纹，手背上青筋虬结，他们的牙齿全部凑在一起可能也排不满一张嘴。罗斯并没有任何保留，埃德蒙肯定已经带走了当地一切适合作战的男人，而且也把最好的装备都给了他们。现在到处都流传着同样的故事，全安多境内有许多强壮而忠心耿耿的男人都在向凯姆林进发，要投到伊兰麾下，但现在这些故事中的人仍然没有一个进入凯姆林城，似乎他们在等待大家一同做出决定。伊兰就算是整日去寻找，也未必能找到一队这样的人。不过，这一小队擎着斧枪的战士似乎知道该如何使用手中的武器。当然，只是骑在马背上，将斧枪柄撑在马镫里并不是很困难的事，伊兰自己也能做到。

“我们已经去过十九个庄园了，姐妹。”艾玲达轻声说着，来到伊兰身边，直到肩头与她轻轻相触，“看看我们的成果，两百零五个还不应该去流血的小男孩和早就应该放下枪矛的老头子。以前我没问过这个问题，毕竟，你了解你的人民和你的方式，但，这种事值得你如此浪费时间吗？”

“哦，是的，姐妹。”伊兰同样压低了声音，以免被那名单腿的前战士和仆人们听到，如果人们知道统治者对他们别有用意，即使是最忠诚的人也会不高兴，特别当你接受他们为你辛苦筹集来的东西时，千万不能让他们察觉那根本就不是你想要的。“现在这个村子里直到河边的每一个人都知道我来了。等到中午，另外半个村子和方圆数里内每一个农场的人也都会知道。到明天，讯息会传到邻村和更多的农场。讯息在冬季传播得很慢，特别是在这种乡下地方。他们知道我已经宣布要继承王位，但如果我不来，那么无论我是登上王位，还是身首异处，他们都要等到春季过了一半才会知道，甚至要等到夏天。但今天，他们知道伊兰·传坎还活着，她身着华美的礼服冠冕，拜访了这里的领主庄园，并将这里的战士召集在她的旗下。就算是二十里以外的人们也会绘声绘影地宣称他们亲眼看见了我，还吻了我的手。为了彰显自己，他们会尽情地美化我，而当你要努力美化一个人的时候，你首先就会让自己喜欢上她。现在，安多境内已经有十九个地方的人在谈论他们是如何见到了王女。而且每一天，这种谈论都会像滴在纸上的墨水一样不断向外扩展。

"如果我有时间，我会访问安多的每一个村子，这不会让凯姆林现在的局势有任何改善，但当我取得胜利的时候，它会让安多产生巨大的变化。"除了胜利，伊兰不会承认有任何其他的可能，她绝不会探讨如果她失败了，登上王座的又将会是谁。"在我们的历史中，大多数女王都会在实行统治的最初几年致力于强化人民对她们的忠诚心，艾玲达，她们之中有些人一直都没能完成这个任务，而我们要应对的局面会比她们更加艰难。也许再过不到一年，我就必须得到全体安多人坚定的支持，所以我不能等到登上王位以后再做这件事。我们要完成的任务会很难，我必须做好准备，安多必须做好准备。这就是我现在的任务。"她的语气里包含着无比的坚定。

艾玲达微笑着轻抚伊兰的脸颊："我想，我会从你身上学到很多作为一名智者的道理。"

伊兰立时羞红了脸，她感觉自己的脸颊热得仿佛烧起来一样！也许她心情的波动比别人对她的过度关照更糟糕！光明啊，她还要怀孕好几个月呢！她又一次对兰德产生了怨恨，这就是他对她所做的一切。是的，她也在鼓励他这样做，在帮他这样做，但那并不重要，他干完这件事就走掉了，脸上还带着自鸣得意的笑容。伊兰怀疑他会笑并不是因为得意，但现在她已经愈来愈不愿意有这种怀疑了。*让他每个小时都从头晕目眩再突然变成眼泪汪汪，看他会不会喜欢这样！我快失去理智了*，伊兰气恼地想着，*这也是他的错*。

马夫们终于认为焰心和艾玲达的斯威平静到了可以让女士们骑乘的程度，艾玲达借助上马石爬上了马鞍，现在她的动作已经比不久以前优雅多了。然后，她铺开自己厚重的裙摆，将包裹在黑色长袜中的双腿尽量遮住。到现在，她仍然相信自己的两条腿能够跑得比马更快，虽然她已经是一名合格的骑手，但看到马竟然会依照她的想法行动时，她还是会流露出一点惊讶的表情。焰心在伊兰骑在它背上之后，又一次想要跳跃，但伊兰灵巧地用缰绳勒住了它，而且她的动作比往常还要更严厉一些。起伏不定的心绪让她突然间又开始担心兰德，她没办法确保他的安全，真应该把他拴在身边，这样*才能让男人去做他该做的事情*。

因为积雪的限制，伊兰的队伍只能缓步踏上离开庄园的大路。最前面由六名女卫兵做前导，其余的则跟随着伊兰和艾玲达，最后一队女卫兵则在后面引领着驮运行李的牲口。罗斯为伊兰召集的本地人零乱地跟在他们后面，牵着一匹他们自己的驮马，这匹满身长毛的大马背上驮着煮食罐子、粗布包裹，甚至还有六只活鸡。当他们走过由茅草顶房子组成的村庄，跨上那条蜿蜒曲折、表面已经冻冰的溪流上的石桥时，有几个人向他们发出了欢呼："伊兰百合花！"、"传坎！传坎！"和"麦瑟林屹立不倒！"但伊兰看见一个女人伏在丈夫的胸口哭泣，那个丈夫的脸上也带着泪水，另一个女人背对着她和她的队伍，低垂着头，根本不看他们一眼。伊兰希望自己能尽快将他们的儿子送还给他们，只要她不犯大错，凯姆林应该不会爆发大规模战斗，但流血依旧在所难免。而且，当她戴上玫瑰王冠的时候，战争一定已经在前方等待她了。南方有霄辰人，北方的魔达奥和兽魔人正急不可耐地要掀起这个世界的末日战争，到那一天，安多的孩子们将血流成河。光明烧了她吧，她不会哭的！

走过石桥，道路开始倾斜向上，他们要在松树、冷杉和羽叶木树林中走过一段相当陡峭的上坡路。不过，走出一里多路，他们就到达了那片山麓草地，积雪在正午的太阳下闪烁着光亮，上面还能看到马蹄印和打开通道时在雪地上割出的一道细痕。伊兰可以在距离麦瑟林庄园更近的地方打开通道，但这样很可能会让某个无辜的人被通道切开。

当她们进入这片草地的时候，阴极力的光晕包裹住了艾玲达。昨天下午，是艾玲达从北边百里外的另一个庄园附近打开了来到这里的通道，所以现在也要由她来打开返回凯姆林的通道。但看到艾玲达的身周闪耀起至上力的光芒，伊兰不由得陷入了思考。在离开凯姆林时打开通道的人要一直负责打开通道，直到她们返回凯姆林，因为那个人会感觉并了解通道所触及的每一个地方。但在她们的五次出行中，艾玲达都要求首先由她来打开通道，也许就像艾玲达所说的那样，她只是想要进行练习，但伊兰打开通道的机会并不比她多。于是，伊兰想到了另一种可能性，也许艾玲达不想让她导引，至少不想让她进行大规模的导引，因为她怀孕了。那个让她们拥有一个共同母亲、成为姐妹的编织，在任何一个参与者怀有身孕的时候就不能进行，因为未出生的胎儿会分享这种连结，那么弱小的生命很可能因为无法承受编织的力量而死亡，而且凯姆林王宫里的两仪师肯定也说过怀孕时应该避免导引之类的话。不过，极少有两仪师曾经生过孩子，她们也许根本就不知道怀孕的实际情况。现在伊兰已经知道，两仪师有许多事情都还不清楚，无论她们在世人面前装作多么无所不知。伊兰自己就不止一次利用别人心中两仪师的睿智形象。但她们却对其他所有女人都如此重视的事情视而不见，这的确是很奇怪的事情。就像一只鸟知道所有能吃的种子和谷物，却不知道大麦是什么味道。当然，那只鸟肯定会装作很熟悉大麦的样子，否则别的鸟根本不会相信它还吃过别的东西。不过智者们都懂生育，她们却对此没有任何评论……

突然袭来的一种感觉，把所有这些怀孕、导引、两仪师的无知之类的胡思乱想都赶出了伊兰的脑海。她能够感觉到有人在导引阴极力，不是艾玲达，也不是周围群山中的某个人。那个人距离她很远，就如同一座灯塔在远方黑夜中的山峰顶端放射出耀眼的光芒。那真是非常非常远的距离。伊兰无法想象，在那么远的地方，却又让她有如此强烈的感觉，这到底需要导引多少至上力。世界上每一个能导引的女人一定都明确地感觉到了这股力量。那座灯塔就在西边。兰德的约缚没有任何改变，虽然他的位置在百里之外，让她无法百分之百这样肯定，但她知道，他一定在那里。

"他有危险，"伊兰说，"我们必须去找他，艾玲达。"

艾玲达打了个哆嗦，目光从西方转回来。阴极力的光晕仍然环绕着她，伊兰能感觉到她正在竭尽全力从真源汲取力量。但就在她向伊兰转过身的时候，伊兰感觉到她身上的阴极力在迅速削弱。"我们绝对不能，伊兰。"

伊兰大惊失色，她在焰心的鞍子上向艾玲达转过身。"你想要抛弃他？把他丢进危险中！"没有人能控制如此强大的阴极力，就算是最强的连结环也不行，伊兰只知道有一件超法器，一件超越世间一切法器的超法器。如果她听过的故事没有错，也许利用那件超法器能够导引这样的阴极力洪流，但仅仅只是也许而已。而且，在她听过的故事里，如果要使用那件超法器，必须有另外一件特法器进行保护，否则任何人都不可能活下来。而就伊兰所知，至今还没有人见过那件特法器。任何两仪师就算是找到了那件特法器，也一定不敢进行尝试。如此磅礴无尽的阴极力能够轻易削平绵延千里的山脉！也许只有黑宗才敢使用这种力量，或者是更可怕的情况——弃光魔使，而且可能不止一个。除此之外，还有什么可能？艾玲达想要逃避，难道她不知道兰德就在那里？

女卫兵们对此毫无察觉，她们仍然耐心地在马背上等待着，同时警觉地监视着草地周围树林中的状况，虽然在麦瑟林庄园受到了热情的款待，但她们的警觉性并未因此而稍有减弱。不过，卡赛勒只是看着伊兰和艾玲达，透过她的护面甲，能看到她微皱起了双眉。她知道，她们从不会在打开通道时有任何耽搁。麦瑟林家的人围绕在他们的驮马周围，翻检着马背上包裹里的东西，显然是在谈论着有什么东西多装了或是没有装。艾玲达催赶灰马贴到伊兰的黑马身边，压低了声音对她说话。

"我们什么都不知道，伊兰，不知道他到底是跳起了枪矛之舞，或是在做其他任何事。如果我们闯入他的枪矛之舞，他是否会在知道我们是谁以前就向我们发起攻击？我们的突然出现是否会打乱他的计划，让敌人取得胜利？如果他死了，我们会找出是谁杀了他，并把他们全部杀光。但如果我们现在去找他，我们是彻底盲目的，这很可能会带来可怕的灾难。”

“我们可以非常小心。”伊兰郁闷地说，她知道自己又变得忧郁了，而且还把这种情绪表现了出来，这几乎要让她发狂，但她只能努力控制自己的情绪，不让它们彻底压倒自己的理智。“我们不必用神行术直接赶到那里。”她握紧自己的口袋，感觉着那里面象牙雕刻的女性小坐像，而她的目光则落在艾玲达的琥珀胸针上。“光明啊，艾玲达，我们有法器，而且我们的力量也不弱。”哦，光明啊，现在她又显得很任性了。她很清楚，她们两个就算再加上两件法器，与那么强大的力量对抗也无异于飞蛾扑火，但如果飞蛾掌握好时机，也许真的能彻底扭转局面。“不要提醒我怀孕了，明说过，她会诞生，强壮而且健康，这是你亲口告诉我的，这意味着我至少能活到我的女儿出世的时候。”她希望肚子里的会是一个女儿。

焰心选择在这个时候咬了一口艾玲达的灰马，斯威立刻还以颜色，伊兰用了一点时间控制住自己的坐骑，帮助艾玲达不致从马背上掉下去，并告诉卡赛勒，她们不需要帮助。她终于不再感到郁闷了。她很想重重地敲一记焰心的脑袋。

艾玲达勒住斯威的缰绳以后就没有再做任何事，仿佛什么事都没有发生一样，但她皱起了眉，显出一点犹疑。她的脸裹在深褐色的羊毛披巾里，但伊兰能清楚地看到她脸上的表情。

“我和你说过鲁迪恩之环。”她缓缓地说。伊兰不耐烦地点了一下头。所有想要成为智者的女人都必须走过一个特法器，才能接受训练，那很像白塔中初阶生晋升为见习生时要走过的那个特法器。只是艾伊尔人要走过的特法器会让一个女人看到她完整的一生，生命中所有的可能，每一个决定所造成的不同，因为不同的选择而被无限放大的人生。“没有人能记得所有那些，伊兰，留下来的只有残缺的碎片。我知道我会爱上兰德·亚瑟……”她仍然不太习惯只称呼兰德的名字，“而且我会遇到姐妹妻子。在大多数情况下，你顶多也只是留下了一个模糊的影子。有时候，是一种警告。我想，如果我们现在去找他，一定会有非常可怕的事情发生，也许我们之中的一个会死，也许我们都会死，无论明说过什么。”她只说出明的名字时，就没有任何不适应。实际上，她还不是很了解明，也经常会称呼明的全名——明·法萨维。“也许他会死，也许会是别的灾难，我不知道。也许我们都能活下来，我们会找到他，和他一同围坐在篝火旁，烤派荚吃。但那一点微弱的警告一直都在我的脑子里盘旋。”

伊兰气恼地张开嘴，但她一个字都没说，愤怒如同破碗中的水，在刹那间就流光了，她的肩膀瘫软了下去。也许艾玲达曾经见到的未来是真实的，也许不是，但她不能否认，艾玲达的意见从一开始就是正确的。无视兰德的危险可能不对，但盲目地参与其中更可能带来巨大的灾难。那个灯塔变得愈来愈亮，他就在那里，在那个灯塔所在的地方，约缚不能在这么远的距离向她提供任何确切的讯息，但她就是知道。她也知道，自己只能丢下他，让他去照顾自己，而她要照顾好安多。

“在成为智者这件事上，我无法教你任何事情，艾玲达。”她低声说，“你已经比我睿智很多，而且更加勇敢，更加理智。我们回凯姆林吧。”

艾玲达的脸颊微微泛起一点红晕，有时候，她依然只是一个非常敏感的女孩，但她没有浪费任何时间，以最快的速度打开了信道。一道垂直的光芒旋转展开，露出对面凯姆林王宫的马厩场院。这边草地上的积雪立刻跌落到将近三百里以外早已被打扫干净的石板地面上。王宫中柏姬泰的感觉立刻在伊兰的脑海里鲜活起来。柏姬泰头疼，而且感到恶心，最近只要她在王宫，这种事基本上已经绝迹了，但它们很符合伊兰现在的情绪。

*我必须丢下他，让他自己照顾好自己。*伊兰一边策马走过通道，一边想。光明啊，还要再过多久，她才能彻底不再有这种痛苦的想法？没关系，兰德是她的心中所爱，是她生命的欢乐，但安多却是她的责任。

往塔瓦隆
凯姆林
往
亚林吉尔
往
四王镇
往
法麦丁

第 11 章

债　务

信道所在的位置让伊兰很像从马厩场院临街的墙壁中走出来一样。出现在伊兰面前的是一片方形的空地，为了确保安全，空地周围用装满沙子的木桶叠出了一道围墙。奇怪的是，她感觉不到宫里有任何女人在导引，而现在王宫中居住着不下一百五十名能够导引的女人。当然，有些女人会在外城的城墙上站岗，在那里，除非她们导引时连结在一起，否则伊兰就不可能感觉得到，还有一些人会结伴出城。但宫里总是会有人使用阴极力的，无论是强迫被俘的罪奴主认识到自己真的能看见至上力编织，还是只为了在没有加热熨斗的时候把一条披巾熨平。但今天早晨，至上力完全是一片沉寂。无论是傲慢的两仪师，还是往往更加傲慢的寻风手，肯定都被刚才她和艾玲达感觉到的那股力量震慑住了。伊兰觉得，如果自己待在王宫的高处，一定能透过高窗看见数百里之外那无比耀眼的编织。她就如同一只察觉到高山存在的蚂蚁，一只对自己的蚁丘无比自豪，却突然看见了世界之脊的蚂蚁。是的，就算是寻风手，在这样的力量之前肯定也要踮起脚来走路。

她所处的地方在王宫东侧，一座坐北朝南的两层纯白色石砌马厩前面，这是女王马厩，传统上，它负责安置女王个人的马匹和车辆，伊兰曾经犹豫过是否要在真正登上狮子王座以后再使用这个马厩。通向王座的道路需要以最精致的舞步去走，与之相比，就算是那些宫廷舞蹈也和乡下酒馆中的胡乱蹦跶没什么两样。想要达到目标，你就必须以最精确，同时也最为优雅的步幅向前迈进，历史上不止一个女人仅仅因为要提前享受这些微不足道的权利，就丢掉了统治安多的机会。不过，伊兰最终还是相信这算不上违制或僭越，也不会让她显得过于傲慢，而且，女王马厩相对来说比较窄小，也派不上其他什么用场。这里有直接通向宫外的大门，却少有人来。实际上，当伊兰走过通道的时候，石板地面的场院里只有在马厩的拱门处站着一名穿红色外衣的马夫。看到王女驱策着焰心走出被木桶围住的小广场，他回身吆喝了一声，立刻有十来个人从马厩里跑了出来。毕竟，也许王女会带回一支由强大的男女领主组成的扈从队伍。或者至少他们都是这样希望的。

卡赛勒率领卫兵走过了通道，她命令大部分卫兵下马，把自己的坐骑送回马厩，她则与另外六名卫兵继续留在马背上，监视周围的情况。即使在王宫里，她也不会放松对伊兰的护卫，或者说，尤其是在王宫，伊兰在这里遭遇危险的可能性要远大于在她所访问的那些庄园里。麦瑟林家的部队跟在女王卫兵后面，看到宏伟的王宫、纯白色的石砌露台和柱廊，还有俯瞰这片广场的尖塔和鎏金圆顶，他们都张大了嘴，愣在原地，结果给马夫和卫兵们制造了不少麻烦。凯姆林显然要比山地里暖和一些，虽然伊兰在尽力隔绝寒冷，但现在的她已经不可能对寒热毫无察觉了，而人和马在这里还是会不断地呼出一道道白汽。刚刚还呼吸着山中洁净的空气，让这里的马粪气味显得更加浓重了。伊兰很想马上在旺盛的壁炉火焰前面洗上一个热水澡，然后，她就要回到争夺王座的战斗之中，但现在，她只想懒洋洋地躺进温暖的浴缸里。

两名马夫向焰心跑过来，其中一个匆忙地向伊兰行过屈膝礼，就拉住了焰心的笼头，对她来说，确保伊兰顺利下马显然要比向她行礼更重要。另一个向伊兰一鞠躬，随后并没有直起身，而是将双手握在一起，垂下去，好让伊兰在下马的时候有踏脚的地方。他们两个都没有朝石墙前面那片白雪皑皑的高山草地多看一眼，在这座马厩中工作的人都已经习惯了通道。伊兰早就听说他们在酒馆里吹嘘曾经多少次见证过至上力创造的奇迹，甚至有不少人还会因此而请他们喝酒。伊兰能够想象这些故事传到亚瑞米拉的耳里时会变成什么样子，她很喜欢想象亚瑞米拉啃指甲的情景。

当伊兰的脚踏到地面上的时候，一小队卫兵出现在她周围，她们戴着红色的帽子，白色羽毛铺展在宽阔的帽檐上，缎带镶边的大红色绶带上刺绣着安多白狮子，斜勒在抛光的胸甲上。这时，卡赛勒才带领那六名下属进入马厩，换岗的人也保持着和卡赛勒同样的警戒，同时监视着每一个方向，手就放在剑柄附近。在她们之中，德妮的武器是个例外，这个身材壮硕、面容冷峻的女人拿着一根镶嵌黄铜钉的长柄大棒。*她们只有九个人，只有九个*，伊兰苦涩地想，*我在自己的宫殿里也只需要九个人来保卫安全！*除了德妮以外，另外八个人都是用剑的老手。按照卡赛勒的话讲，"做刀剑生意"的女人一定要很优秀，否则她们迟早会被只有膀子力气的男人打倒。德妮完全不喜欢剑，但已经有不少男人在她的棍棒下尝过苦头，而且能讨到便宜的几乎没有。虽然魁梧高大，但德妮的速度非常快，而且她根本不管什么公平战斗，还是点到为止。

身材健壮的少尉拉莎芮是她们的指挥官，当马夫牵着焰心走远之后，她似乎是松了一口气。这些伊兰的近卫非常不喜欢看到有任何她们之外的人靠近伊兰。也许这样说有点太过分，但她们的确总是用怀疑的目光盯着除了伊兰、柏姬泰和艾玲达以外的所有人。拉莎芮虽然有一双蓝眼睛和一头黄色短发，但她其实是一个提尔人，在所有的卫兵中，她是最过分的一个，她甚至坚持要求监视为伊兰做饭的厨师，而且要求呈给伊兰的每样食物都要先由别人尝一下。对于她们的过分热情，伊兰并没有表示抗议，姑且不论她是否能活到孩子生下来的时候，但她被人下过一次药，那一次的经历已经足够了。而现在，让伊兰抿紧嘴唇的并不是这些卫兵的过度防卫，也不是因为她在担心任何危险，柏姬泰正穿过拥挤的马厩场院走过来，但目标并不是她。

当然，艾玲达是最后一个走过通道的人，她要确认所有人都已经过来了，还没等她将通道消除，伊兰已经朝她的方向走了过来。她的卫兵们急忙跟了上来，好保持住防卫队形，但柏姬泰依旧是第一个走到艾玲达身边的人。她帮助艾玲达下了马，将斯威交给一名几乎有着像斯威一样长脸和长腿的马夫。艾玲达下马总是比上马困难，但柏姬泰来这里当然不只是为了帮她下马。伊兰和卫兵们也算是走得够快，当她们来到这两个人面前时，刚好听到柏姬泰压低声音，匆忙地问艾玲达："她有没有喝羊奶？睡得够不够？她有没有觉得……"她的声音在伊兰耳边消失了。伊兰的将军深吸一口气，甩起垂到腰间的金色粗辫子，转身面对伊兰，她的表情很平静，似乎她对于伊兰的迅速赶来完全不觉得惊讶，而约缚则在向她们双方传达着彼此的真实心情。

柏姬泰不是一个高大的女人，不过穿着高跟靴子的她已经比伊兰要高了，几乎和艾玲达差不多，而女王卫兵将军的制服似乎也让她显得更高了一些——她的上身是带有白色高领的红色短外衣，下身穿着宽松的蓝色裤子，裤脚收在闪闪发亮的黑色靴子里，她的左肩上有四枚金结，每只白色的袖口上都有四圈金带。实际上，她就是银弓柏姬泰，一位传说中的英雄。对于那些传说，她一直都抱着非常警觉的态度，她总是说那些故事完全是虚构的，或者有很离谱的夸张成分，但她依旧是那个创造过许多传奇，在无数人的心中构筑出一位伟大英雄形象的女人。而现在，虽然她的外表波澜不惊，心中却满是对伊兰的关怀，这种心情正与她的头疼和恶心一起源源不绝地涌入伊兰的脑海。她很清楚，伊兰痛恨她们在她背后讨论这种事情，这并不是伊兰感到气恼的全部原因，但约缚也让柏姬泰知道了她的心情有多么烦乱。

艾玲达镇定地解开头上的披巾，让它挂到自己的肩头，她在尝试让自己表现出一副没有做过任何错事，也没有帮别人做过任何错事的样子。只是她故意睁大眼睛，显出一副无辜的样子，这样做实在是有些欲盖弥彰了。柏姬泰在某些方面对她产生了很坏的影响。

“我喝羊奶了。”伊兰冷冰冰地说道。她们都知道，周围还站了一圈卫兵，虽然卫兵们都面朝外站着，双眼不断扫视着场院、露台和屋顶，但她们肯定能听到这三个人在说些什么。“我也有充足的睡眠。你还想问我什么？”艾玲达的脸颊泛起了一点红晕。

“我想，我暂时已经得到我想要的全部答案。”柏姬泰的脸上没出现一丝伊兰所希望的红晕，这个女人知道她很疲惫，知道她在睡觉这件事上说了谎。

约缚有时候的确会给人带来困扰，伊兰昨晚只喝过半杯掺了许多水的葡萄酒，但她已经在分享柏姬泰宿醉后的头疼和恶心了。其他两仪师在向她提及约缚的时候根本没谈到过这种事。但伊兰和柏姬泰经常像两面镜子一样，一丝不差地映照出对方的状况，身体和情绪上都是如此，这就让柏姬泰完全了解伊兰那捉摸不定的脾气，伊兰对此也只能无可奈何。有时候，伊兰还能努力摆脱柏姬泰那边的影响，或者至少可以拼命压抑下去，但今天，她知道自己只能和柏姬泰一起受苦，直到柏姬泰接受治疗。有时候，伊兰觉得这种对彼此状况的完全反映是因为她们同为女人，以前从没有发生过女人约缚女人的事情，说实话，现在也几乎没有人听说过，就算是听说过的人，也往往不会相信这是真的。护法一定是男性，就如同长角的一定是雄鹿，每个人都知道这种事，却没有多少人想到“每个人都知道”并不能作为一种可靠的证据。

伊兰现在正努力依照艾雯的指示，要像已经接受三誓那样注意自己的一言一行，此刻却被别人抓住自己在说谎，这让她产生了强烈的自我保护的冲动，也让她的口气变得生硬起来：“戴玲回来了吗？”

“没有。”柏姬泰的口气和她一样生硬。伊兰叹了口气。戴玲在亚瑞米拉的军队出现前几天就离开了凯姆林，随行的还有黎恩·柯尔力，用神行术帮她加快行进的速度。现在伊兰对戴玲抱着很大期望，急切地想要得到她能带回来的讯息,或者除了讯息之外,她能带回来的任何东西。

从实质上来讲,选择安多女王是很简单的事。这个国家有超过四百个家族,但只有十九个足够强大的家族可以统率其他小家族,一般来说,十九个家族都应该支持王女,或者至少其中大部分家族会是如此,除非王女明显没有能力统治这个国家。曼提雅家族在摩黛伦死后将王座拱手让给传坎家族,就是因为提格兰失踪,曼提雅家族却只是不断地生出男孩,于是,摩格丝·传坎争取到了十三个大家族的支持。根据法律和传统,要登上王座,只需要得到十九个大家族中十个家族的支持,无论哪个女人,只要能争取到这一点,其他任何宣称要取得王位的人往往都只有失败一途,或者主动放弃这场角逐。

而现在,伊兰有三个正式宣布拥有王位继承权的竞争对手,更糟糕的是,娜埃安和爱伦娜竟然在亚瑞米拉·马恩旗下联合了起来,在所有人之中,她们三个本来是最不可能形成联盟的,而这也意味着亚瑞米拉有了两个大家族的支持。麦瑟林和她访问过的另外十八个家族都太小了,而伊兰的传坎家族和戴玲的塔拉文家族要与六个家族对抗。戴玲坚持认为卡兰得、柯易蓝和任厦家族会支持伊兰,还有诺维林、潘达和塔梅恩家族也是可以争取的。但这前三个家族想让戴玲登上王座,后三个则仿佛进入了冬眠。戴玲对她保持着坚定的忠诚,不知疲倦地为伊兰奔忙,她坚信一些保持沉默的家族可以争取到伊兰这一方。当然,伊兰不能自己去找他们,但戴玲可以,而现在,她们已经濒临绝境。六个家族支持亚瑞米拉,傻瓜才会认为她没有向其他家族伸出她的触角,肯定会有一些家族因为她已经拥有六个大家族的势力而倒向她。

尽管卡赛勒和她的部下已经离开了这个场院,伊兰和她的同伴依然只能从人群中挤出去。麦瑟林家的人是最后下马的,他们全都是一副忙乱不堪的样子,手中的斧枪掉了,捡起来,结果又掉了。然后他们又想在这个院子里把驮马背上的货物卸下来。一个男孩想要抓住一只逃掉的鸡,结果和鸡一起在马腿之间来回乱窜;一个干巴老头则大喊着鼓励的话,但他到底是在鼓励男孩,还是鼓励那只鸡,谁也不知道;一名前任旗手的脑袋上只剩下鬓角处的一点白发,已经褪色的红外衣紧绷在他的肚子上,他正竭力想让自己的队伍有一些秩序;帮助他的是一名年轻一点的前任女王卫兵,他们两个早就应该拿着养老金回家了;另一个男孩似乎要牵着他的长毛马走进王宫里,柏姬泰不得不命令他退下,伊兰才能走进宫门;而那个脸上刚长出些小胡子,不可能超过十四岁的男孩则瞪大眼睛看着柏姬泰,就像他刚才凝望王宫一样,身穿制服的柏姬泰肯定比穿骑马裙的王女更惹人注目,而且他已经见过了王女。拉莎芮摇着头,将他推向了他们的老旗手。

“该死的，真不知道能让他们做些什么。”柏姬泰嘟囔着。这时，一名身穿红白色制服的侍女在这个小门厅中接过了伊兰的斗篷和手套。当然，说这个门厅小只是相对这座王宫而言。镀金立灯放射出的光亮在白色的凹槽细圆柱之间摇曳着，这个厅室的面积是麦瑟林庄园正门大厅的一倍半，只不过天花板没有那里那么高。另一名左侧胸部绣着白狮图案的侍女走过来，她的年龄并不比那个想把马牵进王宫的男孩更大，她的手中捧着一只结绳花纹的银盘，盘子里是三杯冒着热气的香料酒。艾玲达和柏姬泰同时皱起眉头，她立刻唯唯诺诺地向后退去。“如果让那些该死的男孩站岗，他们一定会睡着的。”柏姬泰瞪着那个退走的侍女，继续说道，“那些老家伙倒是不会睡觉。但他们之中有一半人如果看见有人想要爬上那该死的城墙，大概都不会记得自己应该干些什么，而另外那一半人就算加在一起，也打不过六个牧羊人和一条狗。”艾玲达挑起一侧的眉弓，看着伊兰，点了点头。

“他们来这里不是为了打仗，”伊兰这样提醒她们。这时，她们正走过一条铺着蓝色地砖的走廊，走廊两侧沿墙壁排列着带镜子的立灯和嵌饰箱柜。柏姬泰和艾玲达走在她两旁，卫兵们走在她们身前身后的数步以外。*光明啊，她想，我没有喝酒！*疼痛在她的脑袋里随柏姬泰一同有节律地跳动着，她按住自己的额角，开始考虑是否能命令她的护法立刻进行治疗。

柏姬泰则有其他的心思，她看了一眼前面拉莎芮率领的卫兵，然后又回过头，示意跟在后面的那些人后退一点。这很奇怪，这些卫兵都是她亲手挑选的，她很信任她们。这时，她用接近耳语的声音，急促地在伊兰耳边说：“就在你们回来之前，发生了某种事情，那时我正请求桑珂给我治疗，她却突然晕倒在地上，还翻了白眼。反常的不止她一个，虽然该死的没有人向我承认过，但我遇到的其他家人都是一副魂不守舍的样子。那些寻风手也是一样，她们一句话也说不出来。还没等我找到个两仪师，你们已经回来了，不过我怀疑那些两仪师也只会向我翻翻死鱼眼。不过，她们会告诉你的。”

这座宫殿需要相当于一个大型村镇的人为之服务，才能够正常运转，没过多久，她们身边就出现了来来往往的仆人，身穿制服的男女纷纷靠在墙边，或者退到侧旁的走廊里，为她们让出道路。所以伊兰只能压低声音，用尽量简洁的语言解释了她对于刚才发生异象的一点了解。对于一些谣言，伊兰并不介意它们会传播到街上，传到亚瑞米拉的耳里。但关于兰德的传言只要经过几个人的转述和扭曲，就会变得像弃光魔使的故事一样可怕，从某种角度讲，甚至更加糟糕。没有人相信弃光魔使能让伊兰成为王座上的傀儡。“不管怎样，”她最后说道，“这与我们并没有关系。”

伊兰觉得自己的语气很有信心，很冷静，很理智，但艾玲达捏了 下她的手，这对于艾伊尔人来说，无异于在拥抱伊兰，安慰她受伤的心。柏姬泰的同情如同洪水一般从约缚中涌过来，这不只是同情，还有一个已经失去自己所爱的女人对另一个深怀这种恐惧的女人的理解。柏姬泰已经失去了加达·森，对她来说，加达·森相当于已经死了，更可怕的是，她对于过往生命的记忆正在消退，她几乎已经完全记不清白塔建成之前的事情了。她害怕加达也会彻底从她的记忆中消失，她会忘记他，忘记自己深爱着他。有一些晚上，这种心情会让她无法入眠，让她必须喝下大量的白兰地，这是一种可怜的安眠药。伊兰希望自己能有更好的办法安慰她的护法。她知道，自己对兰德的记忆不会死去，除非她自己先死掉，她无法想象那种知道自己的记忆正逐渐变得苍白的恐惧，但她还是希望有人能尽快治好柏姬泰被酒精折磨的脑袋，否则她自己的脑袋也快要像熟透的瓜一样爆开了。她的治疗能力非常有限，艾玲达的也不比她好多少。

尽管她能感觉到柏姬泰的心情，不过她的护法还是保持着平静。“弃光魔使，”她冷冷地嘟囔着，也像伊兰一样压低了声音，这同样不是一个能随便谈论的名字，“嗯，只要和我们没关系，我们就该死的没事。”一个有些像是笑的哼声说明了她并没有相信伊兰的结论。虽然柏姬泰总是说自己从没有做过军人，但她有军人的想法。战场上从没有均等的机会，有时候，敌人可能要远比你强大得多，但你必须奋力迎战，夺取胜利。“我在想，她们会怎样想这件事?”她一边说，一边朝刚刚出现在她们面前十字路口中的四名两仪师点了点头。

范迪恩、茉瑞莉、赛芮萨和凯瑞妮一边走路，一边还在交头接耳地谈论着什么，严格来说，应该是三名两仪师围绕着范迪恩，一边焦急地说话，一边还在打着各种手势，她们的披肩都随着她们激烈的动作来回摇摆。范迪恩只是缓步前行，仿佛另外三个人根本不存在一样，一件袖子和肩膀处绣有花卉的深绿色裙装在她苗条的身上来回晃荡着，却仿佛是为身材更矮胖一些的人缝制的，束在她颈后的白发看上去很需要梳理一下。她面色阴沉，但这也许和另外那三名两仪师所说的事情并没有关系。自从她的姐妹被杀害之后，她就一直这样郁郁寡欢。伊兰敢打赌，她现在穿的这条裙子一定是属于艾迪莉丝的，现在范迪恩更多时候都是穿着她死去的亲姐妹的衣服，她和艾迪莉丝本来就像是用一个模子刻出来的。但现在，范迪恩的食欲仿佛已经和她的姐妹一同死去了，她无论吃什么都是一副索然无味的样子。

赛芮萨是一名褐宗两仪师，她肤色黝黑的方脸还没有变成两仪师应有的那种光洁无瑕的样子。她已经看见了伊兰，便拉住范迪恩的胳膊，似乎是要将她拉到伊兰所在的走廊里。范迪恩拨开那名提尔女子的手，只是瞥了伊兰一眼，就继续向前走去，消失在那条横向走廊的另外一端。两个穿初阶生白袍的女人本来一直跟随在她们身后，她们向另外三名停下脚步的两仪师行了个屈膝礼，匆匆跟着范迪恩走掉了。茉瑞莉是一名小巧的女子，她的深灰色长裙让她凯瑞安人所特有的白皙皮肤更如同象牙一般白润，她愣了一下，仿佛也要跟着范迪恩继续走下去。凯瑞妮调整了一下肩头带绿色流苏的披肩，她的肩膀比许多男人都要宽，这时，她与赛芮萨低声交谈了几句，她们两个便转过身，向伊兰走过来，行了一个深深的屈膝礼，几乎和刚才那两名初阶生向她们行的屈膝礼一样。茉瑞莉看见了那些卫兵，眨了眨眼，然后她才注意到伊兰，又愣了一下，也行了一个类似那两名初阶生的屈膝礼。

茉瑞莉戴上披肩已经有超过一百年的时间了，凯瑞妮则有五十多年，就连赛芮萨戴上披肩的时间也要比伊兰·传坎长得多，但两仪师的地位是依照掌握至上力的强度而决定的，她们三个的力量在两仪师之中顶多也只能算是中等。在两仪师之中，强大的力量虽然不一定代表过人的智慧，但至少能带来压倒别人的地位，足够大的力量差距，甚至能让弱者对强者惟命是从。有时候，伊兰真觉得家人的管理方式要比白塔好得多。

“我不知道那是什么，”没等对面的那三名姐妹说话，伊兰已经抢先说道，“但我们对此无能为力，所以我们也许不必再为此担心了。我们现在要解决的问题够多了，不应再为那种与我们无关的事情分散精力。”

拉莎芮半转过头，皱起了眉，她显然不明白伊兰到底在说什么，但这些话消除了赛芮萨黑眸里的焦虑，也许她并没有因为伊兰这样说就完全放下心来。现在她的双手还在不由自主地抚弄着她的褐色裙摆，但她愿意服从像伊兰这样地位崇高的姐妹。有时候，居于高位的确能带来很大的好处，比如说，用一句话就压制各种异议。凯瑞妮则早已恢复了平静，她古铜色的面孔与标准的两仪师简直可以说格格不入，倒更像是个赶马车的，无论是她身上的绿玉色条纹丝裙，还是光洁无瑕的两仪师面容都无法掩饰这一点，但她的气质可以说是两仪师中的两仪师。绿宗的姐妹往往比褐宗的更加强韧，而属于灰宗的茉瑞莉的脸上则找不到一点属于两仪师的从容不迫，她大睁着眼睛，半张开嘴，一副惊讶不已的样子。不过，她平时也都是这样。

伊兰继续沿走廊前进，希望那三名姐妹能够去做她们自己的事情，但茉瑞莉已经跟到柏姬泰身边，这名灰宗姐妹本来是这三个人里最强的，但她早已习惯了等待有人告诉她该做些什么。当赛芮萨礼貌地询问柏姬泰是否能让开一些的时候，茉瑞莉首先就躲到了一旁。当伊兰的护法行使将军职权的时候，这些两仪师总是会对她表现出无休止的礼貌，她们是在尽量忽略掉柏姬泰护法的身份。艾玲达就没有从凯瑞妮那里得到这种礼貌的询问，后者强行插入她和伊兰之间。根据白塔的定义，任何没有在白塔中受过训练的女性导引者都是野人，凯瑞妮非常鄙视野人。艾玲达咬住嘴唇，但她没有拔出腰间的匕首，甚至连一点这样的意思也没有，对此，伊兰很是感激，她的首姐妹有时候是相当……轻率的。不过，再想一想，伊兰觉得自己现在倒希望艾玲达能鲁莽一些。两仪师的传统中，姐妹之间无论在何种情况下都不能粗暴相待，但艾玲达能毫无顾忌地斥骂她们，向她们挥舞匕首，也许这样就能让这三个人走开了，虽然这也可能带来严重的后果。凯瑞妮到现在也没有注意到盯住她的那双冰冷的绿眼睛。

"我已经告诉过茉瑞莉和赛芮萨，我们对这件事没有任何办法。"她平静地说，"但难道我们不应该做好逃跑的准备吗？在这种事面前逃跑并不可耻。就算是连结在一起，我们和它相比也不过是森林火灾中的一群蛾。范迪恩就是不听我的。"

"我们真的应该做一些准备，伊兰。"赛芮萨有些不经心地喃喃说道，她似乎正在脑子里筹谋什么计划，"临渴掘井是错误的。这里的图书馆中有许多书籍都应该做妥善转移，这里的一些书甚至在白塔图书馆中都是没有的。"

"是的。"茉瑞莉的声音就像她黑色的大眼睛一样充满了忧虑，"是的，我们的确应该做好离开的准备。也许……也许我们不应该再逗留于此。必要的行动并不会违反我们的承诺，我相信是不会的。"柏姬泰只是瞥了她一眼，但她立刻打了个哆嗦。

"如果我们离开，"凯瑞妮似乎完全不在乎茉瑞莉是否已经把话说完了，"我们就要带上全部的家人。如果让她们这样逃散，那就只有光明知道她们会干些什么，而且我们将再没办法重新抓住她们，她们之中甚至已经有人学会了神行术。"她的声音里没有丝毫苦涩或羞愧，虽然在这座王宫中的两仪师里，只有伊兰能施展神行术。凯瑞妮似乎认为家人和她们一样，应该完全属于白塔，只是因为她们都曾经在白塔接受过训练。但实际上，家人之中的绝大部分都是早已被白塔淘汰出门，还有不多的几个是主动逃离白塔的。伊兰在家人之中已经找到了不少于四个能施展神行术的人，其中包括一个逃离白塔的人，至少，她们在凯瑞妮的心目中可能比野人的地位还要高一点。

但听到凯瑞妮提起神行术，赛芮萨还是抿紧了嘴唇。有不止一个家人能够打开通道，她不能像凯瑞妮那样对这个问题视而不见，而且，她对于家人的观点也和凯瑞妮截然不同。平时，她还可以把这种观点藏在心里，只是对家人紧皱眉头，或者投去鄙夷的目光，因为伊兰已经清楚地表明自己对于家人的态度。但今早发生的事情似乎让她不再顾忌表达自己的观点了。"我们的确需要带上她们，”她用斩钉截铁的语气说道，“否则她们只要一离开我们的视线，肯定全都会宣称自己是两仪师。如果一个女人敢说她是在三百年前被遣离白塔的，那么她就没有不敢说的谎言了！她们需要受到严密监视，而不是像现在这样可以自由行动，尤其是那些能够施展神行术的人，现在她们也许能服从你的命令，伊兰，但再过多久，她们之中就会有人借助神行术一去不返？记住我的话，一旦有一个人逃跑，其他人肯定也会竞相仿效，到时候，我们就有没完没了的麻烦。”

“我们没有理由去任何地方。”伊兰坚定地说，她的话是说给两仪师的，也是说给卫兵们的。远方的那个灯塔仍然在她最初感觉到的地方，如果它移动了，也不可能直冲凯姆林而来。但两仪师正打算逃亡的谣言足以制造一场大规模的混乱，人们会疯狂地冲出城门，逃避某种甚至会让两仪师害怕的灾难，就算是一支军队也不可能在这座城市里造成比这更严重的破坏，让更多的人丧命。而这三个女人却在这里肆无忌惮地叽叽呱呱，就好像周围只有挂毯在听她们说话一样！茉瑞莉这样做还情有可原，但另外两个绝不应该有如此令人失望的表现。“我们留在这里，就像玉座吩咐过的那样，除非她又有了别的命令。家人将继续得到礼遇，直到我们在白塔为她们举办欢迎典礼，这也是玉座的命令，这你们全都清楚。而你们则要继续教导寻风手，并像一名两仪师那样去做你们该做的事情。我们应该解决人们心中的疑惧，让人们得到安慰，而不是愚蠢地传播各种无聊的谣言和恐慌。”

不过，也许她的语气有些太过坚决了，赛芮萨的眼睛盯在地板上，就像一个挨了骂的初阶生，茉瑞莉在她提到寻风手的时候又打了个哆嗦。不过这没有超出伊兰的预料。其他两仪师也会替寻风手上课，但这些海民只是牢牢地抓住了茉瑞莉，就像对待她们的学徒那样。茉瑞莉要睡在海民的居住区，通常伊兰总是会见到她顺从地跟在两三名寻风手身后。寻风手们只允许茉瑞莉表现出一种态度，那就是温顺。

“当然，伊兰。”凯瑞妮急忙说道，“当然。我们不会违抗玉座。”她犹豫了一下，调整着手臂上的绿色流苏披肩，似乎只是专心地想要把它抚弄平整。伊兰察觉到她向茉瑞莉投去了一个怜悯的眼神。“但说到海民，你能否和范迪恩说一说，让她负责好她的那一份课程?”看到伊兰什么都没说，她的语气中出现了普通人的那种“愤懑”：“她总是说要忙着查问那两个逃亡者，但她却有时间让我和她整夜聊天，直到我昏昏欲睡。那两个人都已经被吓坏了，就算是身上着了火也说不出什么来了。她不需要再围着那两个人打转，而且她也完全有时间和精力去教导那些该死的野人，范迪恩也需要让自己恢复成一名两仪师了!”

不管地位有多么大的差距，不管是否刚刚被责骂了，她抛给伊兰的那一个充满怨毒的目光让伊兰甚至感到一阵窒息。是伊兰和海民达成了契约，从而导致两仪师有了教导寻风手的责任，但迄今为止，伊兰自己只是给寻风手上了屈指可数的几堂课，以自己还有很多更重要的事情要做作为理由，把这个包袱都丢给了别人。两仪师们把陆民教师都看作雇员一类的人物，即使两仪师也不例外，而且他们总是认为这些雇员很卑鄙，在竭力逃避应当承担的责任。伊兰至今仍然觉得奈妮薇之所以会离开，就是为了逃避那些课程。当然，没有人会落到像茉瑞莉那样的下场，但即使是一两个小时的课程也已经快让人受不了了。

"哦，不，凯瑞妮。"赛芮萨插话道，她还是在躲避着伊兰的目光，还有茉瑞莉的目光。在她看来，这名灰宗姐妹是自己造成了现在的这种困境，所以只能承受随之而来的恶果，但她并不想在茉瑞莉的伤口上撒盐。"范迪恩已经因为姐妹的死而发狂，珂丝蒂安和泽亚至少能让她有机会思考些事情。"无论伊兰如何看待其他家人，她只能接受泽亚是一名逃亡者，因为泽亚已经被凯瑞妮认出来了。如果珂丝蒂安真的在说谎，她会为自己的谎言付出沉重的代价，逃亡者从来不会得到善待。赛芮萨这时还在说话："我也陪她度过了一些时间。除了艾迪莉丝以外，她几乎什么都不提，就好像她想要将我的记忆添加到她自己的记忆里。我想，她需要更多时间，而那两个人能够在大多数时间里让她感到不孤单。"她侧目看了伊兰一眼，深吸一口气："不过，教导寻风手的确是……一个挑战，也许偶尔让她上一个小时的课，能够帮助她脱离这种绝望的环境，这样至少能让她发怒。你同意吗，伊兰？只要一两个小时，偶尔为之。"

"范迪恩想用多少时间追思她的姐妹都可以。"伊兰不动声色地说，"这件事不要再讨论了。"

凯瑞妮重重地叹了一口气，重新整理了一下她的披肩，赛芮萨也在小声地叹气，并开始转动左手食指上的巨蛇戒。也许她们感觉到了她的情绪，或者她们也许只是不想再提起寻风手。茉瑞莉永远不变的惊讶表情依然没有丝毫改变，她往往要整日整夜地和海民混在一起，除非伊兰把她拉走。而现在无论伊兰怎样努力地去拉她，寻风手们已经愈来愈不愿意让她离开了。

至少伊兰没有在这三名两仪师面前流露出自己的气愤，这费了她不少力气，尤其是当艾玲达也在场的时候。伊兰不知道如果自己失去姐妹，会变成什么样子。范迪恩不仅仅是在哀悼亲人，她在寻找杀害艾迪莉丝的凶手，毫无疑问，杀人者就在茉瑞莉·辛德文、凯瑞妮·佛朗西和赛芮萨·托玛瑞斯之中。也许是她们之中的一个，也许更可怕，她们之中不止一个是凶手。对茉瑞莉的怀疑应该是站不住脚的，尤其照她现在的这种情形来看，而实际上，相信任何一名两仪师是杀人凶手都不容易。就像柏姬泰说的那样，在兽魔人战争期间，她遇到的一个最为可怕的暗黑之友正是一个像奶油一样软嫩的家伙，只要有人说话的声音大一点，都会吓他一跳，结果他对整整一座城市的供水系统下了毒。艾玲达的建议是对这三个人全部进行审问，这让柏姬泰很惶恐，但艾玲达对两仪师的敬意早已大不如前了。在有明确的证据之前，应有的礼貌还是要维持的，要采取行动的时候，就绝对不能手软。

“哦，”赛芮萨突然有了精神，“那是麦拉尔队长，在你离开的时候，他又做了一次英雄，伊兰。”

艾玲达握住了腰间的匕首，柏姬泰全身一僵，凯瑞妮的面孔变得非常刻板，非常冰冷，就连茉瑞莉也露出一副不以为然的样子。没有一个两仪师会隐藏自己对督伊林·麦拉尔的厌恶。

麦拉尔有一张瘦长的面孔，他算不上英俊，甚至算不上是好看，但他举手投足之间带着一种剑客的优雅，这也表明了他过人的体力。他是伊兰的卫队队长，佩戴三枚金结，在他抛光胸甲的双肩上都焊着这三枚金结。如果不看军衔，外人也许会以为他的位阶比柏姬泰还要高。在他脖子和手腕周围的雪白色缎带比其他所有卫兵都要高一倍，直径也要大一倍，但他又没有佩戴绶带，也许是因为那条绶带会挡住他一侧肩头上的金结。他宣称自己一生中最大的愿望就是为伊兰指挥她的卫队。他经常会谈论自己在当佣兵时参与的战役，而且他从没有战败过，胜利总是因为他在战场上的超凡表现而垂青他为之作战的那一方。看到伊兰，他脱下装饰白羽毛的帽子，以华丽的姿势鞠了个躬，另一只手则精巧地将佩剑按在一个漂亮的角度上。然后，他单臂横在胸前，以军礼的姿势向柏姬泰鞠了一个浅一些的躬。

伊兰让脸上挂起微笑，“赛芮萨说你又做了英雄，麦拉尔队长，那是怎么回事?”

“只是出于我对女王的忠心。”虽然声音显得很谦逊，但他响应的微笑却热情得有些过分了。王宫里有一半的人以为他是伊兰孩子的父亲，伊兰并没有否认这个谣言，这似乎让他真的相信自己已经得到了她的眷顾。只是，他的黑眼睛里始终没有一点笑意，那双瞳仁就像死人一样冰冷。“效忠于您是我最大的快乐，女王。”

“麦拉尔队长昨晚又在没有得到命令的情况下对敌发动了突袭。”柏姬泰谨慎地保持着声音的平静，“这一次，敌人几乎冲进了法麦丁门。他命令那座门一直开启，直到他回来。”伊兰感觉到她的将军面容变得严肃起来。

“哦，不，”赛芮萨表示反对，“事情并非完全是那样的。一百名鲁安领主的士兵想要趁黑夜进入凯姆林，但他们出发得太晚了，早晨的阳光将他们暴露在敌人眼前，数量三倍于他们的奈西恩军包围了他们。如果不是麦拉尔队长打开大门，及时出援，他们会在我们面前被砍成碎片。麦拉尔救回了八十名忠诚于你的战士。”满脸微笑的麦拉尔享受着两仪师的赞誉，仿佛根本没听到柏姬泰的批评，当然，他也完全看不见凯瑞妮和茉瑞莉责备的目光，他总能成功地忽视别人对他的负面评价。

“你怎么知道他们是鲁安的部下，队长？”伊兰平静地问。一丝本应该让麦拉尔有所警觉的微笑出现在柏姬泰的脸上。不过，他似乎属于那些不相信柏姬泰是伊兰护法的人，就算他相信，也应该不会知道护法和两仪师之间的约缚是怎么回事。不管怎样，麦拉尔的表情变得更加得意了。

“我不会只认旗子，女王，人们会扛上各种旗子。我从望远镜里认出了祖拉德·埃坎，埃坎从头到脚都是鲁安的人，我一认出那个……”他做了个不以为然的手势，让手腕上的缎带随之抖动起来，“后面的就不值一提了。”

“那个祖拉德·埃坎有没有带来任何鲁安的讯息？有任何表示诺维林家族支持传坎的印章信件吗？”

“没有带文字的东西，女王，但就像我说过的——”

“那就是说，鲁安没有宣布支持我，队长。”

麦拉尔的微笑消退了一些，他不习惯被别人打断，“但，女王，戴玲女士说鲁安已经在您的阵营中了，埃坎的到来就是证据——”

“这证明不了任何事，”伊兰冷冷地说，“也许爵士最终会加入我的阵营，队长，但在他公开宣布之前，你只是给了我八十个需要严密监视的人。”从一百个人里救出八十人，而他又让多少真正效忠于她的人送了命？而且他这样就把整个凯姆林都带入危险，光明烧了他！“既然你有时间指挥我的卫队发动突击，你也应该有时间看守那些被你救出来的人了，现在我不可能抽调城墙上的守军来做这件事。让埃坎和他的部下负责训练我刚刚从其他家族那里带回来的部队吧，这样会让他们有事可做，不至于惹上什么麻烦。但你要负责确保他们远离城墙，我要求他们不能靠近城墙，不能靠近任何麻烦，队长。现在这就是你的责任。”

麦拉尔盯着伊兰，显得有些混乱，伊兰以前从没有向他指派过任何任务，他显然不喜欢被这样对待，尤其在这么多人面前。他脸上已经不再有那种过分热情的笑容，嘴唇扭曲着，怒火在他的眼中燃起，但除了再鞠一躬，用沙哑的声音说“服从女王的命令”外，他显然也没有想出更好的应对之策，随后，他还是竭力以最优雅的姿势走开了。但还没走出三步，他就开始迈起大步，仿佛要把所有敢挡他路的人踩在脚下。伊兰不得不告诫拉莎芮以后要谨慎从事，麦拉尔也许会将怒火发泄在这次交谈的见证者身上。茉瑞莉和凯瑞妮几乎同时点头表示赞同，她们早就建议要将麦拉尔派遣到王宫外了。

“我不相信麦拉尔队长做错了，即使是他错了，”赛芮萨小心地说，“他也曾经冒着生命危险救过你的命，伊兰，你和戴玲女士的命。难道真有必要在我们面前羞辱他吗？”

“不要以为我会逃避欠下别人的债务，赛芮萨。”伊兰感觉艾玲达握住了她的一只手，柏姬泰握住了她的另一只手，她轻轻捏了捏她们的手。被敌人环伺的时候，能有姐妹和朋友在身边实在很好。“我现在要洗个热水澡，你们想要为我搓背吗？”

她们明白，这是伊兰在命令她们离开，她们离去的步伐要比麦拉尔队长优雅得多。凯瑞妮和赛芮萨已经开始讨论今天寻风手是否真的想要上课了。茉瑞莉不停地环顾四周，希望能在寻风手出现时及时躲开。但她们随后又会谈些什么？伊兰是不是要掴她孩子父亲的耳光？她们是不是成功隐藏了谋杀艾迪莉丝的罪行？

我不会逃避自己的债务，伊兰想着，看着她们走远。*我也会帮我的朋友偿还她们的债。*

第 12 章

契　约

洗澡并不是什么难事，但伊兰不得不在走廊里紧皱眉头，盯着她的寓所那扇雕刻着狮子花纹的大门。不时吹来的冷风让她们身旁镜子立灯发出的光亮不断地摇曳着。拉莎芮和另外两名卫兵正在搜查她的寓所，一直等到她们确信房里没有刺客埋伏，走廊和外室也都安排好卫兵之后，伊兰才走进去。满头白发的爱森德正带领她训练的年轻侍女奈莉丝和瑟芬妮在寝室中等她。爱森德的身材瘦削，左侧胸口绣着代表伊兰的金色百合花，她的动作极为庄重，部分原因是她的年龄，还有部分原因是她拒绝承认的关节痛。奈莉丝和瑟芬妮是一对姐妹，刚进宫不久，身体强健，但还是很容易害羞。她们很为自己的制服感到自豪，很高兴自己没有被分派去打扫，而是被选为女王的侍女。对于爱森德和伊兰，她们差不多抱有同样的敬畏之情。王宫中并不缺乏有多年工作经验的侍女，但遗憾的是，来寻找杂役工作的女孩会更加安全一些。

寝室玫瑰色的地板上已经有一张大地毯被卷起，取而代之的是许多层厚毛巾，毛巾上安放了两只黄铜浴缸，很显然，伊兰刚进宫时说的话已经传达到了她的寓所。仆人们掌握和传递讯息的诀窍，绝对会被白塔的眼线们所羡慕。壁炉中旺盛的火焰和关紧的窗户让这个房间比走廊里要暖和得多。爱森德看见伊兰走进来，立刻就命令瑟芬妮去叫男仆送热水过来。热水被放在有盖子的双层水桶中，以免在从厨房运送到这里的路上冷掉，不过女王卫兵要首先检查过水桶中没有暗藏匕首，才会让他们进来。

艾玲达用充满狐疑的眼光看着第二只浴缸，爱森德则用同样狐疑的眼光看着柏姬泰。艾伊尔女子仍然不适应身体进入水中的感觉，王室侍女则不愿接受没必要的人在女王沐浴时出现。但白发老侍女依旧毫不耽搁地低声催赶伊兰和艾玲达进入更衣室，在那里，同样燃烧着熊熊火焰的大壁炉驱走了空气中的寒意。当爱森德帮助伊兰脱下骑马装的时候，伊兰才终于感觉到一阵轻松，这与心里想着还有多长时间赶往下一个目的地，一边急急忙忙地梳洗淋浴的感觉完全不同。其他事情都可以再等一等，愿光明护佑她，要担心的事情都可以先放到脑后，她已经回家了，这才是重要的。她几乎能忘记正在西方闪耀的灯塔，几乎可以，至少她能让自己不去想那里，不为他纠结。

脱衣服的时候，艾玲达拨开奈莉丝的手，自己摘下了身上的首饰，同时竭力装作奈莉丝并不存在，她的衣服是自己移开的。然后，她们被裹上绣花丝绸长袍，头发用白毛巾扎起。艾玲达三次想自己用毛巾把头包好，直到第三次头发倾泻到脖子上之后，她才允许奈莉丝为她做好这件事，同时还嘟囔着自己很快就什么都做不了，只能请别人给自己系鞋带了。伊兰被她的话逗笑了，很快地，她也笑了起来。结果她向后一甩头，让奈莉丝不得不重新开始替她包头的步骤。一切就绪之后，她们回到了寝室，浴缸中已经注满热水，加在水中的玫瑰油让房里充满芬芳。送水来的男仆当然已经不见了。瑟芬妮等在浴缸旁，衣袖已经卷到臂肘以上，好为两位主人擦背。柏姬泰坐在床脚处一只镶嵌绿松石的箱子上，胳膊肘拄着膝盖。

伊兰让爱森德帮她脱下身上绣燕子图案的淡绿色浴袍，全身浸入浴缸里，只露出头。水温只差一分就会太热。虽然膝盖还是露出了水面，但她几乎全身都已经在温暖的水中了。她叹息一声，感觉疲惫正从她的毛孔中渗出去，取而代之的是深深的倦怠感。热水真是文明社会最好的礼物。

艾玲达盯着另一只浴缸。当奈莉丝要除去她在宽大袖子上绣着花朵的浅紫色浴袍时，她愣了一下，最后，她终于满面严肃地默许了奈莉丝的动作，并小心翼翼地踏入水中。然后她立刻从瑟芬妮手中夺走圆形香皂，开始用力地刷洗自己，但不管怎样用力，她都会小心地不让一滴水溅到浴缸外面。除了使用出汗帐篷以外，艾伊尔人也会用水来洗浴，特别是在除去洗发精的时候，艾伊尔人的洗发精是由荒漠中生长的一种叶片肥大的植物制作的。他们洗浴之后的脏水都会保留下来，灌溉农作物。伊兰曾经带艾玲达看过凯姆林城下的两座巨型蓄水池，这两座蓄水池由两条地下河流源源不断地注入清水，这两座蓄水池是如此巨大，它们远离城市的一侧都消失在一片浓密的森林中。但荒漠的生活早已融入了艾玲达的骨髓。

爱森德一直以责难的眼光盯着柏姬泰，但并没有说话。这位老侍女认为洗澡时间是不适合开口出声的，柏姬泰却一直在和两个洗澡的人聊着天，不过她很小心地挑选着能够在奈莉丝和瑟芬妮面前交谈的话题。这两个小姑娘应该不是其他家族派来的间谍，但女仆们闲聊的时候几乎就像男人一样毫无顾忌，这几乎已经是一种传统了，当然，有些谣言就可以借助这种管道散播出去。现在柏姬泰谈论的主要是两支昨天刚从提尔赶到这里的大型商队，他们的马车上都装满了谷物和腌牛肉，另外一支商队则从伊利安赶来，带来了大量的油料和熏鱼。让人们知道食物正源源不断地运进城市是很重要的，没有几个商人敢在冬季的安多赶路，即便有勇敢的商人，也不会只运送像食物这样廉价的货品。但神行术的使用意味着亚瑞米拉的军队就算是拼命劫取所有安多境内的商队，凯姆林人依旧能把肚子填饱，而他们也还是只能饥肠辘辘。现在为她施展神行术的主要是寻风手，根据她们的报告，达林大君已经自称为转生真龙代理提尔全权总管，但他正被困在提尔之岩里，想要将转生真龙彻底赶出提尔的贵族们团团包围了那座超级堡垒。但即使是他们也不打算阻止这种有利可图的粮食贸易，特别是他们以为那些寻风手身边的家人全都是两仪师。这并不是伊兰有意制造的假象，毕竟在被白塔逐出之前，已经有一些家人通过初阶生测试，获得了巨蛇戒，如果有人因此而做出错误的结论，那只是他们自己的问题而已。

如果耽搁太长时间，洗澡水还是会凉下来，所以伊兰从瑟芬妮手中接过一块玫瑰香皂，并让奈莉丝开始用一支长柄刷为她擦背。如果有盖温或者加拉德的讯息，柏姬泰一定会在第一时间提起，她像伊兰一样渴望得到他们的讯息，而且她也不可能向伊兰隐瞒什么。盖温已经返回凯姆林的谣言是她们极度希望成为的现实。柏姬泰在将军职位上做得很好，最大的问题只是她自己还不太有信心，伊兰当然不打算撤换她，但如果盖温能回来，她们两个女人都会轻松一点。现在城里的大部分士兵都是佣兵，而且数量只够守住城门，并在绵延数里的新城城墙上摆摆样子，不过即使如此，他们还是足足有超过三十个连队，每支连队都有自己的队长，而每个队长都不可避免地抱持着过分的傲慢，认为自己的连队才是最优秀的，并时刻准备为任何一点小状况和其他队长发生冲突。盖温从小就开始接受指挥军队的训练，他绝对有能力平息这些骚乱，让伊兰能够将精力投入到争夺王座的斗争中。

除此之外，伊兰还希望盖温能够远离白塔。她每天都在祈祷自己派出去的信使中有人找到盖温，现在正顺河而下，赶来凯姆林。艾雯的军队包围塔瓦隆已经超过一个星期了，盖温正陷在他保卫白塔的誓言和对艾雯的爱情之间，这实在是太过残酷的命运。更糟糕的是，盖温已经有一次打破了他的誓言，至少绕过了这个誓言——为了他对妹妹的爱，也许还有他对艾雯的爱。如果爱莉达开始怀疑是盖温放跑了史汪，他原先帮助爱莉达颠覆史汪玉座之位的一切功绩都会在转瞬间化为乌有。而这时如果他还在爱莉达的势力范围内，牢狱之灾，甚至刽子手肯定都在等着他。伊兰并不怨恨他帮助爱莉达的决定，当时的盖温不可能知道足够实情，让他做出另外的选择。许多姐妹都受到了当时情况表象的迷惑，迄今为止，许多姐妹仍然还没有清醒，她怎么能要求盖温看清楚连两仪师都看不清的事情？

至于加拉德……伊兰已经长大了，已经无法再喜欢这个男人。当然，他一定在怨恨她，更会怨恨盖温。在盖温出生前，加拉德一定认为他应该成为剑之第一王子。伊兰最早关于他的记忆是一名少年，对待她却已经像是一位父亲或叔叔，而不是兄长。是他最早传授盖温如何用剑。伊兰还记得自己担心他会用练习剑敲破盖温的脑袋，但他永远只会在盖温身上留下一些青肿的瘀伤。任何年轻人在学剑时都难免会受到这种小伤。加拉德知道怎样做是正确的，他永远都会以正确的方式去做事，无论他或别人会为此付出怎样的代价。光明啊，为了帮助她和奈妮薇逃离萨马拉，他引发了一场战争，而很有可能他从一开始就知道这样做的危险！加拉德喜欢奈妮薇，或者至少曾经喜欢过，现在他已经是白袍众，很难想象他还会对两仪师抱有任何好感。只有光明才知道他现在哪里，正在做什么。但事实是，他为了援救自己的妹妹而挑起了一场战争。伊兰没办法原谅他加入圣光之子，她没办法喜欢他，但她还是希望他能够平安无事，希望他能找回凯姆林——回家的路。她渴望得到加拉德的讯息，就如同渴望得到盖温的讯息，这种渴望不时会让伊兰感到惊讶，但这是真实的。

“你们不在的时候，又来了两个姐妹，她们就住在银天鹅客栈。”柏姬泰的语气仿佛在说，她们会住在客栈里，只不过是因为王宫中的房间都已经住满了。“一个是带着两名护法的绿宗，另一个是带着一名护法的灰宗，她们不是一起来的。她们到来的那一天，有一个黄宗和一个褐宗离开了，所以那里的姐妹一共还是十个。黄宗去了南边的法麦丁，褐宗向东走了。”

瑟芬妮耐心地等在艾玲达的浴缸旁，无事可做，她越过伊兰的头顶，和她的姐妹交换了一个眼神，笑了起来。像这座城里的许多人一样，她们知道两仪师出现在银天鹅客栈代表着白塔对伊兰和传坎家族的支持。爱森德如同鹰隼般盯着这两个女孩，也点点头，她同样明白这一点。现在，就连扫大街的和拾荒的人也都知道了白塔分裂的事，但即使如此，这个名号仍然具有它的威力，人们从不曾低估它所掌握的力量。每个人都知道，白塔从来都会支持正当的安多女王，实际上，两仪师们一直都期望真正的两仪师能够登上狮子王座。伊兰是一千年以来，或者是自从世界崩毁以来第一个为公众所知的两仪师王女。但如果亚瑞米拉的军营中也藏有一名姐妹，伊兰绝对不会感到吃惊，白塔从不会把全部赌注押到一匹马身上，除非那匹马已经确保住了自己的领头地位。

"可以了。"伊兰气恼地扭动身体，躲开了背后的刷子。受过严格训练的女孩立刻将刷子放在一只凳子上，递给伊兰一大块伊利安海绵，让她擦掉身上的肥皂。她希望能知道那些姐妹到底要干什么。她们就像是伊兰软鞋中的沙粒，本来都是些小事情，很难让人以为会有什么麻烦，但在脚底磨得愈久，仿佛就变得愈大。现在，银天鹅客栈中的那些姐妹已经变成了具有相当尺寸的岩石。

在伊兰到达凯姆林之前，那家客栈中两仪师的数量就在不断变化，每周都有几名姐妹离开，又有几名姐妹到来，叛军围城并没有改变这一状况。包围凯姆林的士兵就像包围提尔之岩的那些叛乱部队一样，完全不想找两仪师的麻烦。凯姆林城中在一段时间甚至还有红宗姐妹，她们在寻找要前往黑塔的男人，但她们对这里的情况了解得愈多，就愈不高兴。当亚瑞米拉的军队出现在城外的第二天，最后两名红宗两仪师策马离开了这里。每一名入城的两仪师都受到了严密的监视。没有任何红宗两仪师靠近过银天鹅客栈，所以，住在那里的姐妹应该不是爱莉达派来绑架伊兰的。不知为什么，伊兰觉得有许多两仪师组成的小队分散在从妖境到风暴海的各个地方，不住地在四处流动，收集讯息，传递讯息，这是一种奇特的想法。两仪师利用眼线来监视这个世界，很少会分享她们得到的情报，除非确信这些情报与白塔的安危有关。很可能银天鹅客栈中的那些两仪师属于那些处在中立地位，不参与白塔内讧的姐妹，她们等待着艾雯或爱莉达最终取得玉座，然后才会倒向新的白塔统治者。这是错误的，两仪师应该选择她心目中正义的一方，而不是投机选择将会取胜的一方！但伊兰之所以感到不安，还有别的原因。

不久以前，伊兰安插在银天鹅客栈的一名监视者听到一个名字，那个名字似乎让那些两仪师非常困扰。当那名两仪师提到它的时候，将声音压得很低，即便如此，其他两仪师也立刻要求她闭上了嘴，仿佛惟恐它被别人听到。那个名字是凯苏安，一个绝对不寻常的名字。当兰德还在凯瑞安的时候，凯苏安·梅莱丁就紧紧地跟在他身边。范迪恩对那个人没什么好看法，她对凯苏安的评价是独断专行，固执己见。而凯瑞妮一听到她的名字，差点就敬畏得晕倒过去。看样子，关于凯苏安的故事早已成为许多人心目中的传奇，只手对付转生真龙也只有凯苏安·梅莱丁这样的人才能干得出来。伊兰当然不想让别的两仪师去控制兰德，只是兰德早已经不是她能控制的，这让她时时都感到气恼。这个家伙的脾气太强了，有时候他根本就看不到什么才是对他好的！但为什么身在凯姆林的两仪师会提起凯苏安的名字？又为什么其他姐妹要让她噤声？

尽管泡在温热的水里，伊兰还是打了个哆嗦。她想到白塔在无数个世纪中所有编织并操控的那些罗网，那些罗网往往都纤细到无法察觉的程度，只有操控它们的姐妹知道它们的存在，也只有那些姐妹才能解开它们。白塔、宗派，甚至个别姐妹都有专属于自己的罗网。有时候，这些谋略会彼此渗透、融合，仿佛有一只手在指引它们，另一些时候，它们又会彼此拆散，这就是三千年来世界演化的原因。现在，白塔干净地分裂成了三个部分，三分之一属于艾雯，三分之一属于爱莉达，还有三分之一作壁上观。最后这一部分是否在和另外的某一部分相互联系，交换情报……共同谋划行动？如果是这样……

一阵喧哗声突然从外面传来，只是因为屋门的阻隔，无法听清楚。伊兰立刻坐直了身子，奈莉丝和瑟芬妮尖叫着扑在一起，紧握住对方的手，睁大眼睛盯着屋门。

“该死的，出什么事了？”柏姬泰高喝一声，从箱子上跳起来，窜出房间，并随手将门摔上。屋外的喧哗声更加响亮了。

听声音，不像是卫兵在与什么人打斗，她们应该只是在用最大的声音争吵着什么。柏姬泰的约缚中传来愤怒和挫败感，还有那该死的头痛。伊兰从浴缸里爬出来，让爱森德为她穿上浴袍。白发侍女的平静，也许还有伊兰自己的平静神态，让两名小侍女也镇定下来。当爱森德转头去看她们的时候，她们都羞红了脸。艾玲达则一下子从浴缸里跳了出来，冲进更衣室，溅得洗澡水到处都是。伊兰本以为她会拿着匕首再冲出来，但当她重新出现的时候，周身已经出现了阴极力的光晕，握在她手中的是那只琥珀海龟。这时她已经伸出另一只手，将放在伊兰口袋中的那只象牙雕刻的女性坐像递给伊兰，而她的身上依旧是一丝不挂，只是头顶上还包着那条毛巾。当瑟芬妮想要为她套上浴袍的时候，全身水光闪亮的艾玲达气恼地将她推到一旁。虽然已经将战斗武器从匕首换成了至上力，但艾玲达还是保持着白刃战的思维模式——不能让任何东西阻碍身体的灵活性。

“把它放回更衣室，”伊兰说着，将自己的象牙法器交给爱森德，“艾玲达，我不认为我们需要……”

屋门开了一道缝隙，柏姬泰探头进来，双眉紧皱。奈莉丝和瑟芬妮又被吓了一跳，刚刚恢复的镇定也荡然无存了。

“翟妲想要见你，”柏姬泰怒气冲冲地看着伊兰，“我让她等一下，但……”她突然惊叫一声，踉跄着进了房间，接连迈出两步，才恢复平衡，然后她立刻转过身，瞪着刚刚推她进来的人。

凯特莱部族的波涛长四平八稳地走了进来，碎节红腰带末梢在她的膝盖前微微摇摆，完全看不出她刚刚把某个人猛推了进来。两名寻风手跟在她身后，其中一个关上屋门，挡住了拉莎芮那张愤怒的脸。她们三个走路时都是腰肢摇曳，很像是柏姬泰穿着她的高跟鞋走路的样子。翟妲的个子不高，在她浓密的卷发上夹杂了不少灰丝，但她黝黑的面孔属于那种在岁月递延中变得越发美丽的类型，挂在她的一枚黄金大耳环和鼻环之间，缀有许多小徽章的黄金锁链，更增添了她的这种美丽。而她全身上下都散发着君主居高临下的压迫感，并不是一般人的那种傲慢，而是心知别人会惟命是从的自信。寻风手们看了一眼依旧被至上力光晕环绕的艾玲达，茶奈勒棱角分明的面孔立时绷紧，舍琳嘟囔了一句：“‘艾伊尔女孩’要编织了。”除此之外，她们就再没有任何反应。舍琳的耳朵上戴着八枚耳环，这表明她是部族波涛长的寻风手。茶奈勒荣誉链上的黄金徽章几乎像翟妲的一样多。她们都是具有很高权威的人物，这一点也从她们的一举手一投足中表露出来，但任何人一眼都能看出来，她们之中的主导者仍然是翟妲·丁·帕瑞德。

“你被靴子绊到了，将军，”翟妲丰满的嘴唇露出一丝微笑，她一只绘着黑色刺青的手玩弄着挂在胸前的黄金香料匣，“靴子真是碍事的东西。”她和身后的两名寻风手从来都是光着脚的。亚桑米亚尔的脚底板都像鞋底一样坚韧，无论是粗糙的甲板还是冰冷的地板，都对她们没有任何影响。奇怪的是，今天她们的身上除了惯有的彩色锦缎外衫和长裤以外，全都披着一条素白色的长巾，一直垂挂到腰部以下，几乎完全遮住了她们戴的许多条项链。

“我正在洗澡。”伊兰用绷紧的声音说，似乎她们没有看到她盘起的头发和沾濡在身上的丝绸长袍。老成持重的爱森德气得几乎发抖了，伊兰觉得自己的心情也不比她的老侍女好多少。“如光明所愿，你们走后，我还要继续洗澡。然后我会派人去叫你们。”好吧！如果她们这么不懂礼节，那就让她们好好尝一尝礼节的滋味！

“光明眷顾你，两仪师伊兰。”翟妲不动声色地回答道。她向艾玲达挑了挑眉弓，但这个表情显然不是因为艾玲达还在导引，翟妲并没有导引的能力，也不是因为她的裸体，海民习惯裸体，至少在没有陆民的时候是这样。“你从没有邀请我和你共浴，虽然这样才是礼貌待客的方法，当然，我们对此并不抱怨。我只是听闻耐丝塔·丁·瑞埃斯·双月去世了，霄辰人残忍地杀害了她。我们都在为失去她而哀痛。”三名海民女子用手抚过白色长巾，又用指尖碰了碰嘴唇。不过，翟妲对于繁文缛节似乎也像伊兰一样感到不耐烦。她没有提高声音，也没有加快语速，只是以不容置疑的口吻说了下去。但一个正在哀悼死者的人突然以像她这样的口吻说话，实在让伊兰感到很突兀。

“亚桑米亚尔十二首必须进行一次集会，选出新的诸船长，而在西方发生的事情更清楚地表明，这个集会已经不能再有丝毫耽误。”舍琳抿住了嘴。茶奈勒将香料匣举到鼻子下面，仿佛要嗅一下里面散发的香气，辛辣的香料气味刺穿了玫瑰油的芬芳。无论她们曾经怎样向翟妲描述她们的感觉，波涛长并没有显露出丝毫不安，在她脸上只能看到确定无疑的信心。她的双眼稳定地盯着伊兰。“我们必须为即将到来的一切做好准备，所以，我们更需要一位诸船长。以白塔的名义，你承诺会给我们二十名教师。我不能强迫哀悼亲人的范迪恩，也不能强迫你，但我会带走另外三名两仪师。至于白塔欠我们的其余东西，我期待你们都会按照承诺支付。我已经派人去会见银天鹅客栈中的两仪师，看看她们之中是否有人愿意偿付白塔所欠的债务，但我已经等不及她们做出回答了。如光明所愿，今晚我会在伊利安港与其他波涛长共浴。”

伊兰努力让自己的面容保持平静。这个女人刚才所说的意思，难道是要查找分散在凯姆林城中的所有两仪师，将她们带走？而且看样子，她很可能不会留下任何一个寻风手，这让伊兰的心一沉。在黎恩回来之前，王宫里还有七名家人有能力施展神行术，其中两个人的力量还不足以打开能让马车通过的通道，没有了寻风手，从提尔和伊利安向凯姆林运送物资的计划至少要大打折扣。银天鹅客栈！光明啊，翟妲派去的人会把她和海民签订的全部契约内容都泄露给她们！艾雯可不会因为她将这些条款公诸于众而感谢她。伊兰从没想过，这么多问题会在这么短的时间里一起砸到她的头上。

“我对你们和全体亚桑米亚尔的损失深表同情，”伊兰一边客套着，一边飞快地思考着，“耐丝塔·丁·瑞埃斯是一位伟大的人。”不管怎样，海民的前任大船主是一位个性极为强悍的女子，在和她进行过一次会面之后，伊兰曾经很高兴能在她面前全身而退。不过，那一次至少她还穿着衣服，现在翟妲可不会等她梳妆打扮整齐，她只能再将浴袍的带子勒紧一些。“我们必须谈一谈。爱森德，为我的客人拿酒来，也为我拿一杯茶，醒酒茶。”柏姬泰从约缚中突然传来的警醒感让她暗自叹息一声。“我们去小起居室吧。波涛长，请随我来好吗？”

让她感到惊讶的是，翟妲只是点了点头，仿佛知道她会这样做。伊兰开始思考契约所规定的翟妲这一方的条件。实际上，两仪师和海民一共签署过两个契约，也许这才是问题的关键所在。

小起居室已经有一段时间不曾使用过了，虽然瑟芬妮匆匆地用火石轮点燃了白色大壁炉中橡木劈柴下面的引火物，但这个房间还是显得相当寒冷。火舌在多脂的引火木柴上跳跃起来，舔舐着炉架上的圆木。走进房间的女人们已经在壁炉前围绕成半圆形的矮背浅浮雕椅子里坐稳了。伊兰仔细地用长袍遮住膝盖，一边暗自希望翟妲能晚一个小时再过来，好让她能把正装穿好。寻风手们平静地等待波涛长坐进一把椅子里，然后才分别坐到她的两侧。柏姬泰站到了写字台前面，双手叉腰，双脚微分，脸上满是阴云，约缚清楚地告诉伊兰，她的护法很想扭断这些海民的脖子。艾玲达随意地靠在一只小柜子上，爱森德为她拿来了浴袍，还刻意递到她面前，她才将浴袍穿在身上，然后将双臂抱在胸前。她已经放开了阴极力，但那只海龟还在她手中，伊兰怀疑她随时都会立刻再抱住真源。无论是艾玲达冰冷的绿眼睛，还是柏姬泰凶狠的表情，都没有对海民产生任何影响，她们很清楚自己是什么样的人物。

"亚桑米亚尔也承诺过给我们二十名教师，"伊兰稍微加重了一点语气。翟妲已经说过，她会收取契约规定两仪师所欠海民的债务，尽管这份契约是耐丝塔・丁・瑞埃斯制定的。当然，翟妲也许认为自己会成为新的诸船长。"我们正式的教师要由玉座亲自遴选。我知道，亚桑米亚尔以信守契约而自豪，白塔也会切实履行在契约中定下的一切义务。但你要知道，即使这里的姐妹同意教导你们，这也只是暂时性的。而在另一份并非由诸船长所制定的契约中，你同意让寻风手施展神行术，从伊利安和提尔运送供给物资进入凯姆林，除了履行契约之外，你们绝不会以任何理由参与陆民的事务。但如果你现在离开，你们对我的援助和我们现行的教导计划也将告结束，恐怕你也无法从银天鹅客栈中得到任何教师，亚桑米亚尔将只能等待玉座派遣的教师，而诸船长制定的契约内容仍将得以执行。"很可惜，她不能要求海民远离银天鹅客栈，伊兰能想到的每一个理由都显得苍白且做作，而且现在提这种要求可能已经太晚了。没有重心的争吵只能向翟妲露出更多破绽，这个亚桑米亚尔在讨价还价上相当强横，细致而且强横。她必须缓步前进，而且要极为谨慎。

"我的姐妹揪住了你的耳朵，翟妲・丁・帕瑞德，"艾玲达"咯咯"地笑着，双手拍着大腿，"她把你拴住脚踝吊起来了。"不知为什么，艾玲达觉得这种海民刑罚非常有趣。

伊兰压抑住突然冒出的怒气。艾玲达总喜欢去拧海民的鼻子，从他们逃出艾博达直到现在，艾玲达一直都是这样，但现在没有时间开这种玩笑。

茶奈勒的身子一僵，一双眼睛在平静的脸上闪耀起光芒。这名身材瘦削的女子已经不止一次成为艾玲达拧鼻子的对象，其中很严重的一次是一个包含艾伊尔烈酒澳丝楷在内的令人遗憾，却又颇为有趣的故事。而现在，她的身上出现了阴极力的光晕！翟妲看不见，但她知道那个澳丝楷让茶奈勒一边呕吐，一边被抬到床上的故事，她抬起一只手，阻止了那名寻风手。光晕消失了，茶奈勒的面孔却变得更加黑紫，那可能是因为脸红，也可能是因为愤怒。

“你说得没错，”翟妲的语气很有冒犯听话者的味道，尤其是对于一位两仪师而言，“不管怎样，茉瑞莉不属于契约的一部分。在她到达凯姆林之前，就早已同意成为我们的教师了，她要跟我们走，继续她的教学。”

伊兰深吸了一口气，她甚至无法就这一点与翟妲进行争论。白塔的影响力在很大程度上在于她们会像海民一样遵守承诺，虽然有时只能从字面上理解这一点。人们经常会说，听两仪师的话要万分仔细，确认她所说的和你所想的是一回事，这句话常常是没有错的。但对两仪师而言，只要承诺被明确地表达，它就会像以光明的名义立下的誓言一样牢不可破。那么，至少寻风手不会让茉瑞莉有逃走的机会了，她们肯定不会再让她离开她们的视线。“如果我对她有特别的需要，你就应该将她还给我。”如果范迪恩和她的两名帮手找到了茉瑞莉是黑宗的证据，“如果出现这种情况，我会安排别人替换她。”有谁愿意替换茉瑞莉？伊兰并不知道。

“她还需要为我们服务一段时间，根据契约，至少是一年。”翟妲挥挥手，仿佛做出了某种让步。“不过你要明白，替换她的人必须在她离开之前先来到我们这里。没有见到别的人，我不会放她走。”

“我想，这没问题。”伊兰平静地答道。该死的，只能这样了，她也没有别的选择！

翟妲微微一笑，并没有接话。茶奈勒动了一下双脚，但她只是有些不耐烦，而不是要站起来。波涛长则没有任何动作，很显然，她还想得到更多，要达成另外一个契约，而且很显然，她想让伊兰先说话。伊兰则打定主意，静观波涛长的反应。橡木劈柴已经完全引燃，炉火“噼啪”作响，一团团火星不断飞进烟囱，起居室则已经变得相当温暖，但伊兰身上湿透的浴袍已经吸饱空气中的寒意，并将它们不断刺入她的皮肤。隔绝寒冷是一种很好的办法，但又湿又冷的感觉比单纯的寒冷更难隔绝。伊兰直视翟妲的眼睛，摆出和她一样的淡淡笑容。爱森德回来了，跟随在她身后的奈莉丝和瑟芬妮捧着盘绳花纹的托盘，一只盘子上放着狮子样式的银茶壶和一只绿色海民薄瓷茶杯，另一只盘子上放着锻银酒杯和一只高颈酒壶，香料酒的芬芳不断从壶中逸散出来。每个人都接过了酒杯，除了伊兰以外，这一点现在已经不由她来决定了。看着自己手中的清茶，伊兰叹了口气。她能清楚地看到杯底，如果这茶再清一点，就变成白水了！

过了一会儿，艾玲达走过房间，将酒杯放回到已经被搁在一只小柜上的托盘里，也为自己倒了一杯茶。她向伊兰一点头，脸上露出一副混合着同情和强调茶比酒更好的微笑，伊兰也不太情愿地用微笑响应，首姐妹要同甘共苦。柏姬泰含着杯沿，露出笑意，然后一口喝下了半杯酒。约缚告诉伊兰，她的护法觉得她气恼的样子很有趣，而柏姬泰的头痛到现在还没有减缓的迹象。伊兰揉搓着额角，她应该在刚见到茉瑞莉的时候就让她为柏姬泰进行治疗的。一些家人的治疗技艺比茉瑞莉更强，但茉瑞莉是王宫中唯一治疗技艺还算令人满意的两仪师。

“你非常需要有人为你施展神行术。”翟姐突然说道，她丰满的嘴唇已经不再有笑容，她不喜欢先开口。

伊兰把寡淡的茶水吞进喉咙，然后继续保持沉默。

“也许光明希望我在这里留下一两名寻风手。”翟姐继续说道，“在一段时间之内。”

伊兰皱起眉，仿佛在进行思考。她需要这些该死的女人，而且绝对不能只是一两个。“你要求什么回报?”最后，她问道。

“艾瑞尼河边一片一里方圆的土地，要好地，不能是沼泽和泥滩。那将永远是亚桑米亚尔的领地，那里通行我们的法律，而不是安多的。”她说最后这句话的时候，语气很轻松，仿佛只是突然想到就随意说一说。

伊兰差点被茶水呛到。亚桑米亚尔痛恨离开海洋，痛恨看不见海的地方，翟姐却在要求在距离咸水千里之外的地方占据一块土地？而且还要求安多永远放弃这块土地的主权。凯瑞安人、莫兰迪人，甚至是阿特拉人都曾经为了占据安多的尺寸土地而付出血的代价，安多人也同样用血的代价才将他们驱逐。不过，一里土地并不大，和保持凯姆林的供给相比，并不是多么沉重的代价。伊兰当然不会让翟姐知道这一点。而且，如果海民开始直接和安多进行贸易，安多的商品就能乘着海民船只，到达海民航行所及的任何地方，那几乎也就是全世界所有地方。翟姐肯定已经知道安多将因此获得的利益，但同样没有必要让她得知伊兰自己也明白这一点。护法约缚中传来警觉的意味，但有时候，大胆的策略才是适当的，对此，柏姬泰应该比任何人都清楚。

“喝茶不注意的话很容易被呛到。”这不是谎言，而是一个托辞，“如果要换取安多的一里土地，我应该得到的就只是两名寻风手。亚桑米亚尔因为帮助我们使用风之碗而得到了二十名教师以及其他条件，当这二十名教师离开的时候，你们还会得到另外二十人替代她们。现在，你有二十一名寻风手，要得到一里安多的土地，我要二十一名寻风手，而且当她们离开时，会有另外二十一个人替代她们。这个条件在两仪师教导海民期间将一直生效。”最好让这个女人明白，她是有谈判诚意的。“当然，任何从那片土地进入安多的货物都要征收普通关税。”

翟妲将银杯举到唇边，当她放下杯子的时候，她的嘴角出现了一丝细微的笑意，伊兰觉得那不是胜利的笑，而是放心的笑。“货物进入安多征税，但从河道进入我们土地的货物免税。我会留下三名寻风手，时间为半年，她们绝不能参与战争，我不会让我的人为你而死，我也不会让其他安多人因为海民屠杀他们而憎恨我们。”

“她们唯一的任务就是施展神行术，”伊兰说，“但她们必须依照我的要求开启通道。”光明啊！她不打算把至上力作为武器，海民才会在战争中毫不犹豫地使用至上力。伊兰正竭尽全力依照艾雯的要求去做，让自己以立下三誓的标准去做任何事。而且，如果她用阴极力炸碎了城外的那些帐篷，或者允许别人这样做，安多将再也没有任何一个家族会支持她。“她们必须等到我戴上王冠，并稳固王位之后才能离开，无论那是半年，还是更久。”她戴上王冠的时间应该远远不足半年。但就像她的老保姆莉妮所说的那样，数清篮子里的李子就好，不要往树上瞧。只要她戴上王冠，她就不再需要寻风手来支持这座城市的供给了，到那时，她会很乐于见到她们离开。“但三个人远远不够。你可以带走舍琳，毕竟她是你的寻风手，其余的都要留给我。”

翟妲荣誉链上的徽章随着她摇头的动作微微晃动。“塔拉安和梅塔莱还是学徒，她们必须回去接受训练，其他人也都各有职责。我可以让四个人陪你到戴稳王冠的时候。”

从这时起，谈判开始变成了单纯的讨价还价。伊兰从没想过要留下那两名学徒，部族波涛长的寻风手也是不可能留下的，波涛长的寻风手和掌剑手都是她们的随身顾问，波涛长绝不会离开他们，就如同伊兰不会离开柏姬泰。翟妲还想带走其他寻风手，比如服役于风剪子和掠浪这种大型船只上的寻风手，但这样会让绝大多数寻风手都不可能留下来，伊兰立刻表示拒绝。她拒绝降低要求，除非翟妲提高出价。谈判进展得很慢，从波涛长那里得到每一点让步都很艰难，但并没有伊兰预期的那样慢。很显然，波涛长需要这份契约，正如同伊兰需要足够的人来为她打开通道。

“光明在上，就这样吧。”最后伊兰终于能说出这句话了。她亲吻右手的指尖，然后倾过身子，将指尖按在翟妲的嘴唇上。艾玲达露出笑容，伊兰的谈判显然给她留下了深刻的印象。柏姬泰没有显露任何表情，但约缚在告诉伊兰，她很难相信伊兰竟然能做得这么好。

“光明在上，我们达成一致。”翟妲喃喃地说着。伊兰感觉到她的手指上满是坚硬的厚茧，而且极为有力，她应该已经许多年没有亲手拉过缆绳了。虽然摆在谈判桌上的寻风手最终被她让出了九个，但她看上去却还是很满意的样子。伊兰很想知道，这九名寻风手中，有多少人的船在艾博达被霄辰人摧毁了。对于亚桑米亚尔来说，失去自己的船是一种严重的罪过，无论出于什么原因，也许这也会让她们宁愿暂时远离家乡。不过这没有关系。

茶奈勒面容相当阴郁，她那双带着刺青的手紧紧地握住了被红色锦缎裤裹住的膝盖，不过，作为一名必须继续在岸上逗留一段时间的海民，伊兰以为她的脸色应该更难看一些才对。她将负责统率留下来的寻风手，而且她不喜欢翟妲承认她将处于伊兰和柏姬泰的领导之下。这个条件将使海民无法再昂首阔步地行走于凯姆林王宫之中颐指气使了。但伊兰怀疑翟妲在进行这次会面之前就已经知道必须留下一些寻风手，而且茶奈勒也早就知道自己将是这些寻风手的首领。对伊兰来说，这同样没有关系，而这也不会影响翟妲成为诸船长。有些事情，伊兰能够看得非常清楚。这个契约所造成的后果就是凯姆林不会有饥饿之虞，而且……那个该死的灯塔还在西方放射出万丈光芒。不，她会成为女王，她不能变成一个神经错乱的女孩。现在，凯姆林和安多才是最重要的。

第13章

大贵族

翟妲和两名寻风手走出了伊兰的寓所，她们迈着优雅的步伐，从容不迫，也像她们刚刚进来时那样不讲礼数。只有翟妲在转身前说了一句祝愿光明照耀伊兰，保佑她平安，这对于亚桑米亚尔只不过是一句口头禅而已。如果翟妲真的想要成为下一任诸船长，伊兰希望她有一个已经占据优势的竞争者。当然，如果翟妲成为亚桑米亚尔之王，或是海民口中的那个“诸船长”，对于安多是有好处的。不管是否签订了契约，她都会记得安多曾经帮助过她，但如果她失败了，她的竞争者也会明白安多对海民的好处。不过，这些全都只是假设，现在还有其他的事情要处理。

“我没想到有人在这时和我进行会谈。”看着被关上的屋门，她低声说道，“但以后，我不希望外人打扰我的隐私，即使是会谈的使者也不能这么简单就被放进来，明白吗？”

拉莎芮点点头，她的面孔如同木刻一般刻板，但红潮已经涌上了她的脸颊。她像柏姬泰一样，觉得这样任由海民闯进来是一种奇耻大辱。护法的约缚翻腾着……直到伊兰觉得自己的脸也要因为羞耻而变红了。“你们没有做错，但不要让这样的事情再发生了。”光明啊，现在她简直就像是个傻瓜！“我们不会再提起这件事了。”她僵硬地说。哦，光明烧了柏姬泰和她们的约缚吧！她们就算用蛮力也应该挡住翟妲的。深入骨髓的耻辱感夹杂在头痛之中，沿着约缚扑了过来，让伊兰感到格外的难受。艾玲达不应该摆出那种……那种虚伪的笑容！伊兰不知道她的姐妹是在什么时候，如何得知了她和柏姬泰可以互相反映对方的一切状况。但艾玲达显然觉得这件事很有趣，有时候，她的幽默感真的很残酷。

“我想，你们两个总有一天会让对方疯掉。”艾玲达一边说，一边笑着，“不过，你已经开过这种玩笑了，柏姬泰·塔荷琳。”柏姬泰本来对她怒目而视。听到这句话，约缚中的困窘立刻被惊慌所取代，柏姬泰的脸上变成一副无辜的样子，甚至连眼球都要从大睁着的眼眶里掉出来了。

伊兰决定，最好不要问是怎么回事。莉妮经常说，你问出问题，就一定会听到答案，不管你是否愿意。伊兰不想听，尤其是在拉莎芮故意装作研究自己脚上的尖靴头，其他卫兵更是竖起耳朵的时候。在彻底丢失自己的隐私之前，伊兰从没意识到隐私竟然如此宝贵，至少已经快要彻底丢失了。“我要洗完澡。”她镇定地说。该死的，柏姬泰到底对她开过什么玩笑？什么能让她……发疯的玩笑？当然，只要她还不知道，她就不会发疯。

不幸的是，洗澡水已经冷了，至少已经没什么热气。伊兰可不想泡进这样的水里，如果能再泡一会儿热水当然很惬意，但这样她就要等仆人把浴盆中的水舀净，然后再倒进新的热水，她没有这样的时间。现在整座王宫一定都已经知道她回来了，首席侍女和首席职员一定都急着向她进行日常汇报，这是她在凯姆林时每天都要完成的工作。在她离开一天以后，他们现在的焦急程度可能也加倍了。责任总是要放在娱乐前面，这才是统治国家之道，而对于想要取得王座的人，责任更是加倍的沉重。

艾玲达从头顶拉下毛巾，甩下头发，不用再沉入水中显然让她松了一口气。她向更衣室走去，还没走到门口，就已经甩脱了浴袍。当伊兰和侍女们走进更衣室时，她已经穿好大部分衣服，然后她让奈莉丝为她完成了剩余的工作，基本上也就是为她套上那条厚重的羊毛裙。当侍女要为她系鞋带的时候，艾玲达拨开她的手，自己系紧了齐膝软靴的带子。

对伊兰而言，穿衣服可不是这么简单的事。除非有任何特别情况，否则如果伊兰敢放肆地谈论自己对衣着的选择，爱森德肯定感觉受到羞辱。主人永远都要注意自己和贴身仆人之间的微妙平衡，无一例外，贴身仆人知道你的许多秘密，远比你想象得更多。他们会看到你最糟糕的样子，看到你发脾气、疲惫不堪、趴在枕头里哭泣、大发雷霆和暗自生闷气。尊重必须是双方的，否则就不可能存在。所以，艾玲达只能坐进一张软垫长椅里，耐心等待，一边让奈莉丝为她梳头。伊兰则在精挑细选之后确定了一条样式简单的灰色细羊毛长裙，在它的高领口和袖子上绣着绿色花纹和黑色狐狸的图案。伊兰很早就挑上这条裙子，但爱森德一直向她推荐配饰珍珠、蓝宝石和火滴石的丝绸长裙，每一件都更加华丽精巧。不管伊兰现在有没有登上王座，爱森德每天都想把她装扮成要会见重要人物的女王。

不久之前，伊兰的确有不少人要见。那时，每天都有商人使团来到王宫，向她奉上陈情书或表达敬意，特别是那些希望在安多顺利进行贸易的外国商人。安多有一句老话：控制凯姆林，就控制了安多。但这句话并不是真的。当亚瑞米拉的军队包围了凯姆林的时候，伊兰在那些商人的眼中便不再是王位的继承人了，他们很容易就能数清支持双方的家族数量，就如同点数他们的钱币一样。现在，就连安多本地商人也不到王宫来，他们甚至尽量远离凯姆林内城，以免别人怀疑他们和伊兰之间还有任何联系。银行家在进入王宫时，都会乘坐不带家徽的马车，并用兜帽遮住面孔。伊兰知道，他们对她没有恶意，也没有人想要激怒她，但他们同样不想惹怒亚瑞米拉。至少银行家还会来见她，而且，她至今也没有听说过任何商人向亚瑞米拉递送陈情书。如果真的有商人那样做，就将是她失败的第一个迹象。

穿衣服比平时多用了一倍的时间，因为这次爱森德是让瑟芬妮为伊兰更衣。整个更衣时间里，这个女孩一直在喘着大气，她还不习惯帮别人穿衣服，并且惟恐在爱森德眼前犯下任何错误，伊兰相信，就算是她这个主人也不可能对这个女孩产生如此巨大的压力。这个身体强壮的姑娘却因为拘谨而显得畏畏缩缩、笨手笨脚，辛苦地完成着更衣的每一个细节，为了每一点可能的错误而担惊受怕。于是，她的所有动作都是慢之又慢，远没有年迈苍苍的爱森德利落。不过，伊兰终于还是坐到了艾玲达对面，开始让爱森德用象牙发梳打理她的发卷了。让那些年轻女孩把衬裙套过伊兰的头顶，或者为她系上钮扣并没有太大难度，但她们肯定会把伊兰的头发搞得凌乱不堪。

爱森德刚刚梳了二十几下，柏姬泰便出现在更衣室的门口。爱森德哼了一声，伊兰觉得自己几乎能看见背后这位老侍女阴冷的面容。无论有多么不情愿，爱森德还是允许柏姬泰待在王女的浴室里，但更衣室绝对是一个神圣的禁区。

让伊兰惊讶的是，柏姬泰完全没有理会老侍女的不悦，甚至连一个抱歉的眼神都没有就走了进来。伊兰一直要求她不要冒犯爱森德，而她在这件事上也从不曾违背过伊兰的意愿。“戴玲回来了，伊兰，她还带来了同伴，是曼提雅、海文、吉利亚德和诺萨恩家族的家土。”不知为什么，约缚中传来了困惑与烦恼。

虽然还感受着护法的头痛，伊兰却想要欢快地跳起来，如果不是爱森德的发梳正深深地刷过她的头发，她可能已经这样做了。四个！她从没想过戴玲能做得这么漂亮，她一直在期盼，在祈祷，却从没想过戴玲真的能做到，至少不可能在一个星期内就有这样的成绩。实际上，她曾经以为戴玲会双手空空地回来。四个大家族，这样她就和亚瑞米拉势均力敌了。想到竟然要和那个蠢女人“势均力敌”，伊兰不禁有些难堪，但事实就是事实。曼提雅、海文、吉利亚德和诺萨恩，为什么没有坎达德？那是戴玲要去访问的第五个大家族。不过缺少一个家族并不会影响伊兰现在的心情。

“在大起居室招待他们，等我过来，柏姬泰。”小起居室用来招待翟妲已经足够了，伊兰希望波涛长没有注意到这件事，但四个大贵族需要更大的接见空间。“让首席侍女为他们安排寓所。”寓所，光明啊！亚桑米亚尔一定要快点搬出去，现在宫里有不少单人床上都睡了三个人。“爱森德，给我拿那条配蓝宝石的绿丝长裙，我的头发也要点缀蓝宝石，要大块的蓝宝石。”

柏姬泰离开了，她的心里依旧满是困惑和不安。为什么？她不会是因为和翟妲谈判而让戴玲久等了吧？哦，光明啊，现在她已经开始因为柏姬泰的困惑而感到困惑了，如果这样又增加了柏姬泰的困惑，她们肯定会彻底混乱掉！当屋门被关上时，爱森德面带微笑走向距离她最近的衣柜，她显露出来的是标准的胜利微笑。

伊兰看了艾玲达一眼，她的姐妹已经示意奈莉丝退下，正在用一条深灰色的围巾将头发束到脑后。伊兰自己也笑了起来，她需要一些东西，好让自己跳出那个困惑的循环。“也许这一次你又要穿上丝裙、戴起宝石了，艾玲达。”她的语气里带着一丝揶揄，“戴玲当然不会介意，但其他人并不常见到艾伊尔人，他们也许会以为我故意要在身边带着一个乡下女孩。”

伊兰是在开玩笑，她们经常会这样拿彼此的衣着打趣。实际上，无论艾玲达穿什么，戴玲每次都不会用正眼瞧她。但伊兰的姐妹朝排列在墙边的衣柜皱了皱眉，然后一点头，将头巾拿下，放在身旁的软垫椅上。“只是为了给那些大贵族留下一个好印象。不要以为我会一直都这样做，这只是为了帮你。”

虽然艾玲达只是在帮伊兰，但她在挑选爱森德为她呈上的衣服时，却表现出了很大的兴趣，最终，她看上了一条镶衬绿色条纹的深蓝色天鹅绒长裙，并用一张银丝发网拢住了自己的头发。这些衣服都是专门为艾玲达制作的，但到达凯姆林以后，艾玲达一直都在逃避它们，仿佛它们上面爬满了死颅蜘蛛。当她将手臂伸进衣袖时，似乎还在犹豫是否要改变主意，但她终于还是让奈莉丝为她系上了珍珠钮扣。她拒绝了伊兰为她挑选的翡翠饰品，尽管那些首饰能好好地衬托出她这条长裙，白银雪花项链和沉重的象牙手镯重新被她戴回身上，最后，她又别上了那枚琥珀海龟胸针。

“有备无患。”她说道。

“安全至上。”伊兰表示同意，“你穿这衣服非常漂亮。”她说的是实话，但艾玲达的脸立刻红了。如果恭维她射箭有多准，跑得有多快，她都会坦然接受，但她至今都很难适应别人赞扬她的美丽，直到现在，她还是会有意无意地忽视自己这个特质。

爱森德不以为然地摇摇头，她并不知道那枚胸针是一件法器，琥珀和蓝色天鹅绒很不配，或者让爱森德失望的是被艾玲达插进绿天鹅绒腰带里的那把角柄匕首。白发侍女在伊兰的金丝腰带上挂了一把柄端和鞘上镶嵌着蓝宝石的小匕首，穿在王女身上的一丝一缕都要经过爱森德的同意。

当艾玲达穿着那条高领天鹅绒长裙走进前厅时，拉莎芮吃了一惊，这名卫兵以前只见过艾玲达穿着艾伊尔衣裙。艾玲达皱起眉头，就好像那些卫兵在笑话她。她的手握紧了腰间的匕首，但幸运的是，她很快又注意到墙边长桌上一个被布盖住的托盘，伊兰的午餐在她们穿衣服的时候送了过来。艾玲达掀起那块蓝色条纹布，微笑着向伊兰夸赞托盘中的炖杏干是多么甘甜，瘦肉粥又是多么鲜美，极力想要勾起伊兰的食欲。伊兰能看出来，粥里的瘦肉被切得非常碎。拉莎芮清了清喉咙，报告说寓所大起居室里的炉火已经烧旺，她很愿意为传坎女士将托盘送到那里。所有人都在努力确保伊兰有正常的饮食，但现在她们的努力实在是太荒谬了。这只托盘被放在这里一定已经有一段时间了，那碗凉粥早就凝结在碗里，如果伊兰现在把碗翻过来，它绝对不会从里面掉出来！

现在有四个大家族的家主在等她，而且已经等了一段时间，伊兰向她们重新强调了这一点，然后以相当强硬的语气建议她们先去吃饭。听过伊兰的话，艾玲达手一哆嗦，让那块布掉回托盘上，拉莎芮也没有再说什么废话了。

她们在冰冷的走廊里没走几步，就到了大起居室的门前。走廊里空无一人，只有冬季壁毯在冷风中微微摇摆，但卫兵们还是将伊兰和艾玲达环绕在中间，警觉地观察四周，仿佛兽魔人随时都有可能扑出来一样。伊兰费了些力气才说服拉莎芮不去搜查大起居室，而是让她直接进去。卫兵们效忠她，服从她的命令，但她们也都立誓要保卫她的生命。这个誓言经常会让她们感到无所适从，就如同柏姬泰在很多时候不知道自己应该做一名护法，一位将军，还是伊兰的长姊。在发生了翟姐事件之后，伊兰怀疑拉莎芮现在想要让那些正在等她的大贵族们先把随身的武器交出来！而且她也许会把伊兰的午餐变冷也归咎于她的失职。不过，经过一番短暂的争论，伊兰和艾玲达终于把这些卫兵留在屋外，单独走进大起居室，这时，伊兰欣喜的心情也所剩无几了。

大起居室足以招待数十位客人，这里的墙壁覆盖着深褐色的壁板，地面铺着厚软的地毯，高大的壁炉由带红色细纹的白色大理石砌成，一些高背椅在壁炉前被摆成马蹄铁形的半环。在这个非正式的场合，重要的客人能够得到比王座大厅中更多的尊敬。炉火在木柴上跳动，还没有来得及将房间的寒意驱走，但这肯定不是伊兰觉得腹部仿佛被打了一拳的原因。现在，她明白柏姬泰为什么会感到困惑了。

当她们两个走进房间时，正在炉火前温暖双手的戴玲转过身来。这是一名面容刚毅的女子，眼角处已经有了细细的鱼尾纹，金色的发丝间也能见到些许灰色。她回到王宫之后并没有换衣服，身上还穿着深灰色的骑马裙装，裙摆的下沿还能看到几点旅行中留下的尘垢。她对伊兰所行的屈膝礼仅限于最低程度的低头和屈膝，但这不代表她对伊兰不敬。戴玲像翟姐一样清楚伊兰的身份，虽然现在戴玲身上唯一的首饰只有一枚形状为塔拉文家族猫头鹰和橡树家徽的小黄金胸针，但这也清楚地表明了，塔拉文的家主不需要更多珠宝来点缀自己。不过，她也曾经差点用死亡来证明自己对伊兰的忠心。“伊兰女士，”她庄重地说，“请让我荣幸地为你介绍佩瑞瓦尔领主，曼提雅家族的家主。”

一名身穿蓝色外衣、容貌俊秀的金发男孩，正朝一个比他还要高的镀金立架上的四眼万花筒中窥望，听到戴玲说话，他急忙转过身。他的手中拿着一只银杯，看他的年纪，伊兰非常希望那里盛的不是酒，或者至少掺了很多水的酒。墙边的一张桌子上放着几只托盘，其中放满了酒壶和酒杯，还有一只肯定只是装满了清茶的花饰茶壶。“很高兴见到你，伊兰女士。”他红着脸，用急促而有些尖细的声音说道，同时尽量以庄重的姿态鞠了个躬，并有点笨拙地按住腰间的佩剑。这件武器对他来说显得太长了。“曼提雅家族是传坎家族的忠实盟友。”伊兰机械地展开裙摆，有些茫然地向他回了礼。

“凯塔琳女士，海文家族的家主，”戴玲继续说道。

“伊兰。”戴玲身边一名黑眼睛的年轻女子喃喃地说着，碰了碰她的深绿色骑马裙，做了一个稍有些像屈膝礼的微小动作。也许她是想要效仿戴玲，或者也许她不想让自己的下巴碰到高衣领上的那个大珐琅别针，别针的形状是海文家族的蓝熊家徽。她的银丝发网和手指的玺戒上也都有蓝熊图案，这种衣饰风格也许显得她有一点太过于为自己的家族感到骄傲了。虽然摆出一副高傲的表情，但她还是无法掩饰稍有些婴儿肥的圆脸上那种少女的稚嫩。“显然，海文是支持传坎家族的，否则我就不会出现在这里了。”

戴玲微微抿了一下嘴唇，严厉地瞥了一眼那个女孩，凯塔琳却似乎并没有看见。“布朗莱特，吉利亚德家族的家主。”

又是一个男孩，他满头都是散乱的黑色卷发，绿色的外衣袖子上绣着金色花纹。他急忙将酒杯放在墙边的桌上，仿佛因为被别人看到自己喝酒而感到不安。他的蓝眼睛相对于他的脸有些太大了。鞠躬的时候，他差点被自己的佩剑绊倒。“很高兴能告诉你，吉利亚德家族支持传坎家族，伊兰女士。”他开口时，声音很高，但愈往后，就变得愈低沉。他的脸比佩瑞瓦尔还要红。

“康奈尔领主，诺萨恩家族的家主。”

康奈尔·诺萨恩的双唇在银杯后面露出笑纹。他又高又瘦，穿一件灰色外衣，过短的袖子甚至无法遮住他骨节凸起的手腕，他有一双笑意动人、光彩闪烁的褐色眼睛，和一只鹰钩鼻子。“我们透过抽麦草杆来决定被介绍的先后次序，我抽到的最短。诺萨恩支持传坎家族，我们可不能让亚瑞米拉那样的傻瓜得到王位。”他熟练地按住剑柄，向伊兰鞠躬。至少他能算是个成年人了，但伊兰相信，他应该也只是刚过十六岁没多久，如果不是，伊兰愿意吃掉他那双翻沿靴子和靴子上的银结马刺。

他们的少年青涩并不让伊兰吃惊，但伊兰觉得至少康奈尔身边应该有一位灰发长者向他提供各种建议，而另外三个孩子都还需要监护人指导他们的一言一行。但除了柏姬泰双臂抱在胸前，站在高大拱窗前面以外，房里再没有其他人了。明亮的正午阳光透过一尘不染的窗玻璃，让柏姬泰成为一个充满了不悦情绪的剪影。

“传坎家族欢迎你们，我欢迎你们。”伊兰压下心中的沮丧，“我不会忘记你们的支持，传坎家族不会忘记。”她肯定还是没能完全掩饰住自己的惊愕。凯塔琳撅起了嘴，眼里有一点光亮在闪动。

“伊兰，你要知道，我已经过了被监护期了。”她用有些僵硬的声音说道，“我的叔叔，埃伦多领主在圣光节就说过，我已经不会有什么改变了，再过一年，我就能彻底甩开缰绳了。实际上，我觉得他想在还能骑马时多些时间打猎，他爱极了打猎，不过他已经老得不行了。”她又没看见戴玲的皱眉，埃伦多·海文和戴玲的年龄相差并不多。

“我也没有监护人。”布朗莱特有些犹豫地说，他的声音几乎像凯塔琳一样尖细了。

戴玲给了他一个同情的微笑，将他散落在额头上的头发抚到头顶上，但那些头发立刻又落回到他的额前。她低声向伊兰解释：“麦伊很喜欢独自骑马，但她的马踩到一个地鼠洞，等有人找到她的时候，已经太迟了。吉利亚德家的人似乎正在……讨论……该由谁来取代她的位置。”

“他们已经吵了三个月了。”布朗莱特嘟囔着。

这时候，他似乎显得比佩瑞瓦尔还要小，完全变成一个独自在茫茫迷雾中寻找道路的男孩。“我不应该把这事告诉别人的，但我可以告诉你，因为你会是我们的女王。”

戴玲伸手按在佩瑞瓦尔的肩头，他立刻站得更直了，但他还是比戴玲要矮一点。“威灵领主本来应该陪伴在佩瑞瓦尔领主身边的，但他卧床已经有几年了。岁月最终会把我们全都压垮。”戴玲又瞪了凯塔琳一眼，但这个女孩正咬着嘴唇，仔细端详着柏姬泰。“威灵要我向你转达他的敬意，并带来他视如己出的佩瑞瓦尔领主。”

“威灵叔叔要我保护曼提雅和安多的光荣，”佩瑞瓦尔完全是个一本正经的大孩子，“我会努力去做的，伊兰，我一定会非常努力。”

“相信你一定能成功。”伊兰对他说，她尽力让自己的声音包含一点热情。她很想把这些孩子全都赶出去，再问戴玲一些很尖锐的问题，但现在她不能这样做，无论他们怎样年轻，他们依旧是强大家族的家主。在他们去更衣之前，伊兰必须先与他们小酌一杯，做一点最起码的交谈。

“她真的是女王卫兵将军?”凯塔琳问。这时，柏姬泰正将一只盛着褐色热茶汁的蓝色薄瓷茶杯递给伊兰。女孩说话的样子，就好像柏姬泰根本不存在一样。柏姬泰在缩回手时挑了挑眼眉，但凯塔琳似乎很擅长对自己不想看见的东西视而不见。她丰满手掌中的酒杯散发出香料酒的刺鼻甜香，伊兰可怜的苦茶里却连一滴蜜都没有。

“是的，而且她也是我的护法。”伊兰礼貌地说。已经不会有什么改变了！这个女孩大概把这句话当成是对她的恭维了，也许抽她一顿鞭子，才能让她懂些礼貌。但这样的大贵族当然是不能挨鞭子的，尤其是当你亟需她支持的时候。

凯塔琳瞟了一下伊兰的手，不过伊兰手指上的巨蛇戒并没有改变她表情的冷漠。“她们把这个给你了？我从没听过你成为两仪师的讯息。我还以为白塔已经在你母亲去世时送你回家了，或者也许是因为我们听说的那场白塔的乱子？真难以想象，两仪师竟然像市场里的农妇一样吵闹不休。但她身上又没有剑，怎么会是护法或将军呢？不管怎样，我的伊芙勒姨妈总是说女人应该把剑留给男人，就好像如果你有蹄铁匠，就不应该自己给坐骑上蹄铁；有磨坊工就不应该自己碾谷子。”毫无疑问，这都是她的伊芙勒姨妈说的。

伊兰板起脸，忽略掉这些几乎没有掩饰的冒犯。“军队就是将军的剑，凯塔琳，加雷斯·布伦说过，如果一名将军不用这把剑，就误解了这份工作。”加雷斯·布伦的名字似乎也没有给这个女孩造成任何触动，但即使是迷雾山脉中矿工的儿子也知道这个名字！

艾玲达出现在伊兰身边，她的脸上带着微笑，仿佛很喜欢和这个女孩说话。“剑根本就没用。”她用甜甜的声音说。艾玲达，用甜甜的嗓音！伊兰从不知道自己的姐妹竟然还有这样的演技。她的手里也拿着一杯热酒，虽然要关爱姐妹，但一直喝苦茶对她来说也是太苛刻了。“你应该学习使用枪矛，还有匕首和弓箭。柏姬泰·塔荷琳能够在两百步以外射穿你的眼睛，或者也许三百步以外。”

“枪矛?”凯塔琳低声说，然后，她又用稍有些难以置信的语气说，“我的眼睛?”

“你们还没有见过我的姐妹。”伊兰说，“艾玲达，凯塔琳·海文女士，凯塔琳，塔戴得艾伊尔，九谷氏族的艾玲达。”也许她不应该采取如此直接的方式，但艾玲达是她的姐妹，即使是大贵族也必须和王女的姐妹平等交往。“艾玲达是艾伊尔人，她正在研习智者之道。”

那个蠢女孩惊讶地张大了嘴，伊兰说的每一个字都让她的嘴张得更大，直到她变得像一条被扔在岸上的鱼。这让伊兰觉得非常满意。艾玲达将酒杯捧到嘴边，给了伊兰一个更细微的笑容。她的绿眼睛里闪烁着赞许的神采，伊兰则继续保持着波澜不惊的表情，虽然她很想用微笑响应自己的姐妹。

另外三个男孩容易对付得多，也不像这个女孩这样恼人。佩瑞瓦尔和布朗莱特都是第一次来凯姆林，在这座气势恢宏的城市里，他们有些局促不安，但在进入这座王宫之前，他们可能更自在一些，现在他们都只是闭着嘴，从不主动说些什么。康奈尔以为伊兰宣布艾玲达是艾伊尔人只不过是开个玩笑，结果他粗野的笑声差点让艾玲达用匕首刺穿他的胸膛，幸运的是，他以为这又是一个笑话。艾玲达保持着冰冷的平静，如果她穿上艾伊尔衣裙，就是一位标准的智者，现在穿天鹅绒长裙的她则更像是一位宫廷贵妇，尽管她一直在玩弄她的匕首。布朗莱特则不停地偷觑着柏姬泰，稍微观察了一会儿，伊兰才看出他是在看柏姬泰穿着高跟靴子走路的样子，那条腿部宽松的裤子却紧紧地包裹着她的臀部。对此，伊兰只能暗自叹气。幸运的是，柏姬泰并没有注意到那个男孩的目光，约缚告诉伊兰，她是真的没注意到。柏姬泰喜欢让男人看她，尤其是成年男人，伊兰相信，如果她的护法因为觉得被冒犯而打这个男孩的屁股，对她是没有任何好处的。

他们最想知道的是黎恩·柯尔力是不是两仪师，这四个孩子从没见过两仪师，但他们相信黎恩一定是，因为黎恩能导引，能让他们和他们的军队在转瞬间跨越数百里的距离。对伊兰来说，这是一个练习如何不说谎、却又不透露实情的好机会。手指上的巨蛇戒会帮助伊兰让这些孩子相信她，谎言会让她和他们之间的关系从一开始就蒙上阴影，但如果完全公开事实，两仪师在帮助伊兰的谣言在亚瑞米拉面前就不攻自破。当然，他们四个全都迫不及待地想要让伊兰知道，他们带来了多少士兵。四个家族军队的总数刚好超过三千，其中几乎一半是十字弩手和斧枪手，这两种士兵在城墙上能发挥最大的作用。考虑到戴玲的迅速行动，四个家族能在如此短的时间内召集到这么多部队已经不容易了。不过，在这样一个时候，任何家族肯定都不希望自己的家主缺乏守卫，在王座纷争中，贵族遭到绑架绝对不是什么新鲜事。康奈尔的话很多，笑得更多，他仿佛认为一切事情皆值得欢笑。布朗莱特不停地点头，用手挠着头发，伊兰很想知道有多少他的姨妈、叔伯和其他亲戚知道他走掉了，而当他们得知这件事时，又会有怎样的反应。

“如果戴玲愿意再等几天。”凯塔琳说，“我就能带来一千两百人。”这是她第三次刻意指出她带来的部队规模最大，而且海文家族还有更强的实力未曾发挥。“我已经向所有效忠海文家族的小家族发出了命令。”

“我也已经派使者去拜访每一个效忠诺萨恩家族的小家族，”康奈尔插话道。他的脸上依旧满是笑容，“诺萨恩也许无法召集像海文和传坎家族……还有曼提雅家族这样规模庞大的军队，”他一边说，一边向佩瑞瓦尔鞠了个躬，“但响应雄鹰召唤的所有骑士都会赶来凯姆林。”

“他们在冬天没办法走得很快，我想，如果我们要采取行动，就只能依靠现有的这些人了。”佩瑞瓦尔低声说道，这个一直保持沉默的男孩说出的这句话，让伊兰有些吃惊。

康奈尔笑着拍了拍那个男孩的肩头，让他振作精神，因为每个还有一腔热血的男人都正在赶往凯姆林，来支持伊兰。伊兰则开始认真打量佩瑞瓦尔。佩瑞瓦尔的蓝眼睛与伊兰对视了一会儿，然后他眨眨眼，害羞地低下了头。他还是个孩子，但他比康奈尔和凯塔琳对时局把握得更准确。海文家的女孩现在又说起了她带来了多少士兵，以及海文家族还能召集多少士兵。实际上，在座除了艾玲达以外，所有人都清楚知道每个家族能够聚集起多大规模的军队，包括受过训练的士兵、拿着斧枪或长矛上过战场的农夫，以及在紧急情况下才会动员的村镇居民。威灵领主对佩瑞瓦尔的教育相当成功，而且伊兰绝不会浪费他的教育成果。

终于到了相互吻别的时候，布朗莱特的脸一直红到了额头；伊兰向佩瑞瓦尔俯下身时，他又害羞地眨了眨眼；康奈尔发誓自己以后再也不会用水洗脸颊了；令人惊讶的是，凯塔琳很是犹豫地轻轻吻了一下伊兰的脖颈，仿佛她现在才想起她只是伊兰的追随者。不过，只是片刻之后，她就对自己点点头，冷傲的神态像斗篷一样又披到了她身上。等到男女仆人引领四位家主去往他们的寓所之后(伊兰衷心希望首席侍女现在已经把那些寓所都准备好了)，戴玲重新斟满酒杯，坐进雕花高背椅里，疲惫地叹了口气。

"在我看来，我这一个星期已经不可能做得更好了。我其实并不对坎达德家族抱任何期望，丹妮恩不可能做出任何决定，我在见到她的第一个小时就证明了这一点。但为了免于失礼，我必须在那里待上三个小时。那个女人为了决定要从哪一边下床，会一直在床上躺到中午！而他们只听我说了几句，就都明白了其中利害，任何有一点理智的人都不会让亚瑞米拉得到王座。"

片刻间，她对杯中的酒皱了皱眉头，然后抬起头，直直地盯着伊兰。戴玲说话时从不会拐弯抹角，无论伊兰是否同意，很显然，她现在又要对伊兰有所指责了。"不管我们怎样虚与委蛇，误导别人以为这些家人是两仪师依旧是错误的，现在就让他们适应这种手腕还有些过分，你这是在用我们的同盟关系冒险。就在今天早晨返回凯姆林的时候，完全不知道出于什么原因，柯尔力太太突然变得像个傻女孩一样愣在原地，我相信，她差点就没能打开带我们回到这里的通道。不过这个办法实在是不错，人马排队走过凭空出现的一个孔穴，就能穿越数百里的路程，如果不是这样，天知道我要和那个凯塔琳纠缠多久。那个可恶的小女孩！要是能有人好好管教她几年就好了，但她那条双倍海文毒舌的确不会再有什么改变了。"

伊兰咬咬牙。她知道海文家的人有多么刻薄，而且他们还为此而自豪！凯塔琳显然是最标准的海文人。她已经懒得向戴玲解释今天所有能导引的女人都在担惊受怕的原因，她已经厌倦被别人提醒自己正竭力要忽略掉的那件事。那个该死的灯塔还在西方闪耀着，它的强大和持久都是完全无法想象的，那东西已经连续几个小时没有任何变化了！任何连续导引这么长时间的人肯定早已精疲力竭。该死的兰德·亚瑟就在那里，在那个灯塔的正中心，她绝对确信这一点！他还活着，但这只让她更想掴他的耳光，因为他竟然让她如此忧心忡忡。是的，他的脸颊不在这里，但……

柏姬泰猛地将银杯拍在墙边的一张桌子上，酒汁泼洒得到处都是，洗衣工为了把她的外衣袖子洗干净，要多流不少汗，而为了把那片桌面重新抛光，一名女仆至少要忙上几个小时。"小孩子！"她怒喝道，"会有许多人因为他们的决定而丧命，而他们还只是些该死的小孩子。康奈尔是他们里面最可恨的！你听他在说什么，戴玲，他要挑战亚瑞米拉的冠军战士，就像该死的亚图·鹰翼那样！鹰翼从没有和什么该死的冠军战士打过，他在比诺萨恩领主还要年轻的时候就已经明白，该死的决斗是傻瓜才会玩的游戏，但康奈尔却以为他能用他那把该死的剑为伊兰赢得那个该死的王座！”

“柏姬泰·塔荷琳是对的，”艾玲达的语气同样严厉，她的双手紧紧握住了裙摆，“康奈尔·诺萨恩是个蠢货！怎么会有人追随这样的小孩跳起枪矛之舞？怎么会有人服从他们的指挥？”

戴玲看着她们两个，最终选择了先回答艾玲达的问题。艾玲达的装束显然让她吃了一惊，但一直以来，更让她吃惊的是艾玲达和伊兰亲如姐妹的关系。伊兰让这位艾伊尔友人参与国家大政的商讨与决断，对此，戴玲也只能容忍，不过塔拉文家的家主从没有掩饰对这件事的不悦。“我十五岁的时候成为塔拉文家主，那时我的父亲刚刚死于与阿特拉军队的一场冲突之中，我的两个弟弟在同年也因为剿灭莫兰迪劫掠队而双双战死。我会听取参谋的意见，但塔拉文的战士们只听从我的命令，我们同心协力，让阿特拉人和莫兰迪人再不敢正视我们的家园。命运会决定孩子什么时候必须长大，艾玲达，对此我们无能为力。当命中注定的时刻到来，年轻的家族家主将不再是一个孩子。”

“至于你，柏姬泰女士。”戴玲的语气变得更加生硬，“你的言谈举止还是那样……刺激。”她没有问柏姬泰为什么会知道这么多关于亚图·鹰翼的事情，这些事甚至连历史学家都一无所知，现在她只是冷冷地从头到脚打量着这名金发女郎。“布朗莱特和佩瑞瓦尔会由我来监护，还有凯塔琳……我想，我一定会为花在她身上的时间而后悔的。至于康奈尔，他肯定不是第一个以为自己战无不胜、无坚不摧的年轻人。如果你不能以将军的身份让他服从命令，我建议你可以在他面前走上几步，刚才无论是谁看到他的样子，都会相信他一定愿意跟随你赴汤蹈火。”

伊兰甩掉从心中涌起的强烈怒火，这不是她的愤怒，是柏姬泰的。当然，她也生戴玲的气，更生气柏姬泰把酒洒得到处都是。她并不真的想抽兰德的脸，是的，她想抽他，不过这并不重要。光明啊，康奈尔也在看柏姬泰？“他们都是家族的家主，艾玲达，如果我怠慢他们，他们家族中绝不会有人感谢我。追随他们的人会为了保护他们而奋战至死，那些士兵的主人是佩瑞瓦尔、布朗莱特、康奈尔和凯塔琳，而不是我。”艾玲达皱紧眉头，抬起手臂，仿佛要拉紧肩头的披巾，但她终于还是向伊兰点了一下头。她的这个动作很突兀，显得很不情愿，除非是有多年的来往交情，普通人绝不可能看到艾伊尔人这样的表示，更不可能看到智者如此赞成自己。但艾玲达的确点了头。

“柏姬泰，我的将军必须懂得对付大贵族。白发不一定能让贵族变得更有智慧，也不可能让他们变得更容易对付。贵族们都有自己的主意，如果他们还有多年积累的经验，说话就会更有分量，而且很可能他们会加十倍地固执己见，以为他们才是正确的，即使是我的话，他们也不一定会听。”伊兰努力让自己的口气不显得太过严厉，毫无疑问，柏姬泰能感觉到她的这种努力，至少从约缚中传来的怒意骤然减弱了。柏姬泰只是将怒火压了下去，并没有将它平息，她喜欢男人们看她，至少在她想让男人们看的时候，但她非常不喜欢有人说她在勾引男人，不过她明白让情绪在她们两个之间自由流动会有怎样的危险。

戴玲开始啜饮杯中的酒汁，但她的眼睛仍旧在打量柏姬泰，只有屈指可数的几个人知道柏姬泰拼命想要隐藏的一个秘密，戴玲并不在这些人之中。但柏姬泰实在有些太不在意了，经常此时说漏一点，彼时再说漏一点。而年长的塔拉文家主早就相信，在柏姬泰那双碧蓝的眼睛后面一定藏着某些秘密。只有光明知道，如果戴玲有朝一日猜出了这个秘密，她到时候又会怎样看待柏姬泰。而现在，她们两个简直就是水火不容，即使为了搞清楚天和地哪个更高，她们也可能会争吵起来。这一次，戴玲显然认为自己赢了，全面胜利。

“就这样吧，戴玲。”伊兰继续说道，“如果你能把他们的顾问也带来，我会更高兴。不过，一切事情只能向前看，但布朗莱特尤其让我感到困扰。不管怎样，吉利亚德家族就算是支持翟妲，也不会愿意支持亚瑞米拉·马恩，他们也不喜欢阿劳恩和撒安德。”

“希望你是对的，戴玲，因为我还在指望你去对付吉利亚德可能的愤怒。当你向另外那三个孩子提出建议的时候，你尤其要关照康奈尔，不要让他做出任何轻率的事。”

伊兰的第一个指示让戴玲微微打了个哆嗦，第二个指示则让她叹了口气。

柏姬泰大笑起来。“如果你有任何问题，我会借你一条裤子和一些高跟靴子，这样你也可以走给他看了。”

“有些女人，”戴玲看着酒杯，喃喃地说，“勾勾手指就能让鱼跳起来，柏姬泰女士，其他女人则必须在池塘边耐心地布饵、等待。”艾玲达笑了起来，而柏姬泰的怒气则开始在约缚中涌动。

屋门被打开，一阵冷风吹进室内，一同进来的还有拉莎芮，她僵硬地一立正，高声说道：“首席侍女和首席职员要见你，伊兰女士。”当她察觉到房里的气氛时，说出的最后几个字立刻显得有些含混。

就算是瞎眼的山羊也能察觉出房里气氛不对。得意的戴玲就像是奶油里的猫，柏姬泰怒气冲冲地瞪着她和艾玲达，艾玲达这时已经想起来柏姬泰就是银弓柏姬泰，她的目光立刻落到地板上，窘困的表情就好像她刚刚嘲笑了一位智者。伊兰偶尔会期望她的朋友们能像她和艾玲达一样亲密无间，但有时候，她们之间的确是少不了吵架拌嘴。当然，伊兰对人性并没有更多的奢望，完美的友情只存在于书籍和走唱人的故事里。

“让他们进来，”伊兰吩咐拉莎芮，“除非城市遭到攻击，或者是其他同等重要的事，否则就不要再打扰我们。”在故事里，像她这样发号施令的女人们总会遭遇各种各样的灾难。有时候，故事里也能找到一些经验，只要你认真去找。

第 14 章

智者们所知道的

首席职员哈文·诺瑞和首席侍女莉恩耐·哈芙尔并肩走进大起居室。哈文·诺瑞以拘谨、生硬的姿势鞠了个躬；莉恩耐·哈芙尔则以优雅的姿势行了恰如其分的屈膝礼。他们是完全截然不同的两个人。哈芙尔大妈脸颊圆胖，颇具威严，她的头发梳成整齐的圆髻，盘在头顶。诺瑞先生高瘦而又略显迟钝，如同一只在河滩上踱步的涉禽，他所剩不多的头发都堆在耳朵后面，很像两簇白色的羽毛。他们都拿着一只塞满文件的印花皮制文件夹。哈芙尔大妈一只手将文件夹揽在身侧，以免压皱她一尘不染的朱红色大衣，无论她在宫中各处走动多久，伊兰从没见过这件衣服上有过一丝皱褶。诺瑞先生则将文件夹紧紧地抱在干瘦的胸膛上，仿佛是要遮住一些陈旧的墨水渍，在他大衣的白狮图案尾巴尖上就有一大块墨水渍，让那头狮子仿佛有了一簇黑色的尾毛。刚向伊兰行过礼，他们立刻分开了一点距离，两个人都刻意不去看对方。

拉莎芮刚关上屋门，阴极力的光晕立刻包裹住了艾玲达，她编织出一个紧贴房间墙壁的防偷听结界，这样应该能确保她们交谈的绝对隐秘了，即使有人在利用至上力窃听，艾玲达也能立刻察觉到，她现在已经非常善于进行这种编织了。

“哈芙尔大妈，”伊兰开始说道，“请开始吧。”她当然没有请他们坐下或者喝酒，这种有失体统的邀请会让诺瑞先生吃惊得跳起来，而哈芙尔大妈肯定会觉得自己遭到了侮辱。诺瑞抽搐一下，瞥了莉恩耐一眼，首席侍女则撇了撇嘴，虽然这种模式的汇报已经进行了一个星期，但他们还是不喜欢让对方听到自己的报告，而且从不掩饰这种不快。他们都在万分警惕地守卫着自己的职权。在首席侍女开始主管一些本来被认为是属于诺瑞先生的职权以后，这种情况就变得越发严重了。当然，负责王宫的日常运作一直都是首席侍女的工作，她的新责任只不过是这一工作的延展，但哈文·诺瑞肯定不会这样认为。壁炉中的木柴发出响亮的“哔啵”声，向烟囱里喷出一团火星。

“我相信，第二图书管理员是……一名间谍，女士。”哈芙尔大妈终于说道。现在诺瑞对她来说仿佛已经完全消失了，她一直都在竭力不让别人知道她正在宫中寻找奸细，而首席职员很可能是她最不希望知道此事的一个人。实际上，首席职员唯一超越她的权威，就是负责支付王宫的各项开销，虽然对于这些花费，他从没有具体查问过，但即使是这样一点徒具虚名的权威，也还是让哈芙尔大妈感到不舒服。“每过三到四天，哈恩德先生都会去一家名叫环与箭的旅店，名义上，他是去喝那家旅店的老板娘米丽斯·芬德瑞亲手酿的啤酒。芬德瑞太太养了一些鸽子，每次哈恩德先生去过之后，她都会放飞一只鸽子向北方去。昨天，三名住在银天鹅客栈的两仪师借故去了一趟环与箭，实际上，环与箭的酒和餐点都要比银天鹅差得多，她们去那里时都戴着兜帽，并且和芬德瑞太太在密室中谈了一个小时。她们三个全都是褐宗两仪师，恐怕这能告诉我们哈恩德先生的主人是谁。”

“理发师、步兵、厨子、家具总管，诺瑞先生的属下有不少于五个人是奸细，现在又多了一名图书管理员。”戴玲靠回到椅子里，跷起二郎腿，满面怒容。“到最后，还有谁不是奸细呢，哈芙尔大妈？”诺瑞不安地伸直脖子，他一直都认为属下的不法行径也是他的个人耻辱。

“我已经开始相信，我的手摸到了桶底，女士。”哈芙尔大妈有些得意地说。间谍或者强大家族的家主都不会影响她的心情，间谍不过是一种需要从宫中清理出去的害虫，就像跳蚤和老鼠一样，不过，她最近为了剿灭老鼠，已经不得不接受两仪师的帮助了。大贵族则像暴雨和大雪一样，是必须承受的自然现象，只能静待他们自己离开，但这一切都不必慌乱。“宫中能够被收买的人只有这么多，而能够或想要收买情报的人也多不到哪里去。”

伊兰竭力回想着哈恩德的形象，但出现在她脑海中的只有一个面容模糊、身材圆胖的秃头男人，总是在不停地眨着眼。他曾经为伊兰的母亲服务。根据伊兰的回忆，在女王摩黛伦执政时期，他就已经在王宫中任职了，没有人认为他还在为褐宗做事。从世界之脊到爱瑞斯洋之间的每一名统治者的宫殿里都有白塔的耳目，任何不是傻瓜的统治者都知道这一点。毫无疑问，霄辰人很快也要活在白塔的监视之下，或者白塔对他们的监视已经开始了。莉恩耐已经发现了几个红宗的奸细，他们肯定是爱莉达在凯姆林时安插下来的。这名图书管理员还是第一个被发现的其他宗派的眼线。爱莉达在做摩格丝的资政时，绝对不喜欢其他宗派知道这座宫殿中发生的任何事。

"真可惜，我们没有什么杜撰的故事需要褐宗相信。"伊兰轻声说。现在，最可惜的是褐色和红宗知道了家人的存在，至少她们一定已经知道这座宫殿里有大批能够导引的女人，而且用不了多久，她们就能推断出这些女人的身份，随之而来的会有一大堆问题，但这都是将来的事情了。莉妮经常说，要为未来做计划，但如果对明年的事情担心太多，难免会在明天跌跤。"监视哈恩德先生，试着找出他的朋友，现在这样也就够了。"一些间谍依靠的是他们的耳朵，偷听别人的闲聊或者门缝后的交谈；另一些间谍则喜欢用友好的美酒灌醉几条舌头。控制一名间谍的第一个步骤，是查清楚他用什么手段获取情报。

艾玲达响亮地哼了一声，拉开裙摆，想要坐到地毯上，这时她才发觉自己穿的衣服和平时不一样。她带着警告意味地瞥了戴玲一眼，以僵硬的姿势坐到了一张椅子的前沿上。她的样子活脱脱是一位美艳的宫廷贵妇，只是一双眼睛里闪烁着咄咄逼人的光芒，而且，宫廷贵妇也不会一直用拇指摩挲腰间匕首的锋刃。如果按照艾玲达的意思，所有奸细都应该立刻被割开喉咙，在她看来，间谍是一种邪恶的勾当。伊兰只能一次又一次地向她解释，每一名被发现的奸细都是一件可以用来迷惑敌人的工具。

奸细所服务的对象并不一定是敌人，首席侍女发现的大部分奸细都从不止一个管道收取酬金，现在已经被确定的管道源头有：莫兰迪的罗德蓝王、几名提尔大君和凯瑞安贵族，还有相当数量的商人。许多人都对凯姆林发生的一切充满兴趣，可能是因为贸易活动，也可能出于其他原因，实际上所有势力都在或多或少地窥探着身边的一切势力。

"哈芙尔大妈，"伊兰说，"你还没有找到黑塔的眼线。"

如同大多数听到"黑塔"这个名号的人一样，戴玲打了个哆嗦，从杯中喝了一大口酒。但莉恩耐只是略皱了一下眉头，她显然已经决定彻底无视那些男人的导引能力，因为她对此不能做出任何改变，对她来说，黑塔只是……另一股势力。"他们还没有足够的时间，女士，如果给他们一年时间，那些步兵和图书管理员也许就会接受他们的金钱了。"

“你说得没错。”但这依旧是一件可怕的事，“今天你还为我们带来了什么？”

“我与乔·斯科立特谈过话，女士，一个反转过家徽的人经常会再次将它反转过来，斯科立特就是这样的人。”斯科立特是一名理发师，他在接受阿劳恩家族的酬金，这也就意味着他现在是亚瑞米拉的人。

柏姬泰咽下一句脏话——不知为什么，她在莉恩耐·哈芙尔面前总是会收敛许多。然后她很气恼地说道：“你和他说过话？没有征得任何人的许可就去找过他？”

刚刚打过哆嗦的戴玲毫不愧疚地盯着首席侍女，嘟囔了一句：“挤奶喂孩子！”伊兰还从没听她说过这样下流的话。诺瑞先生眨眨眼，手中的文件夹差点掉在地上，他急忙低下头，不再去看戴玲。但首席侍女只是停了一下，等柏姬泰把话说完，又继续说道：“时机似乎已经成熟了。一个为斯科立特传递报告的人离开了凯姆林，至今都没有回来，而另一个跌断了腿。现在如果不用火烤，街道上总会结冰的。”她的声音中没有任何情绪，但很有可能那个人跌断的腿和她有关系，非常时期，人们身上很可能体现出最让人意想不到的非常能力。“斯科立特已经同意会亲自把下一份报告送到叛军营地去，他见过神行术，所以他在描述那种景象时根本不用假装害怕。”看首席侍女的表情，任何人都会以为她从小就已经习惯看到车队从凭空出现的孔穴中辚辚驶出的样子。

“那个理发师如果出了这座该……的城，难道真的会去叛军营地，而不是就此逃掉？有什么办法能拦住他？”柏姬泰急躁地问道。她将双手背在身后，在壁炉前来回踱步，粗大的黄金发辫几乎要立起来。“如果他走了，阿劳恩会收买其他人，那你就只能重新把那个奸细挖出来了。光明啊，亚瑞米拉肯定刚到这里的时候就已经听说过神行术了，这点斯科立特一定是知道的。”让她感到气恼的并不是斯科立特，或者不只是因为这个奸细，守城的那些佣兵认为他们拿钱是只为了挡住攻城的军队，所以任何人给他们几个银币，就能趁夜溜出任何一座城门。他们肯定觉得放跑一两个人不是什么大事，而柏姬泰很不喜欢自己会有这样一帮部下。

“贪婪会拦住他，女士。”哈芙尔大妈镇定地回答，“如果能同时从伊兰女士和娜埃安女士手中得到黄金，这个念头本身就会让他呼吸困难。确实，亚瑞米拉女士一定已经听说过神行术，但这只会让她觉得斯科立特亲自去向她报告是有道理的。”

“如果他的贪婪让他相信第三次反转家徽能让他获得更多赏金呢？”戴玲问，“他会对我们造成……严重的损失，哈芙尔大妈。”

莉恩耐的声音提高了一点，她绝不会有失礼的行为，但她不喜欢任何人指责她疏忽大意。“如果那样，娜埃安女士会把他埋在营地旁的雪堆里，女士，这点我已经让他有了充分理解。娜埃安女士绝不是一个有耐心的人，这点我相信你也知道。不管怎样，我们从叛军营地中得到的讯息少得可怜，而斯科立特很可能看到一些我们想要了解的东西。”

“如果斯科立特能告诉我们亚瑞米拉、爱伦娜和娜埃安什么时候会进入哪一座营，我会亲手把黄金送给他。”伊兰刻意加重了语气。爱伦娜和娜埃安一直都在亚瑞米拉身边，或者是亚瑞米拉不放心她们离开自己，而且亚瑞米拉比娜埃安更没耐心，更不相信别人能把事情做好，她每天会用一半的时间对她的营地逐一巡查，而且从不会连续两晚睡在同一个营地里，这就是伊兰现在对亚瑞米拉所知道的一切。“关于叛军营地，这是他现在唯一能向我提供的情报。”

莉恩耐俯下头。“听从您的吩咐，女士，我会让他把这件事办好。”首席侍女从不会在诺瑞面前直接表达自己的感受，但她的确没有显出一丝一毫受到责备的样子。当然，伊兰自己也没有信心真的在公开场合斥责凯姆林王宫的首席侍女。如果哈芙尔大妈不再喜欢她们，认为她们是这座王宫中多余的人，她当然还会一丝不苟地完成管理王宫的每一项工作，并以同样的热情去搜寻那些奸细。但如果是那样，伊兰每天都会遭遇无数的小麻烦，而所有这些令人头痛、却又无足轻重的小问题，都不会与首席侍女有任何直接关系。君主尽可以赶走旧人，招募新人，花费时间训练他们，忍受他们的懵懂无知，直到他们成为标准的臣仆，然后，君主就会发现自己又回到了被旧人环绕时的状态。君主要像仆人一样遵守规则，这样才能有舒适的生活，以及用来施行统治的时间。

“谢谢你，哈芙尔大妈。”伊兰说道。然后她接受了首席侍女又一个完美无缺的屈膝礼。莉恩耐·哈芙尔很清楚自己的价值。“那么，诺瑞先生？”

那位像鹭鸶一样的老先生打个愣怔，收回了瞪着莉恩耐的目光，他也见识过神行术，而且绝对不会将那个凭空开启的通道看作一件小事。“是，女士。”他的声音含混而且单调，“相信柏姬泰已经和您说过了来自伊利安和提尔的商队，相信这是……嗯……您返回凯姆林时她通常都会做的。”有那么一瞬间，他带着责难的神色瞥了柏姬泰一眼。即使伊兰对他大吼大叫，他也绝对不会想惹伊兰生气，但他也有属于他的一套规则，他在以温和的心态怨恨柏姬泰偷走了他向伊兰报告有大批重要物资已经抵达凯姆林的机会，让他没办法把他钟爱的数字逐一向伊兰报告。至少伊兰认为他的气愤不会过于强烈，诺瑞先生的身上从来都看不到什么火气。

“柏姬泰确实对我说了，”伊兰答道，她的语气中带着一丝歉意，但并不足以让诺瑞先生感到尴尬，“恐怕有一些海民要离开我们了，明天以后，为我们施展神行术的人将减少一半。”

首席职员细长的手指抚弄着胸前的文件夹，仿佛在感觉里面的文件，不过伊兰从没见过他在做报告时会抽出那些文件来查看。“嗯，嗯，我们应该……可以应付，女士。”哈文·诺瑞能应付一切情况，“另外，昨天发生了九起纵火案，稍稍多于平常。三起纵火案是针对储存食品的仓库，不过我急于要告诉您的是，三起都没能成功。”虽然说是“急于告知”，但他的声音依旧不疾不徐，不带任何情绪。“我必须说，在街道上巡逻的卫兵起了很大作用，现在全城的暴力犯罪和盗窃案件已经减少到仅比往年同时期多出一点而已。但我们有充分证据表明，这些纵火案是有幕后主使的。有十七幢建筑遭到损毁，不过除去一幢之外，其他的都是已经废弃的房屋。”他的嘴唇抿成一条细线，一场普普通通的攻城战绝不可能让他弃凯姆林于不顾。“根据我的判断，所有这些火灾都是为了让消防马车尽量远离他们打算焚毁的食品仓库，而且我相信，过去数个星期中发生的每一起纵火案都是为了同样的目的。”

“柏姬泰？”伊兰向她的卫队将军问道。

“我可以绘制出一张仓库分布图。”柏姬泰有些迟疑地回答，“然后在位置偏僻的仓库附近专门安排巡逻线路，但这还是会留下许多……漏洞。”她的视线躲开了哈芙尔大妈，但伊兰觉得她的脸颊上掠过了一丝红晕。“任何口袋里装着钢片和燧石的人只要再找些干草，就能点起一把火。”

“尽你所能吧！”伊兰对她说。她们需要一些运气才能抓住一个正在作案的纵火犯，但即使审问那种人，得到的招供也只是他从一个用兜帽遮住面孔的人那里接受了一把钱币。而如果能将这些钱的来源追溯到亚瑞米拉、爱伦娜或娜埃安那里，她们肯定需要麦特·考索恩的运气。“还有什么事吗，诺瑞先生？”

诺瑞用指节揉了揉长鼻子，避开伊兰的注视。“我……呃……注意到，”他的声音变得愈来愈犹豫，“马恩、阿劳恩和撒安德刚刚用她们的田产收入作为抵押，借得大笔贷款。”哈芙尔大妈的眉弓稍微提了提，立刻又恢复了常态。

伊兰望着手中的茶杯，发现自己竟然把里面的茶水喝光了。银行家从不会告诉任何人他们都把手中的钱贷给了谁，或者用什么当作抵押，不过她并没有问诺瑞先生是如何知道的，这只会……在他们两个之间造成尴尬。伊兰看到自己的姐妹从她手中将茶杯拿走，不由得微笑起来，而当艾玲达将重新倒满的茶杯递给她的时候，微笑又变成了苦恼。艾玲达似乎认为她应该一直喝茶，直到连肺叶也漂起来！山羊奶也比清茶好一点，就算是洗锅水也更好。好吧，她会拿着这只该死的杯子，但她可不会喝里面的东西。

“一定是用来收买那些佣兵。”戴玲恨恨地说道，她眼里的火焰足以吓退一只能，“我以前就说过，我现在还要再说一次，佣兵最大的麻烦就是，谁给的钱多，他们就为谁卖命。”她从一开始就反对招募这些佣兵守卫凯姆林。但现实的问题是，如果没有他们，亚瑞米拉的军队就能随意打破这座城市的任何一道大门，忠于伊兰的部队连守住一道凯姆林城门都不够，更不要说城墙了。

柏姬泰也不愿意招募佣兵，但她接受了伊兰的理由，尽管极不情愿，她始终都不信任他们。但听到戴玲的话，她摇了摇头。现在她坐到了壁炉旁一把椅子的扶手上，她带着马刺的高跟靴子则踩在椅垫上。“佣兵可能不会在意荣誉，但他们会注重他们的名声，改换阵营是一回事，为敌人打开城门就完全是另一回事了，一个佣兵团如果干了这种事，就绝对不会有人再雇佣他们了。亚瑞米拉必须支付给佣兵队长一笔巨款，让他下半生都能过上贵族领主的生活，同时他至少还要让自己的部下相信他们也能过上这样的生活。”

诺瑞清清喉咙，但他的声音并没有变得更清亮：“看样子，她们已经用同样的田产收入作抵押，进行过两次，甚至三次贷款了。那些银行家当然……对此……一无所知。”

柏姬泰的脏话说出了一半。戴玲皱起眉，看着酒杯，她的表情已经能让杯中的酒变酸了。艾玲达按了一下伊兰的手，又飞快地放开。壁炉的火焰喷出一大团火星，差点就落在地毯上。

“必须对佣兵团进行监视。”伊兰抬起一只手，阻止了想要说话的柏姬泰。她的护法最终没有张嘴，但约缚中传来了她的大声呐喊。“你必须找到合适的人来做这件事。”光明啊！她们在这座城中要对付的人快要和城外的人一样多了！“这不会需要太多人，但我们要知道佣兵团是否有反常或者秘密的举动。柏姬泰，这可能是我们能得到的唯一警告。”

“我一直都在想，如果有佣兵团出卖了我们，我们能采取什么行动。”柏姬泰冷冷地说，“只是知道他们的背叛并不够，因为我没有足够的部队能及时压制他们，控制住可能会被打开的城门。这座城市中的一半部队都是佣兵，而剩下的，又有一半是几个月以前还在靠退休金生活的老头子。我会不定时地变换那些佣兵团的驻守区域，这样，如果他们不知道明天被调派到什么地方，也就不太容易确定该如何及时打开城门，引外敌进城。但他们并非全无机会。”柏姬泰一直说自己从没当过将军，但她见识过的野战和攻城战要比任何十位将军经历过的全部战斗还要多，她很清楚该怎样处理这些棘手的问题。

伊兰几乎希望自己的杯子里能有一点酒，当然，只是几乎而已。“银行家们是否有可能知道你所掌握的情况，诺瑞先生？在他们实际放出贷款之前？”但如果他们知道实情，很可能会有不少银行家更愿意亚瑞米拉登上王座，这样她就能用国家的税收来偿还贷款，也许亚瑞米拉自己也是这样打算的。商人会操纵政治的风向，银行家影响国家局势的事情并不鲜见。

“在我看来，这不太可能，女士，这就要求他们必须……嗯……向正确的人问出正确的问题。但银行家通常……嗯……在彼此之间……都是三缄其口。是的，我想这种事不可能发生，至少现在不可能。”

这次会报差不多已经接近尾声了。伊兰又叮嘱柏姬泰，王宫里又多了几个绝佳的刺杀和绑架对象。柏姬泰的表情也因此变得更加严肃，约缚中突兀地传来了冷酷的感觉。现在王宫中负责近身保卫的女卫兵大概很难少于一百人了，或者她们的数量从来就没有比这个数字更少过。

“谢谢，诺瑞先生。”伊兰说，“你一直都做得很好。如果你发现有任何银行家对此产生怀疑，或者开始查问这件事，请一定让我知道。”

“当然，女士。”诺瑞先生一边喃喃地说着，一边像鹭鸶叼鱼一样点着头，“感谢您的赞扬。”

然后，莉恩耐和诺瑞退了下去。诺瑞为首席侍女打开屋门，并用比平时更优雅的姿势向她一鞠躬。莉恩耐向他微一点头，迈着平稳的步子走出房间。艾玲达并没有放开她的结界，就连屋门关闭的声音也被结界吞掉了，这时，她说道：“有人在偷听。”

伊兰摇摇头。她们不知道偷听的人是谁，会是黑宗两仪师吗，还是好奇的家人？但至少，偷听的人不会得到任何讯息。没有什么人能渗透艾玲达的结界，甚至弃光魔使也不行，而且，如果结界真的被渗透，艾玲达一定会警告她们。

戴玲听到艾玲达的话，便用不那么镇定的语气嘟囔着说是海民干的。在听到寻风手要离开的时候，她在莉恩耐和诺瑞面前就连表情也没有丝毫波动，但现在，她急切地想要知道海民们到底有什么打算。听完伊兰的讲述，她喃喃地说道：“我从来都不信任翟妲，不过这份协议应该还是不错的。如果她现在正命令一名寻风手偷听我们，我绝对不会感到惊讶，她什么事情都想知道，只是为了将来某一天这些讯息可能对她有用。”戴玲极少表现出犹豫，但现在，她犹豫了，酒杯在她的两只手掌间缓缓地转动着。“你确定那个……那个灯塔……不会伤害到我们，伊兰？”

“她就像我一样确定，戴玲，如果那东西会炸裂世界，我想它现在应该已经这么干了。”艾玲达笑着说，但戴玲的脸色立时变得煞白。有时候，即使只是为了不让自己哭出来，你也要保持笑容。

这时柏姬泰说道：“如果我们在诺瑞和哈芙尔大妈离开之后还继续在这逗留太久，也许有人会开始怀疑我们在干什么。”她朝墙壁指了指。她看不见那道结界，但她知道那东西还存在着。实际上，首席侍女和首席职员的日常汇报往往能帮助她们掩蔽另外一些讨论。

柏姬泰移走墙边一张桌子上的一双镏金海民瓷碗，从短外衣的内兜中拿出一张叠得很小的地图，摊在上面，用空酒杯压住它的边角，其他人全都聚拢到她周围。这张地图一直被她随身携带，睡觉的时候，她会将它藏在枕头下面。这张地图显示了从艾瑞尼河到阿特拉和莫兰迪边境之间的安多国土，实际上，这已经是安多实际控制的全部国土了，数个世代以来，凯姆林一直都无法完全控制偏西的地区。这张地图从制图艺术角度而言，算不上是精品，而且折叠的褶皱已经模糊了上面的许多细节，但它还是能清楚地显示安多的地理形势，每一座城镇和村庄，每一条道路、桥梁和城堡。伊兰在距离地图一臂远的地方放稳茶杯，以免茶水溅到地图上，增添更多污渍，这也终于让她有机会摆脱那杯可怜的茶了。

“边境国的军队正在移动，”柏姬泰指向凯姆林北部的森林，安多最北部边境的一点，“但他们还没有走多远。以他们现在的行军速度，至少要在一个月之后才能靠近凯姆林。”

戴玲转动酒杯，盯着杯中深红色的酒液，然后突然抬起头。“我本以为你们北方人已经习惯了积雪，柏姬泰女士。”直到现在，她还是不断找机会刺探柏姬泰，告诫她不要这样做，这只会让她更加倍地确信柏姬泰隐瞒着一些秘密，更加倍地决心一定要把那些秘密挖出来。

艾玲达皱起眉头，望着这位女性长者。她对柏姬泰很尊敬，有时候，为了保护柏姬泰的秘密，她会表现得过度激动。而柏姬泰只是平静地与戴玲对视，伊兰的约缚中丝毫没有警戒的意味，她已经非常适应为她编造的那一套出身故事了。“我已经很长时间没回坎多了。”她并没有说谎，不过这个“很长时间”肯定要比戴玲所想象的漫长许多，那时那个地方的名字还不是坎多。“但不管如何习惯在雪地跋涉，率领二十万士兵和无以计数的随营人员在冬天行军，绝不可能走得很快。更糟糕的是，我已经派遣奥卡林太太和弗特太太去国境以南数里范围内的一些村庄查看过。”萨贝恩·奥卡林和朱兰娅·弗特都是能施展神行术的家人。“她们说，那里的村民们认为边境国要在那里扎营过冬了。”

伊兰“啧”了一声，皱紧眉头，用手指划过那里到凯姆林的路程，估量着其间的距离。她一直在等待边境国军队的讯息，无论是他们自己发布出来的，还是别人散播过来的。一支这样规模的军队进入安多境内，讯息会像草原上的野火一样迅速扩散。只有傻瓜才会以为他们走过几百里的积雪道路来到这里，只是为了征服安多。每一个知道这个讯息的人都推测他们的意图，并考虑该如何应对这支大军，而且每个人都会有自己的看法。但现在，关于他们的讯息显然还没有得到广泛传播。伊兰急需这个讯息说明自己突破眼前的困境，她已经为边境国军队进入安多境内做出安排，当然，她也安排了他们离开的步骤。

当然，伊兰在这件事上做出选择并不困难。阻止这样一支军队将导致血流成河的战争，而且安多很难取胜，实际上，边境国人只不过需要一条通往莫兰迪的道路，他们认为在那里能够找到转生真龙，这是伊兰和他们达成协议的基础。他们并没有透露寻找兰德的原因，而伊兰也不打算告诉她们兰德的真正所在。这支军队中藏匿了十几名两仪师，这点尤其让伊兰感到担心，不管怎样，只要关于边境国军队入侵的讯息传到那些大家族家主的耳里……

"这应该会起作用，"伊兰轻声说，"如果有必要，我们可以自己散播边境国军队的讯息。"

"应该会起作用，"戴玲表示同意，然后她又用阴沉的语调说，"只要巴歇尔和贝奥能够牢牢控制住他们的部队。艾伊尔人和真龙军团驻扎在一起，彼此之间的距离不超过一两里，这本身就是个极度危险的组合，现在又加上了边境国军。而且，我可不知道该怎样不让那些殉道使发疯。"她重重地哼了一声。在戴玲的概念中，一个男人只有可能是先发了疯，才会选择成为殉道使。艾玲达点点头，她和柏姬泰一样，时常与戴玲意见相左，但在殉道使的问题上，她们又往往能达成一致。

"我会确保边境国人远离黑塔。"伊兰向她们做出保证。但实际上，她早已经这样向她们保证过了。戴玲其实明白，贝奥和巴歇尔会约束住麾下的部队，没有人想进行不必要的战争，而达弗朗・巴歇尔肯定不可能与自己的亲人作战，但任何人都有理由因为殉道使而感到不安。伊兰的手指从标记凯姆林位置的那颗六芒星上划到数里之外殉道使盘踞的地方。黑塔并没有在这张地图上标记出来，但伊兰很清楚它的位置，至少那里远离卢加德大道，在不打扰殉道使的情况下让边境国军一直向南进入莫兰迪不会很困难。

想到殉道使可能造成的干扰，伊兰抿抿嘴唇。不过现在这个问题还不是很急迫，所以她便将那些黑衣人推出了脑海，现在无法解决的事情，就只能放到以后再去解决。

"其他那些人呢？"伊兰不必说得很清楚，还有六个大家族没有表明自己的立场，至少没有确认会支持她还是亚瑞米拉。戴玲认为他们最终都会倒向伊兰，但他们至今还没有任何表示。萨贝恩和朱兰娅这次行动的另一个目的，就是探查这六个大家族的讯息，这两名家人在过去二十年中都是作为卖货郎穿行在城乡之间，习惯了艰苦的旅程，在马厩里或大树下过夜，从人们的闲聊中听出他们没有说出口的东西。她们是优秀的探子，如果不得不安排她们来帮助维持凯姆林的物资供给，那对伊兰来说将是一个巨大的损失。

“在谣言中，鲁安领主同时出现在了东边和西边的十几个地方。”柏姬泰紧皱双眉，盯着这张满是褶皱的地图，仿佛鲁安的位置应该被标在上面一样，柏姬泰狠狠地骂了一句脏话。当然，莉恩耐·哈芙尔一定已经走得很远了。“所有的传闻都是他就在邻村，或者附近不远的城镇。艾络琳·塔梅恩女士和埃布尔莱·潘达领主仿佛完全消失了，一般来说大贵族很难做到这一点，至少奥卡林太太和弗特太太还没能查到任何关于他们的讯息，也找不到一个潘达和塔梅恩家的士兵，连匹马都找不到。”这极为不寻常，不花费巨大的力气，绝对做不到这一点。

“埃布尔莱只要愿意，会让自己变成一个幽灵。”戴玲喃喃地说道，“彻底打乱你的阵脚。艾络琳……”她用指尖扫过嘴唇，叹了口气，“那是个喜欢招摇过市的女人，想让她彻底消失可不容易，除非她正和埃布尔莱或者鲁安在一起，或者他们三个都在一起。”看样子，戴玲很不喜欢这个推断。

“至于我们的其他‘朋友们’，”柏姬泰说，“爱拉瑟勒女士在五天前跨越国境，从莫兰迪进入安多，就在这里。”她轻轻点了一下地图，那里在凯姆林以南大约两百里的地方。“四天前，佩利瓦领主在她西面四到六里的地方越过国境，而亚姆林是在这里，还要更向西五或六里。”

“他们并不在一起，”戴玲说着点了点头，“他们有没有带莫兰迪人过来？没有？很好，他们应该正在朝他们的封地前进，伊兰。如果他们的位置进一步相互远离，我们就能确定这一点了。”这三个家族是戴玲最担心的。

“他们可能是要回家。”柏姬泰表示同意，并带着在对戴玲表示同意时一直都有的那种不情愿的语气。她将自己编结繁复的粗大发辫甩过肩头，紧紧握在手里，几乎就像奈妮薇那样。“在冬季进入莫兰迪之后，他们的人马一定都已经疲惫了，而我们能够确定的就是他们都还在移动。”

艾玲达哼了一声，这种声音和她身上华贵的天鹅绒长裙很不相称。“只能假定敌人会采取你最不希望的行动，先确定你最不想让他们怎样做，再根据这种可能确定计划。”

“亚姆林、爱拉瑟勒和佩利瓦不是敌人。”戴玲反对的声音中却没有什么自信。这三名大贵族都曾经宣布要支持戴玲本人登上安多王位。

伊兰从没有在安多的历史中看到有被强迫登上王位的女王，不过这种事很有可能也不会记录在史籍中。但现在，亚姆林、爱拉瑟勒和佩利瓦却似乎想要这样试一试，虽然他们并非要为自己谋求权力。戴玲不想成为女王，但她也绝不会做一个任人摆布的统治者。对伊兰极为不利的一个事实是，摩格丝·传坎在统治安多的最后一年中犯下了一个又一个不可饶恕的错误，而几乎没有人知道或者相信她那时已经成为弃光魔使的傀儡。一些家族甚至愿意支持任何非传坎家族的人登上王位，无论这是多么不理智的想法。

“我们最不希望他们做什么？”伊兰说，“如果他们分别返回各自的封地，那么他们至少要等到春天才会再次出来，到那时，一切都已经确定了。”光明保佑，希望会是如此。“但如果他们继续向凯姆林前进呢？”

“没有莫兰迪人，他们就没有足够的军队能够挑战亚瑞米拉。”柏姬泰一边研究地图，一边揉搓着下巴，“即使他们现在还不知道艾伊尔人和真龙军团没有参与到狮子王座的争夺之中，他们也很快就会知道了。但他们一定会对那两支军队保持相当谨慎的态度，没有人会愚蠢到挑起一场绝对不可能取胜的战争。我认为他们会驻扎在东边或东南某处，让他们能够监视事态的发展，还有可能会对现状造成影响。”

戴玲喝光杯中剩余的冷酒，重重地呼了一口气，然后走到放酒壶的桌子旁，重新将酒杯斟满，并用沉重的语调说：“如果他们要来凯姆林，那么他们一定会希望鲁安、埃布尔莱和艾络琳加入他们。”

“我们必须想办法阻止他们在我们的计划成熟前到达凯姆林，同时又不能让他们成为我们永远的敌人。”伊兰让自己的声音显得坚定而且充满信心，“如果他们过早到达这里，我们也要做好应对计划。戴玲，如果这种情况发生，你必须说服他们，一定要在我和亚瑞米拉之间做出选择，否则我们就会掉进一个永远也无法理清的乱局，整个安多也会因此而陷入混乱。”

戴玲仿佛被打了一拳一样重重地哼了一声。十九个大家族平均分成三股势力争夺狮子王座的情况上一次发生在五百年以前，那次争端导致了连续七年的战争，才有新的女王戴上玫瑰王冠，而七年前那三个宣布要夺取狮子王座的女人都已经死了。

伊兰在不经意间拿起茶杯，喝了一口，茶水已经变冷了，其中的蜂蜜猛烈地刺激着她的舌头。蜂蜜？伊兰困惑地看着艾玲达，她的姐妹露出一个小小的微笑，一个充满阴谋气味的微笑。而柏姬泰似乎并不知道到底发生了什么，她们之间非同寻常的约缚，并不能将伊兰尝到的味道传达给柏姬泰，但柏姬泰肯定感觉到了伊兰喝进茶水时的惊讶和喜悦。她将双拳抵在腰间，眼里流露出怀疑的神色，但她这样做显然有装腔作势的嫌疑，因为她的嘴角上也漾起了一抹笑纹。突然间，伊兰察觉到柏姬泰的头痛消失了，她不知道那头痛是什么时候消失的，但肯定时间不长。

“抱最好的希望，做最坏的打算。”伊兰说，“有时候，最好的事情的确会发生。”

戴玲当然不知道蜂蜜的事情，她只能看见这三个人都在笑，所以她重重地“嗯”了一声。“也有时候，好事并不会发生。伊兰，如果你聪明的计划能够按照你的设想实现，我们就不再需要亚姆林、艾络琳和其他人了，但这是一场危险极大的赌局，只要走错一步，就会——”

起居室两扇大门中左手边的一扇突然被打开，伴随冷风进入房间的是一个有着苹果色脸颊和冰冷眼神的女人，她的肩膀上缀着表明少尉军衔的一颗金结。她有可能是敲过门的，只是敲门声会被结界挡住。绮甘・索科林和拉莎芮一样，也曾经是一名号角狩猎者，加入伊兰的卫队之后，她似乎改变了很多。现在，她站直身子，朗声说道：“智者莫娜勒求见伊兰女士，卡莉托凡太太和她在一起。”

她们可以让桑珂・卡莉托凡再等一等，但莫娜勒不行。亚瑞米拉会被两仪师注意，也会被艾伊尔人注意，但只有非常重要的事情才会让智者进入凯姆林城，柏姬泰也明白这一点，她立刻开始叠起地图。艾玲达消去结界，放开了真源。

“请她们进来。”伊兰说。

莫娜勒并没有等绮甘通报完毕，结界刚一消失，她就已经走了进来。可能是因为感觉到房里的温暖，她让肩头的披巾垂到臂弯里，套在她手臂上的黄金和象牙手镯随之发出一连串轻微的撞击声。伊兰不知道莫娜勒有多大年纪了，智者们并不像两仪师那样忌讳说出自己的年龄，但她们也从不会坦率地告诉你这种事。只是从面相看，她应该刚刚进入中年不久。她有一张慈祥如同母亲的面孔，黄色齐腰长发中略带一些红色，但看不见一根灰丝。她的个子不高，甚至比伊兰还要矮。她的导引能力只相当于最弱的两仪师，但力量并不是智者们判别地位的要素，实际上，她在智者之中的地位相当高。而对于伊兰和艾玲达来说，更重要的一点是在她们重生为姐妹的仪式中，她是她们的接生者。伊兰向她行了一个屈膝礼，并有意忽略掉戴玲不以为然的哼声。艾玲达深鞠一躬，双手伸直一直垂到了脚面，莫娜勒不仅是她们的接生者，还是艾玲达作为智者学徒的老师。

“我想，你们的密谈已经结束了，因为你们消去了结界。”莫娜勒说道，“现在我该检查一下你的状况了，伊兰・传坎，在孕期结束之前，每个月都应该进行两次检查的。”她为什么要向艾玲达皱眉？哦，光明啊，她还穿着天鹅绒裙子！

“我来观摩她要做的事情。”桑珂一边说，一边跟随智者走进房间。桑珂是个让人过目难忘的女人，她身材壮实，眼神坚定有力，现在她穿着一件剪裁合身的红束带黄色羊毛长裙，黑色的直发中插着一把银发梳，高衣领上别着镶红发廊环形银领扣，从外表看，她很像是贵族或者成功的商人。她曾经总显得缺乏自信，尤其是在两仪师身边的时候，但现在，这种表情已经彻底和她告别了。无论是两仪师，还是女王卫兵，都已无法再影响她的情绪。"你可以走了，"她对绮甘说，"这里不需要你了。"她也不再害怕贵族了。"你也可以离开了，戴玲女士，还有你，柏姬泰女士。"她审视着艾玲达，仿佛在考虑也向这名艾伊尔女子下逐客令。

"艾玲达可以留下来。"莫娜勒说，"她已经耽误了许多课程，而她或早或迟都要学习这些。"桑珂向艾玲达点点头，然后依旧用冰冷而不耐烦的目光盯着戴玲和柏姬泰。

"戴玲女士和我还有事情要商量。"柏姬泰一边说，一边将叠起的地图收进红色外衣里，向门口走去。"今晚我会告诉你我们的想法，伊兰。"

戴玲严厉地瞪了她一眼，几乎就像她瞪桑珂那样严厉，但她还是将酒杯放在托盘上，并向伊兰行了屈膝礼，然后又带着明显的不耐烦，等待柏姬泰弯下身，在莫娜勒耳边嘀咕了许久。智者只是简短地回答了柏姬泰，不过也同样压低了声音。她们在嘀咕什么？也许还是山羊奶的事。

绮甘关上屋门后，伊兰询问智者和家人是否让仆人再送些酒来，因为原先放在屋中的酒已经冷了，桑珂表示不必，莫娜勒也有些心不在焉地表示了拒绝，现在这名智者只是专心地打量着艾玲达。那名智者学徒红着脸，将视线转向一旁，双手紧握着自己的裙摆。

"请不要斥责艾玲达，莫娜勒。"伊兰说道，"是我要求她穿成这样的，她是为了帮助我。"

莫娜勒咬住嘴唇，想了一下才答道："首姐妹应该互相帮助。你知道你对我们的族人所负的责任，艾玲达，迄今为止，你在一个相当艰难的环境里做得很好，你必须学会在两个世界中生活。所以，很高兴你已经感受到了这种穿着的舒适。"艾玲达明显放松了下来。但莫娜勒的语气一转："不过不要太沉溺于这种舒适。从现在开始，你每三天中要有一天一夜在帐篷中度过。你可以明天随我回去。在成为智者之前，你还有许多事情要学，所以你现在不应该再有任何空闲的时间了。"

伊兰伸手握住了自己姐妹的手，艾玲达想要把手抽回去，但伊兰只是把手握得更紧。短暂地犹豫了一下，艾玲达也握住了她的手。艾玲达对她来说是非同寻常的，她能为失去兰德的伊兰带来慰藉，她不仅仅是自己的姐妹，还爱着相同的男人。她们能分享彼此的力量，在悲伤的时候却一同发笑，或一同哭泣。每三个晚上分开一晚，很可能意味着她将在这一晚孤独地哭泣。光明啊，兰德在干什么？西方那个可怕的灯塔始终不曾有丝毫晦暗。她相信，他就在那灯塔的正中心，并非是因为与他的约缚发生了什么改变，而是她内心笃定的感觉。

伊兰突然发觉自己正在以最大的力量握着艾玲达的手，而艾玲达也同样用力地握着她，她们同时放松了手指的力量，但并没有放开对方的手。

“男人就算身在别处，也要制造麻烦。”艾玲达轻声说。

“没错。”伊兰表示同意。

莫娜勒带着微笑看着这两名女子，她是极少数几个知道她们和兰德的约缚，还有伊兰腹中孩子的父亲是谁的人，但她身边的家人并不知道。

“我想，你的确是让一个男人为你制造了他所能制造的全部麻烦，伊兰。”桑珂一本正经地说。家人的规则是依照初阶生和见习生的规则制定的，所有家人都禁止怀孕，以及一切可能导致怀孕的行为，而且她们一直都严格执行这些条规。就在不久之前，如果家人知道两仪师违反这些条规，一定会吃惊得把自己的舌头吞下去，但现在，许多事情都改变了。“今天我应该前往提尔，好在明天带回一批谷物和油料。现在时间已经不早了，所以，如果你们还要继续谈论男人，我建议你们先让莫娜勒做完她要做的事情。”

莫娜勒让伊兰紧靠在壁炉前坐稳。已经完全被包裹住圆木柴的炉火烤得伊兰稍微有一点不舒服。对此，她向伊兰解释说胎儿的母亲应该尽量处在温暖的环境中。然后，阴极力的光晕包裹住她，她开始编织魂之力、火之力和地之力的丝线。艾玲达和桑珂一同全神贯注地观察着她的编织。

“这是什么?”伊兰看着编织将她包裹，陷入她体内，“像分析一样吗?”王宫里的每一名两仪师都已经对伊兰使用过分析，虽然她们之中只有茉瑞莉有足够的治疗技巧，而无论是两仪师还是桑珂，都只是能判断出她已经怀孕而已。伊兰觉得有一点刺麻感，而且体内还传出了一种微弱的“嗡嗡”声。

“不要犯傻，女孩。”桑珂漫不经心地说道。伊兰挑起一侧的眉弓，她甚至有一点想在桑珂的鼻子前挥舞自己的巨蛇戒，但那名圆脸妇人根本没有注意她的表情，她应该也不会注意到伊兰的戒指。她正向前倾过身子，仿佛能看清伊兰体内的编织一样。“智者还在向我学习治疗的技巧。”过了一会儿，她又说了一句，“我想，她们也从奈妮薇那里学到了一些东西。”哦，奈妮薇如果听到桑珂以这种口气说她，一定会像焰火一样爆起来，不过桑珂在治疗方面的经验肯定要远远超过奈妮薇。“她们只是学会了两仪师那种简单的治疗手段。”一个重重的冷哼表明了桑珂对于那种“简单”手段的看法，那是两仪师在数千年以来唯一知道的治疗手段。“这个编织是智者们所掌握的。”

“这被称作爱抚胎儿，”莫娜勒以同样漫不经心地语气说道，她的注意力都集中在编织上。简单的分析只能探查肉体痛苦的源头，而且也绝对用不了这么长时间。莫娜勒仍然在不停地改变每一丝能流的走向。伊兰体内的嗡嗡声发生了一点改变，进入到她身体更深的地方。“这可以看作是一种特殊的治疗，我们在被放逐到三绝之地前就已经掌握了这种办法。这其中的一些编织与桑珂·卡莉托凡和奈妮薇·爱米拉向我们演示过的一样。透过爱抚胎儿，你能够了解到母亲和孩子的情况，透过改变编织，你还能治愈这两者身上发生的一些问题。但这些编织不会对没有怀孕的女人起作用，当然也不会对男人起作用。”嗡嗡声变得更响了，房里的所有人可能都已经听到了这声音，伊兰觉得自己的牙齿在不停地震颤。

她想起一个一直在困扰自己的问题。“导引会伤害我的孩子吗？我是说，如果我导引的话。”

“不会，正如同你的呼吸也不会伤害他们。”莫娜勒笑着放开编织，“你有两个孩子，现在还无法确认他们是男还是女，但他们都很健康，你也是。”

两个！伊兰和艾玲达一齐露出欢快的微笑，她能真切地感觉到自己姐妹的欣喜。她会有一对双胞胎，那是兰德的孩子。她希望是一个男孩和一个女孩，或者是两个男孩。双生女儿会导致继承权的问题，能够戴上玫瑰王冠的人必须让所有人都顺从地跟随在她身后。

桑珂发出一阵急迫的催促声，用手指了指伊兰。莫娜勒点点头。“完全依照我所做的去做，你就能看到效果了。”她看着桑珂拥抱真源，形成编织，又点了点头。然后身材圆胖的家人让编织陷入伊兰的身体，终于长吁了一口气，仿佛是她自己感觉到体内在发出嗡嗡声。“你不必担心自己会有孕吐。”莫娜勒继续对伊兰说，“但你有时会发现自己难以进行导引，能流会像抹了油一样从你的手心滑开，或者完全消失成一团雾气。即使是最简单的编织，你也必须一次又一次地进行尝试，直到能够生成或者紧握住它。随着怀孕的进展，这种情况会变得越发严重。当你开始阵痛和分娩的时候，将完全无法导引，但只要孩子一出生，阴极力就会回来。很快地，你就会变得喜怒无常，或者现在你已经处在这种状态中了。你可能刚刚还是眼泪汪汪，但再过一分钟，就变得怒不可遏。你孩子的父亲如果够聪明，经过你身边时也会保持十二分的小心，并且会尽量离你远一些。”

“我听说她今天早晨刚刚打击过那个男人。”桑珂嘟囔着。她放开编织，直起身，调整了一下肚子上的红束带。“这实在是很惊人，莫娜勒，我从没想过会有一种只对怀孕的女人产生效果的编织。”

伊兰咬了咬牙。但她只是问:“莫娜勒,这些都是你从刚才的编织中获知的?”最好让人们以为她的孩子是督伊林·麦拉尔的,兰德·亚瑟的孩子会成为许多人的目标,无论那些人是出于恐惧、出于利益还是出于憎恨。但没有人会在乎麦拉尔的孩子,因为没有人会真正在意麦拉尔,这是最好的情况。

莫娜勒扬起头,大声笑着,用披巾抹去了眼角的一滴泪水。“我知道这些,是因为我生了七个孩子,有三个丈夫,伊兰·传坎。导引的能力会把孕吐挡在你体外,但你也要为此付出代价。好了,艾玲达,你也试一试,一定要小心,照我刚才所做的那样去做。”

艾玲达迫不及待地拥抱了真源。她还没编织出第一股能流,就放开了阴极力,转过头盯着西面的深褐色墙板。伊兰、莫娜勒和桑珂也都做了同样的动作。那个刚刚还在不断释放强烈光芒的灯塔消失了,一切都只是转瞬之间的事情,无法想象的阴极力洪流仿佛从未存在过,没有留下一丝痕迹。

桑珂深吸了一口气,她丰满的胸部随之挺起。“我想,今天发生了某种极好,或者极可怕的事,我想我很害怕知道那是什么事。”

“是好事。”伊兰说。无论那是什么,都已经结束了,而兰德还活着,这就够好了。莫娜勒带着探询的神色瞥了她一眼。智者知道她和兰德的约缚,所以也能推测出伊兰所说这三个字的含义,但她只是若有所思地捻动着脖子上的一条项链。不管怎样,她很快就能从艾玲达口中挖出这件事情的来龙去脉了。

一阵敲门声让她们三个全都愣了一下,只有莫娜勒除外,她装作完全没有看见房间里其他人受到惊吓的样子,只是有些过于专心地调整着她的披巾,和她们形成了鲜明的对比。桑珂只能用咳嗽来掩饰自己的困窘。

“进来。”伊兰高声说道。即使没有结界,厚重的屋门也足以隔绝寻常的说话声。

卡赛勒摘下羽饰头盔,将头探进房间,然后才走进来,并小心地关上了屋门。她领子和袖口上的白色缎带是新的,胸前绶带的蕾丝和狮子刺绣也闪闪发亮,她的胸甲反射着灯光,似乎刚刚打磨过。但很显然,她在直至昨晚深夜的奔波之后并没有休息,只进行了一番梳洗,就又去执行任务了。“请原谅我的打扰,女士,但我相信您应该尽快知道这件事。留在这里的海民已经陷入了狂乱,看样子,是因为她们的一名学徒失踪了。”

“还有什么事?”伊兰问。海民学徒失踪是非常糟糕的事,但卡赛勒的表情告诉她,这还不是最糟糕的。

“卫兵尤丽丝·艾泽利刚刚告诉我,她看见两仪师茉瑞莉大约在三个小时前离开了王宫。”卡赛勒的语气有些犹疑，“茉瑞莉身边还有一个披着斗篷和兜帽的女人，她们是骑马离开的，身后还有一头驮货的骡子。尤丽丝说另外那个女人的手背上有刺青，女士，当时她不可能仔细查看——”

伊兰挥手示意她安静。“你们没有错，卡赛勒，没有人能责备你们。”至少这些卫兵没有犯错，但这的确是一个非常棘手的问题。寻风手学徒塔拉安和梅塔莱有着极强的导引能力，如果茉瑞莉能说服她们之中的一个成为两仪师，她也就能说服自己绕开教导寻风手的承诺，带那个学徒去能让她登入初阶生花名册的地方。海民会因为丢失了茉瑞莉而气恼，更会因为丢失了自己的学徒而发狂，她们会把罪责归到眼前的每一个人身上，而伊兰肯定是罪孽最重的人。

“知道这件事的人多吗？”伊兰又问。

“还不多，女士，但为她们准备马匹和骡子的人肯定管不住自己的舌头，可供马夫们闲聊的话题并不多。”谣言会变成树林中的野火，如果不控制住火势，那么这件事就不仅仅是棘手那样简单了，但能否在它烧到谷仓前把它扑灭，伊兰并没有信心。

“希望你稍后能和我一同进餐，莫娜勒。”伊兰说道，“但现在还请原谅我暂时失陪。”虽然有责任接待她的接生者，但伊兰已经没时间等待莫娜勒的许可了，也许她还有机会在谷仓被点燃以前扑灭这场火灾，也许。“卡赛勒，去通知柏姬泰，让她立刻传令给各城门的守军，严格搜找茉瑞莉。我知道，她也许已经离开凯姆林了，而且城门守卫也无法阻拦两仪师，但也许他们能拖住她，或者阻吓住她的同伴，让她们只能藏身在城内。桑珂，你能否安排所有不能施展神行术的家人，在城中各处进行搜索？这样做的希望不大，但茉瑞莉也许认为今天已经太晚，而选择在明天上路。搜查每一家旅店，包括银天鹅，还有……”

她希望兰德今天做了些漂亮的事，但她甚至无法浪费时间去想他。她要夺取王座，要对付愤怒的亚桑米亚尔，不能等到她们将怒火向她倾泻的时候。现在她还有希望。简而言之，今天就如同她返回凯姆林之后的每一天一样，有许多问题都急需她解决。